À PROPOS DE L'AUTEUR

Sophie Weston a toujours eu une prédisposition pour la littérature. En effet, c'est à l'âge de quatre ans qu'elle a écrit sa première histoire, en dessinant elle-même les illustrations ! À vingt ans, elle a été repérée par les éditions Harlequin, qui ne l'ont plus quittée depuis.

L'héritière en fuite

*

L'amant secret

*

Un duc à marier

SOPHIE WESTON

L'héritière en fuite

INTÉGRALE
TROIS COUSINES À MARIER

Traduction française de
ELISABETH MARZIN

Collection : SAGAS

Titre original :
THE INDEPENDENT BRIDE

Ce roman a déjà été publié en 2015

© 2003, Sophie Weston.
© 2015, 2021, HarperCollins France pour la traduction française.

Ce livre est publié avec l'autorisation de HARLEQUIN BOOKS S.A.

Tous droits réservés, y compris le droit de reproduction de tout ou partie de l'ouvrage, sous quelque forme que ce soit.
Toute représentation ou reproduction, par quelque procédé que ce soit, constituerait une contrefaçon sanctionnée par les articles 425 et suivants du Code pénal.

Si vous achetez ce livre privé de tout ou partie de sa couverture, nous vous signalons qu'il est en vente irrégulière. Il est considéré comme « invendu » et l'éditeur comme l'auteur n'ont reçu aucun paiement pour ce livre « détérioré ».

Cette œuvre est une œuvre de fiction. Les noms propres, les personnages, les lieux, les intrigues, sont soit le fruit de l'imagination de l'auteur, soit utilisés dans le cadre d'une œuvre de fiction. Toute ressemblance avec des personnes réelles, vivantes ou décédées, des entreprises, des événements ou des lieux, serait une pure coïncidence.

Le visuel de couverture est reproduit avec l'autorisation de :
© ILDIKO NEER/ARCANGEL

Réalisation graphique couverture : L. SLAWIG (HarperCollins France)

Tous droits réservés.

HARPERCOLLINS FRANCE
83-85, boulevard Vincent-Auriol, 75646 PARIS CEDEX 13
Service Lectrices — Tél. : 01 45 82 47 47 - www.harlequin.fr
ISBN 978-2-2804-5022-5 — ISSN 2426-993X

Composé et édité par HarperCollins France. Achevé d'imprimer en février 2021.
par CPI Black Print - Barcelone - Espagne
Dépôt légal : mars 2021.

Pour limiter l'empreinte environnementale de ses livres, HarperCollins France s'engage à n'utiliser que du papier fabriqué à partir de bois provenant de forêts gérées durablement et de manière responsable.

Prologue

A Kennedy Airport, dans la salle d'embarquement du dernier vol pour Londres, un jeune correspondant de télévision scrutait la foule dans l'espoir de reconnaître une célébrité. Soudain, son visage s'éclaira.

— Vous avez vu qui est là ? demanda-t-il en donnant un coup de coude à son compagnon.

Bobby Franks, chroniqueur financier aussi réputé pour son flegme que pour la pertinence de ses analyses, répliqua d'un air blasé :

— Si vous faites allusion à Steven Konig, je l'avais déjà repéré dans le hall de départ.

Martin Tammery fit un tour complet sur lui-même.

— Konig ? Le spécialiste de l'agroalimentaire champion de la lutte contre la faim ? Où est-il ?

— Il a embarqué en priorité.

Le jeune journaliste ignora le ton supérieur de son aîné.

— En fait, je viens d'apercevoir quelqu'un de beaucoup plus intéressant.

Il fit une pause, espérant attiser la curiosité de Bobby Franks. Mais ce dernier se contenta de réprimer un bâillement.

Sans se laisser démonter, Martin Tammery annonça triomphalement :

— La Tigresse !

Une lueur s'alluma dans les yeux du chroniqueur financier.

— L'héritière Calhoun ?

— Pepper Calhoun en personne, acquiesça le jeune journaliste, ravi de montrer qu'il connaissait le surnom donné par ses proches à Penelope Anne Calhoun.

— C'est intéressant, finit par admettre Bobby Franks après un instant de réflexion.

— Ne pensez-vous pas que si la Tigresse se rend à Londres, c'est parce que l'entreprise Calhoun Carter prépare une O.P.A. sur une enseigne de la distribution britannique ?

Bobby Franks eut une moue dubitative.

— D'après mes renseignements, la jeune fille ne travaille pas encore pour Calhoun Carter. Sa grand-mère, Mary Ellen Calhoun, a annoncé que son héritière allait enrichir son expérience hors de l'empire familial avant de l'intégrer définitivement dans quelque temps.

Martin Tammery ouvrit de grands yeux.

— Vous y croyez vraiment ?

— Pourquoi pas ? Pepper Calhoun a peut-être décidé de faire une pause après ses longues études. Quel âge a-t-elle ? Vingt-six ans ? Vingt-sept ? Il ne serait pas étonnant qu'elle ait envie de s'amuser un peu avant de prendre la succession de Mary Ellen Calhoun à la tête du groupe.

— Vous plaisantez ! Pour la Tigresse, « s'amuser » consiste à travailler dix-huit heures par jour, au minimum. D'ailleurs, elle n'a pas eu un seul petit ami depuis des années.

— Raison de plus pour qu'elle s'accorde un interlude amoureux.

— Aucune chance ! Pepper Calhoun est imperméable à l'amour.

Bobby Franks arqua les sourcils.

— Comment pouvez-vous être aussi catégorique ?

— J'ai mes sources, rétorqua Martin Tammery avec assurance. Croyez-moi, c'est la digne petite-fille de sa grand-mère. Son cœur est aussi sec que son ambition est démesurée.

1

Penelope Anne Calhoun s'adossa contre le mur de la salle d'embarquement avec un soupir. Quelle semaine ! Dire que huit jours plus tôt elle croyait son avenir tout tracé... Elle avait alors un projet professionnel enthousiasmant, des amis dévoués, et un appartement superbe à New York. Bref, la vie lui souriait.

En cette époque qui lui semblait déjà lointaine, il lui restait encore à informer sa grand-mère qu'elle avait décidé de voler de ses propres ailes. Cependant, elle avait réussi à se convaincre que c'était un problème mineur. Une fois le montage financier de son projet de boutique de prêt-à-porter terminé, elle présenterait son projet à Mary Ellen Calhoun, qui ne manquerait pas de l'approuver.

Même les doutes émis par son ancien professeur de l'école de commerce n'avaient pas tempéré son optimisme.

— Le Grenier est un concept de boutique très intéressant, avait-il reconnu. Je suis certain qu'il peut connaître un grand succès. Mais ne craignez-vous pas la réaction de votre grand-mère ?

— Pourquoi devrais-je la craindre ?

— En tant que P-D.G. de Calhoun Carter, ne risque-t-elle pas de prendre ombrage de cette concurrence ?

— Vous me flattez, professeur, avait-elle répondu en riant. Calhoun Carter possède des dizaines de succursales aux Etats-Unis et dans le monde. Le Grenier ne peut pas prétendre rivaliser avec un groupe de cette importance.

— Sans doute. Mais croyez-vous vraiment que votre grand-mère va approuver votre désir d'indépendance ?

— Au début elle protestera sans doute, mais je sais qu'elle finira par me comprendre. Ma grand-mère veut mon bonheur. Elle m'aime, voyez-vous, avait-elle affirmé.

Comme elle se trompait ! Elle l'avait constaté peu de temps après cette conversation. Fermant les yeux, Pepper revécut pour la énième fois la journée qui avait bouleversé sa vie.

— Où m'emmènes-tu exactement ?

Ed se contenta de secouer la tête en indiquant qu'il n'avait pas entendu sa question. Il était vrai qu'il régnait un bruit assourdissant à bord de l'hélicoptère...

Une demi-heure plus tôt, il l'avait entraînée à l'héliport en lui expliquant qu'il avait organisé une rencontre avec des investisseurs susceptibles d'être intéressés par le Grenier. Ed Ivanov, qu'elle connaissait depuis toujours, faisait partie du petit cercle d'intimes au courant de son projet. Ayant une confiance absolue en lui, elle l'avait suivi sans la moindre hésitation.

Mais ils avaient laissé New York derrière eux depuis un bon moment déjà et Ed ne lui avait donné aucune précision sur ce mystérieux rendez-vous. En fait, il n'avait pas ouvert la bouche depuis le décollage...

Quelle raison pourrait-il avoir de la kidnapper ? se demanda-t-elle, mi-amusée mi-sérieuse. A priori, elle ne voyait que trois possibilités. Ou il avait l'intention de réclamer une rançon. Ou il était éperdument amoureux d'elle. Ou il était subitement devenu fou.

Pepper réprima un sourire. Ed Ivanov n'avait pas besoin d'argent. Il menait une brillante carrière d'analyste à Wall Street et son train de vie n'avait rien à envier au sien. Quant à imaginer qu'il puisse être amoureux d'elle, c'était insensé.

Certes, ils avaient eu une brève liaison pendant leurs études, mais la passion n'avait pas été au rendez-vous et ils y avaient mis fin d'un commun accord.

Serait-il devenu fou ?

Soudain, alors qu'ils survolaient une forêt, l'hélicoptère plongea vers le sol et se posa au milieu d'une clairière.

— La cabane de pêche de mon père est à deux pas d'ici, annonça Ed en l'aidant à descendre.

— Très original comme lieu de rendez-vous pour discuter affaires, ironisa-t-elle, de plus en plus perplexe.

Pour toute réponse, il eut un sourire crispé. Puis il l'invita à le suivre sur un chemin boueux. Ses élégants escarpins hors de prix ne se remettraient jamais de cette escapade, songea-t-elle, résolue à prendre les choses avec humour.

La pluie dégouttait des arbres et bientôt, sa crinière rousse se mit à onduler naturellement.

— Si la C.I.A. a l'intention de me recruter, je te préviens tout de suite qu'il n'en est pas question, déclara-t-elle d'un ton pince-sans-rire.

Mais ce n'était pas avec la C.I.A. qu'elle avait rendez-vous. Ni avec des investisseurs potentiels. Alors qu'ils approchaient de la cabane, quelqu'un sortit sur le seuil.

Sa grand-mère.

Clouée sur place, Pepper sentit son sens de l'humour s'évanouir instantanément. Elle darda sur Ed un regard meurtrier.

Il feignit de ne rien remarquer.

— Que t'a-t-elle promis si tu réussissais à m'amener jusqu'ici ? demanda-t-elle sèchement.

— Rien du tout, répliqua-t-il en prenant un air offensé. Elle m'a juste demandé de l'aider à t'empêcher de commettre une énorme erreur.

— Une énorme erreur ! Je croyais que tu trouvais mon projet fantastique. Comment as-tu pu retourner ta veste aussi rapidement ?

— Ecoute, Pepper, le Grenier est un excellent projet, mais

il faudrait y consacrer plusieurs années avant qu'il devienne rentable. Mary Ellen ne veut pas attendre aussi longtemps ton intégration au sein de Calhoun Carter.

— Depuis quand appelles-tu ma grand-mère Mary Ellen ?

Il baissa les yeux sans répondre.

— Je n'aurais jamais dû te faire confiance, lâcha Pepper avec mépris.

Puis elle prit une profonde inspiration et se dirigea vers la cabane. Mary Ellen Calhoun s'avança vers elle les mains tendues, un sourire éclatant aux lèvres. Cependant, Pepper avait appris à se méfier de ce sourire.

— Bonjour, se contenta-t-elle de dire d'un ton posé sans esquisser un seul geste.

Mary Ellen ne cilla pas, mais elle était manifestement surprise par l'assurance de sa petite-fille. Pas étonnant, songea Pepper. Elle ne se reconnaissait pas elle-même...

— Je suis si heureuse de te voir, ma chérie, dit Mary Ellen d'une voix doucereuse.

— Va droit au fait, s'il te plaît.

Mary Ellen eut une moue enjôleuse.

— Viens d'abord te mettre à l'abri.

— Et Ed ?

— C'est un homme. Un peu de pluie ne le tuera pas.

— Avoue plutôt que tu ne veux pas de témoin.

Ignorant cette remarque, Mary Ellen Calhoun pénétra dans la cabane. A l'instant précis où Pepper refermait la porte derrière elle, elle jeta le masque. Son sourire disparut et elle toisa sa petite-fille d'un regard glacial.

— Décidément, tu es encore plus naïve que je ne le pensais, ma pauvre Penelope Anne. T'imaginais-tu vraiment pouvoir comploter derrière mon dos impunément ?

— Je ne...

— Ton projet n'est pas inintéressant, coupa Mary Ellen d'un ton cassant. Malheureusement, je crains que tu aies du mal à le réaliser. Le service financier de Calhoun Carter a informé tous les investisseurs potentiels que s'ils te prêtaient le moindre dollar, nous mettrions immédiatement fin à leurs relations avec notre groupe.

Pepper se figea.

— Je vois. Je suppose que ça date de ce matin et que tu as demandé à Ed de m'éloigner de la ville au cas où je trouverais une parade.

Mary Ellen laissa échapper un petit rire méprisant.

— Quelle parade ? Il n'y en a aucune possible. Je veux que tu intègres Calhoun Carter et c'est ce que tu vas faire.

Elle consulta son agenda électronique.

— Disons… milieu de semaine prochaine ? Je vais dire à Jim de te préparer un bureau.

— Non, c'est inutile, déclara Pepper d'une voix très calme.

— 7 h 45, mercredi, annonça Mary Ellen comme si elle n'avait pas entendu. Présente-toi au siège sans faute.

— J'ai dit non.

Mary Ellen haussa les épaules.

— Tu n'as pas le choix. Ta petite entreprise ne verra jamais le jour et tu ne trouveras de travail nulle part. Qui d'autre que moi t'engagerait ? Il me suffirait de répandre des rumeurs peu flatteuses sur ton compte pour que toutes les portes se ferment devant toi.

Pepper en resta sans voix. Elle qui croyait que sa grand-mère l'aimait ! Comment avait-elle pu être aussi aveugle ? En réalité, Mary Ellen Calhoun n'aimait que le pouvoir et l'argent. Elle dédaignait tout le reste, y compris sa propre petite-fille… D'ailleurs, il était manifeste qu'elle ne doutait pas un instant de l'issue de cet entretien. Eh bien, son aïeule allait déchanter. Prenant une profonde inspiration, Pepper déclara d'une voix égale :

— Je te répète qu'il est inutile de m'attendre. Je ne viendrai pas mercredi, ni aucun autre jour.

Puis elle subit stoïquement une pluie d'invectives. Elle ne s'était pas trompée. Mary Ellen Calhoun n'avait pas imaginé une seule seconde que sa petite-fille lui tiendrait tête. Hors d'elle, son aïeule lui rappela tout ce qu'elle devait à Calhoun

Carter. Un appartement à New York, une villa dans le midi de la France, une résidence dans les Caraïbes, et surtout, des études dans les établissements les plus prestigieux.

— Pourquoi crois-tu que tu as pu intégrer l'école de commerce si facilement ? lança-t-elle d'une voix vibrante de colère.

— Parce que mes résultats étaient excellents ! protesta Pepper, outrée. Oublies-tu que je venais d'obtenir un prix ?

— Pour ton mémoire sur la « résolution de problèmes », acquiesça sa grand-mère avec un rictus moqueur. Parlons-en ! Peux-tu me citer une seule occasion où tu as été obligée de te débrouiller seule ? Toutes les solutions à tes problèmes ont été achetées par l'argent des Calhoun.

Mary Ellen se fit un plaisir de les énumérer. Etudes, logement, habillement, voyages, ainsi que toutes ses relations sociales, y compris les jeunes gens qui avaient consenti à flirter avec elle.

En entendant cela, Pepper eut l'impression de recevoir un coup de poing dans l'estomac. Le souffle coupé, elle eut toutes les peines du monde à parler.

— Que veux-tu dire ?

Un sourire cruel étira les lèvres de Mary Ellen.

— Si tu savais quelles fortunes j'ai dû dépenser pour t'offrir une vie sociale digne de ce nom, ma pauvre chérie ! Qui s'intéresserait à toi si tu n'étais pas ma petite-fille ? Regarde-toi ! Tu ressembles à un sac de pommes de terre. Ta seule qualité, c'est ton sens des affaires. Dans lequel j'ai investi suffisamment d'argent pour être en droit d'exiger aujourd'hui que tu le mettes au service de Calhoun Carter.

Pepper tremblait à présent de tous ses membres. Certes, elle était la première à reconnaître qu'elle n'avait pas la taille mannequin. Mais de là à être traitée de sac de pommes de terre ! Par ailleurs, elle avait toujours pensé que sa compagnie était appréciée. D'une voix blanche, elle le dit à sa grand-mère.

— Je suppose que tu t'imagines aussi qu'un jour le prince

charmant t'enlèvera sur son beau cheval blanc ? persifla cette dernière. Quelle naïveté ! Ma pauvre Penelope Anne, tu ne trouveras à te marier que si je t'achète un époux. Mais ne t'inquiète pas pour cela. Je t'ai préparé une longue liste de très bons candidats potentiels.

Cette fois, la coupe était pleine, songea Pepper, au bord de la nausée. Il n'était pas question de subir une telle humiliation une seconde de plus. Sans un mot, elle pivota sur elle-même et sortit de la cabane.

— Où vas-tu ? s'exclama Mary Ellen. Reviens immédiatement !

Pepper ne se retourna pas. Elle s'élança aussi vite qu'elle le put sur le chemin détrempé. Les yeux brouillés de larmes, elle trébucha et tomba à genoux. Mais, insensible à la douleur, elle se releva aussitôt et reprit sa course. Une seule chose importait. Fuir cette femme sans cœur qui ne voyait en elle qu'un investissement à rentabiliser.

— Ramène-moi à New York, intima-t-elle à Ed quand elle le rejoignit, échevelée et haletante. Immédiatement.

Il n'hésita que quelques secondes. La prenant par le bras, il l'entraîna vers la clairière où les attendait l'hélicoptère.

En montant à bord, Pepper entendit une dernière fois les imprécations de sa grand-mère.

— Tu ne t'en sortiras jamais toute seule, Penelope Anne Calhoun, tu m'entends ?

Toujours adossée au mur de la salle d'embarquement, Pepper rouvrit les yeux. Un groupe de personnalités qui venaient d'être appelées à embarquer en priorité passa devant elle. Depuis une semaine, elle n'appartenait plus à cette catégorie privilégiée, songea-t-elle sans regret. Quelle importance ? La liberté était bien plus précieuse que les privilèges. A Londres, elle commencerait une nouvelle vie, et contrairement à ce que pensait Mary Ellen Calhoun, elle s'en sortirait toute seule.

— Bienvenue à bord, professeur Konig, déclara l'hôtesse de l'air avec un large sourire. Si vous voulez bien me suivre…

Elle escorta Steven Konig jusqu'à son siège.

— Je ne m'habituerai jamais à être traité comme un V.I.P., marmonna-t-il à son compagnon.

David Guber eut un sourire amusé.

— Allons Steven, pas de fausse modestie ! Si on te traite comme un V.I.P. c'est parce que tu en es un. Ta réputation t'interdit désormais de traverser l'Atlantique avec les genoux dans le menton.

Steven ne put s'empêcher de rire.

— D'autant plus que nous te devons une reconnaissance éternelle, ajouta David Guber, qui appartenait à la direction de la compagnie aérienne. Sans toi, le congrès n'aurait pas été un tel succès.

— N'exagère pas !

— Si, je t'assure. Ton discours d'ouverture était particulièrement brillant.

— C'est parce que le sujet me passionne. En fait, il y avait longtemps que je pensais à rédiger un article de fond sur la question.

— Comme si tu n'étais pas déjà suffisamment occupé !

— Justement, j'avais besoin de varier un peu les plaisirs. Depuis quelque temps, j'ai l'impression de passer ma vie à courir de réunion en réunion, expliqua Steven Konig avec une moue désabusée.

David Guber le regarda d'un air perplexe.

— Regretterais-tu l'époque où tu ne cumulais pas encore les fonctions ?

— Je n'ai qu'une seule fonction, mon cher. La présidence de K-plant. La direction de Queen Margaret's est un sacerdoce. Demande au doyen.

Les deux hommes échangèrent un sourire complice. Leur amitié datait de l'époque où ils étaient étudiants au collège Queen Margaret's de l'université d'Oxford. Et où leurs frasques leur valaient d'être régulièrement convoqués chez le doyen…

— Ce cher homme n'est pas heureux que tu aies réintégré le collège ?

— Il s'efforce avec succès de cacher sa joie, répliqua Steven d'un ton pince-sans-rire.

— Ça doit pimenter ta vie.

— Oh, de toute façon, j'ai renoncé à la tranquillité le jour où j'ai créé ma propre entreprise. Heureusement, K-plant ne m'accapare plus autant qu'au début. Sinon, je ne vois pas comment je pourrais assumer parallèlement la direction de Queen Margaret's.

Pendant plusieurs années, Steven Konig avait consacré ses jours et ses nuits à son laboratoire de recherche agroalimentaire, qu'il avait réussi à hisser au plus haut niveau.

— Tu n'as jamais envie de lever le pied ? demanda David.

— Jamais. Même s'il m'arrive de pester contre certaines obligations, je ne changerais de vie pour rien au monde.

David se souvint de la superbe blonde dont Steven était follement épris quand ils étaient étudiants. Son ami n'y avait plus fait allusion depuis des années. Ni à aucune autre femme, d'ailleurs.

— Tu n'envisages pas de fonder une famille ?

Une ombre passa dans le regard de Steven. Il ne répondit pas.

— N'oublie pas que tu as promis de venir passer tes prochaines vacances chez nous, s'empressa de reprendre David. Marise et moi comptons sur toi.

Le visage de Steven s'illumina d'un sourire espiègle. Le même que celui de l'étudiant facétieux qui, des années auparavant, avait réussi à déclencher à distance un feu d'artifice depuis la tour du collège.

— Je ne te promets rien, mais d'ici quatre ou cinq ans, je devrais réussir à me libérer pendant quelques jours.

David leva les bras en mimant le désespoir.

— Tu es complètement fou !

— C'est la rançon de la gloire, répliqua Steven, les yeux pétillants de malice. Si je suis devenu un V.I.P., c'est entre autres parce que j'ai banni le mot « vacances » de mon vocabulaire.

David soupira.

— En tout cas, tu sais que notre maison t'est ouverte.

Sur ce, il dit à l'hôtesse de l'air qui se tenait à proximité :

— Je compte sur vous pour traiter le professeur Konig avec les égards qui lui sont dus.

Il serra la main de son ami avec chaleur.

— Bon voyage, Steven. Et encore merci.

Avant même que David Guber ait quitté l'appareil, Steven avait ouvert son porte-documents.

— Désirez-vous une boisson ? s'enquit l'hôtesse avec déférence.

— Non, merci.

— Une serviette chaude ?

— Rien. Ou plutôt... Si vous voulez vraiment me rendre service, faites-en sorte que personne ne me dérange.

Il avait aperçu à l'aéroport plusieurs congressistes britanniques. Nul doute qu'ils seraient ravis de profiter du voyage pour lui mettre le grappin dessus.

— Vous n'avez aucune inquiétude à avoir, professeur.

Il travailla longtemps après que le personnel de bord eut éteint les lumières de la cabine. Une fois mis à jour les comptes de K-plant, il écrivit deux lettres et une note de service, puis rédigea un bref article que lui avait commandé une revue scientifique. Quand il eut terminé, il consulta sa montre. Il avait encore trois heures de sommeil devant lui, constata-t-il avec satisfaction.

Avec un soupir d'aise, il s'installa confortablement sur son siège couchette et éteignit sa lumière. Quelques secondes plus tard, il dormait.

C'était la première fois de sa vie que Pepper voyageait en classe économique. Quelle expérience ! Jamais elle n'aurait imaginé qu'il puisse exister des sièges aussi étroits, songea-t-elle avec dérision en s'efforçant d'esquiver les coups de coude involontaires de sa voisine.

Celle-ci, visiblement nerveuse, s'agita un long moment avant de s'endormir. Deux ou trois rangées derrière elles, un groupe de jeunes cadres dynamiques un peu ivres commentaient bruyamment un congrès auquel ils avaient participé à New York. Quand les hôtesses leur demandèrent enfin de se montrer plus discrets, Pepper avait perdu tout espoir de trouver le sommeil.

Voilà, l'aventure commençait, se dit-elle en s'efforçant de prendre la situation avec philosophie. Conquérir son indépendance valait bien quelques sacrifices. Réprimant un frisson, elle se couvrit de la fine couverture fournie par la compagnie, et se remémora les journées qui avaient précédé son départ.

Certes, elle savait qu'en tenant tête à sa grand-mère elle s'exposait à des désagréments. Cependant, elle avait sous-estimé la dureté de Mary Ellen Calhoun. Ce qui prouvait à quel point elle était naïve...

Le lendemain de leur entrevue dans la cabane, elle avait été mise en demeure de quitter son appartement. Cela ne l'avait pas vraiment surprise puisque c'était sa grand-mère qui en était propriétaire. En revanche, elle ne s'attendait pas à ce que son carnet de rendez-vous se vide aussi rapidement, ni à ce que sa carte de crédit Platinum devienne subitement inutilisable...

Elle avait bien essayé de joindre sa grand-mère par téléphone, mais celle-ci avait refusé de prendre ses appels. Et quand elle avait fini par se rendre au siège de Calhoun Carter, Mary Ellen avait refusé de la recevoir. Pire, elle l'avait fait attendre une demi-heure avant de lui envoyer deux agents de la sécurité chargés de la raccompagner fermement à la sortie.

A ce souvenir, Pepper sentit son estomac se nouer.
— Pourquoi ? avait-elle demandé à Carmen.
La secrétaire de Mary Ellen, qui la connaissait depuis toujours, avait eu du mal à retenir ses larmes. Toutefois, elle n'avait pas eu un geste pour arrêter les deux hommes.
— Tout le monde va penser que je suis coupable des pires horreurs, avait plaidé Pepper.
— C'est l'effet recherché, avait répliqué Carmen d'une voix tremblante.
Pepper en avait eu le souffle coupé.
— Vous voulez dire... que c'est une mise en scène destinée à me discréditer ?
La secrétaire avait hoché la tête en se mouchant bruyamment.
Outrée, Pepper avait alors tourné les talons. Une fois de retour chez elle, elle avait récapitulé ses atouts : un solide sens des affaires, une garde-robe regorgeant de tailleurs stricts, assez d'argent pour vivre pendant six mois sans faire de folies, et la maîtrise de trois langues étrangères. Sans oublier, bien sûr, un projet professionnel dont même Mary Ellen Calhoun avait reconnu qu'il n'était pas « inintéressant ».
Pepper était en train de commencer ses cartons quand on avait sonné à la porte.
A contrecœur, elle avait invité Ed Ivanov à entrer.
Une fois dans le salon, il lui avait posé les mains sur les épaules, mais elle s'était dégagée d'un mouvement brusque.
— Inutile de prendre cet air lugubre ! avait-elle lancé, excédée. Personne n'est mort.
— Sans doute, mais ton avenir professionnel n'en est pas moins extrêmement compromis. Ecoute, Pepper, tu ne vas tout de même pas gâcher ta vie pour un caprice ! Il faut que tu te réconcilies avec Mary Ellen. Ta place est chez Calhoun Carter.
— D'autant plus que je n'ai aucune chance de rencontrer le prince charmant, n'est-ce pas ? avait-elle rétorqué avec amertume.
Ed avait paru déconcerté.

— Pardon ?

Rassemblant tout son courage, elle avait demandé :

— S'il te plaît, Ed, sois franc. Pourquoi es-tu sorti avec moi ? Etait-ce parce que je te plaisais ou y avait-il une autre raison ?

— Tu me plaisais, bien sûr.

Il n'avait hésité qu'une fraction de seconde avant de répondre, mais cela avait suffi à la renseigner.

Son cœur s'était serré douloureusement. Tout au fond d'elle-même, elle avait gardé l'espoir que sa grand-mère lui avait menti pour la garder sous sa coupe. Mais de toute évidence, elle ne lui avait dit que la stricte vérité...

— Merci, avait-elle murmuré. Au revoir.

Cette nuit-là elle n'avait pas fermé l'œil. Jamais elle ne s'était sentie aussi seule de sa vie. Au petit matin, elle avait pris la décision de partir. Quitter les Etats-Unis pour recommencer sa vie loin de Mary Ellen Calhoun était la seule solution.

En quelques jours, elle avait vendu ou donné toutes ses affaires, fait ses adieux aux quelques amis sincères à qui elle risquait de manquer, puis quitté son appartement. Au moins, Mary Ellen n'avait pas eu le temps d'envoyer un huissier pour l'expulser...

L'heure de vérité avait sonné, songea-t-elle avec une pointe d'anxiété, alors que le silence régnait enfin dans la cabine de l'avion. Elle allait bientôt découvrir si elle était aussi douée pour résoudre les problèmes dans la vie réelle que sur le papier.

En tout cas, il n'était pas question d'abandonner son projet. Puisque le Grenier était condamné aux Etats-Unis, il verrait le jour en Angleterre.

Etait-ce également là qu'elle rencontrerait le prince charmant ? Elle ferma les yeux. Mieux valait ne pas se bercer d'illusions. Sur ce point, sa grand-mère avait sans doute raison...

En première classe, Steven Konig se réveilla avant tout le monde. Après s'être étiré avec volupté en humant une bonne odeur de café, il se leva et gagna le cabinet de toilette.

Devant le miroir, il passa la main sur sa barbe de vingt-quatre heures, particulièrement drue. Bien des années auparavant, Courtney prenait plaisir à le taquiner à ce sujet. Elle prétendait avoir eu le choc de sa vie la première fois qu'elle s'était réveillée à son côté. « Mon prince charmant s'est métamorphosé en pirate au cours de la nuit ! » lui avait-elle dit au petit matin.

C'était à l'époque où ils nageaient dans le bonheur. Avant qu'elle lui préfère Tom Underwood, un riche héritier qui n'avait pas besoin de travailler comme pompiste pour financer ses études. Le fait que Tom soit son meilleur ami ne l'avait pas embarrassée le moins du monde...

En ce moment même, il est vrai qu'il ressemblait plus à un pirate qu'à un chef d'entreprise doublé d'un membre éminent de l'université d'Oxford, songea-t-il avec dérision. Mais après tout, pourquoi ne pas se laisser aller, pour une fois ? Il avait tenu consciencieusement son rôle pendant plus d'une semaine à ce fichu congrès, allant même jusqu'à se raser deux fois par jour ! Il avait mérité de s'accorder une pause, décida-t-il en rangeant son rasoir. S'il avait envie de jouer les Barbe-noire, c'était bien son droit.

Il termina ses ablutions et revêtit une chemise propre puis sortit dans l'allée où quelqu'un le heurta de plein fouet.

— Oh, excusez-moi ! s'exclama une voix féminine, tandis qu'une trousse de toilette tombait à ses pieds.

Steven ramassa cette dernière et la rendit à sa propriétaire, une jeune femme rousse aux cheveux en bataille et aux traits tirés. Apparemment, elle n'avait pas fermé l'œil de la nuit...

— C'est à moi de vous présenter des excuses, déclara-t-il galamment. Pardonnez ma maladresse.

Serrant la trousse contre sa poitrine, la jeune femme secoua la tête.

— Non, vous n'y êtes pour rien. D'autant plus que je ne devrais pas me trouver là.

— Dois-je en déduire que vous êtes une passagère clandestine ? plaisanta-t-il.

— Oui... Enfin non, pas exactement. Je viens de la classe économique.

Elle ressemblait à une gamine prise en faute, se dit-il, amusé. Il était sur le point de s'écarter pour lui laisser le passage quand l'avion s'inclina légèrement sur son aile. La clarté de l'aube, très vive à cette altitude, inonda la cabine, tandis que la jeune femme vacillait. Déséquilibrée, elle lui tomba dans les bras et Steven fut alors submergé par une vague de désir qui lui coupa le souffle.

Ce corps voluptueux était si doux contre le sien... Et sous les rayons du soleil levant qui embrasaient son épaisse crinière, donnant à ses yeux émeraude un éclat presque insoutenable, l'inconnue avait désormais l'allure d'une déesse.

Steven eut soudain l'envie folle de l'embrasser. Il déglutit péniblement. « Ressaisis-toi, mon vieux ! Tu n'as pas l'étoffe de Barbe-noire... »

Après avoir remis sa Vénus flamboyante bien d'aplomb sur ses jambes, il la lâcha à regret.

— Je suis vraiment désolée. Vous ai-je fait mal ? s'enquit-elle d'un air contrit.

De toute évidence, elle n'avait pas eu conscience du trouble qui s'était emparé de lui, songea-t-il avec satisfaction.

— Pas du tout. Une fois de plus, c'est à moi de vous présenter des excuses.

— Non, c'est ma faute. Je... J'ai l'esprit ailleurs.

— Je sais ce que c'est, commenta-t-il d'un ton apaisant. En avion, j'ai toujours l'impression de me trouver dans une autre dimension. Le temps semble suspendu et c'est propice à la rêverie. Il m'arrive de décoller complètement de la réalité. Ce qui n'est pas si étonnant quand on se trouve en plein ciel, ajouta-t-il, les yeux pétillants de malice. Mais gare à l'atterrissage ! Il est parfois brutal.

Sa compagne éclata d'un rire argentin. Un vrai rire de déesse, songea Steven. Doux comme un gazouillis et d'une spontanéité rafraîchissante. Il y avait longtemps qu'il n'avait pas rencontré une créature aussi adorable... Désireux de la retenir, il demanda :

— C'est la première fois que vous allez en Angleterre ?

— Non, mais mon précédent voyage remonte à de nombreuses années. Si j'ai le temps, je recommencerai volontiers la visite de la Tour de Londres et de la cathédrale Saint-Paul.

— Vous êtes en voyages d'affaires ?

— En quelque sorte.

Steven fut fasciné par la fossette qui creusait sa joue quand elle souriait. Toutes les déesses devraient en avoir une, se dit-il. Ça les rendrait plus humaines.

Pris d'une impulsion, il déclara :

— Essayez également de consacrer une journée à Oxford. Les nombreux collèges de l'université sont de véritables merveilles architecturales. Sans oublier la cathédrale et les bibliothèques, bien sûr.

La jeune déesse pouffa et sa fossette disparut. Cependant, cette absence était compensée par les étincelles que jetaient ses splendides yeux émeraude, songea Steven, de plus en plus charmé.

— Quel brillant plaidoyer ! lança-t-elle d'un air taquin. Seriez-vous sous contrat avec la ville pour y promouvoir le tourisme ?

— Pas du tout. Je me contente d'y habiter, répondit-il avec un sourire ravi. Et je vous assure que c'est un véritable bijou. Si vous ne la connaissez pas, vous devez absolument la visiter.

— Je ne me souviens pas y être allée.

— Seriez-vous amnésique ?

A la grande joie de Steven, la jeune femme pouffa de nouveau.

— Non ! Je suis née en Angleterre, mais après le décès

de ma mère quand j'avais cinq ans, mon père m'a emmenée aux Etats-Unis.

— Et vous n'êtes jamais revenue ?

— Une seule fois. En fait, depuis une sombre querelle de famille qui remonte à des années, les liens ont été rompus entre le « clan anglais » et le « clan américain ».

Il arqua les sourcils.

— Je ne savais pas que ce genre de brouille pouvait encore exister, mais sans doute est-ce parce que je n'ai pas de famille.

— Heureux homme, commenta-t-elle d'un air espiègle.

Steven fut définitivement conquis. Il fallait à tout prix prolonger cette conversation...

— Allez-vous profiter de ce séjour pour tenter une réconciliation ?

— J'y ai pensé, mais je ne suis pas sûre de retrouver la trace de mes cousines.

Sa déesse avait un menton volontaire... et une bouche pulpeuse des plus appétissantes, songea Steven, la gorge sèche. S'efforçant de masquer son trouble, il déclara :

— Vous les retrouverez certainement. Je suis sûr que vous êtes capable de réussir tout ce que vous entreprenez.

La jeune femme s'empourpra. Emu, Steven eut du mal à se retenir de lui caresser la joue. Décidément, elle était exquise...

— Merci pour le compliment, mais elles n'ont peut-être pas envie de me revoir.

— A mon avis, elles seront ravies, au contraire. Et de toute façon, il faut absolument que vous veniez à Oxford.

Il mit la main dans la poche intérieure de sa veste pour y prendre une carte de visite.

— Puisque vous rentrez chez vous, il faut que vous appreniez à connaître votre pays.

Le visage de l'inconnue se rembrunit.

— Chez moi ? Si seulement c'était possible...

S'interrompant, elle poussa un profond soupir.

Un homme, se dit aussitôt Steven. Une telle tristesse dans le regard d'une femme ne pouvait être due qu'à un homme. Sa belle déesse fuirait-elle un amour déçu ? Cette simple idée suffit à le déprimer profondément.

Renonçant à sortir une de ses cartes, il retira la main de sa poche.

De toute façon, quel que soit le problème de cette jeune femme, ce n'était pas lui qui pourrait le résoudre. « Ne rêve pas, Konig ! s'admonesta-t-il. Tu n'es pas Barbe-noire et tu n'as aucune chance de l'enlever à bord de ton galion. Va te raser, mets une cravate et cesse de te prendre pour un héros de roman d'aventures ! »

S'effaçant pour la laisser passer, il lui adressa un sourire poli.

— Quoi que vous décidiez, je vous souhaite un excellent séjour. Au revoir, mademoiselle.

Puis il s'éloigna rapidement.

2

Devant le miroir du cabinet de toilette, Pepper entreprit de démêler son épaisse crinière. Quelle allure elle avait ! Une vraie folle… C'était sans doute ce qu'avait pensé l'homme qu'elle avait bousculé. Dire qu'ensuite, elle lui était carrément tombée dans les bras !

A ce souvenir, elle fut parcourue d'un long frisson. Le contact de ce corps musclé l'avait électrisée. Il fallait reconnaître qu'il émanait de cet homme à la carrure d'athlète et au visage mangé par une barbe noire une virilité à couper le souffle. Malgré tout, c'était bien la première fois qu'elle éprouvait un tel désir pour un parfait inconnu… Etait-il possible qu'il ait ressenti la même chose ? Bien que gênée par la lumière du soleil, il lui avait semblé voir une lueur étrange s'allumer dans les yeux de son compagnon. Elle haussa les épaules. Voilà qu'elle prenait ses désirs pour des réalités ! Tout ça parce qu'il s'était montré aimable avec elle…

Toutefois, elle regagna sa place avec un sourire rêveur aux lèvres et répondit de bonne grâce à sa voisine quand celle-ci engagea la conversation.

Cette habitante du Montana n'avait jamais quitté les Etats-Unis. En fait, c'était la première fois qu'elle prenait l'avion, lui confia cette dernière d'un ton anxieux. Elle n'avait pas osé entreprendre le voyage pour le mariage de sa fille avec un Anglais, mais la naissance de son petit-fils avait fini par la décider.

La pauvre femme s'agrippa aux accoudoirs dès que l'avion amorça sa descente, et laissa échapper un petit cri au moment de l'atterrissage.

Pepper fut surprise par la compassion que lui inspirait sa voisine. En tant qu'héritière de Calhoun Carter, elle avait appris toute jeune à ne pas se préoccuper des états d'âme de ses prochains. Et malheureusement, il fallait bien reconnaître qu'elle en avait pris l'habitude. Pourtant, elle éprouvait le besoin de réconforter cette femme.

— Ne vous inquiétez pas, dit-elle d'une voix douce en lui prenant la main. L'atterrissage se déroule de façon tout à fait normale.

La femme eut un sourire crispé.

— Merci. Vous êtes vraiment très gentille.

Gentille ! Ce n'était pas le genre de compliment dont elle avait l'habitude, songea Pepper avec dérision. « Vous vous trompez, faillit-elle protester. Je n'ai jamais été gentille de ma vie. En affaires, il faut être dur et ne pas s'embarrasser de sentiments. Or je suis une femme d'affaires jusqu'au bout des ongles. » Mais elle se retint. Inutile de perturber un peu plus cette voyageuse novice.

— Vous n'êtes pas stupide, assura-t-elle d'un ton apaisant. Il est normal d'être un peu nerveux quand on prend l'avion pour la première fois. Votre fille vient-elle vous chercher ?

— J'espère bien !

— Si vous ne la voyez pas tout de suite, ne vous inquiétez pas. Nous sommes en avance. C'est très fréquent dans ce sens, à cause du vent. En général les gens qui viennent accueillir des passagers en tiennent compte, mais aujourd'hui nous arrivons particulièrement tôt.

Devant la mine déconfite de sa compagne, Pepper se surprit à proposer :

— Voulez-vous que je reste avec vous jusqu'à son arrivée ?

— Ça ne vous dérangerait pas trop ? demanda sa voisine avec un regard reconnaissant.

— Ne vous inquiétez pas, j'ai tout mon temps. Personne ne m'attend.

Mais quelques instants plus tard, alors qu'elles se dirigeaient vers le hall de livraison des bagages, Pepper tressaillit en entendant son nom.

— Bonjour, mademoiselle Calhoun, dit un jeune homme quand elle se retourna. Je vous avais déjà aperçue dans la salle d'embarquement. Permettez-moi de me présenter. Martin Tammery, journaliste, de retour d'une mission à New York.

Elle qui croyait arriver en Angleterre incognito ! songea-t-elle, contrariée. Le jeune homme avait dû remarquer qu'elle avait voyagé en classe économique. Qu'en avait-il déduit ? Mystère !

— Bonjour, monsieur Tammery.

— Puis-je me permettre de vous demander ce que vous venez faire à Londres ?

Elle hésita un instant avant de répondre avec un sourire poli.

— J'y ai de la famille. Je suis venue lui rendre visite.

— Vraiment ?

De toute évidence le journaliste n'était pas convaincu, mais il eut le bon goût de ne pas insister.

— Dans ce cas, je vous souhaite un excellent séjour. Si vous aviez besoin de quoi que ce soit, n'hésitez pas à m'appeler.

Il sortit une carte de son portefeuille et la lui tendit.

Le cœur de Pepper se serra brusquement tandis que l'image d'un visage énergique mangé par une barbe brune s'imposait à son esprit. L'espace d'un instant, elle avait bien cru que l'inconnu de l'avion allait lui donner sa carte, lui aussi...

— Merci, répondit-elle sans même jeter un coup d'œil sur celle du journaliste.

S'il savait qu'elle avait rompu tout lien Calhoun Carter, il ne prendrait même pas la peine de lui adresser la parole ! songea-t-elle avec dérision.

— Au revoir, monsieur Tammery, ajouta-t-elle avec un bref signe de tête. Enchantée de vous avoir rencontré.

Debout devant le tapis roulant, Steven attendait sa valise en scrutant attentivement la foule. Il y avait tellement de monde qu'il lui semblait impossible de retrouver la trace de sa déesse flamboyante. Pourtant, il aurait donné cher pour la revoir…

Contre toute attente, il aperçut soudain une crinière rousse à l'autre bout du hall. Il s'élança, mais freiné par la cohue, il arriva trop tard. Sa Vénus aux yeux émeraude et au rire argentin avait disparu. Bon sang ! Pourquoi ne lui avait-il pas donné sa carte comme il en avait l'intention ? Quel idiot !

— Steven !

A son grand agacement, il vit surgir devant lui Martin Tammery, ancien étudiant de Queen Margaret's devenu journaliste.

— Devine qui je viens de rencontrer ? s'exclama le jeune homme sans même le saluer. La Tigresse ! Tu te rends compte ? Pepper Calhoun en personne !

— Je ne vois pas de qui tu veux parler, répliqua distraitement Steven tout en recommençant à scruter la foule.

— Tu plaisantes !

Martin Tammery lui détailla la biographie de Pepper Calhoun, mais il ne l'écouta que d'une oreille.

— Elle prétend être en vacances, néanmoins je suis certain qu'elle mijote quelque chose, poursuivit le jeune homme. Si elle s'imagine qu'elle va pouvoir rester incognito à Londres, elle se fait des illusions. Grâce à mon réseau d'informateurs, j'aurai vite retrouvé sa trace. Et figure-toi que je viens d'avoir une idée fantastique ! Tu te souviens du projet d'émission dont je t'ai parlé ?

— Pardon ?

— S'il te plaît, Steven, ne fais pas semblant de ne pas avoir entendu. Nous allons bientôt tourner le pilote de

Profitez de leur expérience. Tu es toujours d'accord pour y participer, j'espère ?

Steven réprima un soupir. En tant que directeur du collège Queen Margaret's, il pouvait difficilement refuser cette faveur à un ancien élève.

— Bien sûr.

— Merci, je savais que je pouvais compter sur toi. Si j'arrive à organiser un débat entre l'héritière Calhoun et le professeur Konig, le succès de mon émission est assuré !

Mais Steven ne l'écoutait plus. Il ramassa sa valise sur le tapis roulant et se dirigea vers la douane. Que serait-il arrivé s'il avait donné sa carte à cette beauté rousse ? Aurait-elle accepté de le revoir ? Serait-elle près de lui en ce moment ?

A cette pensée, il fut submergé par une vague de désir si intense qu'il en fut stupéfait. Que lui arrivait-il ? Cela faisait une éternité qu'il n'avait pas éprouvé une telle attirance pour une femme. Si seulement il lui avait donné sa carte...

Il prit une profonde inspiration. Inutile de perdre son temps en regrets inutiles. De toute façon, ses multiples responsabilités ne lui laissaient pas le temps d'avoir une vie privée, et c'était très bien ainsi.

Agréablement surprise, Pepper se rendit bien vite compte que se débrouiller seule n'était pas si difficile. Par certains côtés, c'était même amusant.

N'ayant jamais fréquenté que des palaces toujours réservés à l'avance par la très efficace Carmen, elle trouvait un petit côté exotique au fait de chercher une chambre dans un hôtel modeste. A son grand soulagement, elle en trouva une sans trop de difficulté et parvint même à négocier avec le réceptionniste quand il lui précisa qu'elle devrait attendre midi pour prendre possession de sa chambre.

— Je suis épuisée, plaida-t-elle en sortant la seule carte de crédit qui lui restait. Je paierai pour une nuit supplémentaire si vous le souhaitez, mais trouvez-moi un coin où je puisse me reposer.

Dix minutes plus tard, allongée sur un lit confortable, elle sombrait dans le sommeil. Elle dormit jusqu'au soir sans interruption, puis se contenta de faire un tour dans le quartier avant de rentrer se recoucher.

Le lendemain matin, elle voyait la vie d'un autre œil. Dans l'avion, l'inconnu à la barbe brune et au corps d'athlète lui avait affirmé qu'elle était capable de réussir tout ce qu'elle entreprendrait. Avait-il raison ? A présent qu'elle avait dormi tout son soûl, elle était prête à le croire.

Sa première initiative, en sortant de l'hôtel, fut de s'acheter un téléphone portable, dont elle fit aussitôt usage. A la fin de la journée, elle était plutôt satisfaite d'elle-même. Contrairement à ce que pensait Mary Ellen, la résolution de problèmes était bien son point fort...

Une de ses relations avait accepté d'étudier son projet de création d'entreprise, tandis qu'une autre lui avait promis de lui présenter plusieurs personnes qui pourraient lui être utiles. Par ailleurs, elle avait trouvé un emploi temporaire qui lui permettrait de vivre sans écorner son capital. Certes, ce n'était que du secrétariat, mais cela lui éviterait également de ressasser dans son coin les réflexions acerbes de sa grand-mère.

Réconfortée par ces résultats encourageants, elle avait décidé de prendre contact avec le notaire de la famille de sa mère. A New York, elle avait retrouvé une lettre qu'il lui avait envoyée à l'occasion de son vingt et unième anniversaire. Sa grand-mère était tombée dessus par hasard et avait exigé qu'elle rompe toute relation avec sa famille anglaise.

Et bien sûr, à l'époque, elle avait obtempéré...

Elle avait donc hésité avant de lui téléphoner, et seul le souvenir de sa conversation avec l'inconnu de l'avion l'avait aidée à surmonter ses réticences. Le notaire lui avait répondu assez fraîchement, mais il avait accepté de la recevoir dès le lendemain.

— Je dois avouer que je suis surpris, déclara-t-il quand elle lui rendit visite. Je pensais que Mme Calhoun et vous ne vouliez plus avoir aucun contact avec la famille Dare.

— C'est du passé, je voudrais tourner la page.

Il eut une moue sceptique.

— J'ai rompu tout lien avec ma grand-mère, expliqua-t-elle.

— Qu'attendez-vous exactement des Dare ? demanda-t-il d'un air de plus en plus méfiant.

— Pas de l'argent, si c'est ce que vous avez en tête. J'ai l'intention de rester à Londres quelque temps et je me dis que c'est l'occasion ou jamais de renouer avec ma famille.

— Je vois, commenta sobrement le notaire.

— Je ne me souviens pas de ma mère, avoua-t-elle à contrecœur. Je... j'aimerais revoir ma tante et mes cousines. Cette brouille dure depuis trop longtemps. Je n'en connais même pas la cause !

Pour la première fois, le notaire sourit.

— Je transmettrai votre proposition, promit-il.

Il n'attendit pas longtemps pour tenir parole. A la fin de la journée, alors que Pepper se reposait dans sa petite chambre d'hôtel, le téléphone sonna.

— Pepper ? demanda une voix chaleureuse. Oh, je n'arrive pas à y croire ! C'est si bon de te parler après toutes ces années !

— Qui est à l'ap... ?

Pepper s'interrompit. Elle connaissait cette voix. Elle l'entendait encore s'exclamer : « Qu'est-ce que ça peut faire si tu te salis ? Tu vas voir des martins-pêcheurs ! »

— Isabel ? murmura-t-elle, incrédule.

Pepper avait fini par se persuader qu'elle avait inventé ce souvenir. Ou plutôt, c'était sa grand-mère qui lui avait affirmé qu'il était le produit de son imagination.

— Izzy, c'est toi ?

L'éclat de rire qui résonna à l'autre bout de la ligne fit battre le cœur de Pepper. Pas de doute, c'était bien sa cousine ! Dans ses soi-disant fantasmes, elles avaient passé un après-midi ensemble à la campagne. Izzy, couverte de boue, insistait pour qu'elles aillent jouer au bord de l'étang, mais elle hésitait à la suivre car elle était vêtue de sa plus belle robe.

— Oui, c'est bien moi. Tu veux venir jouer avec moi ? demanda Isabel Dare d'un ton malicieux.

Pepper pouffa.

— Tu veux m'emmener au bord de l'étang ?

— J'ai beaucoup mieux à te proposer ! Si tu es d'accord pour partager un appartement avec tes cousines, il y a une chambre qui t'attend.

Le cœur joyeux, Pepper se renversa sur son lit. Elle venait de trouver un foyer ! Décidément, sa nouvelle vie s'annonçait plutôt bien…

N'ayant jamais vécu en colocation, Pepper alla de surprise en surprise.

Alors qu'au manoir des Calhoun, on ne sortait jamais de sa chambre sans être impeccablement habillée et coiffée, Isabel et sa sœur Jemima, surnommée Jay Jay, se promenaient dans l'appartement en sous-vêtements avec des bigoudis sur la tête, tout en se racontant leur soirée de la veille ou leurs projets pour la journée. Par ailleurs, elles partageaient avec bonne humeur vêtements, tâches ménagères et invitations, mais elles étaient également capables de se disputer pour des broutilles.

Après une semaine de cohabitation, Pepper s'était presque habituée au mode de vie de ses cousines.

— Jamais je n'aurais imaginé qu'on puisse vivre dans un tel désordre ! plaisanta-t-elle un soir.

— Ça m'étonnerait ! rétorqua Jemima. Tu as été étudiante, non ? Tous les étudiants vivent dans le désordre.

— Pas moi. J'avais une domestique.

— Une domestique ! s'écrièrent en chœur ses cousines.

— Une femme de ménage, si vous préférez.

— Eh bien nous, nous faisons tout nous-mêmes, déclara fermement Jemima.

— Sauf quand Jay Jay invite ses amis, intervint Izzy, les yeux pétillants de malice. Ces soirs-là, nous faisons appel à un traiteur. Et le lendemain, à une entreprise de nettoyage...

Jemima jeta un coussin à la tête de sa sœur.

Cependant, il y avait du vrai dans cette plaisanterie. Pepper eut plus tard l'occasion de constater que les invités d'Izzy étaient reçus à la bonne franquette, tandis que Jemima mettait systématiquement les petits plats dans les grands.

— C'est à cause de sa carrière de top model, confia Izzy à Pepper. Son agent la pousse à cultiver ses relations.

— Il a entièrement raison ! acquiesça Pepper. Les relations, c'est essentiel. Je suis bien placée pour le savoir, avec mon projet de création d'entreprise.

Ce soir-là, elle se confia pour la première fois à ses cousines. Elle leur parla du Grenier et leur expliqua pourquoi elle s'était brouillée avec sa grand-mère.

— Ton projet semble très intéressant, commenta Jemima, qui adorait faire les boutiques. Donne-nous de plus amples détails.

— Il s'agit de transformer le shopping en activité ludique. En même temps qu'une boutique, le Grenier sera un lieu de détente et de divertissement. Les vêtements et les accessoires ne seront pas exposés sur des portants ou des étagères, mais mis en scène dans un cadre agréable et chaleureux. Il y aura des malles et des meubles avec plein de tiroirs, dans lesquels les clientes s'amuseront à fouiller.

Jemima eut une moue dubitative.

— A mon avis, il vaut mieux les inciter à faire leur choix rapidement.

— Au contraire ! Il faut qu'elles aient envie de s'attarder. Elles pourront laisser leur manteau à l'entrée, s'asseoir pour boire un verre et prendre le temps de s'imprégner du décor. Car le Grenier ne proposera pas seulement de l'habillement, mais aussi des meubles et des éléments de décoration. Pour fidéliser les clientes, il faut créer un lieu convivial où elles pourront se sentir chez elles et trouver une grande diversité d'articles.

Plus elle développait son idée, plus Pepper s'enflammait.

— J'ai également l'intention d'organiser des soirées avec défilés de mode, cocktails, expositions, concerts...

— Fantastique ! s'exclama Izzy. Concilier shopping et fête, je suis pour !

— Quel genre de vêtements voudrais-tu dans ta gamme ? demanda Jemima.

— Plusieurs stylistes sont prêts à travailler avec moi. Je leur ai demandé de concevoir des tenues à la fois élégantes et pratiques.

Devant la moue sceptique de Jemima, Pepper ajouta :

— Je sais que c'est un problème qui ne te concerne pas, mais sache qu'il est très difficile de trouver en prêt-à-porter des tenues qui ne soient pas conçues pour des femmes filiformes et prêtes à endurer le pire inconfort pour paraître sexy. Mes vêtements seront destinés à toutes celles qui ne rentrent pas dans cette catégorie.

— Ah, je vois, commenta Jemima d'un air dédaigneux. Tu veux cibler les grandes tailles.

— Entre autres, oui ! rétorqua Pepper en relevant le menton d'un air de défi. Le Grenier sera une boutique à la fois chic et décontractée, dans laquelle aucune cliente ne se sentira mal à l'aise, quelle que soit sa taille. Je sais de quoi je parle. Et de toute façon, j'ai effectué une étude de marché très sérieuse. Le Grenier est la boutique dont rêvent les femmes. Tu verras.

— Excusez-moi, monsieur le principal.

Steven Konig était perdu dans ses pensées. Debout devant la fenêtre de son bureau, il contemplait la cour du collège.

Alors que l'architecture médiévale des bâtiments provoquait l'admiration de tous les visiteurs, il ne voyait pour sa part qu'une maçonnerie dégradée, des gouttières bouchées et un toit à refaire d'urgence. Or le coût estimé des réparations lui donnait le vertige. Le budget du collège Queen Margaret's n'était pas à la hauteur de son prestige...

Valerie Holmes, qui était déjà la secrétaire du principal à l'époque où Steven était encore étudiant, émit une petite toux.

— Monsieur Konig ?

Steven tressaillit et se tourna vers elle.

— La voiture est déjà arrivée ?

Il devait se rendre à Londres pour participer à un débat télévisé, et après d'âpres négociations menées par Valerie, la chaîne câblée Indigo Television avait accepté de lui envoyer une voiture.

— Non, monsieur le principal. Elle ne sera pas là avant une heure.

— Alors qu'y a-t-il, Val ? Vous pensez que j'ai besoin d'un briefing ? plaisanta-t-il avec un sourire malicieux.

— Bien sûr que non.

— Ne vous inquiétez pas. J'ai lu attentivement vos notes. Elles me seront très précieuses, comme d'habitude.

— Merci. Les indications fournies par Indigo Television étaient un peu minces, mais...

— Vous pensez comme moi que cette émission sera sans intérêt, n'est-ce pas ? Que voulez-vous, le producteur est un ancien élève du collège et je ne pouvais pas lui refuser cette faveur.

Steven prit une feuille sur son bureau.

— « Création d'entreprise et recherche de capitaux, lut-il en prenant un ton grandiloquent. Débat entre Steven Konig, principal du collège Queen Margaret's et président de K-plant, et Penelope Anne Calhoun, consultante... »

— Monsieur le principal...

— « ... ex-membre du conseil d'administration de Calhoun Carter, leader du secteur de la grande distribution aux Etats-Unis. »

Il eut un sourire narquois.

— Quelles compétences peut-elle avoir en matière de recherche de capitaux, cette jeune femme qui est née avec une cuillère en argent dans la bouche ? Son seul fait d'armes, c'est d'avoir siégé au conseil d'administration de l'entreprise familiale, parmi des actionnaires aussi riches et privilégiés qu'elle !

— Monsieur le principal, il y a dans le pavillon du gardien une femme qui insiste pour vous voir. Elle... prétend que vous êtes le père de sa fille, précisa Valerie d'un air gêné.

Interdit, Steven leva vivement la tête.

— Comment s'appelle-t-elle ? finit-il par demander après un long silence.

— Courtney. Elle n'a pas donné son nom de famille.

— Ah.

— Le gardien lui a expliqué que vous étiez sur le point de partir pour Londres et qu'elle devait prendre rendez-vous pour un autre jour, mais il paraît qu'elle refuse catégoriquement de s'en aller.

— Ça ne m'étonne pas.

Le tressaillement de Valerie n'échappa pas à Steven. La pauvre femme devait imaginer les pires horreurs à son sujet, songea-t-il, amusé malgré lui.

— A quelle heure doit arriver la voiture ? s'enquit-il.

— 11 heures.

— Très bien.

Steven tendit une disquette à Valerie.

— J'ai quelques notes personnelles qui peuvent m'être utiles pour ce fichu débat. Pouvez-vous les imprimer, s'il vous plaît ? Je vais au pavillon chercher Mme Underwood.

— Oh...

— Eh oui. Courtney Underwood. Veuve de Tom Underwood. Vous vous souvenez sûrement de lui. Un étudiant en chimie avec lequel j'étais très lié. C'était un passionné d'escalade et il s'est tué dans les Andes il y a quatre ans.

— En effet, je... me souviens, bredouilla Valerie, rouge de confusion.

— Je ne suis pas le père de l'enfant mais son parrain. Et je n'ai pas vu sa mère depuis des années, mais la connaissant, je ne suis pas étonné qu'elle ait inventé un mensonge pareil pour obtenir un entretien. Soulagée ? s'enquit Steven d'un ton goguenard.

— Votre vie privée ne me regarde pas, monsieur le principal.

— Allons, reconnaissez que l'espace d'un instant vous m'avez pris pour un père indigne, dit-il avec un sourire espiègle. Mais trêve de plaisanteries, je vais me débarrasser de Mme Underwood avant d'aller faire le zouave devant les caméras.

Il poussa un soupir.

— Si seulement ma prestation télévisée pouvait avoir des retombées bénéfiques pour Queen Margaret's...

Courtney était toujours aussi splendide, constata Steven en pénétrant dans le pavillon du gardien. Elle n'avait pratiquement pas changé depuis ce fameux jour où elle lui avait annoncé qu'elle le quittait pour Tom...

— Steven ! Mon chéri ! s'exclama-t-elle en se jetant dans ses bras.

Des étudiants qui étaient en train de regarder s'ils avaient du courrier sur le mur des casiers tournèrent la tête et jetèrent des coups d'œil surpris à leur principal.

Oh non, décidément, elle n'avait pas changé ! songea Steven, désabusé. Toujours aussi comédienne...

— Bonjour, Courtney, dit-il sans manifester la moindre émotion.

— N'ai-je pas droit à un accueil plus chaleureux après tout ce temps ? demanda-t-elle en glissant les mains sous la veste de son costume avec une moue enjôleuse.

Quel cinéma ! se dit-il en s'efforçant d'ignorer le contact de ses doigts à travers le fin coton de sa chemise. Ce regard mouillé qui vous donnait l'impression qu'elle était au bord des larmes, il le connaissait par cœur. Tout comme cette bouche sensuelle légèrement entrouverte, véritable invitation au baiser... Autrefois, ces minauderies le faisaient fondre. Courtney ne l'avait pas oublié, bien sûr. Cependant, quinze ans s'étaient écoulés et elle allait devoir se rendre à l'évidence. Son charme n'avait plus aucun effet sur lui.

Aucun, se répéta-t-il fermement en s'écartant d'elle.

— Tu ferais mieux de venir dans mon bureau.

— Hmm... avec plaisir, murmura-t-elle d'une voix rauque.

Ignorant ses œillades incendiaires, il lui fit signe de le suivre dans la cour.

— J'ai tellement de souvenirs merveilleux dans cet endroit magique ! susurra-t-elle en promenant autour d'elle un regard extasié.

— Vraiment ? Tu me surprends beaucoup.

— Pourquoi ?

— Autant que je me souvienne, tu n'es venue ici qu'une seule fois, répliqua-t-il en s'efforçant de surmonter son irritation. Pour m'annoncer que tu me préférais Tom.

— Steven ! s'écria-t-elle en feignant la stupéfaction. Ne me dis pas que tu m'en veux encore après toutes ces années !

— Je remets juste les pendules à l'heure, répliqua-t-il d'un ton neutre.

Elle laissa échapper un gloussement qui le hérissa. Dire qu'autrefois il trouvait ce petit rire charmant...

En s'exhortant au calme, il se dirigea vers la tour qui abritait à la fois le bureau et l'appartement du principal, auxquels on accédait par un escalier en colimaçon. Il passa la tête par la porte du bureau de sa secrétaire.

— Je reçois Mme Underwood quelques instants, Valerie. Pouvez-vous nous apporter du café, s'il vous plaît ? Et n'oubliez pas de me prévenir dès que la voiture sera arrivée.

Il désigna un siège à Courtney et alla se poster près de la fenêtre.

— Que viens-tu faire à Oxford ? demanda-t-il froidement.

— Pourquoi es-tu aussi distant avec moi, Steven ? Tu n'es pas content de me voir ? demanda-t-elle en battant des cils.

Où était passée sa belle déesse ? se demanda-t-il soudain avec un pincement au cœur. Sa fraîcheur et son naturel étaient tellement plus émouvants que les mines affectées de cette séductrice !

Courtney poussa justement un soupir théâtral.

— Steven ? M'en veux-tu encore vraiment après tout ce temps ?

Il regarda sa montre.

— Quel que soit le but de ta visite, je te suggère de l'exposer sans plus tarder, déclara-t-il d'un ton faussement courtois. Une voiture doit venir me chercher d'un instant à l'autre pour me conduire à Londres.

Le couvant des yeux, sa visiteuse s'humecta les lèvres. A son grand dam, Steven sentit son corps réagir malgré lui. Exaspéré, il s'efforça de rester impassible.

Mais de toute évidence, la lueur qui avait dû s'allumer dans son regard n'avait malheureusement pas échappé à Courtney...

— Renvoie la voiture, dit-elle d'une voix rauque.

— Allons, Courtney, cesse ton cirque, s'il te plaît. Que veux-tu ? De l'argent ?

Manifestement surprise par sa sécheresse, elle leva les sourcils.

— J'ai du mal à te reconnaître, Steven. Tu es devenu si... matérialiste.

— Que veux-tu, il est tellement dur de survivre dans ce monde cruel, persifla-t-il. Tu le sais bien, toi qui as un enfant à élever.

Après la mort de Tom, Courtney était venue le trouver en se plaignant de ne pas avoir les moyens de subvenir aux besoins d'Amaryllis. Il avait donc largement contribué à financer l'éducation de sa filleule, jusqu'au jour où, quatre ans auparavant, Courtney avait quitté l'Angleterre avec son amant du moment et sa fille.

Elle prit une mine soucieuse.

— Justement… C'est au sujet d'Amaryllis que je voulais te voir.

Pauvre fillette, comment avaient-ils pu l'affubler d'un prénom pareil ? songea-t-il, consterné.

— Quel est le problème ? demanda-t-il.

— Il faut que tu t'occupes d'elle.

— Pardon ?

— Je suis obligée de partir pour une cure de longue durée et je ne peux pas l'emmener avec moi.

— Une cure ? De quoi souffres-tu ?

Un léger embarras se peignit furtivement sur les traits de Courtney.

— Il s'agit d'une cure… spirituelle.

Steve en resta un moment sans voix.

— Mon psy dit que j'ai besoin de me régénérer, ajouta-t-elle en relevant le menton d'un air de défi.

— Vraiment ?

Steven crispa les poings. Non, décidément, Courtney n'avait pas changé. Son égoïsme était toujours aussi démesuré. En fait, il était étonnant qu'elle n'ait pas cherché plus tôt à se débarrasser d'Amaryllis…

Le téléphone sonna.

— Désolée de vous déranger, monsieur le directeur, dit Valerie. J'ai le gardien en ligne. Il demande s'il peut emmener la petite fille à l'office pour lui donner un pain aux raisins.

Steven se figea.

— Quelle petite fille ?

Courtney promenait son regard autour d'elle, comme si cette conversation ne la concernait pas.

— Apparemment elle est avec Mme Underwood, répondit Valerie.

— Je m'en occupe.

Steven raccrocha et darda sur Courtney un regard indigné.

— Tu as amené Amaryllis avec toi ?

— Bien sûr ! répondit-elle d'un air surpris. Je n'ai personne pour la garder !

— Puis-je savoir où tu l'avais laissée ?

— Dans la rue. Je lui avais demandé de m'attendre.

— Pourquoi ne l'as-tu pas amenée jusqu'ici avec toi ?

Mais la réponse était évidente, comprit Steven, écœuré. Courtney n'avait pas voulu être gênée par sa fille de neuf ans au cas où il lui faudrait aller jusqu'à le séduire pour obtenir ce qu'elle voulait de lui.

S'exhortant au calme, il se dirigea vers la porte et l'ouvrit.

— Lève-toi. Nous allons la chercher.

Courtney eut une moue boudeuse.

— Vas-y tout seul. Il pleut et...

— Ne discute pas et viens avec moi, coupa-t-il d'une voix glaciale.

Dans le pavillon du gardien, au milieu des étudiants qui consultaient leur casier en discutant joyeusement, une petite fille lisait les annonces sur le tableau d'affichage.

Contrairement à la tenue très chic de sa mère, ses vêtements étaient défraîchis, constata Steven avec effarement. De plus, ils n'étaient pas adaptés à la saison. Dans sa veste trempée par la pluie, Amaryllis frissonnait en serrant contre elle un petit sac à dos.

— Tu te souviens de ton parrain ? s'enquit Courtney d'une voix suave.

La petite fille hocha la tête.

— Bonjour.

— Bonjour, répondit Steven.

— C'est lui qui va s'occuper de toi, expliqua Courtney.

L'ignorant, Steven s'accroupit devant sa filleule.

— Tu te souviens vraiment de moi ?

Elle l'observa posément pendant un instant avant de demander :

— Tu es un ex-petit ami de maman ?

Cela en disait long sur l'existence que Courtney faisait mener à sa fille ! songea Steven, outré.

— Es-tu d'accord pour rester avec moi pendant quelque temps ? demanda-t-il avec douceur.

— Maman dit qu'il le faut, répliqua-t-elle, visiblement surprise.

De toute évidence, elle n'avait pas l'habitude qu'on lui demande son avis...

Steven se tourna vers Courtney.

— J'ai besoin de ses papiers, dit-il en s'efforçant de contenir sa colère. Certificat de naissance, carnet de vaccination, dossier scolaire.

— Tout est dans son sac.

— Et ses affaires ?

D'un geste de la main, Courtney indiqua une valise posée au pied du panneau d'affichage. Celle-ci était bien trop petite pour contenir tous les vêtements et tous les jouets d'une enfant de neuf ans, constata Steven, de plus en plus écœuré.

— Parfait. Tu veux que je m'occupe d'elle ? C'est d'accord.

Il se tourna vers le gardien.

— Jackson, j'ai besoin d'une feuille de papier.

Autour d'eux, le bruit des conversations s'était atténué et les étudiants les observaient à la dérobée.

S'asseyant au bureau du gardien, Steven écrivit quelques lignes sur la feuille, puis demanda à son subordonné d'en faire une copie. Ensuite, il fit signe à deux garçons.

— J'ai besoin de vous comme témoins.

Il prit les deux feuilles que le gardien lui tendait et demanda à Courtney de prendre sa place au bureau.

— Voilà. J'ai noté que tu me confiais la garde de ta fille sans conditions. Inscris ton adresse ici... Et signe.

— Je n'ai pas d'adresse, objecta-t-elle d'un air maussade.

— Alors précise-le. Sur les deux feuilles, ajouta-t-il d'un ton cinglant qui la fit tressaillir.

Courtney s'exécuta sans un mot. De toute évidence, elle était enfin déstabilisée, se dit-il avec satisfaction en signant à son tour.

— Les témoins, à présent, dit-il en se tournant vers les deux étudiants. Nom, adresse, date et signature.

— Monsieur le principal, la voiture d'Indigo Television est arrivée, annonça Jackson au même instant.

— Trouvez-lui une place de parking et dites au chauffeur que j'arrive dans dix minutes.

Steven donna une des copies à Courtney et mit la seconde dans sa poche après l'avoir pliée soigneusement.

— Gardez la valise pour l'instant, s'il vous plaît, Jackson. Je reviendrai la chercher plus tard. Tu veux bien venir avec moi dans un studio de télévision ? ajouta Steven en tendant la main à l'enfant.

Elle hocha vigoureusement la tête.

— Alors dis au revoir à ta maman et suis-moi.

Courtney le saisit par le bras.

— Tu t'en vas ? Nous avons encore tellement de choses à nous dire..., susurra-t-elle.

Il la toisa avec mépris.

— Mon avocat prendra contact avec toi.

Amaryllis embrassa sa mère, puis elle glissa sa petite main dans celle de Steven. Il ne s'était pas trompé en pensant qu'elle n'était pas assez couverte, constata-t-il, le cœur serré. Ses doigts étaient glacés.

— Avant de partir, nous allons passer à mon bureau, expliqua-t-il d'une voix douce. J'ai des affaires à prendre. Jackson, vous voulez bien raccompagner Mme Underwood jusqu'à la sortie, s'il vous plaît ?

— Bien sûr, monsieur le principal.

Sans un regard pour Courtney, Steven entraîna l'enfant dans la cour.

— Savez-vous ce que je déteste le plus chez les Anglais ? demanda Pepper d'un air sombre tout en s'observant dans le miroir.

Terry Woods, qui était née à Brighton, réprima un sourire.

Cela faisait deux mois qu'elle coiffait Pepper Calhoun et elle avait pris l'habitude des mouvements d'humeur épisodiques de sa cliente. En général, ils indiquaient que celle-ci se préparait à accomplir une corvée.

— Non, Pepper, répliqua-t-elle d'un ton enjoué. Mais je suis sûre que vous allez me le dire.

— Leur roublardise.

Terry fut si surprise qu'elle faillit laisser tomber sa brosse.

— Excusez-moi ! Je ne vous ai pas fait mal, j'espère ? Prenez un chocolat, ça vous détendra.

Pepper la foudroya du regard dans le miroir.

— C'est bien ce que je disais !

— Pardon ?

— Vous manquez de m'éborgner avec votre brosse et pour m'empêcher de crier, vous m'offrez un chocolat. Quoi de plus roublard ?

Terry éclata de rire.

— Vous exagérez !

Elle rapprocha de Pepper la coupe de bouchées pralinées.

— Servez-vous.

Pepper hésita.

— Je ne devrais pas.

Tout en démêlant avec soin la masse de ses cheveux cuivrés, Terry demanda avec un sourire malicieux :

— Qui d'autre a osé se montrer roublard avec vous ?

— Indigo Television.

— Jamais entendu parler.

— Ça ne me surprend pas ! C'est une nouvelle chaîne câblée pour laquelle travaille un journaliste que j'ai croisé une fois à mon arrivée ici. Eh bien, non seulement il a réussi à retrouver ma trace, mais il m'a persuadée de participer à son émission. Vous ne pouvez pas savoir à quel point ça me barbe ! D'un autre côté, un peu de publicité peut être utile à mon projet.

— Quel genre d'émission est-ce ?

— Bonne question, répondit Pepper d'un air désabusé.

Elle avança la main vers les chocolats. Puis, se ravisant, elle la ramena vivement sur ses genoux.

— C'est un face-à-face consacré à la création d'entreprise, expliqua-t-elle. Devant un public d'étudiants en gestion. Bien sûr, aucune question n'est communiquée à l'avance et l'émission passe en direct. Seigneur ! Qu'est-ce qui m'a pris d'accepter ?

L'estomac de Pepper se noua. Elle tendit la main. La tentation était trop forte. Et de toute façon, elle avait besoin de se donner du courage.

Steven termina de relire ses notes et les rangea dans son porte-documents. Assise à côté de lui sur la banquette, Amaryllis regardait le paysage par la vitre.

Soudain pris de remords, il dit d'un ton bourru :

— Tu sais, tu risques de t'ennuyer un peu au studio de télévision.

Elle tourna vers lui un visage sérieux.

— Ne t'inquiète pas, je serai sage. Je ne suis pas une enfant difficile. C'est maman qui le dit.

Il n'y avait aucune fierté dans la voix de la petite fille. Seulement de la résignation. Steven sentit sa rage se réveiller. Courtney était décidément d'un cynisme à toute épreuve...

— Dès que l'émission sera terminée, nous irons faire des courses. Tu pourras choisir tous les vêtements que tu veux, promit-il.

Au même instant, la voiture pénétra dans la cour d'un immeuble miteux. Certes, Indigo Televison était une petite chaîne toute récente aux moyens encore limités, mais il ne s'attendait pas à un décor aussi misérable, songea Steven avec surprise.

Il se pencha vers le chauffeur.

— Vous êtes certain que c'est bien ici ?

— C'est la question que tout le monde pose, répliqua l'homme d'un ton lugubre en se garant devant un petit hangar de tôle ondulée contre lequel étaient entassés des sacs-poubelle et un amas de ferraille.

Au moment où Steven descendait de voiture, une femme pénétra dans la cour. Enveloppée dans un immense imperméable à capuche, elle se dirigea vers la voiture en tentant d'éviter les flaques d'eau.

— Je suis à Indigo Television ? demanda-t-elle d'un ton incrédule.

Steven eut un sourire de dérision.

— Je le crains.

— Madame, monsieur, par ici, dit le chauffeur en ouvrant une petite porte qui donnait sur un étroit couloir.

Après avoir baissé sa capuche, sous laquelle elle portait un foulard, la femme promena autour d'elle un regard atterré.

— Hé ! Télé Dépotoir ! Il y a quelqu'un ? cria-t-elle.

Amaryllis pouffa.

N'obtenant pas de réponse, l'inconnue poussa un soupir impatient, puis elle enleva une de ses chaussures et se mit à cogner sur un radiateur.

Amaryllis s'empressa de l'imiter, tandis que Steven, agressé par le bruit assourdissant, se bouchait les oreilles.

— Arrêtez ! intima-t-il.

Amaryllis se rechaussa aussitôt, mais la femme continua de plus belle. Décidément, c'était sa journée ! songea Steven, au comble de l'exaspération. Si cette furie était l'autre intervenante du débat, ça promettait...

— Je vais voir s'il y a quelqu'un, annonça-t-il en s'avançant à grand pas dans le couloir.

Derrière la troisième porte qu'il ouvrit, il trouva ce qu'il cherchait.

— Vous avez de la visite, annonça-t-il à deux jeunes femmes en train de papoter. Et des troubles de l'audition, apparemment...

Dès qu'elle les vit, la furie daigna enfin cesser son vacarme.

— Indiquez-lui un endroit où déposer son manteau,

proposez-lui un siège et apportez-lui un café, conseilla Steven aux deux jeunes femmes.

Aussitôt, l'une d'elles partit en courant vers le fond du couloir, tandis que l'autre invitait le petit groupe à la suivre en bredouillant des excuses. Amaryllis s'élança derrière elle en sautillant joyeusement, mais l'inconnue ne bougea pas.

Steven eut du mal à réprimer un sourire narquois. Avec sa chaussure à la main et son foulard qui lui masquait une partie du visage et lui faisait une tête énorme — dissimulerait-il des bigoudis ? — elle était ridicule…

— Est-ce que les gens vous obéissent toujours au doigt et à l'œil ? demanda-t-elle d'un air pincé.

— Bien sûr, acquiesça-t-il avec le plus grand sérieux. Quoi de plus normal, puisque j'ai toujours raison ?

3

« Toujours raison ? »

Pepper n'en crut pas ses oreilles. Pour qui se prenait-il ? se demanda-t-elle en se rechaussant. Si ce macho était l'autre intervenant du débat, ça promettait...

— Excusez-moi, je ne me suis pas présenté, déclara-t-il en s'inclinant. Steven Konig, invité à l'émission *Profitez de leur expérience*.

Ses craintes étaient confirmées ! songea Pepper en réprimant un soupir.

Avant qu'elle ait le temps de se présenter à son tour, une des deux jeunes femmes revint vers eux.

— Si vous voulez bien me suivre dans le salon. Martin Tammery, dont je suis l'assistante, va vous y rejoindre d'une minute à l'autre.

Après les avoir conduits dans une pièce sans fenêtres, uniquement meublée d'une table en formica et de quelques chaises, elle leur proposa de les débarrasser de leurs manteaux.

Se déshabillant prestement, Steven lui tendit le sien avec un sourire absent, puis il sortit son téléphone portable de sa poche et s'isola dans un coin de la pièce pour discuter à voix basse.

Quel manque d'éducation ! songea Pepper avec mépris en posant sa serviette de cuir sur une chaise avant d'ôter l'imperméable que Terry avait tenu à lui prêter.

— Pourquoi portes-tu deux manteaux ? demanda une petite voix à côté d'elle.

La fille de M. J'ai-toujours-raison la regardait d'un air intrigué.

— Parce que mon manteau n'a pas de capuche.

— Pourquoi as-tu besoin d'une capuche, puisque tu as un foulard ?

— Parce que le foulard n'est pas imperméable et que je sors de chez le coiffeur.

Dénouant son carré de soie, Pepper libéra sa crinière flamboyante.

Toujours au téléphone, M. J'ai-toujours-raison émit un bruit bizarre, comme s'il s'étranglait. La personne avec qui il discutait venait-elle de le remettre en place ? se demanda Pepper en réprimant un sourire sarcastique.

— Vous avez des cheveux magnifiques ! s'exclama l'assistante.

— Merci, répliqua Pepper en les tâtant délicatement du bout des doigts.

Apparemment, le foulard et la capuche n'avaient pas gâché le travail de Terry. Ses boucles semblaient toujours aussi souples. Toutefois, il restait à s'assurer que le dessus n'avait pas été trop aplati.

— Qui vous fait votre couleur ? demanda la jeune femme.

Pepper ouvrit de grands yeux.

— Pardon ?

— J'ai toujours eu envie d'être rousse, mais chaque fois que j'ai essayé, le résultat a été catastrophique. Qui vous teint les cheveux ?

— Personne.

— C'est naturel ? Quelle chance vous avez !

Flattée, Pepper ne put s'empêcher de sourire.

— Vous... J'espère que vous ne vous attendez pas à être maquillée ? demanda la jeune femme avec un embarras manifeste. Indigo est une chaîne toute récente et le personnel est encore réduit. Mais si vous avez envie de... vous rafraîchir, il y a un grand miroir dans les toilettes. Sur le plateau les lumières sont redoutables, vous savez...

L'assistante était écarlate. Elle essayait de lui faire passer un message, comprit Pepper. Mais lequel ?

Ce fut la petite fille qui lui donna la réponse.

— Vous avez le nez qui brille.

Pepper déglutit péniblement. Comment n'y avait-elle pas songé plus tôt ? Après la séance chez le coiffeur et son équipée sous la pluie pour arriver jusqu'au studio, ce n'était pas très étonnant. D'autant plus que comme à l'accoutumée elle s'était à peine maquillée...

— Je vais vous accompagner jusqu'aux toilettes, proposa l'assistante.

— Moi aussi, dit la petite fille.

M. J'ai-toujours-raison interrompit sa conversation téléphonique. Décidément, celle-ci semblait l'avoir déstabilisé, se dit Pepper avec satisfaction. Il faisait une de ces têtes !

— Où allez-vous ? demanda-t-il d'un ton vif.

A la grande joie de Pepper, la petite fille lui jeta un regard condescendant.

— J'ai envie.

Il fronça les sourcils.

— Envie ?

Puis il comprit subitement.

— Oh, bien sûr. Ça ne te dérange pas d'y aller avec Mlle euh... ?

Inutile de demander à Mlle euh... si de son côté ça ne la dérangeait pas de s'occuper de sa fille ! songea Pepper avec irritation.

Sans un mot, elle quitta la pièce, accompagnée de l'enfant qui trottinait à son côté.

Au bout du couloir, l'assistante ouvrit la porte des toilettes et actionna un interrupteur. Une série d'ampoules s'alluma autour d'un miroir ovale. En voyant son reflet, Pepper esquissa une grimace. Non seulement son nez brillait, mais elle avait le teint blafard... Certes, ses cheveux étaient splendides, cependant leur éclat accentuait la pâleur de son visage.

— A tout de suite dans le salon, dit l'hôtesse avant de sortir. Ne tardez pas trop, il ne reste que dix minutes avant le début de l'émission. Et comme c'est en direct, nous ne pouvons pas nous permettre le moindre retard.

Au grand soulagement de Pepper, la petite fille se dirigea vers l'un des W.-C. sans lui demander son aide. Elle n'avait pas l'habitude des enfants et de toute façon, elle n'avait pas le temps de s'occuper d'elle. Heureusement que quelques jours auparavant, Jemima avait décidé de lui inculquer quelques notions de base en matière de maquillage...

Prenant une profonde inspiration, Pepper sortit de sa serviette une trousse contenant un arsenal complet de fards, de crayons et de pinceaux. Avec un peu de chance et de concentration, elle allait peut-être réussir à se rappeler comment s'en servir...

Quelques secondes plus tard, après s'être lavé les mains, la petite fille se hissa sur un tabouret à côté d'elle.

— Maman dit qu'il ne faut pas mettre trop de couleur dans la journée, dit-elle en écartant un fard à paupières vert Nil.

— Vraiment ?

Par esprit de contradiction, Pepper prit le fard, en appliqua sur une de ses paupières et s'examina dans le miroir.

La petite fille resta silencieuse.

En soupirant, Pepper s'essuya avec une lingette démaquillante.

— D'accord, tu as raison. On dirait que je viens de disputer un match de boxe. Je vais me contenter d'un peu de poudre et d'une légère touche de blush.

Peut-être encore un peu trop pâle ? se demanda-t-elle quelques instants plus tard. Tant pis. Après tout, elle n'avait pas été invitée à cette émission pour son physique de rêve, songea-t-elle avec dérision. Et en tout cas, son nez ne brillait plus.

Elle passa un peigne dans ses cheveux en tentant de leur redonner un aspect gonflant. Rapidement, elle renonça.

— Tu ne mets pas du gel ? demanda la petite fille. Maman dit…

— Non, coupa Pepper avec agacement. Je n'ai pas le temps.

Quand elles sortirent, la petite fille lui prit la main. Malgré elle, Pepper se radoucit. Après tout, ce n'était pas de la faute de l'enfant si elle était sur les nerfs… Et puis si celle-ci s'était fait une fête de visiter un studio de télévision, elle devait être très déçue par cet endroit qui manquait pour le moins de glamour…

— C'est toi qui as envie d'accompagner ton papa ? demanda-t-elle avec un sourire bienveillant.

La petite fille secoua la tête.

— C'est oncle Steven qui m'a proposé de venir. Après, nous allons faire du shopping.

— Oncle Steven ? M. J'ai-tou… M. Konig n'est pas ton papa ?

— Non.

— Comment t'appelles-tu ?

— Janice.

Pourquoi la fillette avait-elle eu une légère hésitation avant de répondre ? se demanda Pepper, intriguée. Elle n'avait peut-être pas l'habitude des enfants, mais à force de fréquenter le monde des affaires, elle avait développé un instinct infaillible. Elle décelait toujours les mensonges de ses interlocuteurs. Janice n'était pas le vrai prénom de cette petite fille. Elle en aurait mis sa main à couper…

Dès qu'il fut seul dans le salon d'attente — un terme inapproprié étant donné l'inconfort de l'endroit—, Steven, qui avait raccroché depuis un moment, se laissa tomber sur une chaise en refermant son téléphone portable d'un coup sec.

La furie qui avait réussi à l'horripiler en moins de deux minutes n'était autre que sa déesse flamboyante ! Comment était-ce possible ? Dire que depuis des semaines il cultivait secrètement le souvenir précieux de leur rencontre... Quel choc il avait eu quand elle avait ôté son foulard ! Qu'étaient devenus son sourire charmant et son regard si émouvant ? Et pourquoi feignait-elle de ne pas le reconnaître ? Il n'était pourtant pas affublé d'une capuche, lui ! Il crispa la mâchoire. Décidément, il était un bien piètre juge pour discerner la véritable nature des femmes. S'il en doutait encore, il venait d'avoir l'occasion de le constater. Bon sang, comment sa déesse avait-elle pu se métamorphoser en harpie ?

A cet instant, Martin Tammery le tira de ses réflexions en faisant irruption dans le salon.

— Bonjour, Steven. Désolé de ne pas avoir été là pour t'accueillir, mais je suis débordé. Tu sais ce que c'est.

Tout en parlant, il griffonnait d'un air affairé sur un bloc-notes.

— Il paraît que la Tigresse a déjà fait des siennes, ajouta-t-il quand il eut terminé.

— La Tigresse ? répéta Steven d'un ton sarcastique. Ce surnom va comme un gant à la furie que j'ai croisée en arrivant et qui n'a même pas eu la politesse de se présenter.

Martin Tammery eut un sourire ravi.

— J'ai l'impression que le débat va être animé. Parfait. Mais où est-elle passée ? J'espère que tu ne l'as pas fait fuir ?

— Très drôle. Elle préférerait sans doute m'assommer à coups de talon aiguille plutôt que de battre en retraite.

— Mademoiselle Calhoun ! s'exclama Martin Tammery alors que Pepper entrait dans la pièce en compagnie d'Amaryllis. C'est un immense plaisir pour moi de vous accueillir à Indigo Television. Mais j'ai cru comprendre que mes deux invités n'avaient pas été présentés officiellement l'un à l'autre, ajouta-t-il avec malice. Permettez-moi de combler cette lacune. Mademoiselle Calhoun, je vous présente Steven Konig, qui avant de devenir une personnalité très en vue était mon directeur d'études à l'université. Steven, je te présente, Mlle Penelope Anne Calhoun.

Même si cet homme était un insupportable macho, mieux valait faire des efforts, décida Pepper. Puisqu'elle avait accepté de participer à ce débat, autant jouer le jeu.

— Bonjour, professeur, dit-elle d'une voix suave en tendant la main. Enchantée de vous rencontrer.

Il la lui serra sans un mot en la fixant d'un regard pénétrant qui la troubla.

Cet homme lui rappelait quelqu'un, se dit-elle, intriguée. Mais qui ?

— Il est temps de gagner le plateau, déclara Martin Tammery. Le public est assez hétérogène et ses centres d'intérêts vont de la haute finance à l'industrie musicale. Vous risquez d'être confrontés à des questions inattendues. Ça ira ?

— J'improviserai, rétorqua Steven Konig d'un air désinvolte.

Et elle ? fulmina silencieusement Pepper. Comment était-elle censée s'en sortir ? Avait-il l'intention de monopoliser la parole ? Sans doute. Il semblait la considérer comme quantité négligeable et se comportait comme si elle n'était qu'une simple figurante. Il n'avait même pas daigné répondre à son salut !

Serrant les dents, elle pénétra dans le studio en s'exhortant au calme. Il fallait absolument qu'elle se maîtrise et qu'elle soigne son image. Agresser Steven Konig en direct à la télévision ne pouvait que la desservir. Dommage, parce que c'était très tentant...

Arborant un sourire professionnel, elle prit place dans le fauteuil qui lui était réservé.

Une fois le discours d'introduction de l'animateur terminé, la première question, concernant le capital d'amorçage, fut posée par une jeune fille en jean délavé. Pepper y répondit par un exposé remarquable, ce qui eut pour effet d'attiser l'irritation de Steven. Il s'empressa d'ergoter sur un point de détail, mais elle réfuta ses objections avec brio et conclut sa démonstration avec une mine réjouie, qui signifiait clairement : « C'est moi qui remporte le premier round. »

L'héritière en fuite 57

La suite du débat se déroula sur le même ton à la grande satisfaction de Martin Tammery, qui trépignait d'enthousiasme dans la régie. Les deux intervenants étaient aussi brillants l'un que l'autre et leur antagonisme ne faisait que renforcer l'intérêt de leurs échanges. Sans jamais franchir les limites de la courtoisie, ni l'un ni l'autre ne lâchait prise. Jusqu'au moment où la discussion dérapa.

— Trouvez-vous légitime qu'un employeur exige d'une vendeuse qu'elle maigrisse ? demanda un étudiant.

— J'estime qu'il est normal d'attendre de ses employés qu'ils soignent leur tenue, surtout quand ils sont en contact avec la clientèle, répondit Pepper. Cependant, en l'occurrence, le problème est différent. Le résoudre ne dépend pas toujours de la volonté de la personne concernée. Ses causes sont multiples, et malheureusement, il n'est pas toujours possible de les combattre avec efficacité.

— Oh, je vous en prie, épargnez-nous ce genre de discours fataliste ! s'exclama Steven d'un ton méprisant. Si vous avez un problème, vous pouvez décider soit de vous y attaquer soit de l'ignorer. Et si vous partez du principe qu'il est insoluble, il n'est pas étonnant que vous aboutissiez à un échec. En tout cas, la moindre des choses est d'assumer vos responsabilités !

En fait, les pensées de Steven vagabondaient depuis un moment et il avait un peu perdu le fil de la discussion. L'image de la déesse flamboyante de l'avion le poursuivait et il ne parvenait pas à admettre le décalage entre les deux personnalités de Penelope Anne Calhoun. Saisissant au vol les paroles de celle-ci sans trop savoir à quoi elles se rapportaient, il s'était laissé emporter par son exaspération.

Steven fut alors stupéfait par la réaction de sa compagne. Jusqu'à présent, Pepper avait prouvé qu'elle avait du répondant. En cet instant, elle était muette, d'une pâleur mortelle. Après un silence qui sembla durer une éternité, l'animateur invita le public à poser la question suivante.

Se ressaisissant, Pepper retrouva son sens de la repartie,

mais elle évita systématiquement le regard de Steven jusqu'à la fin du débat. Quand la musique du générique de fin retentit, elle se leva et quitta le plateau comme un automate.

Quelques secondes plus tard, Amaryllis qui avait suivi l'émission depuis la régie, rejoignit Steven et se planta devant lui. Pourquoi le fixait-elle d'un air aussi sévère ? se demanda-t-il avec perplexité.

— La dame est en train de pleurer, annonça-t-elle d'un ton réprobateur.

Etonné, il arqua les sourcils.

— Tu es sûre ?

Sans prendre la peine de répondre, Amaryllis darda sur lui un regard encore plus dédaigneux.

Il se leva et quitta le plateau. Que se passait-il ? C'était insensé ! Pourquoi cette furie pleurait-elle ? Qu'avait-il fait ? Il n'en avait pas la moindre idée, mais le regard accusateur d'Amaryllis semblait indiquer qu'il y était pour quelque chose.

Martin Tammery le rejoignit dans le salon en se frottant les mains, lui ôtant ses derniers doutes.

— Fantastique ! Elle t'a donné du fil à retordre, mais tu as fini par lui river son clou. En tout cas, avec un affrontement de cette qualité, l'indice d'écoute a sûrement crevé le plafond. J'ai hâte d'avoir les chi...

Il s'interrompit brusquement.

Pepper venait d'entrer dans la pièce, les yeux étincelants.

Martin se tourna vers son assistante et lui murmura à l'oreille :

— Essaie de la retenir, je reviens.

Puis il sortit précipitamment.

— Puis-je vous offrir un verre, mademoiselle Calhoun ? demanda la jeune femme.

— De l'eau, répondit Pepper les mâchoires serrées. Un grand verre.

Steven s'avança vers elle, plein de bonnes intentions.

— Rester pendant une heure sous l'œil des caméras est éprouvant, n'est-ce pas ?

Quel idiot ! Elle allait penser qu'il se payait sa tête, se dit-il aussitôt.

En effet, elle le foudroya du regard.

— Heureusement, c'est terminé, ajouta-t-il d'un ton qui se voulait enjoué.

— Non justement, ça ne fait que commencer, répliqua-t-elle d'un ton sec. Les droits de rediffusion vont sûrement atteindre des sommets. Vous savez aussi bien que moi que le public adore le scandale et que les autres chaînes vont s'arracher la cassette de cette émission.

Steven arqua les sourcils.

— Je ne comprends pas.

— Inutile de prendre cet air innocent, monsieur Konig. Vous avez été grossier et vous le savez parfaitement. Votre comportement est indigne d'un gentleman.

Sur ces mots, Pepper tourna les talons et quitta la pièce.

4

Quand Martin Tammery revint, il fut très contrarié de constater que Pepper avait disparu.

— Pourquoi l'avez-vous laissée filer ? lança-t-il à son assistante.

— Elle n'y est pour rien, plaida Steven. C'est à cause de moi que Mlle Calhoun est partie. Je voudrais justement que tu me donnes son numéro de téléphone.

— Tu t'imagines qu'elle va accepter de te parler ? Tu rêves !

— Pourquoi refuserait-elle ?

— Parce que tu viens de lui faire remarquer en direct à la télévision qu'elle était la seule responsable de son problème de poids.

— De quoi parles-tu ? s'exclama Steven, abasourdi. Je ne lui ai jamais rien dit de tel !

Tammery prit un air désabusé.

— Oh, ne te fatigue pas ! J'ai l'habitude qu'on me fasse porter le chapeau. Quand il y a un litige entre deux invités, ils finissent toujours par accuser le producteur machiavélique d'avoir tout manigancé.

— Je ne lui ai jamais rien dit de tel, répéta Steven, profondément perturbé. Et de toute façon, elle n'a pas de problème de poids.

— On ne peut pas dire qu'elle soit mince ! argua

Tammery. En fait, si l'émission n'avait pas été diffusée en direct, j'aurais déjà ses avocats au téléphone.

Steven n'en crut pas ses oreilles.

— Ses avocats ?

— Crois-moi, si elle en avait le pouvoir, elle exigerait qu'on coupe ce passage.

L'air soudain inquiet, le producteur se tourna vers son assistante.

— Elle a bien signé la cession des droits de rediffusion, j'espère ?

— Oui. Nous l'avons reçue par courrier cette semaine.

Tammery poussa un soupir de soulagement.

— Dieu merci ! Cette émission va nous rapporter une fortune.

— Que comptes-tu en faire ?

— Les autres chaînes vont vouloir l'acheter pour la diffuser, bien sûr ! Rien de tel qu'un débat un peu... animé pour faire grimper l'indice d'écoute.

— Elle avait raison, murmura Steven, incrédule.

Haussant la voix, il déclara d'un ton impérieux :

— Je veux visionner cette bande. Immédiatement.

— C'est impossible. J'ai des rendez-vous à l'extérieur et...

— Tu n'as pas l'air de comprendre, coupa Steven d'une voix glaciale. J'exige de voir cette émission dans son intégralité. Je veux me rendre compte de ce que j'ai dit exactement et de l'effet produit par mes paroles. Sinon ce ne sont pas les avocats de Mlle Calhoun que tu auras sur le dos mais les miens.

Résigné, Martin Tammery le conduisit à la régie. A la fin du visionnage, Steven était atterré.

— Comment ai-je pu me montrer aussi blessant sans même m'en rendre compte ? Je suis impardonnable.

— Tu exagères ! C'est un débat d'une qualité exceptionnelle, protesta Tammery avec la plus parfaite mauvaise foi. A présent, si tu veux bien m'excuser, j'ai des affaires urgentes à régler.

Steven lui bloqua le passage.

— Avant de te laisser vaquer à tes occupations, je te signale que je n'ai pas signé la cession des droits, déclara-t-il d'un ton dangereusement posé. Vends une seule minute de cet enregistrement et je te traîne en justice.

Pepper referma la porte de l'appartement derrière elle et s'y adossa en fermant les yeux. Elle tremblait de tout son corps. Quatre heures s'étaient écoulées depuis la fin de l'émission et elle était encore dans tous ses états !

— Pepper ?

La voix d'Izzy la fit tressaillir. En principe, aucune de ses deux cousines ne rentrait avant 19 heures.

— Que se passe-t-il ? Ta grand-mère a encore essayé de te mettre des bâtons dans les roues ? Tu as une mine défaite.

Pepper eut un sourire désabusé. Jusqu'à présent, seule Mary Ellen Calhoun avait le pouvoir de la mettre dans cet état. Si elle avait su qu'en traversant l'Atlantique elle tomberait sur un autre personnage aussi odieux, elle serait restée sur le continent américain !

— Non. Cette fois ce n'est pas elle mais un homme qui m'a traité de sac de pommes de terre, répondit-elle en s'efforçant de prendre un ton désinvolte. En direct à la télévision.

Izzy ouvrit de grands yeux.

— Quelle horreur ! Comment peut-on avoir l'idée de te traiter de sac de pommes de terre ?

— En fait, cette expression est celle que ma grand-mère a employée juste avant que je rompe toute relation avec elle. Aujourd'hui, M. J'ai-toujours-raison s'est contenté de me faire remarquer que j'avais un problème de poids et que j'en étais entièrement responsable.

— C'est insensé !

L'incrédulité flagrante de sa cousine réchauffa un peu le cœur de Pepper. Elle haussa les épaules avec un sourire crispé.

— Peut-être, mais c'est pourtant bien ce qui s'est passé.

— Viens, je vais te faire du thé.

Pepper se laissa entraîner dans la cuisine, une grande pièce lumineuse dans laquelle régnait toujours une pagaille invraisemblable. Elle s'installa au comptoir après en avoir enlevé une pile de courrier et deux pots de fleurs.

Elle ne parvenait pas à s'accoutumer au désordre dans lequel vivaient ses cousines. Leur complicité et leur insouciance la déroutaient également. Son enfance solitaire dans le manoir des Calhoun l'avait habituée à une vie très différente. Elle ne faisait pas partie du même monde qu'elles, songeait-elle souvent avec une pointe d'envie.

— Raconte-moi tout, demanda Izzy en s'affairant derrière le comptoir. Je suis sûre que tu as impressionné tout le monde par la qualité de tes interventions.

Malgré elle, Pepper laissa échapper un petit rire.

— Je crois que je ne m'en suis pas trop mal sortie, à vrai dire. Il est vrai que je possédais parfaitement le sujet. Par ailleurs, j'étais tellement exaspérée que la plupart du temps j'en oubliais d'avoir le trac.

Izzy déposa deux tasses de thé fumant sur le comptoir et s'assit en face d'elle.

— Tu étais exaspérée à cause de... comment l'as-tu appelé ? M. Je-sais-tout ? Qui est-ce ?

— Un macho de la pire espèce.

— Que t'a-t-il dit exactement ?

Pepper crispa la mâchoire.

— Que si j'avais un problème de poids, c'était entièrement ma faute.

— J'espère que tu l'as mouché !

— Bien sûr ! Je lui ai dit que son comportement était indigne d'un gentleman.

Izzy arqua les sourcils.

— Quelle offense ! ironisa-t-elle.

— Il est tellement imbu de lui-même que je suis sûre qu'il l'a très mal pris.

— Quel âge a-t-il ?

— Je ne sais pas. La trentaine, je suppose. Pourquoi ?

— A t'entendre on pourrait croire qu'il en a au moins soixante-dix ! s'exclama Izzy en riant. Je te signale que les hommes de notre génération — même les Anglais — se moquent de ne pas passer pour des gentlemen.

— Je suis certaine qu'il a été très vexé, insista Pepper d'un air buté.

Izzy secoua la tête.

— Tu es incroyable ! Parfois, tu me donnes l'impression de vivre dans une autre époque.

Pepper fut piquée au vif.

— Pas du tout ! Mais il se trouve que j'ai des principes.

— Des principes un peu dépassés, si tu veux mon avis. Tu sais, Jay Jay et moi sommes étonnées que tu ne sois sortie avec aucun des hommes que tu as rencontrés ici. Aurais-tu laissé quelqu'un à New York ?

Pepper ne répondit pas.

— Laisse-moi deviner, reprit Izzy avec douceur. Ce n'était pas non plus un gentleman, je me trompe ?

Pepper déglutit péniblement.

— De toute façon, comment veux-tu qu'un sac de pommes de terre ait une chance de séduire un homme, qu'il soit gentleman ou pas ?

— Cesse de dire des sottises ! protesta Izzy avec véhémence. Tu n'as rien d'un sac de pommes de terre, bon sang ! Tu es une femme belle et intelligente, qui a tous les atouts pour réussir dans la vie.

— Et qui aurait bien besoin de perdre quelques kilos, compléta sombrement Pepper.

— Si je tenais ce type ! Il n'avait pas le droit de te dire de telles inepties !

— Peut-être, mais il faut bien reconnaître qu'il n'avait pas tout à fait tort. Allez, sois franche avec moi, Izzy. Reconnais qu'il ne serait pas superflu que j'entreprenne un régime.

Izzy descendit de son tabouret et se mit à arpenter nerveusement la cuisine.

— Ce n'est pas à moi qu'il faut poser ce genre de question, répondit-elle d'un ton amer qui surprit Pepper.

— Pourquoi dis-tu cela ? Qu'y a-t-il ?

Sans répondre, Izzy s'immobilisa devant la fenêtre. Devait-elle insister ? se demanda Pepper avec perplexité. Ce genre d'attitude ne ressemblait pas du tout à sa cousine.

— Tu n'as pas remarqué ? lança tout à coup cette dernière d'une voix anxieuse que Pepper ne lui connaissait pas. Jemima ne dîne jamais avec nous. Et au petit déjeuner, elle se contente d'une tasse de café.

— C'est vrai, mais...

— Mais comme tous les mannequins, elle doit surveiller son poids de très près. Je connais le refrain ! Seulement Jay Jay exagère. Elle mange à peine. Et quand elle y consent, je ne suis pas certaine qu'elle... garde longtemps ce qu'elle a mangé.

Effarée, Pepper resta muette.

Izzy fit un effort manifeste pour se ressaisir.

— Mais je m'inquiète peut-être pour rien ! lança-t-elle avec une désinvolture qui sonnait faux. Je dois souffrir du syndrome de l'aînée. J'ai tendance à me faire trop de souci pour ma petite sœur. Oublie ce que je viens de te dire.

— Si... si je peux faire quelque chose..., bredouilla Pepper, bouleversée.

Izzy laissa échapper un petit rire contraint.

— Contente-toi de ne pas attendre de moi que je compatisse parce qu'un homme de Neandertal s'est permis une remarque stupide sur ton poids, d'accord ? Même s'il l'a fait pendant une émission retransmise en Eurovision.

Pepper sourit affectueusement à sa cousine, mais ses traits se crispèrent de nouveau très vite.

— A vrai dire, c'est surtout ma réaction qui m'inquiète, avoua-t-elle.

— Tu ne t'es pas contentée de lui refuser la qualité de gentleman ? s'enquit Izzy d'un ton plein d'espoir. L'aurais-tu giflé devant les caméras ?

Pepper eut un petit rire contraint.

— Non, c'est bien pire que ça. J'ai perdu contenance. Je suis restée sans voix, tu te rends compte ! Moi qui ai accepté de participer à ce débat dans le seul espoir de séduire des investisseurs potentiels ! A leur place, je ne risquerais pas le moindre penny dans le projet d'une femme qui se laisse déstabiliser aussi facilement... Oh, je hais cet odieux macho !

Izzy n'avait jamais été à la recherche de capital pour créer une entreprise. Ne trouvant rien de réconfortant à dire, elle préféra rester silencieuse.

Quant à Pepper, elle évita de mentionner sa crise de larmes. Heureusement qu'elle n'avait craqué qu'après avoir quitté le plateau...

Faire du shopping avec Amaryllis était une vraie partie de plaisir, constata Steven. Malheureusement, il ne parvenait pas à chasser de son esprit le souvenir de cette fichue émission ! Ni surtout, celui de sa déesse flamboyante, alias Mlle Calhoun...

Dire qu'il l'avait fait pleurer... Il avait bien mérité qu'elle lui fasse remarquer que son comportement était indigne d'un gentleman. Jamais elle ne voudrait croire qu'il ne s'était pas rendu compte de ce qu'il avait dit. Mais aussi, pourquoi l'avait-elle nargué pendant tout le débat ? Et surtout, pourquoi avait-elle feint de ne l'avoir jamais rencontré ? Serait-il possible qu'elle ne l'ait pas reconnu ? Bon sang ! Il ferait mieux d'oublier cette femme, sinon il allait devenir fou...

Il reporta son attention sur Amaryllis. Etait-il normal qu'elle soit aussi conciliante ? Les enfants n'étaient-ils pas censés être plus agités ? Ses amis se plaignaient souvent des caprices de leurs rejetons. Amaryllis, elle, arborait un sourire béat depuis qu'ils étaient entrés dans la première boutique. Elle ne refusait rien de ce qu'il lui proposait, et n'exigeait rien non plus.

— Si quelque chose ne te plaît pas, tu n'es pas obligée de le prendre, dit-il, inquiet de son silence.

Un blouson en jean sur le dos, elle était plantée devant un miroir.

— Ce blouson te plaît vraiment ? insista-t-il.

Elle hocha vigoureusement la tête.

— D'accord.

Ils achetèrent ensuite une paire de chaussures de tennis rose, puis des ballerines bleues.

— Et maintenant ? Jouets ? Livres ? Coiffeur ?

— Les enfants ne vont pas chez le coiffeur. C'est réservé aux adultes, déclara la petite fille d'un ton sentencieux.

Steven réprima un juron. Apparemment, c'était un principe qu'on lui avait inculqué depuis longtemps…

— Est-ce que tu aimes les cheveux de Pepper ? demanda Amaryllis.

— De qui ?

— Pepper. La dame rousse de la télévision. J'aimerais avoir les mêmes cheveux qu'elle. Tu ne les trouves pas beaux ?

Il déglutit péniblement, tandis que l'image des boucles flamboyantes s'imposait à lui.

— Si, répondit-il d'une voix rauque.

— Alors pourquoi tu ne l'aimes pas ?

— Je la trouve sympathique, esquiva-t-il.

Amaryllis ne dit rien mais son silence était éloquent.

— Bon, d'accord, elle m'a agacé, reconnut Steven. Personne ne t'a jamais agacé ?

— Je l'ai trouvée gentille.

— Elle l'est peut-être. C'est difficile de juger quelqu'un qu'on n'a vu qu'une seule fois.

Ou même deux, ajouta-t-il *in petto*.

— On va la revoir ?

Steven n'hésita que quelques secondes avant de répondre.

— Oui. Et le plus vite possible.

Il appela aussitôt Indigo Television de son portable, mais Martin Tammery, furieux du veto qu'il avait opposé à la cession des droits de rediffusion, refusa catégoriquement de lui communiquer les coordonnées de Pepper.

— J'ai un devoir de confidentialité, prétendit-il avec emphase. C'est une question de déontologie.

Steven raccrocha en réprimant un juron. S'il voulait percer le mystère de sa déesse flamboyante, il allait devoir trouver un autre moyen de la joindre. Mais après tout, ça ne devait pas être si compliqué. Il suffisait de s'adresser à Calhoun Carter.

Il déchanta rapidement.

Quand il téléphona au siège du groupe le lendemain, on lui donna une adresse électronique en lui affirmant que Mlle Calhoun se trouvait à New York. Il s'empressa d'envoyer un e-mail, mais celui-ci resta sans réponse.

Il se décida alors à interroger toutes les relations qu'il avait dans le milieu des affaires. Malheureusement, personne ne connaissait les coordonnées de Penelope Anne Calhoun. De toute évidence, personne non plus ne regardait Indigo Television à l'heure du déjeuner, constata-t-il avec soulagement. Cela lui évitait au moins d'avoir à expliquer pourquoi il souhaitait la joindre…

Il avait pratiquement perdu tout espoir de la retrouver, quand Valerie lui annonça un matin que les étudiants de première année s'étaient mis en tête d'inviter Mlle Calhoun à diriger le grand débat de fin de trimestre avec lui. Apparemment, ceux qui avaient suivi l'émission l'avaient trouvée captivante.

Steven arqua les sourcils. Captivante ? C'était de l'humour noir, sans doute. Toutefois, cette initiative inattendue allait peut-être résoudre son problème. Avec un peu de chance, les étudiants réussiraient là où il avait échoué et trouveraient un moyen de joindre Pepper Calhoun. Ragaillardi, il monta en courant l'escalier en spirale qui menait à son appartement. Il rentrait de son jogging quotidien et devait prendre une douche avant d'assister à une réunion du comité de collecte de fonds.

Quand il redescendit dans son bureau, il trouva Amaryllis installée devant son ordinateur.

— Tu finis un devoir avant de partir à l'école ? demanda-t-il.

— Non, je visite le site de mon amie Pepper.

Ebahi, Steven se précipita devant l'écran.

Ce matin-là, la réunion du comité de collecte de fonds débuta avec une heure de retard.

Le cocktail d'inauguration du Grenier battait son plein et Pepper observait la foule avec satisfaction. Pour l'instant, tout se déroulait à merveille. L'atmosphère était détendue et les invités passaient visiblement une soirée agréable. Elle avait accueilli chacun d'entre eux avec un petit discours personnalisé. Cela lui avait permis de faire passer des messages ciblés, tandis que les convives, eux, en avaient été flattés.

— Moi qui déteste les mondanités, je me sens comme un poisson dans l'eau, confia-t-elle à Izzy.

Sa cousine, qu'elle avait engagée pour la seconder le temps du lancement de la boutique, eut un sourire espiègle.

— C'est parce que tu es là pour travailler et pas pour t'amuser.

Pepper pouffa.

Izzy la taquinait sans cesse sur son manque d'intérêt pour tout ce qui ne concernait pas son sacro-saint projet.

Jemima, qui prêtait gracieusement son concours à cette soirée en présentant plusieurs tenues créées pour le Grenier, se joignit à elles un instant.

— Tous les gens avec qui j'ai discuté sont très impressionnés. Tu vas faire un malheur, Pepper.

— Ça se présente bien, en effet, acquiesça l'intéressée sans fausse modestie. Il faut encore que je parle à...

Elle se figea.

— Que fait-il ici ? demanda-t-elle d'une voix blanche.

— Si tu veux parler du séduisant professeur à la carrure

d'athlète, c'est un de tes plus fervents admirateurs, apparemment.

— Quel toupet ! Venir après la façon dont il m'a traitée à la télévision !

— C'est lui ? s'exclama Izzy d'un ton incrédule. Il ne manque pas d'air !

— Tu ne nous avais pas précisé qu'il était aussi sexy, commenta Jemima, la mine gourmande.

Devant le regard noir que lui décocha sa cousine, elle éclata de rire.

— D'accord, d'accord, nous n'avons pas le même point de vue. Que vas-tu faire ?

— Le jeter dehors ! intervint Izzy avec feu. Tu veux que je m'en occupe ?

Pepper promena son regard sur la salle et serra les dents.

— Avec tous les photographes et les journalistes présents, nous ne pouvons pas nous le permettre. D'autant plus que jusqu'à maintenant, personne n'a fait la moindre allusion à cette horrible émission. Il vaut mieux adopter un profil bas.

— Tu ne vas tout de même pas le laisser se pavaner à ta soirée sans réagir !

— Pepper a raison, plaida Jemima. Le meilleur moyen de le neutraliser, c'est de se montrer aimable avec lui. Elle a tout intérêt à donner l'impression qu'ils sont les meilleurs amis du monde.

— En effet, acquiesça Pepper sans quitter Steven Konig des yeux.

A l'autre bout de la pièce, une coupe de champagne à la main, il était en grande discussion avec le chroniqueur financier d'un quotidien prestigieux. Il tourna soudain la tête vers elle.

Arborant aussitôt un sourire éclatant, Pepper leva son verre pour lui porter un toast silencieux. S'il s'imaginait qu'il allait réussir à la ridiculiser une fois de plus, il allait en être pour ses frais !

Quittant abruptement ses cousines, elle se dirigea droit

L'héritière en fuite 71

sur lui d'un pas décidé. A sa grande satisfaction, il parut désarçonné. Cependant, il se ressaisit très rapidement.

— Enchanté de vous revoir, mademoiselle Calhoun, dit-il d'une voix charmeuse. J'ai suivi sur Internet l'élaboration de votre projet, et je dois dire que j'ai été très impressionné. Je tenais à vous féliciter de vive voix.

— Merci, répondit Pepper avec une mine enjôleuse. Trinquons ensemble au succès du Grenier.

Au même instant, un photographe prit en rafale plusieurs clichés d'eux. Parfait, songea-t-elle avec satisfaction. Sur les photos, ils auraient l'air de flirter. Avec un peu de chance, Steven Konig aurait droit à une scène chez lui lorsque les photos seraient publiées dans la presse...

Se penchant vers lui, elle posa la main sur son bras. Il fut obligé de se pencher pour l'entendre.

— Surtout n'hésitez pas à débarrasser le plancher le plus vite possible, espèce de goujat, susurra-t-elle sans cesser de sourire.

— C'est justement pour vous présenter mes excuses que je tenais à vous revoir, répliqua-t-il d'un air penaud.

Ce fut au tour de Pepper d'être désarçonnée.

— Pardon ?

— Il faut que vous sachiez que je n'ai jamais eu l'intention de vous blesser. C'est un horrible malentendu.

Il arborait une mine si confuse, il semblait si sincère... C'était vraiment un excellent comédien, songea Pepper. Malheureusement pour lui, elle gardait un souvenir très précis du dernier homme qui lui avait menti. Ed Ivanov lui avait paru très convaincant, lui aussi...

Sans lui lâcher le bras, elle répliqua d'une voix suave :

— Inutile de vous fatiguer. Je ne sais pas à quel petit jeu vous jouez, mais vous feriez mieux d'abandonner tout de suite la partie.

— Je ne joue pas ! protesta-t-il avec une véhémence qui ébranla Pepper. Croyez-moi, j'avais l'esprit ailleurs et j'ai parlé sans réfléchir. Je sais que les apparences sont contre moi, mais vous devez absolument me croire.

Elle eut une moue dédaigneuse, cependant le doute commençait à s'insinuer dans son esprit. Il y avait dans la voix de cet homme un accent de sincérité très troublant. Se pourrait-il qu'il dise vrai ?

Il profita de son hésitation pour proposer :

— Si nous dînions ensemble ? Je voudrais tellement me faire pardonner.

Elle fut tentée d'accepter. Tellement tentée qu'elle décida de refuser. « Son remords n'est peut-être pas feint, mais il est inspiré uniquement par la pitié. C'est encore plus humiliant que s'il continuait de m'insulter. »

— Non merci, répondit-elle sèchement.

— Pourquoi ?

— Vous m'avez présenté vos excuses. Restons-en là. Merci et au revoir.

— Je ne bougerai pas d'ici.

Pepper fut submergée par une rage froide.

— Je vous rappelle que vous êtes chez moi.

— C'est vrai, acquiesça-t-il avec un sourire mielleux. Et ça grouille de journalistes. Or si je m'en vais, je vous promets que ma sortie ne sera pas discrète. Avez-vous vraiment envie de ce genre de publicité ?

Ils se défièrent du regard. Elle était coincée, songea Pepper en sentant son pouls s'accélérer. Ces yeux... Ils lui rappelaient quelqu'un. Ce n'était pas la première fois qu'elle avait cette impression...

— Venez avec moi, murmura-t-il d'une voix rauque. Je connais un restaurant où nous pourrons discuter en toute tranquillité.

De nouveau, elle fut tentée. Pourquoi était-elle envahie par un trouble qu'elle n'avait pas ressenti depuis son adolescence ? Son adolescence ! Son flirt avec Ed ! Qui n'était sorti avec elle que par intérêt... Pas question de retomber dans le même genre de piège.

— Nous avons déjà discuté, répliqua-t-elle froidement. Ça n'a pas été pour moi une expérience agréable et je n'ai aucune envie de la renouveler.

Curieusement, il ne sembla nullement découragé.

— Vous avez tort, assura-t-il avec un sourire espiègle.

Il se payait ouvertement sa tête ! se dit-elle, atterrée. De toute évidence, il la considérait comme une gamine qui faisait un caprice mais qui finirait par entendre raison. Il fallait absolument qu'elle s'éloigne au plus vite de cet individu, sinon, elle risquait bien de perdre son sang-froid.

— Ecoutez, si vous y tenez, restez ici, déclara-t-elle d'une voix qu'elle espérait assurée. Enivrez-vous avec mon champagne et amusez-vous tant que vous voudrez.

— Merci. Je n'y manquerai pas. En fait, je m'amuse déjà beaucoup.

Ignorant ce commentaire, elle précisa :

— Mais ne m'approchez plus. Si vous m'adressez encore la parole, je vous fais jeter dehors sans me soucier des photographes ni des journalistes. Je vous aurai prévenu.

— Ne vous inquiétez pas, je m'en souviendrai, répliqua-t-il gravement.

Avant de s'éloigner, Pepper eut le temps de noter que ses yeux pétillaient de malice.

Que lui arrivait-il ? se demanda-t-elle, effarée. Jamais personne n'avait réussi à la déstabiliser à ce point. Elle en avait même oublié l'enjeu de cette soirée. C'était un comble ! L'espace d'un instant, elle n'avait eu qu'une envie : jeter le contenu sa coupe de champagne au visage de Steven Konig au risque de provoquer un scandale et de se ridiculiser une fois de plus.

Izzy la rejoignit.

— Que se passe-t-il ? Tu fais une drôle de tête.

— C'est ce pays de dingues. Je ne m'habituerai jamais à la mentalité des Anglais.

— Tu es sûre que ce n'est pas un Anglais en particulier qui te perturbe ? En tout cas, ton fameux professeur est manifestement subjugué. Il a une façon de te dévorer des yeux...

— Ne dis pas de sottises ! s'exclama Pepper avec humeur.

— Je t'assure. Je vous ai observés attentivement et je peux t'affirmer qu'il est sous le charme. Et puis Jemima a raison, il est très sexy. Si j'étais toi, je me laisserais séduire.

Pepper fut outrée.

— N'y pense même pas ! C'est hors de question.

— Pourquoi ? Tu ne crois pas que tu devrais essayer de penser un peu au plaisir, de temps en temps ? Il n'y a pas que le travail dans la vie. Tu t'es surmenée, ces derniers mois ; il serait temps de lever un peu le pied.

Pepper eut un geste impatient.

— Au contraire. Le Grenier requiert plus que jamais mon attention. Et de toute façon, je t'avais prévenue : pour moi, les affaires passent avant tout le reste. Personne ne me détournera de mon objectif. Surtout pas M. J'ai-toujours-raison.

Sur ces mots, Pepper tourna les talons pour aller discuter avec un directeur de magazine dont elle comptait obtenir un article.

Un peu plus tard, alors qu'elle s'apprêtait à rejoindre une rédactrice de mode, elle fut abordée par Bobby Franks, l'un des chroniqueurs financiers les plus en vue de Londres. Après les félicitations d'usage, il déclara :

— J'ai entendu parler de votre prestation dans l'émission de Martin Tammery, *Profitez de leur expérience*. Il paraît que vous avez été particulièrement brillante.

Se raidissant, elle leva vers lui un regard méfiant.

— Bien sûr, j'ai également entendu dire que vous aviez eu un échange, disons... un peu vif avec le professeur Konig.

Pepper eut un sourire crispé.

— Bien sûr...

— Inutile de vous inquiéter, dit-il d'une voix apaisante. Etre informé de tout fait partie de mon métier, mais je peux vous assurer qu'aucun autre de vos invités n'est au courant. L'émission est passée à une heure de très faible écoute et elle ne sera jamais rediffusée. Ni sur Indigo, ni sur une autre chaîne.

— Qu'est-ce qui vous fait penser ça ?

— Steven Konig a refusé de signer la cession des droits. Je le sais de source sûre puisque c'est Martin Tammery lui-même qui me l'a confié. Il essayé de fléchir Konig par tous les moyens, mais celui-ci s'est montré intraitable.

Pepper n'en revenait pas.

— Vous en êtes certain ? J'ai du mal à vous croire.

— Vous pouvez me faire confiance.

Pepper secoua lentement la tête. Comment mettre en doute la parole de Bobby Franks ? C'était un des journalistes les plus réputés d'Europe. Néanmoins, cette nouvelle était stupéfiante…

— Pourquoi Steven Konig aurait-il pris cette peine ?

— Sans doute a-t-il des problèmes avec sa conscience. Mais si vous tenez à le savoir, le mieux serait de lui poser la question directement.

Un peu plus tôt dans la soirée, Steven avait mis Bobby au courant de toute l'histoire en lui demandant de plaider discrètement sa cause. Ils étaient amis de longue date et il n'avait pas voulu lui refuser ce service.

Devant le visage fermé de Pepper, il comprit que la partie était loin d'être gagnée.

— Je comprends que vous ne soyez pas convaincue mais moi qui le connais bien, je peux vous assurer que c'est un homme qui a des principes, insista-t-il. Alors qu'il pourrait être millionnaire, il préfère reverser sa part des bénéfices de K-plant à un fonds de soutien aux agriculteurs des pays en voie de développement.

Constatant que Pepper ne semblait pas impressionnée, Bobby Franks fit une dernière tentative.

— Donnez-lui une chance de s'expliquer. Il est toujours dommage de rester sur un malentendu.

Puis il prit congé et s'en alla. Il avait encore plusieurs invitations à honorer ce soir-là.

— Oublie-la, mon vieux, glissa-t-il à l'oreille de Steven en passant. C'est sans espoir.

Steven regarda Pepper à l'autre bout de la pièce. Elle était en train de rire et avait de nouveau le visage rayonnant de sa déesse flamboyante.

— Je trouverai un moyen de l'amadouer, affirma-t-il avec conviction.

Franks eut une moue dubitative.

— Je te le souhaite, malheureusement ça m'étonnerait beaucoup. Non seulement c'est une femme de tête, mais je la soupçonne d'avoir une dent contre les hommes. Et crois-moi, je m'y connais. Enfin, bonne chance quand même !

Cela lui arrivait rarement, mais pour une fois, Bobby Franks se trompait.

En fin de soirée, Steven, qui ne quittait pas Pepper des yeux, la vit poser son verre, prendre une profonde inspiration et traverser la pièce d'un pas décidé. C'était vers lui qu'elle se dirigeait, constata-t-il, le cœur battant.

— On m'a raconté que vous aviez refusé de céder les droits de rediffusion du débat, lança-t-elle en relevant le menton.

— C'est exact.

— Pourquoi ?

Il la considéra en silence. Elle était vraiment splendide... Ses immenses yeux émeraude dardaient sur lui un regard de défi. Elle attendait sa réponse mais il n'avait qu'une envie, l'embrasser fougueusement.

— Si c'est parce que vous avez eu pitié de moi, ce n'était pas la peine, reprit-elle sur le même ton agressif. Je n'ai pas besoin qu'on me ménage et je suis parfaitement capable de me défendre toute seule.

Divine ! Elle était divine. Comment réagirait-elle s'il cédait à son désir et la prenait dans ses bras ?

A cette idée, Steven déglutit péniblement.

— Je sais que vous n'avez besoin de personne pour vous défendre.

— Alors pourquoi vous mêlez-vous de mes affaires ?

— J'ai été grossier sans le vouloir et je tenais à réparer ma maladresse. Si j'ai refusé de signer, c'est à la fois dans mon intérêt et dans le vôtre. Je cherchais autant à apaiser ma conscience qu'à vous ménager.

Sa stratégie allait-elle se révéler payante ? se demanda-t-il avec anxiété avant de poursuivre :

— Pour être tout à fait sincère, je n'avais pas très envie non plus que l'image peu flatteuse que cet enregistrement donne de moi me poursuive tout au long de ma carrière.

Il retint son souffle, tandis qu'elle inclinait légèrement la tête d'un air perplexe.

— Vous cherchiez à vous protéger, vous aussi ?
— Oui.

Le visage de Pepper s'illumina soudain d'un sourire radieux qui creusa sa joue d'une fossette. Bouleversé, Steven dut faire appel à toute sa volonté pour ne pas la prendre dans ses bras. Il avait enfin retrouvé sa belle déesse ! Quel bonheur !

— Vous mentez assez mal mais je vous remercie, déclara-t-elle en lui tendant la main. C'est à mon tour de vous présenter mes excuses, je crois.

« Mon vieux Bobby Franks, tu n'y connais rien ! Cette femme veut simplement qu'on la respecte », songea Steven, ravi.

Il se sentit alors libéré d'un énorme poids qui l'oppressait depuis des semaines.

— Si vous tenez vraiment à vous excuser, acceptez de dîner avec moi, murmura-t-il d'une voix rauque.

Il sentit la main de Pepper tressaillir dans la sienne.

— Je...
— Allons ! fit-il en lui saisissant l'autre main. Vous ne pouvez pas me refuser cette faveur !

5

Quel idiot, mais quel idiot ! se fustigea Steven pendant tout le trajet en train jusqu'à Oxford.

Pas étonnant que Pepper ait refusé de dîner avec lui... Elle avait eu peur qu'il lui saute dessus avant la fin des hors-d'œuvre ! Aucune femme sensée n'accepterait de dîner avec un homme aussi empressé. Or Pepper Calhoun était une femme plus que sensée. Et si séduisante...

Surtout quand elle était troublée. Ses pommettes se coloraient et ses longs cils frémissaient, tandis que ses splendides yeux émeraude se voilaient. Puis elle humectait du bout de la langue ses lèvres sensuelles...

Submergé par une vague de désir, il s'efforça de se concentrer sur le paysage qui défilait derrière la vitre. Bon sang ! Cette femme avait réveillé en lui des pulsions qu'il croyait annihilées depuis presque quinze ans...

Que lui avait-il donc pris de se montrer aussi insistant ? Il avait bêtement réduit à néant tous les efforts qu'il avait dû déployer pour gagner sa confiance. N'aurait-il pas pu se contenter de cette première victoire ?

— Pauvre crétin ! lança-t-il à haute voix.

Par chance, le wagon était vide. Incapable de tenir en place, il se leva et arpenta nerveusement le couloir, l'esprit en ébullition.

Comment allait-il s'y prendre pour réparer cette erreur et reprendre contact avec Pepper Calhoun ?

Quelle idiote, mais quelle idiote ! Attablée dans un restaurant italien où Jemima avait réservé une table pour dîner après le cocktail, Pepper ne parvenait pas à chasser de son esprit sa discussion avec Steven Konig. Que lui avait-il pris de refuser son invitation ?

La soirée avait été une véritable réussite et vaudrait à coup sûr au Grenier des articles élogieux. Elle n'aurait pas pu rêver mieux et pourtant, elle devait se retenir pour ne pas hurler de frustration… C'était un comble ! Elle qui adorait la compagnie de ses cousines, elle trouvait ce repas interminable et mortellement ennuyeux. Que faisait-elle là alors qu'elle aurait pu être en train de dîner en tête à tête avec Steven Konig ?

Ce dîner aurait été l'occasion idéale de s'expliquer et de régler leur différend une fois pour toutes. Alors pourquoi avait-elle battu en retraite comme une collégienne effarouchée ? Il avait dû la trouver stupide.

Avec raison, se dit-elle sombrement. Elle était bel et bien stupide.

Ses spaghettis carbonara ne l'inspirant plus du tout, elle repoussa son assiette.

— Jemima et toi vous allez vexer le chef, protesta Izzy d'un air réprobateur.

Jemima s'était contentée d'étaler sa salade niçoise sur son assiette sans rien manger, à part peut-être une bouchée de thon et quelques olives, constata Pepper, effarée. Pas étonnant qu'Izzy s'inquiète !

Mais Jemima ignora la remarque de sa sœur.

— Ton Steven Konig est décidément très séduisant, Pepper, déclara-t-elle d'un ton enjoué. Il mérite de figurer sur la liste.

Izzy et elle avaient dressé la liste des hommes qu'elles considéraient comme dignes d'intérêt, désignés par le sigle S.E.M. pour « spécimens d'une espèce menacée ».

Pepper fronça les sourcils. Elle n'avait aucune envie que ses cousines s'intéressent de trop près à Steven.

— Laisse tomber, Jay Jay, lança-t-elle d'un ton plus sec qu'elle ne l'aurait voulu.

— Ne t'inquiète pas, rétorqua Jemima, visiblement vexée. Je n'ai pas l'habitude de marcher sur les plates-bandes de mes proches.

— Ce ne sont pas mes plates-bandes ! s'emporta Pepper. Vous savez parfaitement qu'il n'y a rien entre nous. Et de toute façon, il ne me plaît pas.

Les deux sœurs se lancèrent un regard entendu avant d'abandonner le sujet.

Une fois de retour à l'appartement, Pepper ne put s'empêcher d'insister.

— Je suis sérieuse, les filles. Laissez Steven Konig tranquille. Ce n'est pas votre genre d'homme.

Jemima se déchaussa, envoya ses escarpins à talons aiguilles de douze centimètres à l'autre bout de la pièce, puis se laissa tomber sur le canapé.

— Je t'ai déjà dit de ne pas t'inquiéter. De toute façon, il n'a d'yeux que pour toi.

— Mais non ! s'écria Pepper avec irritation.

Izzy, qui avait commencé à se déshabiller à peine arrivée, allait et venait dans le salon en slip et en soutien-gorge de dentelle rose saumon.

« Me sentirais-je plus sexy si je portais de la lingerie fine ? » se demanda Pepper. Songeant à ses bourrelets, elle réprima une grimace.

— Tu vois, je ne suis pas la seule à avoir remarqué qu'il te dévorait des yeux, renchérit Izzy. Es-tu certaine qu'il ne te plaît pas ? Tu n'as trouvé à ton goût aucun des hommes que nous t'avons présenté. Ça devient inquiétant !

— Quels hommes ?

Les deux sœurs éclatèrent de rire.

— Elle ne s'est rendu compte de rien, commenta Jemima en soupirant.

— J'en étais sûre ! lança Izzy.
Pepper était indignée.
— Vous avez essayé de me trouver un petit ami ?
— Bien sûr, répliqua Izzy.
Pepper se mit à arpenter le salon à grands pas.
— Comment avez-vous osé ? Vous n'avez pas le droit !
Ses cousines échangèrent des regards interloqués.
— Quoi de plus naturel ? s'exclama Izzy. Toutes les filles se rendent ce genre de service.
— Eh bien, moi je ne supporte pas ça ! Essayez de vous en souvenir, d'accord ?
Pepper prit une profonde inspiration. Il fallait absolument qu'elle se calme. Après tout, ses cousines ne lui voulaient aucun mal. Au contraire.
— Ecoutez, j'apprécie votre sollicitude, mais il faut que vous compreniez que nous sommes différentes. Je suis déjà sortie avec des garçons, mais ça n'a jamais été... de vraies rencontres. Vous comprenez ?
Jemima garda un silence prudent. Izzy, comme à son habitude, se montra plus directe.
— Tu veux dire que tu n'as jamais fait l'amour ?
Pepper devint écarlate. Elle ne parviendrait jamais à se montrer aussi détendue que ses cousines lorsque celles-ci abordaient les sujets les plus intimes.
— Bien sûr que si, répliqua-t-elle avec un sourire crispé.
— Alors explique-toi.
Pepper hésita. C'était encore plus difficile qu'elle ne l'aurait cru.
— En fait, chaque fois que j'ai eu un petit ami...
Elle se mordit la lèvre. Non, elle n'y arriverait pas. Comment avouer que tous les garçons qu'elle avait fréquentés avaient été soudoyés par sa grand-mère ? Impossible d'en parler. Même à ces cousines que rien ne semblait pouvoir choquer.
Pepper fut envahie par une immense lassitude. Se remettrait-elle un jour du traumatisme que lui avait infligé Mary Ellen en lui révélant la vérité sur sa vie amoureuse ?

— Ecoutez les filles, je vous répète que j'apprécie vos efforts, mais il vaut mieux que vous laissiez tomber, d'accord ? J'ai eu suffisamment de petits amis pour savoir que je me porte beaucoup mieux sans. Croyez-moi.

Pepper ne parvint pas à trouver le sommeil. Après s'être retournée des dizaines de fois dans son lit, elle finit par se lever au milieu de la nuit. A pas feutrés, elle gagna la cuisine et se prépara une tasse de ce thé corsé qu'elle appréciait pourtant si peu.

Oh, ce n'était pas juste ! se lamenta-t-elle intérieurement. En principe, elle aurait dû être la plus heureuse des femmes. Elle avait trouvé en un temps record les capitaux nécessaires pour créer son entreprise. Le cocktail de lancement du Grenier avait été un véritable succès. Il ne lui restait plus qu'à effectuer les derniers travaux, confirmer les commandes aux fournisseurs et ouvrir la boutique.

Or au lieu de savourer sa victoire, elle se morfondait dans l'obscurité, l'esprit entièrement accaparé par un homme qu'elle n'avait rencontré que deux fois !

Ce n'était pourtant pas le moment de rêvasser comme une adolescente, se morigéna-t-elle. Plus que jamais, il lui fallait se comporter en adulte et assumer ses responsabilités. Elle ne pouvait pas se permettre de décevoir les investisseurs.

Redressant les épaules, elle termina sa tasse. Allons, pas question de se laisser aller. D'ailleurs, elle se sentait déjà mieux. Le plus important pour elle était de réussir sa vie professionnelle, non ?

Sautant de son tabouret, Pepper alla chercher ses dossiers dans sa chambre. Il était temps de préparer la deuxième phase de son projet.

Son enquête concernant l'implantation des succursales était très fouillée, se félicita-t-elle un instant plus tard, installée à la table de la cuisine. Démographie, transports, équipements locaux, profil sociologique de la clientèle. Tous les critères de sélection avaient été soigneusement étudiés.

« La seconde boutique est encore plus importante que la première sous bien des aspects, avait-elle noté. Afin de limiter les frais de gestion, elle devra être située à deux heures de trajet au plus de la première. »

Elle passa en revue les différentes possibilités. Quelle ville choisir ? St Albans ? Esher ? Oxford ?

Oxford... Que lui évoquait ce nom ? Soudain, elle se figea. Une barbe noire, un regard pénétrant... L'inconnu de l'avion ! Ses yeux... Ses mains...

Elle s'entendit plaisanter. « Seriez-vous sous contrat avec la ville pour y promouvoir le tourisme ? »

L'inconnu à la barbe noire lui avait chanté les louanges d'Oxford.

Et il n'était autre que Steven Konig.

Laissant échapper le dossier qu'elle tenait dans les mains, Pepper réprima un cri. Oh, Seigneur ! Comment ne s'en était-elle pas rendu compte plus tôt ?

La porte de la cuisine s'ouvrit et Izzy entra en bâillant.
— Salut. Tout va bien ?

Encore sous le coup de sa découverte, Pepper ne répondit pas. Steven Konig et l'inconnu de l'avion n'étaient qu'une seule et même personne ! C'était Steven Konig qui lui avait assuré : « Je suis sûr que vous êtes capable de réussir tout ce que vous entreprenez. »

Elle avait tellement regretté qu'il ne lui ait pas donné sa carte... Comment avait-elle pu ne pas le reconnaître ?

Tout à coup, elle sentit le sang se retirer de son visage. Et lui, l'avait-il reconnue ?

Sans doute.

Quand ils s'étaient revus à Indigo Television, il n'avait plus rien de commun avec l'inconnu en manches de chemise au visage mangé par la barbe. Rasé de près et vêtu d'un costume impeccable, c'était un autre homme.

Mais elle, elle était la même. D'autant plus qu'elle portait toujours le même style de tailleur. Il n'avait pas pu ne pas la reconnaître.

Alors pourquoi n'avait-il rien dit ?

— Tu fais une drôle de tête, dit Izzy en se laissant tomber sur une chaise en face d'elle. Qu'est-ce qui t'a sortie du lit de si bon matin ? La gueule de bois ? Ou l'angoisse de la jeune créatrice d'entreprise au moment où son projet se concrétise ?

— Steven Konig. Je… je sais qui il est, bredouilla Pepper d'une voix blanche.

Izzy arqua les sourcils.

— Hou ! C'est plus grave que je ne le pensais. Tu as dépassé le stade de la simple gueule de bois, apparemment. Figure-toi, ma mignonne, que nous savons toutes qui est Steven Konig. Un mâle très sexy qui t'a… disons… malmenée devant des caméras de télévision avant de succomber à ton charme.

— Pas du tout ! Enfin… si, peut-être. Mais pas seulement. Je l'avais déjà rencontré avant. Comment ai-je pu ne pas le reconnaître ?

— Qu'est-ce que tu racontes ?

Pepper raconta à sa cousine sa rencontre avec l'inconnu à la barbe noire, au-dessus de l'Atlantique.

— Il avait une allure complètement différente. On aurait pu le prendre pour je ne sais pas, moi… un pirate !

Si Izzy le trouvait sexy en costume, qu'aurait-elle pensé en le voyant ce jour-là avec sa mine canaille et sa tenue désinvolte ? se demanda Pepper en s'efforçant d'ignorer la chaleur intense qui se répandait dans tout son corps.

— En tout cas, pas du tout le genre d'homme qui m'attire d'habitude, précisa-t-elle.

— Ravie d'apprendre qu'il existe un genre d'homme qui t'attire, commenta Izzy d'un ton pince-sans-rire. Peut-on savoir de quel genre il s'agit ?

Pepper ignora cette question.

— Mais tout à coup, l'avion s'est incliné et je suis tombée dans ses bras. Il m'a retenue et j'ai senti...

— Comme une décharge électrique ?

— C'est ça oui, acquiesça Pepper, embarrassée. Ça me ressemble si peu...

— Quelle chance tu as ! Surtout que de toute évidence, il a ressenti la même chose.

— Tu es sérieuse ? murmura Pepper, partagée entre l'espoir et la crainte.

— Ecoute, je vois les hommes se pâmer devant Jemima depuis qu'elle a douze ans. Fais confiance à mon œil de lynx. Hier soir, Steven Konig était subjugué. C'est fantastique ! Fonce !

Pepper laissa échapper un gémissement.

— Oh, pourquoi faut-il que ça m'arrive justement maintenant ? Je n'ai pas le temps ! J'ai trop de travail.

Izzy leva les yeux au ciel.

— Ça ne tombe jamais au bon moment. Mais au lieu de te lamenter, tu ferais mieux de te réjouir.

Ayant eu beaucoup de mal à s'endormir, Steven s'était réveillé en retard. Il avait été obligé d'écourter son jogging, et à son retour il n'avait pas eu le temps de prendre sa douche avant de préparer le petit déjeuner d'Amaryllis.

Perchée sur un tabouret devant le comptoir de la cuisine, elle mangeait ses corn-flakes en balançant ses jambes. Revêtue de son uniforme scolaire, elle arborait un air innocent dont il avait appris à se méfier.

— Tu as préparé mon badge pour la compétition sportive ? demanda-t-elle entre deux bouchées.

— Pardon ?

— Il me faut un badge avec mon nom. Et mon prénom. Au cas où il n'aurait pas compris, elle répéta.

— Mon nom de famille et mon prénom. Je t'en ai déjà parlé.

— Oh, oui. Nous allons demander à Val.
— Elle ne peut pas le faire.
— Bien sûr que si.

Steven but une gorgée de café. Comment allait-il réussir à convaincre Pepper Calhoun de lui donner encore une chance ?

— Non, elle ne peut pas.

Amaryllis se mit à pleurnicher.

— Tu m'avais promis que tu t'en occuperais.

Steven regarda la petite fille avec stupéfaction. Ce n'était pas dans ses habitudes de faire des caprices. Que lui arrivait-il ?

— Calme-toi. Il n'y a pas de problème. Si tu as besoin d'un badge, tu vas en avoir un. Pourquoi Val ne pourrait-elle pas le faire ?

Amaryllis s'arrêta de pleurnicher avec une rapidité suspecte.

— Mon prénom est trop long.

Ses yeux étaient parfaitement secs, constata Steven, qui commençait à comprendre où elle voulait en venir.

— Je vois. As-tu une solution ?
— Il vaudrait mieux que j'aie un prénom spécial pour l'école.
— Ah.
— Un prénom plus court.

Réprimant un sourire, Steven hocha la tête.

— Pour qu'il puisse tenir sur le badge. C'est une bonne idée. Tu as une suggestion ?

Amaryllis hocha la tête d'un air vertueux.

Il éclata de rire.

— D'accord. Je vais m'en occuper, petite maligne !

Elle descendit de son tabouret avec un sourire radieux.

— Merci.

La mère d'une de ses camarades de classe passait la chercher en voiture tous les matins, et Steven l'accompagnait toujours jusqu'au pavillon du gardien, où il attendait son départ. Ce matin, il allait être obligé d'y aller en short et en T-shirt, se dit-il. Mais après tout, quelle importance ?

— Quel est ton emploi du temps, aujourd'hui ?
— Français et danse, répondit Amaryllis en ne citant que ses matières préférées. Et ce soir, je dors chez Sarah.

De toute évidence, avant son arrivée à Oxford, Amaryllis n'avait jamais eu d'amies de son âge. Apparemment déterminée à rattraper le temps perdu, elle était toujours prête à dormir chez une copine.

C'était une matinée d'été splendide. Les pelouses étaient inondées de soleil et les arcs-boutants de la chapelle médiévale prenaient des reflets d'or et de miel. Même les gargouilles semblaient sur le point de se lancer dans une ronde joyeuse.

C'était fou à quel point quelques rayons de soleil pouvaient inciter à l'optimisme ! songea Steven. Il était presque prêt à croire qu'il allait trouver un moyen de conquérir Pepper...

— Bonjour, Pepper !

En entendant l'exclamation joyeuse d'Amaryllis, Steven tressaillit. La petite fille lâcha sa main et se mit à courir, tandis qu'il restait cloué sur place. Ce n'était pas possible !

Et pourtant si.

La crinière flamboyante flottant dans la brise matinale, sa belle déesse sortait du pavillon du gardien. Elle semblait un peu embarrassée. Et stupéfaite de voir l'enfant se précipiter vers elle.

— Bonjour, dit-elle en caressant les cheveux d'Amaryllis d'un geste gauche. Comment ça va ?

La question s'adressait autant à lui qu'à Amaryllis, comprit Steven. Il se sentit submergé par une joie extrême. Pour un peu il aurait dansé sur place !

Prudence, se dit-il aussitôt. Prudence. Un seul faux pas et elle disparaîtrait de nouveau.

Réprimant une envie irrésistible de se précipiter vers elle, il la rejoignit d'un pas nonchalant.

— Très bien, répondit-il. Amaryllis part à l'école, mais à part ça, elle va bien aussi. Et vous ?

— Bien également.

Pepper promena son regard autour d'elle. Oh oui, pas de doute. Elle était embarrassée.

Bon sang ! Quand elle avait cette mine de petite fille perdue, il avait envie de la serrer dans ses bras en lui murmurant des paroles rassurantes à l'oreille. Mais pour l'instant, mieux valait s'abstenir.

— Votre visite est une surprise agréable, déclara-t-il prudemment.

Malgré lui, sa voix débordait de tendresse.

— Qu'est-ce qui vous amène à Oxford ?

Pepper lui jeta un coup d'œil furtif, mais détourna son regard avant qu'il rencontre le sien. Etait-ce un effet de son imagination ou ses joues avaient-elles réellement rosi ?

Le gardien sortit sur le seuil du pavillon.

— Mme Lang est arrivée, monsieur le directeur.

Steven s'efforça de reprendre ses esprits.

— Merci, monsieur Jackson. Amaryllis, il faut y aller.

La petite fille se détacha de Pepper à contrecœur.

— Viendras-tu assister à la compétition sportive ? demanda-t-elle à cette dernière.

Pepper regarda Amaryllis d'un air perplexe.

— Nous verrons, intervint Steven. Ne fais pas attendre Mme Lang.

— Je participe à l'épreuve de saut en hauteur, précisa Amaryllis.

Elle tira sur la manche de Pepper pour l'inciter à baisser la tête et déposa un baiser sur sa joue. Puis elle embrassa Steven.

— Au revoir, coquine, dit-il.

Il ne put s'empêcher de rire devant la mine ahurie de Pepper.

— Amaryllis vous apprécie beaucoup. A vrai dire, c'est elle qui a trouvé votre site sur Internet. Elle est très futée. Ce matin, par exemple, elle a entamé des négociations pour un changement de prénom.

Un sourire illumina soudain le visage de Pepper et il

sentit son cœur s'affoler dans sa poitrine. Ce merveilleux sourire qui hantait ses rêves ! Et cette fossette qui creusait sa joue... Quel bonheur de les revoir ! Ils lui avaient tellement manqué !

— Qu'est-ce qui vous amène à Oxford ? demanda-t-il de nouveau. Je n'ose pas présumer que c'est uniquement l'envie de me voir.

Pepper devint écarlate.

Fasciné, Steven s'efforçait de lutter contre le désir qui le taraudait. Il l'imaginait si bien, la tête renversée sur l'oreiller inondé de boucles flamboyantes... Se penchant sur elle, il parsemait son long cou ivoire de baisers fervents et...

Holà ! Ce n'était ni le lieu ni l'heure de se laisser aller aux fantasmes ! Il était impossible de l'enlever ici et maintenant, sous le nez d'une gamine de neuf ans et du gardien du collège. Même si c'était très tentant...

— Auriez-vous changé d'avis ? demanda-t-il d'une voix douce.

— A quel propos ?

— Vous voulez bien discuter avec moi, finalement ?

Visiblement au comble de l'embarras, Pepper s'humecta les lèvres. Steven sentit alors son corps s'embraser. La situation devenait intenable...

— Avez-vous pris votre petit déjeuner ? s'enquit-il.

— Non. Je...

— Alors allons-y.

— Non, merci... Je n'ai besoin de rien.

Il ne prit pas le risque de la toucher. Il se contenta de tendre le bras comme pour le lui glisser autour de la taille, mais en respectant un espace de sécurité de plusieurs centimètres. Elle réprima néanmoins un frisson.

Transporté de joie, Steven laissa échapper un petit rire extatique.

— Un café, alors, insista-t-il. Si vous n'en avez pas besoin, moi si.

Seigneur ! C'était bien plus difficile qu'elle ne l'avait imaginé, songea Pepper. Rien ne se passait comme elle l'avait prévu.

Tout d'abord, la vue de l'enfant lui avait causé un choc. Et celle de Steven Konig un choc plus grand encore...

De toute évidence, la petite fille vivait avec lui. Il la traitait avec l'autorité affectueuse d'un père. Pourquoi l'appelait-elle « oncle Steven », dans ce cas ?

Dès qu'elle l'avait aperçu, elle avait senti son cœur s'emballer. Avec son short qui dévoilait des jambes aussi hâlées que musclées, son T-shirt humide de transpiration, ses cheveux en bataille et sa barbe brune, il émanait de lui une sensualité torride.

Il ressemblait tellement à l'inconnu de l'avion qu'elle avait du mal à faire le lien avec Steven Konig, l'intervenant du débat organisé par Indigo Television. Peut-être n'était-il pas si surprenant qu'elle ne l'ait pas reconnu plus tôt, finalement...

Il la conduisit sous un porche, puis dans un passage étroit entre deux bâtiments qui débouchait sur une cour. Au fond de celle-ci se trouvait une tour, vers laquelle il l'entraîna.

— C'est ici que se trouvent à la fois le bureau et le logement du principal, annonça-t-il. Restrictions de budget obligent...

Il ouvrit une lourde porte de chêne et s'effaça pour la laisser entrer.

— C'est très pratique, sauf pour ma secrétaire, qui en sait beaucoup plus sur ma vie privée qu'elle ne le souhaiterait.

Comme pour illustrer ce propos, une femme d'un certain âge sortit sur le palier quand ils atteignirent le premier étage.

— Bonjour, monsieur le principal. Le doyen a téléphoné. Il voudrait vous dire un mot avant la réunion du comité de collecte de fonds.

— Comme d'habitude, marmonna Steven. Autre chose, Val ?

— Rien qui puisse attendre que vous soyez rasé et habillé.

Steven éclata de rire.

— Message reçu, Val ! Mais d'abord, je vais offrir un café à mon invitée.

Il fit les présentations, puis entraîna Pepper vers l'étage supérieur.

— La cuisine, annonça-t-il alors qu'ils pénétraient dans une pièce très lumineuse.

La table de chêne et les appareils électroménagers semblaient aussi antiques que l'escalier en spirale, songea Pepper.

— Servez-vous un café. Je reviens, ajouta-t-il.

Il sortit de la pièce en retirant son T-shirt. Pepper détourna les yeux, mais pas avant d'avoir aperçu un torse recouvert d'une fine toison brune et des épaules musclées. Steven Konig devait faire de l'exercice. Serait-il vaniteux ? Non, c'était peu probable. Dommage. Il serait moins impressionnant s'il avait au moins un défaut, songea-t-elle en réprimant un soupir.

Pour l'instant, il semblait beaucoup trop proche de la perfection. Séduisant et intelligent, il menait brillamment une double carrière de principal de collège à Oxford et de chef d'entreprise. Pas de doute, elle n'était pas à la hauteur...

La cafetière était à moitié pleine. Elle se servit une tasse et l'avala d'un trait. Elle n'aurait jamais dû venir. C'était une grave erreur. Malheureusement, il était trop tard pour reculer. Elle se resservit un café pour se donner du courage.

Dès que Steven revint, elle se lança dans un discours volubile, qui dura plusieurs minutes. Quand elle eut terminé, il la fixa d'un air ahuri.

— Je veux bien vous croire lorsque vous me dites que c'est seulement après le cocktail que vous vous êtes rendu compte que nous nous étions déjà rencontrés dans l'avion, commença-t-il alors. Mais pourquoi faudrait-il que je vous présente des excuses ? Si vous ne m'avez pas reconnu, ce n'est tout de même pas ma faute.

Pepper se maudit intérieurement. Elle n'était pas venue à Oxford dans l'intention d'exiger des excuses, bien sûr ! Malheureusement, en raison de son trouble, elle s'était embrouillée dans ses explications, et c'était bien ce qu'elle venait de faire... Pas question à présent de se contredire.

— Pourquoi ne pas m'avoir dit que vous étiez l'homme de l'avion ? demanda-t-elle en prenant un air outragé. Vous m'avez reconnue à l'instant même où nous nous sommes revus à Indigo, n'est-ce pas ?

— Pas tout à fait. Vous étiez enrobée dans un imperméable style djellaba, souvenez-vous.

Elle balaya cette objection d'un geste de la main.

— Vous m'avez reconnue.

Il prit un air penaud.

— C'est vrai.

— Pourquoi ne m'avoir rien dit ?

Haussant les épaules, il se servit du café.

— A quoi bon ? Notre rencontre dans l'avion ne vous avait manifestement pas marquée. D'ailleurs, elle n'était pas si importante, n'est-ce pas ?

Pepper sentit son cœur se serrer. Ainsi, l'attirance magnétique qu'elle avait ressentie pour lui n'avait pas été réciproque, finalement. Une fois de plus, elle s'était fait des illusions...

Mais qu'espérait-elle donc ? Elle avait bien cru qu'Ed Ivanov était sorti avec elle parce qu'elle lui plaisait ! Qu'est-ce qui clochait chez elle ? se demanda-t-elle avec amertume. Elle était censée être si intelligente ! Oh bien sûr, dans le domaine professionnel, elle avait un talent incontestable. En revanche, sa vie sentimentale semblait vouée à l'échec. Elle parlait couramment plusieurs langues étrangères, mais elle ne connaissait pas les rudiments du langage amoureux.

Contrairement à Izzy et Jemima, qui le maîtrisaient aussi bien que leur langue maternelle. Comme toutes les autres femmes qu'elle connaissait, d'ailleurs. Sa grand-mère avait raison. Sa seule qualité était son sens des affaires...

Mortifiée, elle chercha son sac du regard.

— Il faut que j'y aille, dit-elle d'un ton qu'elle espérait détaché. Je dois visiter plusieurs locaux pour une future boutique.

Steven trouva son sac, mais ne le lui donna pas immédiatement.

— Si vous restez un moment à Oxford, pourquoi ne nous donnerions-nous pas rendez-vous plus tard ?

— Pour assister à la compétition sportive ?

Il eut un sourire malicieux.

— Pourquoi pas ? Seulement, il faudra attendre la fin du mois. J'envisageais plutôt de vous faire visiter la ville. Nous pourrions aller admirer le panorama depuis St Mary's. Ou bien aller au bord du fleuve.

— Au bord du fleuve ? Comme dans *Le Vent dans les Saules* ? Oh, j'adorais les aventures de ces petits animaux ! Mes parents me les lisaient souvent. C'est à peu près le seul souvenir que je garde d'eux.

Un sourire nostalgique se peignit sur ses lèvres. C'était une image très précise. Ils se trouvaient tous les trois sur une plage. Au Brésil ? Dans les Caraïbes ? Elle ne savait plus... Elle se souvenait juste qu'elle était assise entre son père et sa mère, qui arrêtaient de temps en temps leur lecture pour la chatouiller.

Le regard rêveur, elle ajouta :

— C'était des moments magiques.

Steven l'observait avec curiosité, mais ce fut d'un ton léger qu'il déclara :

— En fait, je ne pensais pas agir comme les personnages de votre lecture d'enfance. A Oxford, les étudiants emmènent les étudiantes au bord du fleuve pour flirter avec elles.

Pepper tressaillit. Flirter ?

— C'est une tradition très ancienne, poursuivit Steven sans paraître s'apercevoir de son trouble. Quand un garçon est amoureux d'une fille, il l'emmène faire un tour en barque, puis il amarre l'embarcation sous un saule pour lui lire des passages d'un livre libertin.

Seigneur ! Elle devait être écarlate ! se dit Pepper en s'humectant les lèvres. Constatant que Steven la fixait de son regard pénétrant, elle rougit de plus belle. Comment s'y prenait-il pour lui faire cet effet ?

— Allons consulter mon agenda pour fixer l'heure de notre rendez-vous, proposa-t-il. C'est une journée idéale pour faire un tour de barque.

Et pour flirter ? se demanda-t-elle en redescendant l'escalier derrière lui. Sans vouloir se l'avouer, elle l'espérait de tout son cœur.

Dans le bureau de Steven, l'ordinateur et l'imprimante tranchaient avec le décor au charme désuet. Face à une imposante cheminée, une bibliothèque en palissandre regorgeait de livres reliés de cuir, visiblement très anciens.

— Quel est mon emploi du temps aujourd'hui, Val ? demanda Steven en pénétrant dans le bureau de sa secrétaire.

Celle-ci consulta son ordinateur sans même leur jeter un coup d'œil. Cette femme ne l'aimait pas, se dit Pepper. Elle releva le menton. Tant pis pour elle !

La secrétaire énuméra une longue liste de rendez-vous qui impressionna Pepper. Steven Konig avait un emploi du temps de ministre ! Pire, l'objet de chacun de ces rendez-vous lui semblait parfaitement incompréhensible...

— Et le déjeuner ? s'enquit Steven.

— Avec le doyen également.

— Annulez. Dites-lui que c'est un cas de force majeure. Une occasion qui n'arrive pas deux fois dans une vie et que je ne peux pas laisser passer.

Le cœur de Pepper se mit à battre la chamade. Avait-elle bien entendu ? Non, c'était impossible... C'était sûrement un échantillon d'humour britannique dont elle ne saisissait pas le sens caché. Toutefois, le regard brûlant dont la couvait Steven n'avait pas l'air d'une plaisanterie...

— Qu'en dites-vous ? demanda-t-il d'une voix rauque. Nous déjeunerons au bord de l'eau et ensuite, je vous ferai la lecture.

Pepper fut parcourue d'un long frisson. Cette allusion était limpide. Etait-elle en train de suivre sa première leçon de langage amoureux ? S'il continuait de la regarder ainsi, elle allait finir par fondre...

— A quelle heure serez-vous de retour, monsieur le principal ? demanda la secrétaire modèle d'un ton désapprobateur.

— Aucune idée, répondit Steven sans quitter Pepper des yeux.

Le trouble de Pepper s'accrut. C'était pour elle une situation inédite. Comment parvenait-il à lui donner le sentiment qu'elle était la femme la plus belle du monde ? Elle était bien placée pour savoir que ce n'était pas le cas. Et pourtant, quand il la regardait ainsi, elle se surprenait à le penser...

— Et Amaryllis ? demanda la secrétaire modèle.

— Elle dort chez une amie.

Hypnotisée, Pepper eut l'impression que la bouche de Steven esquissait un baiser. Un éclair de désir fulgurant la transperça. Alors que tout son corps s'embrasait, une voix intérieure lui souffla : « Attention, danger ! » Mais elle n'était pas venue jusqu'à Oxford pour écouter la voix de sa conscience...

— Si je vous accompagne à pied jusqu'au marché couvert, pourriez-vous faire des emplettes pour un pique-nique ? demanda Steven.

Incapable de prononcer un mot, Pepper hocha la tête.

— J'apporterai le vin. Et de la lecture, bien sûr, ajouta-t-il avec un sourire malicieux.

A la mention de cette précision, Pepper sentit son visage s'empourprer jusqu'à la pointe des oreilles.

Et le sourire de Steven devint triomphant.

6

Il l'entraîna au pas de course jusqu'au centre-ville en lui donnant au passage quelques points de repère.

— Maisons Régence. Eglise Tudor. Collège médiéval. La meilleure librairie de la ville...

A bout de souffle, Pepper protesta :

— Pitié ! Je ne suis pas une adepte de la marche rapide. Pouvons-nous faire une pause ?

Il ne s'arrêta pas, mais ralentit le pas et la prit par le coude pour la guider sous un porche. Parvenu de l'autre côté, il annonça :

— La rotonde de Radcliffe Camera, qui abrite la bibliothèque scientifique.

Pepper laissa échapper un cri extasié devant un édifice circulaire à colonnes doriques, surmonté d'un dôme qui étincelait au soleil. C'était l'un des monuments les plus splendides qu'elle avait jamais vus.

Glissant un bras autour de sa taille, Steven l'attira contre lui.

— Ça vous plaît ? murmura-t-il en se penchant vers elle.

Electrisée, elle eut l'impression de sentir ses lèvres effleurer ses cheveux. C'était stupide ! se dit-elle aussitôt. Les cheveux n'étaient pas munis de terminaisons nerveuses... Il valait mieux se concentrer sur le spectacle qu'elle avait sous les yeux. D'autant plus que le monument valait vraiment la peine d'être admiré.

— Je le trouve superbe, répondit-elle en s'efforçant d'ignorer la chaleur que dégageait ce corps athlétique.

Mais au même instant, Steven la lâcha pour consulter sa montre. Apparemment, le fait de la tenir contre lui ne l'avait pas troublé le moins du monde... Et si l'électricité qui circulait entre eux n'était qu'un effet de son imagination débridée ? se demanda-t-elle avec anxiété. Peut-être se faisait-elle des idées uniquement parce qu'elle n'avait pas l'habitude qu'un homme séduisant la tienne par la taille ?

Décidément, elle était pathétique ! se morigéna-t-elle, furieuse contre elle-même. Elle aurait dû se promener avec un badge signalant : « Attention, femme susceptible d'interpréter vos gestes de travers ! »

— Il faut se hâter si vous ne voulez pas arriver en retard à votre rendez-vous, dit Steven. Par ici...

Il l'entraîna jusqu'au marché couvert. De style victorien, celui-ci était traversé de larges allées bordées de petites baraques proposant une grande diversité d'articles.

— Il date du XVIIIe siècle. C'est un peu l'ancêtre des centres commerciaux. On y trouve pas mal de camelote, mais aussi quelques bouquinistes intéressants. Et pour l'alimentation, c'est la meilleure adresse d'Oxford. Prenez ce que vous voulez pour le pique-nique. Je n'aime pas les rollmops, mais à part ça je suis omnivore.

— Je m'en souviendrai, répliqua-t-elle en souriant.

— J'espère que vous garderez bien d'autres souvenirs, dit-il d'un ton pince-sans-rire. Je vous retrouve devant la rotonde de Radcliffe Camera à midi.

Il l'embrassa sur la joue avec le plus grand naturel. Comme s'ils formaient un couple, songea-t-elle, le cœur battant. Puis il s'éloigna en sifflotant, son porte-documents sous le bras.

Les jambes tremblantes, Pepper s'efforça de se remettre de ses émotions. Comme s'ils formaient un couple... En fait, elle avait presque l'impression que c'était déjà le cas.

Mais peut-être était-ce dû à son manque d'expérience ? Steven éprouvait-il la même sensation ou bien avait-il l'habitude de faire la bise à toutes les femmes à qui il faisait visiter Oxford ?

Malheureusement, la seconde hypothèse était la plus plausible. Il fallait absolument qu'elle s'efforce de garder les pieds sur terre...

Après avoir visité les locaux qu'elle avait sélectionnés pour sa future boutique, elle se hâta de retourner au marché. Comme une enfant se préparant à aller à sa première fête, elle ne tenait pas en place.

Steven avait raison. Les aliments proposés étaient de premier choix. Elle acheta du pain croustillant encore chaud et des amuse-bouches très appétissants, assaisonnés d'herbes et d'huile d'olive. Puis elle choisit un gros morceau de fromage local que le vendeur lui fit goûter et qui lui laissa un arrière-goût délicieux de noisettes. Elle prit également du raisin, des tomates et un grand sac de cerises. Ça promettait d'être un pique-nique somptueux !

Tout à coup, elle se figea. Elle n'était pas habillée pour la circonstance... Son tailleur strict était tout à fait inadapté à une promenade en barque. Surtout si le flirt était compris dans le programme, songea-t-elle, tout émoustillée.

Heureusement, on trouvait de tout sur ce marché. Il suffisait d'acheter une tenue plus appropriée. Il ne lui fallut pas longtemps pour choisir une jupe ample à mi-mollet turquoise, un débardeur blanc à fines bretelles incrusté de paillettes argentées, ainsi qu'une paire de sandales de cuir blanc. Le tout coûtait moins cher que n'importe lequel des chemisiers qu'elle portait d'habitude, constata-t-elle avec satisfaction.

Toute joyeuse, elle s'engouffra dans les toilettes pour dames et se changea en un clin d'œil. Puis elle plia son chemisier et son tailleur et les rangea dans le sac ayant contenu ses emplettes. Se regardant dans le miroir, elle poussa un soupir d'aise. Pour une fois, elle avait à peu près la même allure qu'Izzy. Certes, elle n'était pas aussi mince que sa cousine, mais il y avait entre elles un air de famille. Et pas seulement à cause de leur crinière flamboyante...

D'ailleurs elle allait exceptionnellement s'offrir une « pause miroir » comme disait Izzy.

Jamais elle n'avait paru aussi resplendissante, constata-t-elle avec un plaisir mêlé d'étonnement. Ses yeux émeraude, étincelants, paraissaient plus grands qu'à l'accoutumée. Quant à ses lèvres, elles n'avaient jamais été aussi pulpeuses. Oh oui, ce matin elle donnait l'impression d'appartenir au même monde que ses cousines. Celui des femmes prêtes à déployer tout leur charme pour séduire l'homme de leurs rêves !

Mais soudain, son sourire triomphant s'évanouit.

Encore faudrait-il qu'elle ait une idée de la manière dont on déployait tout son charme... Lors de ses précédentes aventures, elle n'avait jamais eu à se poser de questions. Dans le milieu d'où elle venait, c'étaient les hommes qui contrôlaient la situation. Il n'était pas question de prendre la moindre initiative sous peine de les vexer.

Aujourd'hui, en revanche, elle se trouvait en territoire inconnu. Que ferait Izzy à sa place ? Il y avait déjà au moins une réponse évidente, se dit-elle après avoir réfléchi un moment. Et un dernier achat à effectuer...

Pour la suite, elle se laisserait porter par les événements, décida-t-elle quelques instants plus tard en rangeant au fond de son sac une boîte de préservatifs.

Très satisfaite d'elle-même, elle se dirigea d'un pas alerte vers la rotonde, devant laquelle Steven lui avait donné rendez-vous.

Il se révéla très habile dans le maniement des rames. Autour du hangar à bateaux, le fleuve était encombré de barques qui allaient et venaient dans tous les sens. Les collisions étaient fréquentes, mais Steven se fraya avec dextérité un passage au milieu de la cohue et s'en éloigna rapidement.

Etendue sur des coussins, Pepper le regardait ramer avec admiration. Pour être aussi musclé, il devait s'exercer régulièrement...

— Faites-vous beaucoup de sport ?

— En voilà une question flatteuse…, répliqua-t-il avec un sourire malicieux.

— C'est une question très sérieuse !

— Je cours presque tous les matins et je fais du judo une fois par semaine. J'ai longtemps été membre du Budokwai.

— Le Budokwai ? Qu'est-ce que c'est ?

— Le premier club de judo Européen. Il a été créé à Londres en 1918. Le judo est excellent pour acquérir un bon équilibre physique et moral.

— Je croyais que c'était un sport de combat.

— C'est un art martial dont l'objectif est de savoir gérer les forces en présence. Il faut apprendre à retourner la force de son adversaire contre lui.

Mais Pepper ne l'écoutait plus vraiment. Il y avait une lueur étrange dans ses yeux, se dit-elle. Son regard était comme une caresse…

Elle s'étira voluptueusement sans cesser de l'observer. En le voyant ciller, elle fut transportée de joie. Pas de doute ! Il était troublé…

Quelques minutes plus tard, il se rapprocha de la berge et fit glisser la barque sous le feuillage frémissant d'un saule pleureur auquel il l'amarra.

Abrités du soleil par le rideau de feuilles, ils pouvaient apercevoir les barques qui glissaient sans bruit sur l'eau miroitante. Seul un léger clapotis troublait le silence. Dans la chaleur de l'après-midi, même les oiseaux se taisaient.

Steven s'allongea à côté de Pepper.

Elle se raidit. Le moment de vérité était arrivé ! Allait-il tenter de flirter avec elle ? Tout à l'heure, elle se croyait prête, mais à présent elle n'était plus très sûre de savoir ce qu'elle voulait. Si seulement elle avait pesé cinq kilos de moins… Si seulement elle avait eu l'assurance de ses cousines…

Elle retint son souffle jusqu'à en suffoquer, mais Steven se contenta de croiser les mains derrière la nuque, allongé sur le dos.

— Si j'étais vous, je ne tarderais plus trop longtemps à respirer, dit-il sans se tourner vers elle. Sinon vous allez vous évanouir. Et dans ce cas, vous ne savez pas de quoi je pourrais être capable.

Pepper se redressa vivement et le fusilla du regard.

— Que dites-vous ?

Toujours sans la regarder, il déclara d'un air détaché :

— Il vous suffit de dire non, vous savez.

Pepper crispa la mâchoire.

— De quoi parlez-vous ?

— Vous le savez parfaitement, mais n'êtes pas encore décidée.

Tournant enfin la tête vers elle, il la regarda longuement.

— Je suis capable de supporter l'incertitude, cependant je préférerais que vous vous détendiez. Je n'ai pas l'intention de vous sauter dessus contre votre gré.

Pepper fut mortifiée. Il devait la prendre pour une oie blanche !

Au bout d'un moment, elle demanda d'une voix étranglée :

— Suis-je si transparente ?

— Ne vous inquiétez pas, je suis beaucoup moins sûr de moi que je n'en ai l'air, confia-t-il d'une voix douce. Cependant, il serait dommage de ne pas savourer cette journée magnifique, vous ne croyez pas ?

Gauchement, elle s'étendit de nouveau. Au bout d'un moment, Steven n'ayant pas esquissé un seul geste, elle finit par se laisser aller. Le soleil semblait ruisseler en fines gouttelettes à travers les feuilles du saule. Elle ferma les yeux, éblouie, et peu à peu sa respiration s'apaisa.

— Parfait, entendit-elle Steven murmurer d'un ton approbateur.

Les yeux toujours fermés, elle sentit qu'il lui prenait la main et la serrait doucement. Son esprit et son corps se détendirent et son cœur commença à s'ouvrir. Au soleil. A la douceur de l'air. Au bruissement des feuilles. A cet homme qui venait de lui avouer qu'il avait lui aussi le trac. Il lui avait promis de ne pas se jeter sur elle sans son consentement. Peut-être était-il temps qu'elle se décide ?

— Steven, dit-elle dans un souffle.
— Oui ?
— Prends-moi dans tes bras.

Le temps parut s'arrêter. Une petite partie de Pepper se demandait avec horreur comment elle avait pu dire une chose pareille. Mais tout le reste de son être attendait, tout frémissant d'impatience, que Steven se penche sur elle.

Il effleura ses lèvres, presque imperceptiblement. L'instant d'après, leurs bouches se mêlaient avec une infinie douceur qui se mua peu à peu en ferveur brûlante. Envahie par des sensations exquises, Pepper s'alanguit contre Steven, répondant à son baiser avec une ardeur qu'elle ne se connaissait pas.

Jamais aucun homme n'avait éveillé en elle un tel désir, songea-t-elle confusément, tandis qu'il approfondissait encore son baiser tout la couvrant de caresses.

Ondulant sous ses mains expertes, elle s'entendit soudain crier tandis qu'un plaisir d'une intensité inouïe la transperçait de part en part. Enfouissant son visage dans le creux de son épaule, elle s'agrippa à lui. Longtemps après que les spasmes qui la secouaient se furent calmés, le plaisir persista. Un plaisir qui irradiait dans chaque parcelle de son corps.

S'écartant de Steven, elle s'étira avec volupté.

— Tu n'es pas seulement un grand sportif, plaisanta-t-elle. Tu maîtrises parfaitement l'art du flirt !
— Merci, murmura-t-il d'une voix traînante.
— Tu t'exerces souvent ?

Il resserra son étreinte.

— Pas assez. Je crois que je vais reprendre l'entraînement.

Pepper scruta son visage. Il semblait très ému et ses traits exprimaient une joie profonde. Cependant, il n'était sûrement pas aussi bouleversé qu'elle par ce baiser. Si elle voulait se montrer à la hauteur, elle avait encore beaucoup de progrès à faire...

S'efforçant de reprendre ses esprits, elle s'assit.

— Et ce pique-nique ? lança-t-elle d'un ton enjoué. Mon amour-propre va souffrir si nous ne mangeons pas toutes les bonnes choses que j'ai achetées.

Il ne protesta pas. Il n'essaya pas non plus de la reprendre dans ses bras. De toute évidence, elle avait raison, se dit-elle aussitôt. Ce baiser ne l'avait pas enflammé...

— Il y a aussi du champagne, annonça-t-il en sortant de son porte-documents un sac isotherme.

— Que célébrons-nous ?

Les yeux de Steven pétillèrent de malice.

— Rien de spécial. C'est purement pratique. Je n'ai pas de tire-bouchon.

Elle n'insista pas et sortit les victuailles, sur lesquelles il s'extasia.

Tout en veillant à ce que son verre ne reste jamais vide, il lui posa mille questions sur son enfance, ses goûts, ses relations. Jamais elle ne s'était livrée aussi librement à quelqu'un, songea-t-elle au bout d'un moment. Il parvenait à lui faire dire des choses qu'elle n'avait jamais confiées à personne — pas même à ses cousines.

— Où en est la querelle de famille ? demanda-t-il soudain.

— Pardon ?

— La première fois que nous nous sommes rencontrés, tu m'as parlé d'une querelle de famille à laquelle tu voulais mettre fin.

— Tu t'en souviens ? s'exclama-t-elle, stupéfaite.

— Le moindre détail de cette rencontre est resté gravé dans ma mémoire, répliqua-t-il en levant son verre. Je t'ai trouvée si... fantastique.

Il plongea son regard dans le sien. De toute évidence, il était sincère, comprit-elle, le souffle coupé par l'éclat qui brillait dans ses yeux. Peut-être ce baiser l'avait-il transporté, finalement...

Il se pencha vers elle.

Elle fut si troublée qu'elle tressaillit et bougea légèrement la tête. Ce mouvement de recul fut infime, mais Steven se figea. Il n'aurait sans doute pas eu l'air plus atterré si elle l'avait giflé, se dit-elle, consternée.

Il y eut un silence. Quelle idiote ! Quelle triple idiote ! se morigéna Pepper intérieurement. Mais elle fut incapable de prononcer la moindre parole.

A son grand soulagement, Steven sembla se détendre.

— Alors, cette querelle de famille ? Où en est-elle ? demanda-t-il de nouveau d'un ton qui se voulait enjoué.

— Elle est terminée. La paix a été signée. D'ailleurs j'habite avec mes cousines.

Un large sourire étira ses lèvres à cette nouvelle.

— Elles sont fantastiques, précisa Pepper. Parfois, leur façon de vivre me déroute un peu, mais je les adore. Et j'apprends beaucoup de choses avec elle.

Steven lui resservit du champagne.

— Quel genre de choses ?

— Des trucs de filles dont je ne soupçonnais même pas l'existence.

Il arqua les sourcils.

— Par exemple, je n'avais jamais papoté pendant des heures avec des copines, poursuivit-elle. Pour prendre la parole devant un conseil d'administration et élaborer des stratégies commerciales redoutables, j'ai toujours été très forte. En revanche, je ne connaissais rien aux stratagèmes utiles pour attirer les S.E.M.

— Les S.E.M. ?

— Les spécimens d'une espèce menacée. Autrement dit les hommes à la fois séduisants, intelligents, célibataires, hétérosexuels et solvables.

Une lueur malicieuse s'alluma dans les yeux de Steven.

— Je vois. Mais à présent tu peux laisser tomber les stratagèmes et arrêter les recherches.

Pepper sentit les battements de son cœur s'accélérer.

— Que veux-tu dire ?

Il lui prit la main. Ses doigts étaient brûlants, constata-t-elle en frissonnant. Et ses yeux noirs brillaient d'un éclat presque inquiétant. Etait-ce un effet de son imagination ou sentait-elle vraiment son pouls battre au même rythme que le sien ?

— Sans me vanter, je crois pouvoir me ranger dans la catégorie des S.E.M. Le seul point épineux est celui de ma solvabilité, déclara-t-il d'un air provocant. Il faudrait que tu m'accompagnes chez moi pour que je puisse te montrer mes comptes.

Pepper déglutit péniblement. C'était le genre de phrase à double sens que ses cousines adoraient. En principe, on était censé répliquer du tac au tac. Le problème, c'était qu'aucune repartie spirituelle ne lui venait à l'esprit... Décidément, elle avait encore beaucoup à apprendre, se dit-elle avec désespoir.

Heureusement, Steven ne semblait pas lui en tenir rigueur. Il semblait même très ému. Il lui caressa la joue avec une tendresse infinie.

— C'est le moment de te faire la lecture, peut-être ?

Pepper sentit ses joues s'enflammer. Allait-il lui lire des poèmes d'un érotisme brûlant ? Mais le livre qu'il sortit de son porte-documents portait un titre qui lui était très familier.

— *Le Vent dans les Saules* ? s'exclama-t-elle, incrédule.

— Ne t'ai-je pas dit que tout ce qui te concernait était gravé dans ma mémoire ? Il m'a semblé que c'était le livre idéal pour cet après-midi idéal.

Tout ce qui la concernait était gravé dans sa mémoire, se répéta-t-elle, le cœur en fête. De toute évidence, il était sincère. Jamais elle n'avait éprouvé un tel bonheur ! Il avait raison, c'était vraiment un après-midi idéal...

Quand il eut terminé sa lecture, ils discutèrent encore un bon moment. Puis ils restèrent allongés côte à côte, à regarder en silence les reflets du soleil sur l'eau. Les ombres s'étirèrent peu à peu et les oiseaux se réveillèrent. Une légère brise se leva. Dans son corsage léger, Pepper frissonna. Quel dommage ! Bientôt, il faudrait quitter l'abri du saule. Si seulement le temps pouvait s'arrêter ! Cet après-midi de rêve devrait durer toujours...

— Il faut y aller, dit Steven comme en écho.

Le cœur de Pepper se serra douloureusement. « Non ! Pas encore ! » eut-elle envie de crier. Mais elle resta silencieuse.

Steven ne bougea pas. Comme si lui non plus n'avait pas envie de se risquer hors de leur cachette enchantée.

Sans la regarder, il demanda :

— Veux-tu revenir avec moi pour visiter le collège ?

Cette proposition l'enchanta.

— D'accord.

Quelle heure pouvait-il être ? Elle n'en avait pas la moindre idée. A quelle heure était le dernier train pour Londres ? Elle l'ignorait également. Certes, elle avait pris un billet de retour pour le jour même, mais mieux valait éviter de rompre le charme de cette journée parfaite.

Et puis, elle n'imaginait pas se séparer de Steven... C'était la première fois de sa vie qu'elle se sentait aussi bien avec quelqu'un. D'ordinaire, quand elle s'accordait un moment de détente, il ne fallait pas longtemps avant que son travail lui manque. Elle avait toujours l'impression que sa vraie vie la réclamait. Aujourd'hui au contraire, il lui semblait que sa vraie vie se trouvait auprès de Steven.

Ils regagnèrent le hangar à bateaux, devant lequel la foule était encore plus dense qu'en début d'après-midi.

— Nous pouvons dîner ici, si tu veux, proposa Steven en indiquant des tables sous les arbres. Ou prendre un verre.

Pepper secoua la tête.

— Je n'ai envie de rien.

Pas de nourriture ni de boisson, en tout cas...

Elle ramassa les restes du pique-nique et le sac contenant son tailleur, tandis qu'il manœuvrait pour accoster. Après avoir sauté hors de la barque, il lui tendit la main pour l'aider à descendre.

— Attention, ironisa-t-elle en posant un pied hésitant sur la berge. Il ne faudrait pas que je te fasse tomber à l'eau. Non seulement j'ai un problème de poids mais je suis empotée.

Il la regarda en fronçant les sourcils, mais au moment

où il allait répliquer un homme vint récupérer les coussins de leur bateau.

Quand il l'eut payé, il se tourna vers elle.

— As-tu envie de rentrer à pied ou préfères-tu que j'appelle un taxi ? A moins que nous coupions la poire en deux et que nous fassions une partie du trajet en bus.

— Rentrons à pied. Un peu d'exercice ne peut pas me faire de mal, ajouta-t-elle avec un sourire de dérision.

Steven s'immobilisa.

— Veux-tu bien arrêter de dire des sottises ? s'exclama-t-il avec une irritation manifeste. J'irai à pied jusqu'au pôle Nord avec toi si tu en as envie mais par pitié, cesse de te dénigrer ainsi. C'est ridicule !

Stupéfaite, elle le fixa un instant sans rien dire.

— Très bien, je me tais, finit-elle par dire d'une voix crispée.

— Pepper..., commença-t-il d'une voix câline. Oh, mais tu as froid. Tu frissonnes. Il n'est pas question de rentrer à pied !

Après lui avoir posé sa veste sur les épaules, il sortit son téléphone portable pour appeler un taxi.

Devant le pavillon du gardien, nombreux étaient les étudiants qui discutaient joyeusement sous les derniers rayons du soleil. Etait-ce un effet de son imagination ou bien avaient-ils tous réellement les yeux rivés sur elle ? se demanda Pepper, embarrassée.

A moins que ça ne soit à cause de sa jupe turquoise et de son petit haut à paillettes. D'autant plus qu'elle devait être passablement décoiffée... N'était-ce pas une tenue un peu trop décontractée pour un endroit aussi prestigieux ? En réalité, elle ne s'était jamais sentie aussi jeune et désinvolte. C'était une sensation très agréable, à vrai dire... même si elle n'était pas complètement à l'aise.

— Je dois avoir une de ces allures ! Je ne te fais pas honneur, monsieur le principal, murmura-t-elle.

— Au contraire. Si tu savais à quel point tu améliores mon image !

Il l'entraîna dans la cour principale, bordée de magnifiques bâtiments médiévaux. S'inclinant profondément devant elle, il déclara d'un ton solennel :

— Bienvenue au collège Queen Margaret's de l'université d'Oxford.

Pepper promena autour d'elle un regard impressionné. Certes, elle avait étudié dans certaines des écoles les plus prestigieuses du monde, mais aucune ne pouvait rivaliser avec Queen Margaret's en termes de splendeur architecturale. Cela lui donnait l'impression d'être encore plus déplacée dans sa tenue décontractée... Steven, en revanche, était en parfaite harmonie avec le décor.

— C'est fabuleux, murmura-t-elle. Jusqu'à aujourd'hui, je n'avais pu admirer de telles merveilles qu'en photo.

— Ce qui ne se voit pas, du moins pas d'ici, ce sont les fuites dans la toiture, commenta Steven d'un air sombre.

— Tu plaisantes ?

— Pas du tout. Il faudrait entreprendre d'urgence des réparations importantes, mais je ne sais pas encore où je vais trouver les crédits.

Aussitôt, l'instinct professionnel de Pepper se réveilla.

— Le collège ne reçoit pas de dons ?

— Pas assez.

Il adressa une grimace à une gargouille, puis ajouta après une brève hésitation :

— En fait, c'est avant tout pour redresser la situation financière du collège que j'ai été choisi comme principal. Je n'ai pas le profil type pour ce genre de poste.

Pepper le regarda. Même sans veste et sans cravate, il avait une distinction et une autorité naturelles qui feraient passer pour des gamins tous les hommes d'affaires de sa connaissance.

— Je ne sais pas quel est le profil type, mais pour ma part je trouve que tu as une allure impériale.

Il éclata de rire.

— Merci, mais l'allure ne suffit pas.

— Explique-moi quel est le profil type.

— C'est un sujet trop ennuyeux pour une journée aussi parfaite. Laisse-moi plutôt t'offrir une bière à la cafétéria. C'est un privilège que n'aurait pas un touriste ordinaire. Viens, nous allons passer par la chapelle.

— J'aimerais quand même savoir comment un collège aussi prestigieux peut avoir des difficultés financières, insista-t-elle en le suivant.

Steven eut un petit rire désabusé.

— Il a été créé par une femme dont l'unique motivation était de prouver qu'elle attachait autant d'importance à l'éducation que son mari.

Leurs pas résonnaient sur les dalles de la chapelle. Celle-ci était plus petite et moins belle que s'y attendait Pepper. Elle en fit la remarque.

— C'est parce que l'intérêt de la reine Margaret pour le collège s'est rapidement émoussé. Elle n'a tenu qu'en partie ses promesses de financement. D'où une certaine hétérogénéité architecturale... Suis-moi, il faut ensuite passer par la bibliothèque.

Ils ressortirent dans la douceur de la soirée estivale.

— Mais depuis tout ce temps... ?

— En réalité, Queen Margaret's n'a jamais été un collège prestigieux, expliqua Steven. Il n'a donc jamais attiré l'argent. Tout au long du XVIIIe siècle, alors que les anciens élèves des autres collèges de l'université d'Oxford faisaient fortune, Queen Margaret's ne formait que des ecclésiastiques.

— Et depuis ?

— C'est encore pire. Actuellement, tous les collèges d'Oxford sont à la recherche de fonds et Queen Margaret's est le plus mal placé pour en trouver. Parmi les anciens élèves on ne compte aucun premier ministre, aucun capitaine d'industrie, aucune pop star...

Devant la moue désabusée de Steven, Pepper sentit son cœur se serrer. Elle le prit par le bras.

— Nous devrions peut-être en discuter. Je ne me suis jamais vraiment occupé de collecte de fonds, mais c'est un sujet que j'ai abordé à l'école de commerce. Et figure-toi que je suis championne pour résoudre les problèmes.

Il lui pressa la main.

— Dans ce cas, il faut en effet que nous en discutions.

Il lui fit traverser la bibliothèque, dont les rayonnages débordaient de livres poussiéreux.

— Il faudrait l'agrandir et refaire toute l'installation électrique, commenta Steven. Mais la cafétéria va te plaire, tu vas voir.

Celle-ci était installée dans une cave voûtée au sol recouvert de parquet. Il y régnait une atmosphère chaleureuse.

— Bonjour, Steve ! lança celui qui tenait le bar.

Il fit claquer sa paume contre celle de Steven et appela un groupe d'étudiants qui se trouvait au fond de la salle.

— Francis, Geoff ! Voilà Steve !

Les jeunes gens levèrent la tête. Manifestement, ils n'étaient pas surpris de la présence de leur principal, constata Pepper. Quant à elle, elle ne semblait pas particulièrement exciter leur curiosité. Le petit groupe, qui était en train de jouer aux fléchettes, invita Steven à disputer une partie.

— Votre invitée également, bien sûr.

— Mlle Calhoun, précisa Steven.

Puis il se tourna vers elle.

— Tu sais jouer aux fléchettes ?

— J'ai eu un arc et des flèches quand j'étais petite, répondit-elle avec circonspection.

— Ça n'a pas grand-chose à voir, mais tu devrais t'en sortir. Deux contre deux, d'accord, Geoff ? Les enjeux habituels.

Pepper s'appliqua consciencieusement, mais ses efforts ne furent pas souvent couronnés de succès.

— Les étudiants t'apprécient beaucoup, apparemment, murmura-t-elle en s'asseyant à côté de Steven après trois échecs successifs.

— C'est parce que je perds tout le temps, répliqua-t-il, les yeux pétillants de malice. Même quand tu n'es pas là pour faire baisser mon score.

— Je suis sûre que tu le fais exprès !

— Comment as-tu deviné ? C'est un moyen de leur payer une tournée sans qu'ils se sentent gênés.

Pepper arqua les sourcils d'un air perplexe.

— J'ai été étudiant ici, expliqua-t-il. Je me souviens qu'à cette époque je devais souvent choisir entre une bière ou un livre de poche... Et puis, j'aime cet endroit. Je m'y sens mieux que dans la salle des professeurs.

— Que reproches-tu à la salle des professeurs ?

— Il faudrait plutôt demander aux professeurs ce qu'ils me reprochent. Certains n'apprécient pas que je me « compromette » dans le privé, comme ils disent. Mon statut de président de K-plant ne plaît pas à tout le monde. A Oxford, un principal de collège se doit d'être un universitaire bon teint. Par ailleurs, le doyen garde quelques mauvais souvenirs de mon passage ici en tant qu'étudiant. Comme un certain feu d'artifice tiré depuis la tour, par exemple.

Les étudiants l'appelèrent et il retourna jouer.

Pepper l'observa attentivement. Il prenait tout son temps et se concentrait un long moment avant de lancer les fléchettes. De toute évidence, Steven était un perfectionniste qui se donnait à fond dans toutes ses activités. Les fléchettes. La direction du collège. La présidence de K-plant. Le flirt.

L'amour ?

A cette idée, un long frisson la parcourut.

Il obtint un score suffisamment élevé pour être honorable, tout en restant assez bas pour lui faire perdre la partie.

— En fait, tu es un champion, n'est-ce pas ? demanda-t-elle quand il revint s'asseoir à côté d'elle.

Il plongea son regard dans le sien et répondit d'un air innocent :

— C'est aux fléchettes que tu fais allusion ?

Pepper ne cilla pas.

— Tu essaies de me faire rougir mais tu n'y arriveras pas. Explique-moi plutôt en quoi tu n'es pas un universitaire « bon teint ».

Il haussa les épaules.

— Je ne suis pas un scientifique de génie. K-plant n'est pas à la pointe de la recherche. Ma spécialité, c'est d'établir des liens entre des découvertes appartenant à des domaines très différents, pour en tirer des applications concrètes.

— N'est-ce pas le but de tout chercheur ?

— Non. Les savants ont tendance à accorder plus de prestige à la recherche fondamentale. Quant aux hommes d'affaires, la plupart du temps, ils ne comprennent rien à la science. Moi, je suis une sorte d'hybride. Quant à mon poste de principal, il est temporaire. En fait, j'occupe simultanément de multiples fonctions.

— Je croyais que tu étais chef d'entreprise.

— Je l'ai été pendant quelque temps. A présent, je ne suis plus que président de ma société et encore, à titre honorifique. Du moins jusqu'à ce que j'aie terminé ma mission ici. Mais à l'origine, j'étais chimiste.

Il fit une grimace.

— Désolé. Je t'ennuie, n'est-ce pas ?

— Pas du tout.

Seigneur ! S'il savait ! Elle était sur des charbons ardents. Son envie de le toucher était telle que, par moments, elle devait avoir l'air bizarre.

— Ce n'est pas la peine de chercher à me ménager, dit-il en souriant. Je ne me fais aucune illusion. J'ai toujours été assommant. A l'époque où j'ai commencé mes recherches sur les aliments de synthèse, il m'arrivait souvent de passer tout un repas à développer mes théories sans même m'apercevoir que mon assiette restait pleine. Ça avait le don d'exaspérer Courtney.

Le cœur de Pepper fit un bond douloureux dans sa poitrine. Qui était Courtney ?

Mieux valait ne pas poser la question. Elle n'en avait pas le droit...

— C'est ta vocation depuis toujours ? demanda-t-elle pour éviter de poser la question qui lui brûlait les lèvres.

— La chimie ?

Il réfléchit un instant.

— Pas exactement. Quand j'étais adolescent, je voulais aller sur la lune. Ou sauver le monde. En toute simplicité...

— Comment en es-tu arrivé à faire de la recherche sur les aliments de synthèse ?

— Au lycée, j'ai toujours aimé la chimie. J'adorais déclencher des explosions. C'était mon grand plaisir et en plus, ça me valorisait.

— Que veux-tu dire ? demanda Pepper, intriguée.

— J'aimais beaucoup l'école, mais j'habitais un quartier défavorisé où tous les garçons de mon âge préféraient jouer au football ou traîner dans le centre-ville. Leur passe-temps favori était de voler des pièces détachées sur les voitures. J'étais un enfant à part, très différent des autres. Par ailleurs, ma mère étant morte à ma naissance et n'ayant pas de frères et sœurs, je vivais seul avec mon père.

— Tu as dû connaître des moments difficiles.

Il parut surpris.

— Pas tant que ça. Les garçons avec qui j'avais le plus d'affinités vivaient tous dans des quartiers résidentiels. Ils avaient des livres et leurs deux parents. Bien sûr, au début ils se méfiaient de ce voyou qui n'était pas de leur milieu. Seulement j'avais de très bons résultats scolaires, et surtout, j'étais un as pour déclencher des explosions spectaculaires dans de vieilles boîtes de conserve. La nuit des feux d'artifice, Bonfire Night, j'étais un véritable héros. Si bien qu'ils m'ont accepté très rapidement. En fait, à la mort de mon père, les parents de mon ami Tom m'ont pour ainsi dire adopté.

Le visage de Steven s'assombrit.

— C'est à cause de Tom que j'ai choisi Maggie's.

— Maggie's ?

— Le collège Queen Margaret's. Son père y avait fait ses études. Nous avons donc posé notre candidature tous les deux. Et nous avons été admis.

Il promena son regard sur la cafétéria.

— Nous venions souvent ici quand nous avions le même âge que ces jeunes gens.

Ses traits se dirent plus durs.

— Et ces imbéciles de la salle des professeurs pensent que je n'ai aucun respect pour le collège. Je ne suis peut-être pas un universitaire typique, mais l'avenir de Queen Margaret's me tient très à cœur.

— As-tu envie d'être un universitaire respectable ?

Steven haussa les épaules.

— Nous avons tous envie d'être respectés, esquiva-t-il.

Pepper fut étonnée par sa réponse, qui semblait dictée par l'abattement. Comment était-ce possible ? Cela ne lui ressemblait pas du tout. Elle se sentit soudain très irritée contre le doyen et tous les universitaires à la mentalité étriquée.

— Si tu as besoin d'une spécialiste en résolution de problèmes, tu peux compter sur moi, déclara-t-elle avec feu.

— Ma chérie, murmura-t-il.

Sa voix était chargée d'une telle tendresse qu'elle en fut bouleversée.

Il porta sa main à ses lèvres et l'embrassa.

Pepper sentit son cœur s'affoler. Ils restèrent un long moment silencieux, les yeux dans les yeux.

— Je ferais mieux d'aller commander cette tournée, finit par dire Steven.

Il se leva et ne lâcha sa main qu'au tout dernier moment, à contrecœur.

— Attends-moi. Après, je t'emmènerai visiter le jardin.

7

En cette fin d'après-midi, le jardin était envahi par un enchevêtrement de roses qui embaumaient l'air de leurs effluves capiteux.

— Quel endroit fantastique ! s'exclama Pepper en respirant à pleins poumons.

Steven la serra contre lui.

— C'est une des conséquences des restrictions budgétaires. Nous n'avons droit qu'à un jardinier à mi-temps. Comme la pelouse de la cour principale réclame toute son attention, les roses sont livrées à elles-mêmes.

— Elles s'en sortent magnifiquement, commenta Pepper avec enthousiasme.

Se penchant sur une énorme rose pompon, elle huma son parfum avec délectation.

— Tu as des goûts simples, n'est-ce pas ? commenta Steven, visiblement touché.

— J'ai le goût délicat et très fin, corrigea-t-elle en prenant un air offensé.

Il resserra son étreinte autour de sa taille et ils déambulèrent dans les allées envahies d'herbes jusqu'à ce que l'obscurité soit totale. Pas un seul nuage n'obscurcissait le ciel, et un fin croissant de lune se découpait sur le ciel saupoudré d'étoiles.

— Quel calme ! murmura Pepper en renversant la tête au creux de l'épaule de Steven. On se croirait seuls au monde. Est-ce pour ne pas nous déranger que les étudiants ne viennent pas ?

— Ce jardin est réservé au principal. Personne ne peut venir sans y être invité.

— C'est un honneur pour moi d'avoir ce privilège, commenta-t-elle d'une voix alanguie.

La nuit, le parfum des roses et ses propres fantasmes l'emplissaient d'une douce euphorie.

— Après le jardin du principal, que dirais-tu de visiter son appartement ? s'enquit Steven d'un ton faussement mondain.

Elle réprima un frisson.

— Je croyais l'avoir déjà vu ce matin.

— Heureusement pour moi, il ne se limite pas à un escalier en spirale et à une cuisine biscornue !

La gorge soudain nouée, Pepper resta silencieuse.

— As-tu envie de visiter les autres pièces ? murmura Steven à son oreille.

Le cœur de Pepper s'affola dans sa poitrine.

« Oui... Non ! Je ne sais pas. »

— Oui, dit-elle si fort qu'ils tressaillirent tous les deux.

Steven l'entraîna vers la porte de la tour et s'effaça devant elle.

— Bienvenue chez M. le principal, dit-il d'un ton solennel.

Elle le précéda dans l'escalier. Après avoir traversé la cuisine, ils arrivèrent dans un salon au sol dallé et aux murs de pierre presque entièrement masqués par des étagères en chêne débordant de livres.

Le cœur de Pepper battait de plus en plus vite. Il ne manquait plus que des chandeliers et un feu de cheminée. Allait-elle se montrer à la hauteur ?

— J'ai l'impression de détonner dans ce décor, déclara-t-elle d'un ton beaucoup plus agressif qu'elle ne l'aurait voulu.

Le son de sa voix la fit tressaillir. Seigneur ! Ça sonnait comme une déclaration de guerre...

A son grand soulagement, Steven ne sembla pas s'en offenser.

— Voilà que tu recommences à dire des inepties, ma chérie, murmura-t-il en lui effleurant la joue du bout des doigts. Tu es au contraire le spectacle le plus délicieux qu'aient eu à contempler ces vieux murs depuis longtemps.

— Délicieux ?

— Délicieux. Exquis. Divin...

— Avec mon débardeur froissé et mes cheveux emmêlés ?

Steven éclata de rire. Il saisit délicatement quelque chose sur sa tête et le lui montra.

— Un pétale de rose ?

— Très romantique... Et il s'harmonise admirablement bien avec le pollen que tu as sur le nez.

Pepper tressaillit.

— Ce n'est pas vrai !

— Regarde.

Dans une petite niche dans le mur, elle vit un miroir ovale dans un cadre doré tarabiscoté. Visiblement ancien, il était tacheté de mercure, mais cela ne l'empêchait pas de lui renvoyer l'image d'une jeune femme ébouriffée, à la chevelure parsemée de feuilles et de brindilles. Difficile d'ignorer qu'elle avait passé la journée dans la nature ! se dit-elle en se frottant le nez.

— Je suis dans un état lamentable ! gémit-elle.

— Tu es magnifique, objecta Steven d'une voix rauque.

Elle croisa son regard dans le miroir et fut envahie par une chaleur intense. Non seulement il était sincère mais il brûlait manifestement de désir pour elle... Pour la première fois de sa vie, elle n'avait aucun doute à ce sujet.

Il posa une main hésitante sur son épaule.

Electrisée, elle retint son souffle, sans pouvoir détacher ses yeux des siens dans le miroir.

Oui, c'était flagrant. Il la désirait autant qu'elle le désirait... Ils venaient d'atteindre le point de non-retour. Curieusement, elle était à la fois anxieuse et sereine.

— J'aimerais que tu restes, murmura Steven.

— Je sais.

C'était étrange. Jamais elle ne s'était sentie aussi calme et aussi nerveuse à la fois, songea-t-elle avec étonnement… Elle venait d'entrer dans une autre dimension. Quoi qu'il arrive désormais, plus rien ne serait jamais comme avant.

Steven rompit le silence. Sa voix était chaude, caressante. Hésitante, aussi.

— Je sais que nous n'avons pas passé beaucoup de temps ensemble. Tout ce que je peux te dire, c'est que j'ai l'impression de te connaître depuis toujours.

Retenant son souffle, elle se tourna vers lui.

— Acceptes-tu de rester ? demanda-t-il, visiblement anxieux.

— Oui.

Il la prit par la main et l'entraîna dans l'escalier en spirale vers l'étage supérieur.

Toujours aussi déterminée, elle était cependant en proie à un tumulte intérieur. Bien sûr, elle voulait faire l'amour avec Steven. Jamais elle n'avait autant désiré aucun homme. Tout l'après-midi, à l'abri du saule pleureur, elle avait eu toutes les peines du monde à se retenir de le couvrir de caresses. Mais à présent que le moment était venu, elle était paralysée par le trac.

Et s'il était rebuté par sa maladresse ? Seigneur ! Pourquoi n'avait-elle pas pris le temps de discuter avec Izzy avant de venir ici ? Sa cousine aurait pu lui donner des conseils précieux…

Dès qu'ils furent arrivés en haut des marches, Steven lui prit les deux mains et la regarda d'un air grave.

— Tu es certaine de ne pas regretter ta décision ? Il est toujours temps de changer d'avis, tu sais. Je ne t'en voudrai pas.

Elle scruta son visage. Etait-il aussi intimidé qu'elle, par hasard ? Non, certainement pas. Mais de toute évidence, il était profondément ému. Et dans ses yeux, en plus du désir, elle pouvait lire une tendresse tellement immense qu'elle sentit toutes ses craintes s'évanouir. Sans répondre, elle s'approcha de lui et lui offrit ses lèvres.

Elle ne sut jamais comment ils arrivèrent jusqu'au lit. Leurs corps se fondirent l'un dans l'autre comme s'ils étaient destinés depuis toujours à ne faire qu'un. Dans la nuit devenue moite et brûlante, elle eut la sensation de plonger dans un océan de tendresse et de sensualité. C'était comme si ses sens sortaient d'une longue torpeur et s'éveillaient à la vie sous les caresses et les baisers de Steven.

Tandis qu'il l'emmenait dans un merveilleux voyage vers le plaisir, une passion incontrôlée montait en elle, contre laquelle elle ne pouvait pas lutter. Au moment suprême, leurs regards éperdus se noyèrent l'un dans l'autre, puis une ultime vague les propulsa en même temps au sommet de la volupté.

Longtemps après, lorsqu'elle revint sur terre, comblée et épanouie, elle laissa échapper un petit rire.

— Tu te moques de moi ? Je suis très vexé, murmura-t-il.

Mais il couvrit son ventre de baisers et elle n'en crut pas un mot. Elle lui ébouriffa tendrement les cheveux.

— Je ne me moque pas de toi. Au contraire. Tu es fantastique. Si je ris, c'est de bonheur.

Il leva la tête et la regarda, les yeux étincelants.

— Je préfère ça. Personne ne s'est jamais moqué de Barbe-noire.

Il lui couvrit le visage de baisers avant de s'emparer de sa bouche. Ils s'embarquèrent de nouveau vers les merveilleux rivages qu'ils avaient découverts ensemble. Elle ne s'appartenait plus. Ce n'était plus seulement son corps qu'elle lui offrait, mais son être tout entier. Sa dernière pensée cohérente fut qu'elle ne faisait plus qu'un avec lui, qu'ils étaient faits l'un pour l'autre de toute éternité...

Jamais elle n'avait imaginé qu'il était possible d'éprouver un tel bonheur, songea-t-elle quand elle reprit conscience.

C'était comme une deuxième naissance. Une nouvelle vie venait de commencer pour elle.

Elle se sentait entièrement neuve. Et dans ce silence, elle fit une découverte.

« Je t'aime », dit-elle silencieusement à Steven étendu sur elle.

Elle n'était pas encore prête à formuler un tel aveu à haute voix.

Ils restèrent ainsi, enlacés et silencieux, pendant un long moment. Puis Steven se leva et Pepper émergea peu à peu de sa langueur, se leva à son tour et chercha son débardeur parmi les vêtements éparpillés aux quatre coins de la chambre.

Elle promenait son regard sur la pièce plongée dans la pénombre, quand elle entendit la voix de Steven derrière elle.

— Ce lit ressemble à une épave.

Manifestement, il en était très fier. Elle sentit ses bras l'entourer, et fut parcourue d'un long frisson quand il la plaqua contre lui. Avec volupté, elle se délecta de la chaleur de sa peau, de la force de ses bras autour d'elle. Quand elle sentit son souffle soulever ses cheveux, elle comprit qu'il riait.

Il n'était pas difficile de comprendre pourquoi.

Le lit semblait avoir été dévasté par un ouragan. Les oreillers avaient glissé sur le sol, comme le couvre-lit, roulé en boule. Le drap du dessus était entortillé dans un coin. C'était elle qui l'avait repoussé dans sa hâte à s'unir à lui, se souvint Pepper. A moins que ce ne soit Steven ?

« Je ne sais plus où finit son corps et où commence le mien. » A cette pensée, elle fut parcourue d'un long frisson.

— Tu as froid ? demanda-t-il.

— Non.

— Tout va bien, ma chérie ?

— J'aurais du mal à trouver un mot assez fort pour décrire l'état dans lequel je me trouve.

Il émit un petit rire joyeux.

Alanguie contre lui, elle sentait les battements de son cœur, puissants, réguliers. Rassurants.

« Je suis enfin chez moi », songea-t-elle.

C'était une évidence : sa place était auprès de cet homme. Jamais elle n'avait éprouvé un tel sentiment de plénitude, à la fois apaisant et grisant.

C'était comme si elle venait de poser un lourd fardeau qui l'encombrait depuis toujours, bien qu'elle n'ait jamais vraiment eu conscience de le porter. Elle était libérée ! Emerveillée, elle frissonna de plaisir.

Steven resserra son étreinte.

— Tu as froid. Enveloppe-toi là-dedans pendant que je refais le lit.

Il déposa un peignoir sur ses épaules. Elle s'assit sur un coffre en chêne et le regarda défroisser et border les draps, battre les oreillers, remettre la couverture en place.

— Tu es un vrai homme d'intérieur, plaisanta-t-elle.

— Eh oui ! C'est une de mes nombreuses qualités.

— Je suis très impressionnée.

— J'espère bien !

Quel corps splendide ! se dit-elle, fascinée par le modelé parfait de ses muscles. Pas étonnant que Jemima l'ait trouvé très sexy...

Tout à coup, elle se figea. Combien de femmes l'avaient-elles regardé refaire son lit, assises sur ce coffre, enveloppées dans son peignoir ? Du calme, se fustigea-t-elle aussitôt. Elle n'était pas la première, et alors ? Ça n'enlevait rien à ce qui s'était passé entre eux cette nuit.

Réprimant un frisson, elle resserra autour d'elle les pans du peignoir. Mais si pour elle cette nuit était exceptionnelle, peut-être n'était-elle pour lui qu'une nuit comme les autres ? Agréable ou peut-être même fantastique, mais semblable à toutes les autres nuits passées avec d'autres femmes ? Des femmes sûrement beaucoup plus belles et plus expertes qu'elle...

Elle était à présent envahie par un grand froid intérieur. Pourquoi fallait-il qu'elle redescende si brutalement sur terre ? Elle était si bien sur son petit nuage...

Il ne fallut pas plus d'une minute pour que le lit soit de nouveau impeccable. Et Pepper paralysée par la peur. Quand Steven la prit dans ses bras pour la porter jusqu'au lit, son corps était toujours présent, mais elle avait l'impression que son cœur et son esprit se trouvaient à des années-lumière, aux confins de la galaxie.

Manifestement, Steven ne s'apercevait pas qu'une distance infinie les séparait désormais. Il l'installa confortablement au creux de son bras et, avant de s'endormir, demanda :

— Tout va bien ?

— Oui, très bien. Merci, répondit-elle poliment.

Ce qui était un mensonge éhonté.

Mais il ne s'en aperçut pas non plus.

Il déposa un baiser sur sa tempe, puis s'endormit en quelques secondes. Elle sentit son corps viril s'alourdir contre le sien, tandis que le rythme de sa respiration ralentissait. Enfin son bras se relâcha et glissa.

Elle attendit encore un moment, puis, avec mille précautions, s'écarta de lui. Inutile d'essayer, elle ne fermerait pas l'œil... Il lui avait demandé si tout allait bien. Comment pourrait-elle se sentir bien ? Elle n'était qu'un sac de pommes de terre qui prenait trop de place dans le lit. Jamais auparavant Steven n'avait couché avec un sac de pommes de terre, c'était certain. Or il avait beau être le plus tendre et le plus attentionné des amants, il était forcément conscient de cette triste réalité.

Pepper passa une nuit épouvantable. Les pensées les plus noires se bousculaient dans son esprit.

Elle était la fille qui faisait tapisserie au bal du lycée. Celle qui ne devait ses précédentes relations amoureuses qu'à l'argent de sa grand-mère. L'amour n'était pas pour elle. Son univers, c'était le monde des affaires. Plus vite elle y retournerait, mieux cela vaudrait.

Si elle restait trop longtemps auprès de Steven, elle finirait par croire au conte de fées qu'elle avait déjà commencé à se raconter un peu plus tôt. Or, si elle se laissait aller à imaginer que leur rencontre était aussi exceptionnelle pour lui que pour elle, elle finirait par avoir le cœur brisé et ne s'en remettrait jamais.

A grand-peine, elle refoula les sanglots qui menaçaient de l'étouffer. Pas question de flancher. Si elle pleurait, elle risquait de réveiller Steven, se répétait-elle. Il fallait à tout prix éviter cela.

Au matin, elle avait fait le deuil de ses illusions et tué dans l'œuf tous ses rêves d'amour.

Steven ne se rendit compte de rien. Il s'affaira dans la chambre en bavardant gaiement comme s'ils s'étaient déjà réveillés ensemble des centaines de fois. Tout dans son attitude indiquait que, pour lui, la situation n'avait rien d'extraordinaire.

Si seulement elle avait pu en dire autant ! songea-t-elle, complètement déprimée. L'estomac noué, elle devait faire des efforts surhumains pour afficher une mine à peu près sereine.

— Peux-tu aller me chercher mon tailleur ? demanda-t-elle. Je l'ai laissé en bas dans un sac en plastique.

Steven prit un air dépité.

— Quel dommage ! Ton petit haut à paillettes va me manquer.

Elle se força à sourire. Steven avait la même allure que dans l'avion lors de leur première rencontre, se dit-elle, le cœur serré. Les cheveux en bataille, il avait le visage mangé par une barbe noire. Il émanait de lui une virilité à couper le souffle. Pas de doute, il était beaucoup trop bien pour elle.

— J'aimerais être habillée convenablement quand ta femme de ménage arrivera, déclara-t-elle.

Oh, Seigneur ! Quelle voix crispée ! Elle devait avoir un de ces airs guindés... Elle s'était livrée corps et âme à cet homme pendant la nuit, et voilà qu'à présent elle lui parlait sur le même ton qu'une vieille dame invitée à une garden-party ! Heureusement, il ne semblait pas conscient de son malaise.

— Désolé, mais je n'ai pas de femme de ménage, répliqua-t-il en riant. Le collège n'a pas les moyens de fournir ce genre de service à son principal.

— Oh ? Alors qui s'occupe de... ?

Quel était le prénom de l'enfant ? se demanda-t-elle. Tout ce qu'elle savait, c'est qu'elle ne s'appelait pas Janice.

Dans les yeux de Steven, la lueur malicieuse s'éteignit brusquement.

— Amaryllis ? Je m'en occupe tout seul.

Il l'observa avec attention.

— Ça te pose un problème ? demanda-t-il, légèrement agressif.

Pepper tressaillit.

— Non, bien sûr que non !

Sans la quitter des yeux, il déclara :

— Elle n'est pas là ce matin, rappelle-toi. Elle a dormi chez une amie. Ne t'inquiète pas, tu ne risques pas de te retrouver nez à nez avec elle en descendant préparer des œufs au bacon.

Il avait parlé d'un ton neutre, dépourvu de toute chaleur. Pepper déglutit péniblement.

— Je... je ne sais pas faire les œufs au bacon, bredouilla-t-elle.

Allons bon ! se dit-elle aussitôt. Elle allait passer pour une enfant gâtée, habituée à se faire servir, à présent ! Pourquoi ne pouvait-elle pas se détendre un peu ? Malheureusement, c'était au-dessus de ses forces.

— Tout ce que je peux faire c'est te préparer des toasts et du café, ajouta-t-elle pour prouver sa bonne volonté.

Le regard de Steven était de moins en moins affectueux, constata-t-elle, le cœur serré.

— J'aurais dû m'en douter, répliqua-t-il avec une pointe de sarcasme. Les jeunes héritières ne font pas la cuisine, n'est-ce pas ?

— Je ne suis plus une héritière ! protesta-t-elle avec indignation.

— Il est facile de l'oublier.

La prenant par les épaules, il plongea son regard dans le sien.

— Que se passe-t-il ? Je me suis endormi auprès d'une jeune femme divine et sensuelle, et voilà que je me réveille en compagnie d'une princesse capricieuse.

Mortifiée, elle se dégagea d'un geste brusque.

— Inutile de t'occuper du tailleur, je vais le chercher moi-même, lança-t-elle avant de quitter la pièce.

Quand il la rejoignit dans la cuisine un moment plus tard, le café était en train de passer. Elle avait enfilé son tailleur et attaché ses cheveux.

— Déjà prête à partir ? demanda-t-il. Merci d'avoir pris le temps de préparer le café.

Pepper s'efforça d'esquisser un sourire crispé.

— Je t'en prie.

Il s'approcha d'elle. Le cœur battant, elle attendit qu'il la touche, prête à oublier ses doutes. Mais il se contenta de l'observer attentivement.

— Qu'y a-t-il, Pepper ?

Pas de doute, elle l'avait déçu, songea-t-elle, la mort dans l'âme. D'ailleurs, il venait de le lui dire. Dire que la nuit dernière, l'espace de quelques heures, elle avait cru pouvoir être à la hauteur...

— Il n'y a rien, répondit-elle en détournant les yeux. Il faut juste que je retourne travailler. J'ai perdu trop de temps, hier.

Elle eut un petit rire artificiel.

— Je ne sais pas ce qui m'a pris, j'ai complètement perdu la tête ! Cette journée était une véritable aberration.

Steven se raidit.

— Je vois.

Aussitôt, elle se maudit intérieurement. Seigneur ! Quelle maladresse ! Il l'avait pris pour lui...

— Tu... tu ne comprends pas, bredouilla-t-elle.
— C'est limpide, au contraire.
— Non, tu te trompes !

Oh, comment lui expliquer ? se demanda-t-elle, en proie à une profonde détresse.

— Je n'ai pas l'habitude de... de coucher avec des inconnus, dit-elle.

Il darda sur elle un regard froid.

— Parce que tu crois que c'est la mienne ?
— Je ne connais pas tes habitudes.
— C'est ça qui te perturbe ?

Il fallait absolument qu'elle essaie de lui expliquer ce qu'elle ressentait, se dit-elle, en proie à la plus profonde confusion.

— Tu n'y es pour rien, assura-t-elle. C'est moi le problème. Je dors seule, d'habitude.

Steven semblait pétrifié. Le visage impassible, le regard éteint, il la fixait sans bouger.

— Ecoute, Steven, essaie de me comprendre, poursuivit-elle, de plus en plus perturbée. Je suis beaucoup plus douée pour les affaires que pour les sentiments. Le travail tient la place la plus importante dans ma vie et je...

Steven leva la main.

— Ne te donne pas la peine de poursuivre. C'est très clair.
— Mais non ! Je veux t'expliquer...
— Inutile, coupa-t-il d'un ton dangereusement posé. Ta priorité, ce sont les affaires. Il n'y a rien à ajouter.

Il prit la miche de pain et visa avec précision la cafetière. Celle-ci explosa contre le mur dans une gerbe de liquide noir et un fracas de verre brisé.

Pepper sursauta sous l'effet du choc.

— Steven !
— Désolé, lâcha-t-il d'un ton qui indiquait nettement le contraire.

Atterrée, Pepper tremblait de tous ses membres. Comment en étaient-ils arrivés là ? La cuisine ressemblait à un champ de bataille. Dire que quelques heures plus tôt, elle croyait avoir atteint le bonheur parfait... Quel gâchis !

Elle voulut parler, mais aucun son ne sortit de sa gorge. De toute façon, elle ne savait absolument pas que dire.

La voix dure de Steven la fit tressaillir.

— Peux-tu me préciser juste une chose ?

Toujours aphone, elle eut un geste d'impuissance.

— Est-ce que tu envoies promener tous tes amants après la première nuit, ou est-ce un traitement de faveur qui m'est réservé ?

Jamais elle n'avait vu un tel mépris dans le regard d'un homme, songea-t-elle, effondrée, tandis qu'une poigne d'acier lui broyait le cœur. Dire qu'elle était la seule responsable de ce terrible malentendu ! Cette pensée l'acheva.

Elle se précipita dans l'escalier et s'enfuit.

8

Toute la matinée, Steven fut d'une humeur massacrante. Quand Valerie le lui fit remarquer, il eut un sourire contraint.

— Excusez-moi. Je n'ai pas eu le temps de courir, ce matin. Ça me rend nerveux.

Elle accepta ses excuses sans faire de commentaire, mais elle ne fut pas dupe. Il arrivait parfois à Steven Konig d'être obligé de renoncer à son jogging, néanmoins cela ne le mettait jamais dans un tel état. Valerie maudit silencieusement Pepper Calhoun, qu'elle avait entendue dévaler l'escalier en début de matinée.

Tandis qu'il consultait sa boîte aux lettres électronique, Steven sentit son irritation s'accroître. Comme par hasard, ce matin-là, un message sur deux concernait Pepper ! Sa messagerie comportait plusieurs articles de presse sur le Grenier, transmis par Bobby Franks, ainsi que cinq messages provenant de la présidence de Calhoun Carter. Il les supprima avec hargne sans même les lire.

Un peu plus tard, Geoff, l'un des étudiants avec qui il avait joué aux fléchettes la veille, vint le trouver pour discuter avec lui de l'éventualité d'un débat avec Pepper Calhoun. Réprimant un mouvement d'humeur, Steven lui proposa un café.

— Elle est vraiment très sympathique, déclara Geoff, manifestement conquis. Par ailleurs, on commence à parler d'elle dans la presse britannique. Avez-vous lu les articles sur la boutique qu'elle vient de lancer ? Les commentaires sont très flatteurs. Je suis certain que sa participation au débat de fin de trimestre serait une excellente publicité pour Queen Margaret's. Ça attirerait à coup sûr un public très nombreux. Nous pourrions également inviter quelques journalistes. Pensez-vous qu'elle serait d'accord ?

Aucune chance, songea sombrement Steven.

— Il faudrait le lui demander directement, répliqua-t-il d'un ton neutre.

— D'accord. Et si elle accepte, êtes-vous partant ?

Steven eut un sourire forcé.

— Bien sûr. Tenez-moi au courant de sa réponse.

Depuis le départ précipité de Pepper, il était hanté par ses paroles. « Je suis beaucoup plus douée pour les affaires que pour les sentiments. Le travail tient la place la plus importante dans ma vie. » Et surtout : « Je dors seule, d'habitude. » Bien sûr... C'était une femme ambitieuse, pour qui la réussite passait avant le reste. Il n'y avait pas de place dans sa vie pour un homme et une enfant de neuf ans. Bon sang ! Elle n'avait même pas été capable de se souvenir du prénom d'Amaryllis ! Elle ne valait guère mieux que Courtney...

Dire que dans l'avion il avait été charmé par son naturel et sa douceur... Quelle erreur ! En fait, c'était lors de leur deuxième rencontre qu'elle avait montré son vrai visage. Pepper n'était qu'une arriviste prête à tout pour atteindre ses objectifs. Peu lui importait de blesser son entourage, du moment qu'elle menait sa vie comme elle l'entendait...

Il poussa un profond soupir.

Blesser était le mot juste. Et malheureusement, ce n'était pas seulement une blessure d'amour-propre qu'elle lui avait infligée. Certes, son ego avait souffert de son rejet ; cependant, c'était surtout dans ses sentiments qu'elle l'avait atteint.

Jamais il n'avait ressenti une telle souffrance. Il avait eu l'impression qu'elle lui arrachait le cœur. Bon sang !

Même Courtney, dans ses pires moments, ne l'avait jamais meurtri à ce point...

Dans le train, Pepper ne savait pas comment faire taire la douleur intolérable qui la rongeait. Assise dans un coin du compartiment, elle tentait de refouler ses larmes sans y parvenir.

Comment le rêve qu'elle avait vécu la veille avait-il pu se terminer en cauchemar ? La réponse était évidente : tout simplement parce qu'elle n'était pas à la hauteur. Il était d'ailleurs étonnant qu'un homme aussi séduisant que Steven Konig — que même Jemima trouvait à son goût — ait pu éprouver la moindre attirance pour elle.

Le fait qu'il ait passé la journée en sa compagnie était sûrement motivé par le sentiment de pitié qu'il éprouvait à son égard. D'ailleurs, ne lui avait-il pas avoué le soir du cocktail que s'il avait refusé de signer la cession des droits de rediffusion du débat, c'était pour apaiser sa conscience ? Dire qu'elle l'avait remercié en lui affirmant qu'il mentait mal !

Non, il n'y avait pas de doute. S'il l'avait invitée à dîner ce soir-là, c'était par pitié. Et quand il l'avait vue la veille à l'entrée du collège, il avait dû comprendre à quel point elle avait besoin d'être rassurée. Alors il avait décidé de lui offrir une journée de rêve.

Il fallait reconnaître qu'il avait réussi à la faire rêver. Au point de lui faire oublier que les promenades romantiques et les nuits d'amour passionnées n'étaient pas faites pour elle...

Malheureusement, aujourd'hui, la fête était finie et la réalité avait repris ses droits.

Quand elle arriva à l'appartement, Pepper fut soulagée de n'y trouver personne. Subir le feu des questions enjouées de ses cousines aurait été au-dessus de ses forces...

Elle se glissa sous le jet brûlant de la douche et y resta jusqu'à ce que sa peau devienne écarlate.

« Tu es magnifique » lui avait dit Steven. Comment avait-elle pu être assez naïve pour le croire ?

— Seul le travail peut me sauver, déclara-t-elle à haute voix.

Elle revêtit un tailleur gris sur un corsage d'une blancheur éblouissante et se rendit chez son styliste. Quand elle eut réglé tous les problèmes en suspens avec l'équipe de créateurs, elle se rendit dans une galerie d'art où elle resta des heures à contempler les tableaux.

Quand elle se décida à en sortir, la lumière éblouissante du soleil la frappa de plein fouet. Elle sentit sa gorge se nouer. Vivement l'hiver ! Le beau temps lui était insupportable tout à coup. Refoulant ses larmes, elle entra dans une boutique pour acheter des lunettes de soleil.

Elle décida ensuite de rentrer à pied en longeant les quais. Mais rapidement, ses pieds lui rappelèrent que ses élégants escarpins n'étaient pas conçus pour parcourir plus de quelques mètres.

De toute façon, elle était déjà lasse, constata-t-elle, essoufflée et en sueur. Il fallait être lucide. Elle se laissait aller depuis trop longtemps. Quoi qu'en dise Izzy, un régime s'imposait, ainsi qu'un minimum d'exercice.

Elle ne voulait plus passer ses nuits à se retourner dans son lit en essayant d'oublier qu'elle détestait son corps. Ni se lever le matin en feignant de ne pas trouver ça si grave. Et encore moins inspirer de la pitié aux hommes.

Plus jamais ça ! se dit-elle fermement. Il fallait changer ses habitudes, adopter une bonne hygiène de vie. Et acheter des chaussures de marche, ajouta-t-elle *in petto* en traversant Albert Bridge, ses escarpins à la main.

Dès qu'elle pénétra dans l'appartement en boitant, ses cousines se précipitèrent hors de la cuisine pour l'accueillir.

— Qu'y a-t-il ? lança-t-elle d'un ton vif.

La première qui lui demandait pourquoi elle avait les yeux rouges signait son arrêt de mort !

— Tu peux te vanter d'avoir fait sensation à Oxford ! répliqua Izzy.

— Pardon ?

— Le répondeur est saturé de messages ! renchérit Jemima, visiblement contrariée d'être surpassée dans ce domaine.

— La plupart sont de ce cher professeur Konig, mais il y en a aussi de sa secrétaire, d'une gamine qui dit être sa nièce et d'un étudiant avec qui tu as joué aux fléchettes hier soir, compléta Izzy.

Pepper resta sans voix.

— Geoff quelque chose, poursuivit Izzy. Il voudrait t'inviter à participer au débat de fin de trimestre, organisé par le collège pour collecter des fonds. Il a laissé un numéro où le rappeler.

— Ils ont tous laissé un numéro, intervint Jemima d'un ton caustique. Le même.

— N'exagère pas, Jay Jay ! Celui de l'étudiant est différent.

Izzy considéra Pepper avec un sourire malicieux.

— Alors, le principal du collège ne te suffit plus ? Tu fais aussi des ravages parmi les petits jeunes ?

— Si vous saviez…, marmonna Pepper.

Puis elle fila dans sa chambre avant que ses cousines aient le temps de lui demander une explication.

Après avoir jeté sa paire de collants, elle s'accorda de nouveau une douche prolongée, sous laquelle elle prit le temps de réfléchir. Quand elle sortit de la salle de bains, les pieds bien pansés de sparadrap, elle avait mis au point un plan de bataille.

D'un pas décidé, elle gagna le salon et annonça d'un ton solennel :

— Je vais entreprendre un programme de remise en forme.

Ses cousines la fixèrent d'un air ébahi.

— Je passe beaucoup trop de temps assise devant mon ordinateur, expliqua-t-elle. Il faut que je bouscule mes habitudes. Après tout, je peux très bien réfléchir en marchant. Il est temps que je me débarrasse de mes kilos superflus.

Izzy et Jemima ne se montrèrent pas aussi enthousiastes qu'elle l'espérait.

— Bonne chance ! s'exclama Jemima, visiblement sceptique.

Quant à Izzy, elle resta silencieuse.

— Merci pour votre soutien ! lança Pepper d'un ton pince-sans-rire avant de regagner sa chambre.

Peu importait l'opinion de ses cousines. Rien ni personne ne pourrait la détourner du but qu'elle s'était fixé. Elle passa le reste de la soirée sur Internet à faire des recherches.

Quand Izzy vint lui annoncer que le « cher professeur Konig » venait de rappeler, elle leva à peine les yeux de l'écran.

— Dis-lui que je suis partie sur la lune.

— Dis-le-lui toi-même, rétorqua Izzy en lui tendant le combiné.

Puis elle quitta la pièce sans lui laisser le temps de protester.

— Qui est à l'appareil ? demanda Pepper d'un ton circonspect.

Comme si elle ne le savait pas...

— Steven Konig. Il faut que nous nous voyions, répliqua-t-il d'un ton neutre, très professionnel.

— Je n'en vois pas l'utilité.

— Oh, mais si.

Il y avait à présent une pointe de malice dans sa voix, constata-t-elle, le cœur battant.

— Tu as oublié un débardeur à paillettes chez moi. Il faut que je te le rende.

— Envoie-le par la poste.

— Ce n'est pas la seule raison de mon appel. Ta grand-mère a pris contact avec moi.

Pepper en eut le souffle coupé.

— Pardon ?

— Il faut absolument que nous discutions.

Pepper ferma les yeux. L'espace d'un instant, elle se représenta dans l'appartement du principal. Dans le lit du principal... Stop ! Il fallait arrêter immédiatement !

— Discuter ne changera rien, Steven. Nous nous sommes tout dit ce matin.

Elle prit une profonde inspiration avant d'ajouter :

— Et de toute façon, je suis trop grosse.

Le cœur battant, elle attendit. C'était le moment ou jamais pour lui de se répandre en protestations indignées.

Il resta silencieux.

— S'il te plaît, ne m'appelle plus, intima-t-elle d'une voix qu'elle espérait ferme.

Puis elle raccrocha.

9

Steven raccrocha et regarda par la fenêtre. A la lueur du crépuscule, un groupe de professeurs se promenait dans le jardin, mais il ne les vit pas. Une image le hantait. Pepper, des feuilles dans les cheveux et du pollen sur le nez, vêtue d'un ravissant petit haut à paillettes…

Puis le souvenir de sa conversation avec Mary Ellen Calhoun lui arracha un juron.

Finalement, il ne s'était pas trompé. Pepper était bien telle qu'il l'avait vue la première fois. Sa déesse flamboyante…, songea-t-il, submergé par une immense tendresse. Mais avec une grand-mère pareille, pas étonnant qu'elle puisse être complètement déboussolée !

Elle se trouvait trop grosse… Quelle absurdité ! Elle avait vraiment besoin qu'on lui remette les idées en place. Or l'alimentation, c'était le domaine de K-plant. Il avait toutes les armes à sa disposition pour combattre — et faire disparaître — les complexes stupides de sa belle déesse.

Dès le lendemain matin, Pepper prit les mesures nécessaires pour démarrer sa nouvelle vie. Elle prit contact avec un *coach* et s'inscrivit à un programme associant une thérapie de groupe et des conseils diététiques personnalisés. Puis elle loua un bureau pour y installer le siège de sa société et enfin, elle acheta des chaussures de marche.

— A partir d'aujourd'hui, je vais au travail à pied, annonça-t-elle à ses cousines.
— Sage décision, approuva Izzy.
Jemima se leva du canapé et quitta le salon.
— Elle a l'impression que tu lui fais concurrence, expliqua Izzy. Ne lui prête pas attention. Quel est ton objectif ?
— Je n'ai pas d'objectif précis, répliqua Pepper. Je veux juste me sentir bien dans ma peau.
Inutile de préciser à Izzy que se remettre de son échec avec Steven Konig serait un bon début... Heureusement que son emploi du temps des jours suivants était chargé : elle n'aurait sûrement pas le temps de se morfondre en pensant à lui.
En effet, entre le début des travaux de la boutique, qu'elle tenait à surveiller de près, les réunions avec le styliste, la préparation du catalogue et son programme de remise en forme, elle fut débordée.
Steven l'avait sûrement effacée de sa mémoire, se dit-elle au bout d'un moment. Cela valait mieux pour eux deux. Du moins finirait-elle sûrement par s'en convaincre en se le répétant plusieurs fois par jour...

Un matin, à sa grande surprise, elle trouva dans sa messagerie électronique un courrier provenant de Queen Margaret's. Le cœur battant à tout rompre, elle l'ouvrit.
Ayant pour objet « L'américaine moyenne », il était complètement inattendu.

« L'Américaine idéale mesure un mètre soixante-dix, pèse cinquante kilos et s'habille en taille 36. L'Américaine moyenne mesure un mètre soixante-deux, pèse soixante kilos et s'habille en 40. (Fraser, 1997, Les kilos superflus : l'imposture. Family Therapy Networker, pp. 44 +.)

Suivait ce bref commentaire :

» Est-ce suffisamment clair ?

S.K. »

Pepper faillit s'étrangler.

— Que se passe-t-il ? demanda Izzy, installée de l'autre côté du bureau.

— Viens voir le message que m'a envoyé Steven Konig.

Izzy fit le tour du bureau pour consulter l'écran de Pepper.

— Décidément, je le trouve de plus en plus intéressant, ce cher professeur, commenta-t-elle avec un sourire ravi.

A partir de ce jour-là, Pepper trouva un nouveau message du même genre tous les matins.

— Je n'arrive pas à y croire ! C'est une vraie campagne de propagande !

— En tout cas, il a trouvé le moyen plus efficace de se faire entendre, déclara Izzy, de plus en plus admirative. Il est malin. Très malin...

— Pourquoi ne me téléphone-t-il pas ? s'exclama Pepper avec frustration.

Certes, elle lui avait demandé de ne plus l'appeler. Mais était-il vraiment obligé de respecter sa volonté ? Etre scrupuleux à ce point était insensé !

Chaque matin, Pepper faisait donc plusieurs fois le tour du parc en marchant à allure rapide pour tenter de calmer son irritation.

Un soir, n'y tenant plus, elle finit par exposer son problème au cours de la séance de thérapie de groupe.

— Donne-lui une chance ! lança l'un des participants, exprimant visiblement l'opinion générale. Téléphone-lui ! Il le mérite et tu en as envie.

C'était vrai. Il fallait le reconnaître... Par ailleurs, tout laissait supposer que Steven n'attendait que cela.

Un jour, elle finit par se trouver presque désœuvrée. Les bons à tirer du catalogue étaient chez l'imprimeur. Le chantier de la boutique touchait à sa fin. Quant à la réception des premières livraisons, Izzy s'en occupait avec efficacité.

Pas de doute, elle n'avait plus aucun prétexte valable pour remettre ce coup de téléphone. Alors pourquoi hésiter plus longtemps ?

Ce fut Valerie qui lui répondit.

Le principal n'était pas dans son bureau, annonça-t-elle sèchement. Il assistait à une réunion du comité de collecte de fonds et serait pris toute la journée. Son emploi du temps était très chargé cette semaine, mais elle pouvait prendre un message, précisa-t-elle avec un manque d'enthousiasme flagrant.

Déçue, Pepper laissa ses coordonnées et raccrocha. Elle tournait en rond dans son bureau quand la sonnerie de l'Interphone retentit.

Incroyable ! Sa grand-mère se trouvait en bas de l'immeuble. Que pouvait-elle bien lui vouloir ?

Toujours sous le choc, Pepper déclencha l'ouverture de la porte et attendit sa grand-mère sur le palier. Bien sûr, les premiers mots de Mary Ellen furent des critiques.

— Cet immeuble est trop vieux ! C'est mauvais pour ton image. Ça donne aux investisseurs l'impression que tu rognes sur les coûts.

— Pas du tout, objecta Pepper d'un ton posé. Nous sommes en Grande-Bretagne et ce genre de bâtiment a beaucoup de prestige, au contraire.

Elle invita sa grand-mère à entrer mais ne l'embrassa pas et ne lui tendit pas la main.

Mary Ellen enleva ses gants et promena autour d'elle un regard dédaigneux.

— Tu as laissé tomber Calhoun Carter pour ça ?
— Comme tu vois. Tu veux un café ?
— Tu n'as même pas de secrétaire ?
— Elle est partie à l'entrepôt.

Pepper servit le café comme l'aimait sa grand-mère — noir avec quatre cuillères de sucre — et le lui porta. Même Mary Ellen Calhoun ne pouvait rien trouver à redire à son service en porcelaine, songea-t-elle avec dérision.

— Prends un siège.

— Je ne reste pas. Je n'en ai pas pour longtemps.

De toute évidence, Mary Ellen n'était pas venue pour faire la paix.

— J'ai vu certains articles sur le lancement de ta société, poursuivit son aïeule.

— Je n'ai pas utilisé le nom Calhoun, se hâta de faire valoir Pepper.

— J'ai remarqué. Je suis venue te proposer un marché.

Attention danger ! songea aussitôt Pepper.

— Tu réintègres le conseil d'administration de Calhoun Carter et le groupe investit dans ton projet tous les capitaux nécessaires, poursuivit Mary Ellen d'une voix suave. Tu conserveras un rôle de consultante, bien sûr.

Pepper partit d'un rire sonore.

— Tu ne changeras donc jamais ! Combien de fois faudra-t-il que je te dise que ton marché ne m'intéresse pas ? Je n'ai besoin de personne pour développer mon projet. Surtout pas de Calhoun Carter.

Mary Ellen posa sa tasse.

— Ta relation avec cet homme, c'est du sérieux ?

Pepper tressaillit.

— Pardon ?

— Ce… professeur d'Oxford.

Pepper sentit une rage froide l'envahir.

— Tu es tellement naïve ! lança Mary Ellen d'un ton venimeux. Tu t'imagines vraiment que ça peut marcher entre vous ? Redescends sur terre, ma pauvre fille !

— Je ne vois pas de quoi tu veux parler.

— Il a envoyé un courrier électronique au siège pour retrouver ta trace, il y a quelques semaines. Pourquoi aurait-il fait cela s'il n'avait pas une idée derrière la tête ?

Tout à coup, Pepper n'éprouva plus qu'une immense pitié pour sa grand-mère.

— Si tu parles de Steven Konig, je ne pense pas que ma relation avec lui te regarde.

— Si c'est moi qui dois payer l'addition, ça me regarde.

Pepper éclata de rire. Entre deux hoquets, elle réussit à dire :

— Non, grand-mère. Crois-moi, je n'ai aucune envie que tu m'achètes un homme. Et même si j'en avais envie, Steven Konig n'est pas à vendre.

— Tu t'imagines sans doute que tu peux le séduire toute seule ? Comment comptes-tu t'y prendre ? Tu t'es regardée ? Ce Konig est un homme brillant, d'après ce que j'ai entendu dire. Et séduisant, paraît-il. Tu n'as aucune chance !

— Tu pourrais bien avoir tort, grand-mère.

Le plus extraordinaire, c'était qu'elle croyait réellement à ce qu'elle disait ! constata Pepper avec surprise. Jamais elle ne s'était sentie aussi sûre d'elle !

Mary Ellen continua de jouer les Cassandre, mais Pepper ne l'écoutait plus. Elle y croyait ! Steven l'aimait pour elle-même. Il lui en donnait la preuve quotidiennement depuis des jours ! La balle était dans son camp, à présent : c'était à elle de faire le premier pas. Un simple coup de téléphone n'était pas suffisant...

— Désolée de te presser, grand-mère, mais j'ai une foule de choses à faire.

Elle tendit ses gants à Mary Ellen et la poussa gentiment dehors.

Une fois seule, elle commença par louer une limousine pour la conduire à Oxford. Au cours des trois derniers mois, elle avait appris à limiter ses dépenses, mais ce n'était plus le moment de lésiner. Après tout, son avenir et son bonheur étaient en jeu !

— C'est une idée géniale, dit Geoff quand il vint la chercher dans le pavillon du gardien.

Pourvu qu'il ait raison ! songea Pepper avec anxiété.

— Vous n'en avez parlé à personne ? demanda-t-elle d'un air qui se voulait dégagé.

— A personne. Pas même au journaliste à qui j'ai demandé de se tenir prêt dans le hall pour la fin du dîner.

Geoff eut un sourire ravi.

— Ça va faire sensation.

— En tout cas... c'est le but recherché !

— Vous avez besoin de vous changer ?

Pepper acquiesça de la tête. La robe qu'elle avait apportée était extrêmement féminine. Merci la thérapie de groupe ! Non qu'elle ait perdu beaucoup de poids, mais elle avait aujourd'hui suffisamment confiance en elle pour porter une tenue de ce genre.

— Vous pouvez utiliser ma chambre, proposa Geoff. Il reste une demi-heure avant le début de la réception. A ce sujet, je me suis arrangé avec un étudiant qui avait inscrit sa petite amie : une place est prévue pour vous, mais votre nom n'apparaît pas sur la liste des invités.

Il eut un petit rire ravi.

— Je me demande quelle sera la tête de Steven quand il vous verra !

10

Porter cette robe était déjà toute une aventure, songea Pepper en l'enfilant. Surtout pour une femme habituée à ne mettre que des tailleurs stricts... Non seulement elle descendait jusqu'aux chevilles mais elle offrait plusieurs nuances de rouge, du rubis le plus sombre à l'incarnat, en passant par le vermillon.

— Elle n'est pas faite pour une rousse, avait objecté Pepper quand Izzy l'avait choisie parmi les premiers modèles livrés par le jeune styliste.

Sa cousine avait levé les yeux au ciel.

— Essaie-la avant de dire des sottises !

A sa grande surprise, elle avait été obligée de reconnaître qu'Izzy avait raison. La soie chatoyante semblait avoir été cousue sur elle, et au lieu de jurer avec sa crinière flamboyante, les reflets rouges la mettait admirablement en valeur. Cette robe était une véritable splendeur, et elle s'y sentait comme dans une seconde peau.

— Je la prends. Dis à Eva qu'il nous en faut une autre pour la remplacer.

Une fois que Pepper eut payé, étrennant par la même occasion la machine à cartes bancaires, Izzy et elle avaient porté un toast à la première vente enregistrée au crédit du Grenier.

A présent, par une douce soirée d'été, elle s'apprêtait à traverser une cour médiévale, les épaules nues sous la caresse de la brise, les mains gantées de velours cramoisi et les cheveux relevés en chignon.

A son côté, tout excité, Geoff avait tenu à revêtir un smoking pour l'occasion. Comme tous les membres de son petit groupe d'amis...

Elle avait du mal à le croire : elle se rendait à son premier dîner à Queen Margaret's entourée d'une escorte de jeunes hommes tirés à quatre épingles !

Ayant tout préparé dans les moindres détails, ils avaient prévu de s'installer à une des tables les plus éloignées de l'estrade, sur laquelle était dressée la table d'honneur, réservée aux dignitaires — dont le principal — et aux membres du comité de collecte de fonds.

Pepper s'humecta nerveusement les lèvres tandis que les serveurs allumaient les bougies sur les tables. L'atmosphère était irréelle. Dans ce décor d'un autre âge, baigné par les derniers rayons du soleil qui filtraient à travers les vitraux, ses compagnons discutaient avec décontraction de logiciels informatiques, comme si cette soirée n'avait rien d'exceptionnel.

— Il ne manque plus que les ménestrels, marmonna-t-elle.

Geoff interrompit sa conversation pour déclarer d'un air faussement vexé :

— J'essaierai d'y penser la prochaine fois, mais il faudra me prévenir plus de quatre heures à l'avance !

Pourvu que personne ne remarque qu'elle était terrorisée ! songea-t-elle en promenant son regard autour d'elle.

Soudain un coup de gong retentit, et toute l'assemblée se leva pour accueillir les convives de la table d'honneur, tous vêtus de la toge de professeur. « On se croirait à une convention de magiciens », se dit Pepper, de plus en plus impressionnée.

Steven paraissait si inaccessible dans sa toge noire... Presque méconnaissable, il donnait l'impression de porter tout le poids du monde sur ses épaules.

Les actions de grâce furent dites brièvement en latin, puis tout le monde s'assit et les conversations reprirent.

— A en juger par la mine de Steven, la collecte de fonds ne s'annonce pas fameuse, dit un étudiant à Geoff.

— Justement, nous allons y remédier. N'est-ce pas, Pepper ?

Elle déglutit péniblement.

— C'est ce qui est prévu, oui.

Le repas semblait délicieux, mais Pepper avait la gorge trop nouée pour pouvoir avaler une seule bouchée.

— Encore combien de temps avant le moment fatidique ? demanda-t-elle à Geoff quand on servit le porto.

Il promena son regard autour de la salle. Les bougies étaient pratiquement consumées. Plusieurs personnes s'étaient déjà rendues jusqu'à l'estrade pour saluer le principal avant de se retirer. La fin du repas était proche.

— Quand vous voulez, répondit le jeune homme.

L'estomac noué, Pepper prit une profonde inspiration et se leva.

Toutes les femmes de l'assemblée étant vêtues avec élégance, les regards qui se tournèrent vers elle n'exprimèrent d'abord qu'une curiosité limitée. Mais peu à peu, tandis qu'elle s'avançait lentement vers l'estrade, les convives prirent conscience de deux choses : ils ne l'avaient jamais vue dans le collège auparavant et Steven Konig la fixait d'un air médusé. Le brouhaha des conversations s'estompa progressivement.

Pepper sentit ses jambes vaciller. Pourvu qu'elle ne se torde pas les pieds dans ses sandales extravagantes !

A son grand soulagement, elle arriva sans encombre jusqu'à l'estrade. Là, au lieu de saluer brièvement avant de quitter la salle, comme c'était la coutume, elle monta les quatre marches et s'immobilisa devant le principal.

Dans un silence absolu, ce dernier se leva sans la quitter des yeux.

Retirant son gant droit, elle le posa sur la table.

— Je vous propose de m'affronter lors du débat de fin de trimestre, monsieur le principal. Relevez-vous le défi ?

Comme s'ils étaient seuls au monde, Steven la couvait d'un regard brûlant. Furieuse contre elle-même, Pepper sentit ses joues s'enflammer. Elle était irritée contre lui également : il n'était pas censé darder sur elle ce regard pénétrant ! Ce n'était ni le lieu ni l'heure. Il devait relever le défi. Afin que les étudiants puissent courir avertir la presse... A son grand dam, il continua de la regarder comme s'il avait perdu à tout jamais l'usage de la parole.

— Quelle est votre réponse ? insista-t-elle d'une voix mal assurée.

— Pardon ?

Hypnotisé, il continuait de la dévorer des yeux comme s'il était sur le point de faire glisser les fines bretelles de sa robe...

Redressant les épaules, Pepper précisa :

— Je vous propose de m'affronter lors d'un débat public dont les droits d'entrée seraient versés au fonds d'entretien du collège.

Un murmure approbateur parcourut la table d'honneur.

Un homme d'un certain âge au visage rond déclara d'une voix mielleuse :

— Je vous conseille d'accepter, monsieur le principal.

Steven sortit enfin de sa torpeur.

— Merci de votre conseil monsieur le doyen. Très judicieux, comme toujours.

S'inclinant devant Pepper, il ajouta.

— J'accepte avec plaisir, mademoiselle Calhoun.

Des exclamations de joie fusèrent dans l'assistance, puis des applaudissements crépitèrent.

Intimidée, elle resta un instant indécise, puis, en priant pour ne pas se prendre les pieds dans sa robe ni se tordre les chevilles sur ses talons aiguilles, elle redescendit les marches. Steven s'empressa de la rejoindre et lui prit la main.

— Permettez-moi de vous aider.

Sa voix avait un son étrange, songea-t-elle en levant les yeux vers lui. Au même instant, elle trébucha.

Il la rattrapa, glissa un bras autour de sa taille et l'entraîna dehors. Sans prononcer un seul mot, sans faire de détour par le jardin, il l'emmena directement dans son appartement.

A peine eurent-ils atteint le salon qu'il la prit dans ses bras et s'empara de sa bouche dans un long baiser passionné.

— Je le savais, murmura-t-il quand il finit par s'arracher à ses lèvres.

Chancelante, elle leva vers lui un regard interrogateur.

— Je suis amoureux de toi.

A ces mots, le cœur de Pepper fit un tel bond dans sa poitrine qu'elle crut défaillir.

— Cependant, il y a certaines choses que tu dois savoir, poursuivit-il d'une voix rauque.

Pepper enleva ses chaussures, puis elle se laissa tomber sur le canapé et replia ses jambes sous sa robe. Prenant une profonde inspiration, elle demanda :

— Tu vas me parler de Courtney ?

Il la fixa d'un air stupéfait.

— Comment connais-tu son existence ?

— C'est toi qui as fait allusion à elle l'autre soir. Manifestement, c'est une femme qui t'a beaucoup marqué.

— Oui, en effet. Oh, c'est une histoire très classique. J'avais un ami... mon meilleur ami, Tom, dont je t'ai déjà parlé aussi. Il était comme mon frère. Courtney m'a quitté pour lui.

— Tu as dû beaucoup souffrir.

— Oui, en effet. Beaucoup et longtemps. Mais c'est fini, à présent.

Pepper eut l'impression qu'il venait de lui enlever délicatement l'épine qui faisait saigner son cœur.

— Qu'est-elle devenue ? La vois-tu toujours ?

— Je l'ai revue il n'y a pas longtemps. C'est la mère d'Amaryllis.

Pepper mit quelques secondes à assimiler cette information.

— Je vois. Jan... Amaryllis est donc la fille de celui qui était presque un frère pour toi ?

Il hocha la tête.

— A la mort de mon père, ses parents m'ont recueilli. Quand Tom m'a demandé d'être le parrain d'Amaryllis, je n'ai pas eu le cœur de refuser.

D'une voix étrangement crispée, il ajouta :

— Elle va sans doute rester assez longtemps avec moi. Sa mère me l'a confiée pour une période indéterminée.

— Pauvre fillette !

— Tu... Ça ne t'ennuie pas ?

Pepper ouvrit de grands yeux.

— Pourquoi veux-tu que ça m'ennuie ?

— Je pensais que sa présence te dérangeait.

Elle secoua la tête, atterrée.

— D'où t'est venue cette idée ?

— L'autre matin, tu ne te rappelais même pas son prénom. J'en ai conclu que sa présence t'importunait.

Pepper se leva d'un bond.

— Pas du tout ! Je ne savais pas comment l'appeler parce que je ne la connais que sous le prénom de Janice.

— Janice ?

Pepper pouffa.

— C'est elle qui a prétendu s'appeler ainsi le jour où elle m'a donné de précieux conseils de maquillage dans les toilettes d'Indigo Television. J'ai tout de suite compris qu'elle mentait, mais je ne me doutais pas qu'elle avait un prénom aussi ridicule. Amaryllis ! Pauvre enfant...

Avec un rire joyeux, Steven se laissa tomber à côté d'elle sur le canapé. Il lui prit les mains.

— Alors tu n'es pas jalouse de Courtney ?

— J'ai failli l'être tout à l'heure, mais plus maintenant.

Il effleura ses lèvres d'un baiser furtif.

— Tu as raison parce qu'elle ne m'a jamais ému autant que toi.

— Ah.

Pourquoi ne parvenait-elle pas à affronter son regard ?

se demanda Pepper. C'était vraiment stupide, mais elle en était incapable.

— Ecoute... je suis très flattée, mais...
— Mais tu ne me crois pas.

La voix de Steven était étonnamment calme. Lui jetant un bref coup d'œil, Pepper tressaillit. Il n'avait pas le droit de la dévorer ainsi des yeux ! Surtout dans sa toge de professeur...

— J'aimerais te croire, mais j'ai été moi aussi marquée par des expériences malheureuses qui m'ont profondément déstabilisée.

Elle s'interrompit un instant. Allons, du courage ! Si elle ne se confiait pas maintenant à Steven, elle ne le ferait plus jamais. Or elle lui devait la vérité. Prenant une profonde inspiration, elle reprit.

— J'ai découvert... récemment... que tous mes petits amis avaient été manipulés par ma grand-mère.
— Je ne comprends pas.

Elle lui parla d'Ed Ivanov et lui raconta son entrevue avec sa grand-mère dans la cabane.

— Je m'en veux tellement d'avoir été aussi naïve ! J'ai cru qu'Ed était réellement attiré par moi. J'ai même cru à l'amour de ma grand-mère ! Quelle idiote ! Je donnerai cher pour ressembler à mes cousines.
— Ce qui veut dire ? s'enquit-il d'un ton crispé.
— Elles sont beaucoup plus douées que moi pour les relations sentimentales.
— Traduction, s'il te plaît ?

Steven semblait de plus en plus tendu.

— Quand nous... Quand je... Le jour où..., bredouilla-t-elle.
— ... nous avons passé la nuit ensemble ?

A son grand dam, elle sentit tout son visage s'empourprer.

— Le matin, je n'ai pas su m'exprimer et... Si tu savais à quel point j'ai regretté d'être partie sur un malentendu !

Une lueur s'alluma dans les yeux de Steven.

— A propos, je t'ai dit tout à l'heure que Courtney ne

m'avait jamais autant ému que toi. Eh bien, ce matin-là, je me suis également aperçu pour mon plus grand malheur qu'elle ne m'avait jamais fait autant souffrir que toi.

— C'est vrai ?

Il éclata de rire.

— Bien sûr ! Si tu voyais ta tête ! Quand vas-tu te décider à me faire confiance ? Il est temps que tu cesses de te torturer pour de faux problèmes ! Veux-tu m'épouser ?

Pepper crut que son cœur allait cesser de battre. Clouée sur place, elle le fixa avec stupeur.

Voyant qu'elle restait muette, Steven émit un grognement de protestation.

— Préfères-tu que je te repose la question au cours de notre grand débat ?

— Serais-tu prêt à le faire ?

— S'il le faut, oui.

— Mais cette perspective ne t'enchante pas.

— Etant donné que j'ai déjà demandé ta main à ta gorgone de grand-mère, répéter la chose devant tout Queen Margaret's sera un jeu d'enfant en comparaison.

Elle se figea.

— Tu as parlé à ma grand-mère ?

— Quand j'essayais de retrouver ta trace après notre passage à Indigo, j'avais envoyé un courrier électronique au siège de Calhoun Carter. Je ne sais pas ce qui l'a poussée à venir jusqu'ici cette semaine, mais en tout cas, elle m'a promis un pactole si je te persuadais de retourner aux Etats-Unis.

— Elle a osé… ?

— Oui, et je regrette que tu n'aies pas vu le regard haineux qu'elle a dardé sur moi quand je lui ai rétorqué que son argent ne m'intéressait pas… Ensuite, je lui ai demandé ta main en bonne et due forme en lui précisant que son accord était de toute façon superflu.

Dire qu'elle avait osé tenter une dernière manœuvre l'après-midi même ! songea Pepper, écœurée. Les paroles perfides de Mary Ellen Calhoun résonnaient encore à ses oreilles. « Tu t'imagines sans doute que tu peux le séduire toute seule ? Tu n'as aucune chance ! »

Lui prenant les deux mains, Steven plongea son regard dans le sien et déclara avec emphase :

— Penelope Anne Calhoun, tu es la femme la plus divine que j'aie jamais connue. Depuis notre première rencontre, ce jour béni où tu es tombée dans mes bras au-dessus de l'Atlantique, mon cœur t'appartient et ma raison est menacée. Par pitié, épouse-moi avant que je devienne complètement fou !

— Je ne vois pas comment je pourrais refuser, répondit-elle avec un rire joyeux.

— Tu dois me promettre également d'avoir désormais une très haute opinion de toi-même. Je ne veux plus t'entendre te plaindre de tes soi-disant kilos superflus. Sache que tu as un corps splendide et qu'il n'y a rien de plus attirant que des formes bien féminines.

D'un seul coup, tous les complexes qui gâchaient la vie de Pepper depuis des années s'évanouirent. Mais, déjà, Steven faisait glisser sur ses épaules les fines bretelles de sa robe.

— Figure-toi que les femmes peintes par Rubens sont parmi les plus sexy au monde, affirma-t-il en enlevant sa toge.

Puis il se pencha sur elle, la souleva du canapé et la renversa sur son épaule.

— Steven !

— Barbe-noire a toujours eu un goût très sûr.

Sourd à ses protestations, il la transporta ainsi jusqu'à sa chambre.

Épilogue

Le débat de fin de trimestre se déroula devant une salle bondée. La verve des orateurs fut très appréciée et leurs échanges largement cités dans les médias. Un ancien étudiant aussi fortuné qu'enthousiaste offrit de prendre en charge les réparations du toit. Jamais la collecte de fonds n'avait connu un tel succès. Même le doyen reconnut les mérites de Steven Konig.

Bien sûr, l'approche de son mariage avec la brillante femme d'affaires Penelope Anne Calhoun ajouta au prestige de l'événement, même si le doyen n'apprécia que moyennement qu'ils se tiennent la main en public.

De jour en jour, Pepper gagnait en assurance. Steven était tellement démonstratif qu'elle se laissa très vite aller à lui exprimer elle aussi sa tendresse en toutes circonstances.

Avant d'annoncer officiellement la nouvelle de leurs fiançailles, ils avaient tenu à en réserver la primeur à Amaryllis. Ils choisirent un jour où, leur ayant exceptionnellement réservé un créneau dans son emploi du temps surchargé, la fillette avait accepté de pique-niquer avec eux.

Ils étaient tous les trois assis au milieu d'une pelouse fraîchement tondue. Pepper, appuyée contre Steven, offrait son visage aux rayons du soleil en se délectant de l'odeur d'herbe coupée.

Quand ils l'eurent mise au courant, Amaryllis les considéra tous les deux d'un air grave, puis elle s'adressa à Pepper.

— Sais-tu t'occuper d'enfants ?

— Pas du tout, répondit Pepper, soudain inquiète. Est-ce que c'est embêtant ?

Après avoir réfléchi un instant, Amaryllis secoua la tête.

— Non, ne t'inquiète pas. Oncle Steven et moi nous t'apprendrons.

— Merci, répliqua Pepper, sincèrement soulagée.

— De rien, c'est tout naturel, conclut la petite fille avant de les quitter pour aller jouer.

— Tu penses sincèrement que ce mariage ne lui pose pas de problème ? demanda Pepper avec une pointe d'anxiété.

— A mon avis, elle est beaucoup plus préoccupée par son changement de prénom. Je ne serais pas étonné qu'elle nous suggère de profiter de notre mariage pour l'officialiser.

Pepper pouffa.

— Pourquoi pas ? reprit Steven. Ce serait un changement de plus.

Il la serra tendrement contre lui.

— Il y a quelques mois je n'avais aucune famille et aujourd'hui...

— ... tu es un homme écrasé de responsabilités, compléta-t-elle avec un sourire malicieux.

Il lui prit la main et la porta à ses lèvres en l'enveloppant d'un regard plein de tendresse.

— Non, ma chérie. Aujourd'hui, je suis un homme comblé.

SOPHIE WESTON

L'amant secret

INTÉGRALE
TROIS COUSINES À MARIER

Traduction française de
ELISABETH MARZIN

Titre original :
THE ACCIDENTAL MISTRESS

Ce roman a déjà été publié en 2015

© 2003, Sophie Weston.
© 2015, 2021, HarperCollins France pour la traduction française.

Prologue

— Les explorateurs souffrent d'un déficit de notoriété, déclara le directeur général de Culp & Christopher d'un air convaincu.

Assis en face de lui, Dominic Templeton-Burke arqua les sourcils.

— C'est le cœur du problème, en effet…

N'ayant pas l'habitude qu'on se moque de lui, le numéro deux de l'agence de communication la plus réputée de Londres ne perçut pas la note de dérision dans la voix de l'explorateur.

— La question que nous devons nous poser est donc la suivante, poursuivit-il, imperturbable, en promenant son regard autour de la table. En quoi Dominic Templeton-Burke peut-il susciter l'intérêt du public ?

Un silence prolongé lui répondit.

— Il est sexy ? suggéra finalement Molly di Peretti, une jeune femme aux cheveux vert émeraude et aux ongles vernis de noir.

Dominic pouffa, tandis que les collègues de la jeune femme compatissaient secrètement avec elle. Les stars du rock égocentriques et capricieuses dont elle s'occupait d'ordinaire lui posaient beaucoup moins de problèmes que Dominic Templeton-Burke. Jamais aucun client ne s'était montré aussi peu coopératif. C'était d'autant plus exaspérant que C&C s'occupait de lui à titre gracieux. Jay Christopher, le P.-D.G. de l'agence, le leur avait présenté la veille.

— Dominic a prévu d'aller se promener dans l'Antarctique et il vient de perdre une partie de ses subsides, avait-il annoncé. Je compte sur vous pour l'aider à trouver les fonds qui lui manquent.

Mais il apparaissait que concevoir une campagne de promotion pour l'explorateur était une véritable gageure. Ce dernier manifestait à l'égard des stratégies de communication un scepticisme propre à décourager les meilleures volontés.

Sa sœur Abby, responsable de budget chez C&C depuis plusieurs années, le foudroya du regard. Dominic avait beau être son frère préféré, elle commençait à regretter que leurs relations aient pris depuis peu un tour professionnel.

— Essaie d'être constructif, Dominic, intervint-elle d'un ton ferme. C'est dans ton intérêt.

— Je suis désolé.

La lueur malicieuse qui dansait dans les yeux gris-vert de Dominic démentait ses propos.

De son côté, le directeur général poursuivait sa réflexion, le front plissé.

— Etre sexy est un atout mais ça ne suffit pas. Pour gagner le cœur du public, il ne faut pas hésiter à verser dans l'émotion.

— Pas de problème. Sous mon physique de séducteur se cache un grand sentimental, affirma Dominic en prenant un air grave.

Les membres de Culp & Christopher échangèrent des regards las. Dans les dossiers posés sur la table devant chacun d'eux figuraient les informations recueillies par Molly di Peretti sur Dominic Templeton-Burke. Entre deux expéditions, ce dernier menait une vie dissipée. C'était un noctambule invétéré à la réputation de don Juan. Le visage buriné, l'allure sportive, le corps souple et élancé, il pouvait effectivement se vanter d'avoir un physique de séducteur. En revanche, tout indiquait qu'il n'avait rien d'un grand sentimental.

Abby, qui n'avait pas eu besoin de consulter le dossier pour savoir que les liaisons de son frère ne duraient jamais plus de quelques jours, leva les yeux au ciel.

— Ton humour est irrésistible, persifla-t-elle.

— On pourrait peut-être envisager une idylle avec une célébrité ? hasarda Molly.

— C'est une idée à creuser, approuva le directeur général. Il n'y a rien de plus payant en matière de publicité.

Dominic hocha vigoureusement la tête.

— Réfléchissons. A quoi pensez-vous ? Moi, je me verrais bien avec une actrice de cinéma blonde et pulpeuse aux jambes interminables.

— Dominic, ça suffit ! protesta Abby. Cesse de plaisanter. Nous ne sommes pas là pour nous amuser.

— Je n'ai jamais été aussi sérieux, figure-toi. Je trouve cette idée fantastique.

Dominic promena autour de la table un regard faussement candide.

— Cependant, j'aurais besoin de quelques conseils. Rappelez-vous que je ne connais rien aux relations publiques. Que dois-je faire exactement ? Avez-vous quelqu'un à me présenter ou bien dois-je me débrouiller tout seul pour trouver la fiancée qui améliorera mon image de marque ?

— Dominic ! s'exclama Abby, au comble de l'irritation.

— A votre avis, quel est le secteur le plus valorisant ? poursuivit-il d'une voix suave en ignorant cette interruption. Est-ce que je dois jeter mon dévolu sur une actrice ou bien préférer une vedette de la chanson ?

— Peu importe. L'essentiel c'est qu'elle jouisse d'une grande popularité, expliqua d'un ton sentencieux le directeur général, toujours inconscient de l'ironie de l'explorateur.

Incapable de garder son sérieux plus longtemps, Dominic donna libre cours à son hilarité.

— Vous êtes tous complètement fous ! commenta-t-il quand il eut retrouvé l'usage de la parole. Travailler dans la communication détraque le cerveau, apparemment.

Il se leva.

— Merci de m'avoir proposé votre aide. Je sais que ça partait d'une bonne intention, mais je préfère m'en passer.

De nouveau gagné par le fou rire, il quitta la salle de réunion en se tenant les côtes.

1

Dans l'air vif du petit matin, qui annonçait l'arrivée prochaine de l'automne, seul le gazouillis des oiseaux troublait le silence. Savourant le calme du parc encore désert, Isabel Dare faisait ses exercices d'étirements quand son téléphone portable sonna. Après avoir vérifié l'origine de l'appel, elle s'empressa d'activer la messagerie. Encore Adam... Il lui avait déjà laissé deux messages pour lui demander de fixer la date de leur prochaine rencontre, et elle ne savait pas quoi lui répondre.

— A quand le troisième rendez-vous ? avait justement demandé sa sœur Jemima la veille au soir en rentrant de voyage. J'espère qu'Adam aura plus de chance que tes trois soupirants précédents. Je l'aime bien, ce garçon.

Elle aussi l'aimait bien, songea Izzy. Mais de là à envisager que leur relation prenne un tour plus intime... En effet, selon une règle qu'elle croyait avoir inventée avec Jemima, mais qui, curieusement, semblait universelle, le troisième rendez-vous était censé se terminer au lit.

Or depuis quelque temps, elle tenait à dormir seule. Certes, Adam était très séduisant et plein d'attentions. Tout comme les trois autres jeunes gens avec qui elle était sortie au cours des derniers mois, d'ailleurs. Malheureusement, aucun d'eux n'était prêt à se contenter de son amitié.

Serait-elle un jour de nouveau capable d'offrir autre chose

à un homme ? Izzy haussa les épaules. Seul l'avenir le dirait. En attendant, il fallait prendre la vie comme elle venait...

Elle se mit à courir à petites foulées sur la pelouse. Le ciel était dégagé. Ce serait une journée idéale pour faire du canoë ou se prélasser au bord de l'eau à l'ombre d'un saule. Mais mieux valait ne pas y penser car elle n'en aurait pas le temps.

Aujourd'hui, quelques semaines après le succès du cocktail de lancement, c'était l'inauguration du Grenier, la boutique de sa cousine Pepper. Peu après être arrivée de New York avec l'intention de créer sa première entreprise, celle-ci l'avait engagée pour la seconder. C'était une occasion inespérée qu'elle avait saisie avec un vif soulagement. Elle était si déstabilisée à l'époque qu'elle se sentait incapable de chercher du travail.

Bien sûr, Pepper ignorait ce détail. En fait, personne n'était au courant. Pas même Jemima ! Heureusement qu'elle avait trouvé en elle assez d'énergie pour donner le change, se dit Izzy en accélérant l'allure.

Les premiers rayons du soleil irisaient les gouttes de rosée sur le feuillage des arbres, et les oiseaux chantaient de plus en plus fort. Les effets de l'exercice commençant à se faire sentir, Izzy se sentit peu à peu gagnée par une douce euphorie. Quel délice ! Elle aurait vraiment eu tort de ne pas s'accorder ce plaisir. D'autant plus que les préparatifs de cette grande journée l'en avaient privée depuis des jours. Son jogging matinal dans le parc désert était un moment privilégié dont elle avait beaucoup de mal à se passer.

— Tu n'as jamais peur, toute seule ? avait demandé Pepper la première fois qu'elle l'avait croisée dans le couloir en short et en baskets.

Izzy avait éclaté de rire.

— Je cours vite !

Au même instant, Jemima était sortie de la cuisine en kimono de soie, une tasse de café à la main.

— Izzy est une vraie championne, avait-elle confirmé. Elle est capable de distancer n'importe qui.

Mais Pepper n'avait pas été convaincue.

L'amant secret

— A quoi cela servirait-il contre une arme à feu ?

Aussitôt, Izzy avait senti son estomac se nouer. Elle avait dû faire appel à tout son sang-froid pour répondre d'un ton désinvolte :

— Nous ne sommes pas au Far West ! Et de toute façon, quand la fuite est impossible, on peut toujours essayer de négocier.

— Il ne faut pas s'inquiéter pour Izzy, avait renchéri Jemima. Elle a le goût du risque. D'ailleurs, elle a voyagé dans le monde entier sans jamais rencontrer aucun problème.

Si Jemima savait ! songea Izzy en continuant de courir sans ralentir le rythme. Mais peut-être finirait-elle un jour par se confier à sa sœur et à sa cousine. Et même à Adam Sadler, pourquoi pas ?

Non. Jamais elle ne pourrait raconter à Adam ce qui lui était arrivé. C'était un banquier dont l'univers se limitait à la City. Dans son esprit, le pire danger envisageable était une chute des cours de la Bourse. Tandis que pour elle, le danger avait le visage d'un homme en treillis et...

Elle déglutit péniblement. Ce souvenir restait décidément vivace. Et pourtant, tout cela était si loin ! Si étranger à Londres et à la vie qu'elle menait depuis quelques mois. D'ailleurs, il lui semblait parfois que c'était arrivé à quelqu'un d'autre. Comme une histoire qu'elle aurait lue dans un magazine du dimanche.

En fait, depuis ce maudit voyage dans les Andes, elle avait le sentiment de s'être scindée en deux personnes distinctes.

La première était rentrée chez elle et avait retrouvé son équilibre en se lançant à corps perdu dans le travail avec sa cousine. La seconde, en revanche, avait encore un long chemin à parcourir pour retrouver la sérénité. Et malheureusement, ce n'était pas Adam Sadler, avec sa Porsche, sa Rolex et son abonnement au club sportif le plus snob de la capitale qui pourrait l'y aider...

De toute façon, pour l'instant, mieux valait se concentrer sur des problèmes plus immédiats. Elle allait avoir besoin de toute son énergie pour résoudre ceux qui n'allaient pas manquer de surgir tout au long de cette journée. Entre la présentation de la matinée et la fête prévue pour la soirée, nul doute qu'elle aurait une foule de détails imprévus à régler. D'autant que la veille au soir, Pepper était proche de la crise de nerfs et Jemima anéantie par le décalage horaire...

Sa longue crinière cuivrée flottant au vent, Izzy allongea encore la foulée pour le sprint final.

Lorsqu'elle regagna l'appartement qu'elle partageait avec sa sœur et sa cousine, Izzy trouva cette dernière assise à la table de la cuisine devant un bol de café visiblement froid. Une feuille de papier froissée à la main, elle lisait à haute voix en travaillant son intonation.

— Un concept *entièrement* nouveau... Bonjour Izzy. Un concept entièrement *nouveau*...

— Arrête, dit Izzy en lui prenant la feuille. Nous avons déjà revu tout ça hier soir.

« Jusqu'à deux heures du matin très précisément », ajouta-t-elle *in petto*. Pepper avait-elle seulement fermé l'œil depuis ?

— Attends ! Dans mon lit j'ai eu une inspiration ! s'écria Pepper.

— Tu aurais mieux fait de dormir, rétorqua Izzy en vidant le bol dans l'évier.

— Ecoute ! « D'après les statistiques... »

— Tu n'as tout de même pas l'intention d'assommer de chiffres les rédactrices de mode ?

— Les statistiques sont très révélatrices, fit valoir Pepper d'un ton convaincu.

Izzy leva les yeux au ciel.

— Le manque de sommeil t'égare. Les statistiques sont strictement réservées au dossier de presse. Nous en avons déjà discuté.

— Mais...

— Je vais refaire du café et te préparer un petit déjeuner

consistant. Quant à toi, tu vas arrêter de remanier ton texte. La version que nous avons finalisée hier est parfaite. Tu n'as aucune inquiétude à avoir. Le Grenier est la boutique la plus géniale du siècle et tout va très bien se passer. D'accord ?

— Je me demande ce que je ferais sans toi, Izzy. J'ai vraiment une chance fabuleuse de t'avoir comme cousine. Et comme collaboratrice ! ajouta Pepper avec un sourire malicieux.

— Je te retourne le compliment. Maintenant, va prendre ta douche pendant que j'essaie de déloger Jemima de son lit.

Entortillée dans sa couette, cette dernière fut aussi aimable qu'un grizzly dérangé en pleine hibernation.

— Laisse-moi tranquille !
— Pas question.
— Va-t-en !

Sans répondre, Izzy ouvrit les rideaux. Le soleil inonda la pièce et Jemima enfouit son visage dans l'oreiller.

— Je te déteste ! cria-t-elle d'une voix assourdie.
— Je sais. Mais il faut quand même te lever.
— Je viens juste de me coucher !
— Il y a exactement neuf heures et quinze minutes que tu nous as souhaité une bonne nuit à Pepper et à moi.

Silence.

— Allez, debout ! insista Izzy. Je te rappelle que c'est un grand jour pour ta cousine et qu'elle compte sur toi.

Nouveau silence. Puis l'oreiller s'écarta légèrement, laissant apparaître un œil de jade en partie masqué par une mèche flamboyante.

— Encore cinq minutes, supplia Jemima comme à l'époque où sa sœur aînée la réveillait pour aller à l'école.

— Pas question.

Jemima repoussa l'oreiller en grognant et se redressa.

— Si je comprends bien, je n'ai aucune chance que tu m'accordes un sursis.

— Je te rappelle que tu as promis de maquiller Pepper. Elle va bientôt sortir de la douche.

Jemima se rallongea.

— J'arrive.

— Alors à tout de suite, répliqua Izzy d'une voix mielleuse.

Elle quitta la chambre en traînant derrière elle la couette de sa sœur, sans se soucier du rugissement indigné qui la poursuivit jusque dans le couloir. Quelques minutes plus tard, les yeux bouffis de sommeil, Jemima entrait dans la cuisine, son vanity-case à la main. Elle picora quelques morceaux de fruits et avala un grand bol de café avant de s'étudier d'un œil critique dans un miroir grossissant.

— Glaçons, réclama-t-elle sur le ton d'un chirurgien s'adressant à une infirmière pendant une intervention.

Izzy lui en tendit deux qu'elle appliqua sur ses paupières inférieures.

— Vieux truc de mannequin, commenta-t-elle. C'est fou tout ce j'apprends depuis que je suis l'égérie de la prestigieuse marque de cosmétiques Belinda.

Izzy, qui était en train de battre des œufs pour le petit déjeuner de Pepper, lança à sa sœur un coup d'œil aigu. Pourquoi cette pointe d'amertume dans sa voix ? Et pourquoi lui paraissait-elle si distante depuis quelque temps ?

— Tout va bien, Jay Jay ?

— Parfaitement bien ! Je passe pratiquement toutes mes nuits dans des palaces et quand je me réveille le matin, je dois faire un effort pour me rappeler dans quel pays je me trouve.

— Ça n'a pas l'air de t'enchanter.

— C'est un style de vie comme un autre, répliqua Jemima d'un ton neutre.

Pas de doute, sa petite sœur esquivait toute discussion personnelle, se dit Izzy avec un pincement au cœur. Elle ne lui faisait plus de confidences. Quand elle avait été sélectionnée par Belinda pour la nouvelle campagne de publicité de la marque, les journaux lui avaient prédit le plus brillant avenir. D'après eux, Jemima Dare ne tarderait pas à entrer dans le cercle très fermé des top models. Pourtant, son attitude n'était pas celle d'une femme épanouie par le succès. Quels problèmes pouvait-elle avoir ? Et pourquoi refusait-elle de s'épancher ?

Ce n'était malheureusement pas le moment d'aborder le sujet, mais elle finirait par découvrir ce qui perturbait sa sœur, décréta Izzy.

— Si nous allions déjeuner à la pizzeria après la présentation ? proposa-t-elle d'un ton léger.

Jemima émit un petit rire désabusé.

— J'aimerais bien avoir le temps, mais il faudra que je file directement à l'aéroport.

— Tu ne repasseras même pas ici pour prendre tes bagages ?

— Non. Je vais être obligée de les emporter au Grenier.

— Je suis désolée de t'avoir tirée du lit avec aussi peu de ménagements, dit Izzy, prise de remords.

Jemima haussa les épaules.

— Tu as bien fait, au contraire. Si tu ne m'avais pas bousculée, j'aurais été incapable de me lever.

A cet instant, Pepper fit son apparition en peignoir de bain, une feuille de papier à la main.

— Vous ne croyez pas que je pourrais juste citer quelques chif… ?

— Pas de statistiques ! s'écrièrent en chœur les deux sœurs.

— Vous êtes vraiment géniale ! s'exclama la jeune femme aux cheveux vert émeraude de l'agence de communication. Je n'aurais jamais cru qu'un tel exploit était possible.

Izzy, qui était en train d'agrafer du tissu sur un mur pour masquer des fils électriques, s'interrompit.

— De quoi parlez-vous ?

— De la bêcheuse de chez Belinda. Comment avez-vous réussi à l'amadouer ? Elle est presque aimable, aujourd'hui. D'accord, c'est un des meilleurs mannequins du moment, mais entre nous, quelle plaie, cette Jemima !

Izzy en resta médusée.

— La bêcheuse de chez Belinda ? répéta-t-elle d'une voix blanche quand elle eut retrouvé l'usage de la parole.

Mais la jeune femme aux cheveux verts était partie à l'autre bout de la boutique.

— C'est ainsi que nous appelons Jemima Dare chez Culp & Christopher, expliqua un cameraman qui était en train d'installer son matériel. Molly lui a donné ce surnom à cause de ses sautes d'humeur.

Prenant une profonde inspiration, Izzy s'exhorta au calme. Ce n'était pas le moment de donner son point de vue sur la question. En principe, quiconque se permettait d'émettre devant elle la moindre critique à propos de Jemima le regrettait aussitôt. Toutefois, douze minutes avant le début de la présentation, mieux valait réfréner sa colère... Avec des gestes précis, elle termina d'agrafer le tissu.

— Les filles sont en place pour distribuer les dossiers de presse. Dès que vous me donnerez le feu vert, nous ferons entrer les invités, déclara la jeune femme aux cheveux verts en la rejoignant.

Izzy promena son regard autour d'elle. Il régnait dans la boutique un fouillis savamment organisé, et plusieurs escabeaux se dressaient çà et là parmi des formes mystérieuses recouvertes de housses blanches. Les professionnels de la mode allaient avoir un choc...

Elle ajusta son oreillette, puis elle testa son micro-clip.

— Un, deux, trois... Tout le monde est prêt ? Geoff ? Tony ?

Elle appela les membres de son équipe un par un. Ils étaient tous à leur poste. Pourvu que la principale intéressée ne soit pas paralysée par le trac, pria-t-elle intérieurement.

— Pepper ? Tout va bien ?

— Très bien.

A en juger par sa voix chevrotante, sa cousine venait de proférer un énorme mensonge, comprit Izzy.

— N'oublie pas que tu es la meilleure, dit-elle d'un ton encourageant.

Puis, rassurée par le petit rire étranglé de sa cousine, elle donna le signal d'ouverture des portes.

Un flot d'invités pénétra dans la boutique. Bientôt des exclamations de surprise fusèrent de toutes parts.

Izzy attendit quelques minutes avant de murmurer dans le micro :

— Pepper, c'est à toi. Tony, démarre les jeux de lumière.

La boutique fut progressivement plongée dans la pénombre, tandis qu'un faisceau argenté dessinait un cercle lumineux sur le podium. Vide. Qu'attendait sa cousine ? se demanda Izzy, le cœur battant.

— Pepper ? murmura-t-elle dans le micro.

— Nous arrivons, répondit la voix de Jemima.

Izzy fronça les sourcils. Que se passait-il ? Jemima n'était censée faire son apparition qu'après le discours de Pepper...

« Je n'ai pas le temps d'apprendre un texte », avait-elle prévenu dès le début.

Il avait donc été convenu qu'elle se contenterait de présenter des tenues. Mais de toute évidence, elle s'apprêtait à improviser. Ce qui prouvait bien qu'elle n'avait rien d'une bêcheuse ! songea Izzy en adressant mentalement un pied de nez à toute l'équipe de Culp & Christopher.

— Vas-y, Jay Jay ! l'encouragea-t-elle à voix basse dans le micro.

Jemima entra en scène dans une salopette maculée de taches de peinture, tout comme ses mains et ses avant-bras. Sa légendaire crinière flamboyante était relevée en un chignon approximatif dont s'échappaient des mèches folles. Le murmure des conversations s'éteignit.

— Quelle catastrophe ! s'exclama-t-elle en se prenant la tête à deux mains. Nous ne pouvons pas accueillir les invités dans un tel chantier...

— Ne t'inquiète pas !

Un sourire éclatant aux lèvres, Pepper surgit de derrière un rideau, vêtue d'un long fourreau de soie moirée vert Nil.

— Bonjour. Je vous souhaite la bienvenue et j'espère

que vous passerez un moment agréable en notre compagnie, déclara-t-elle en parcourant l'assistance du regard.

Izzy poussa un soupir de soulagement. Apparemment, Pepper avait surmonté son trac. Elle paraissait aussi naturelle et détendue que si elle recevait des amis chez elle.

— Mais enfin, tu vois bien que les travaux ne sont pas terminés ! protesta Jemima.

— Tu ne crois pas aux miracles ? demanda Pepper en riant. Et pourtant...

Le faisceau lumineux qui éclairait le podium s'éteignit, et, dans l'obscurité complète, les notes d'une musique étrange, presque surnaturelle, s'égrenèrent lentement. Tout à coup, le plafond s'illumina d'une myriade d'étoiles scintillantes, tandis que les housses s'envolaient comme de grands oiseaux blancs avant de retomber sur le sol.

Discrètement, des techniciens les ramassèrent, puis s'esquivèrent en emportant les escabeaux, juste avant que la lumière se rallume.

Les cris admiratifs et les regards extasiés de l'assistance transportèrent Izzy de joie. Ils avaient gagné la partie ! Tout s'était déroulé sans anicroche et l'objectif était atteint. De toute évidence, le public — constitué en grande partie de professionnels blasés — était conquis...

Comme par magie, le soi-disant chantier s'était transformé en un immense grenier. Des malles débordant de vêtements multicolores côtoyaient des meubles anciens aux multiples tiroirs remplis de bijoux et d'accessoires divers. De confortables fauteuils club invitaient à s'attarder dans ce décor chaleureux et délicieusement désuet, dans lequel flottait une alléchante odeur de café et de croissants chauds.

Izzy rejoignit son équipe dans l'arrière-boutique.

— Nous avons réussi ! lança-t-elle avec une satisfaction teintée d'étonnement.

— Grâce à toi, répliqua Geoff.

Ils se tapèrent dans les mains en riant, puis Izzy se rendit dans les toilettes afin de se changer.

Jemima, qui se lavait les mains, leva la tête et lui sourit dans le miroir.

— Beau succès. Tu es contente ?
— Oui, assez.
— Assez ? Tu as le triomphe modeste ! Ta mise en scène a produit une très forte impression. Tu peux être fière de toi.

Izzy enleva son jean.

— Tu n'es pas étrangère à ce succès. Merci d'avoir improvisé. Que s'est-il passé ?

Jemima haussa les épaules.

— Pepper a eu un moment de panique, alors j'ai décidé de prendre les choses en main. Bien sûr, c'est dommage pour le texte que tu lui as fait répéter pendant des heures...
— Aucune importance, commenta Izzy en enfilant une robe noire. L'essentiel c'est qu'elle ait réussi à surmonter son trac.
— Elle n'a pas eu le choix. Je lui ai dit qu'elle ne pouvait pas te laisser tomber.
— Pardon ?
— Oui. Je lui ai rappelé que tu t'étais donné beaucoup de mal pour organiser cette présentation et qu'elle devait se montrer à la hauteur.
— Mais enfin, Jemima, c'est elle qui est à l'origine de ce projet ! Sans le Grenier, je n'aurais pas de travail !
— Objection. Tu aurais un autre travail.
— Peut-être, mais...
— Il n'y a pas de peut-être, coupa Jemima, visiblement agacée. Cesse de te rabaisser sans arrêt ! Tu es la fille la plus douée que je connaisse et tu es capable de réussir dans tous les domaines.
— Tu ne crois pas que tu manques d'objectivité ? demanda Izzy en s'observant dans le miroir.

Avec une moue dépitée, elle tenta de faire bouffer ses cheveux.

— Laisse-moi te coiffer, intervint Jemima.

Elle fit asseoir sa sœur sur un petit tabouret et sortit une brosse de son vanity-case.

— Je vais t'offrir une séance dans un salon digne de ce nom, déclara-t-elle en démêlant énergiquement la chevelure rebelle. Depuis quand n'es-tu pas allée chez le coiffeur ?

— Depuis la dernière fois que tu m'as offert une séance dans un salon digne de ce nom, répliqua Izzy en prenant une mine faussement contrite.

— Tu devrais avoir honte ! Tes cheveux sont dans un tel état que je vais être obligée de les tresser. On dirait que tu le fais exprès.

— Tout le monde ne peut pas avoir ta magnifique crinière, petite sœur.

— Ne dis pas n'importe quoi. Tes cheveux n'ont rien à envier aux miens. D'ailleurs, il suffirait que tu en prennes soin et que tu te maquilles un peu mieux pour que les gens nous confondent.

Une fois la natte terminée, Jemima l'enroula et la fixa sur la nuque d'Izzy à l'aide de quelques pinces. Puis elle recula d'un pas pour contempler son œuvre.

— Parfait ! Regarde déjà la différence.

Izzy s'examina dans la glace. Il fallait reconnaître que cette coiffure lui affinait le visage tout en lui donnant un air plus sophistiqué.

— Bien joué, reconnut-elle avec un sourire satisfait.

— Ce n'est pas terminé.

Jemima sortit de son vanity-case toute une collection de fards et de pinceaux. Elle maquilla Izzy avec dextérité tout en lui expliquant avec force détails les différentes phases de l'opération.

Quand elle eut terminé, Izzy fut impressionnée par son reflet. Jamais elle n'avait eu les pommettes aussi saillantes ! Quant à ses yeux, ils brillaient d'un éclat inhabituel.

— Merci, Jay Jay. Comme d'habitude, tu fais des miracles.

— La meilleure façon de me remercier serait de ne pas oublier les conseils que je viens de te donner pour la énième fois et de les mettre en pratique. As-tu invité Adam à la soirée ?

— Non.

Jemima secoua la tête d'un air réprobateur.

— Encore un qui ne franchira pas le cap du troisième rendez-vous. Izzy, que se passe-t-il ?

— Rien du tout ! Mais pour moi c'est une soirée de travail, et tu sais bien que je ne mélange jamais le travail et le plaisir.

Jemima feignit la plus profonde stupéfaction.

— Il t'arrive de penser au plaisir ?

Puis d'un air grave, elle ajouta :

— Je ne te comprends pas, Izzy. Les hommes sont en admiration devant toi, mais tu sembles ne pas les voir. On dirait que tu as renoncé à séduire. Par moments...

Jemima s'interrompit un instant avant de lancer avec virulence :

— J'ai le sentiment que c'est ma faute !

— Hé, calme-toi ! protesta Izzy, abasourdie. Ça n'a rien à voir avec toi. Comment peux-tu imaginer une chose pareille ?

Jemima haussa les épaules. Sous son maquillage savant, elle avait les traits tirés, constata Izzy en la regardant ranger ses fards et ses pinceaux avec des gestes nerveux.

— Oh, à quoi bon discuter ? lança Jemima en fermant son vanity-case avant de quitter la pièce.

Izzy la suivit, les sourcils froncés. Ça ne ressemblait pas du tout à Jay Jay de lui parler sur ce ton...

— Je crois au contraire qu'il faut que nous ayons une longue discussion toutes les deux, marmonna-t-elle.

Mais Jemima n'entendit pas. Ou elle feignit de ne pas entendre... Une fois de retour dans la boutique, elle prit la pose pour les photographes avec un sourire éblouissant, en excellente professionnelle.

Elle avait revêtu la tenue dont Pepper voulait faire l'emblème du Grenier. Un pantalon large en lin souple et un boléro assorti porté sur un corsage ajusté. Les teintes qu'elle avait choisies mettaient admirablement en valeur les reflets cuivrés de sa chevelure.

Izzy l'observait avec attention quand la jeune femme aux cheveux verts se planta devant elle et lui tendit la main.

— Molly di Peretti, de l'agence Culp & Christopher. Je ne me souviens plus si je me suis déjà présentée. En tout cas, je tiens à vous féliciter. Votre mise en scène était stupéfiante.

— Merci, répondit distraitement Izzy sans quitter Jemima des yeux.

Pas de doute, Jay Jay était à cran, se dit-elle avec un pincement au cœur. Elle semblait ne pas savoir quoi faire de ses mains et se touchait sans arrêt les cheveux.

— Au début, quand Pepper m'a annoncé que vous ne serviriez que du thé et du café, j'avoue que j'ai été sceptique, poursuivit Molly di Peretti sur le ton de la confidence. « Pour la presse, le champagne est incontournable », lui ai-je dit. Eh bien, je dois reconnaître que j'avais tort. Tout le monde est ravi et les mini-viennoiseries ont un succès fou. L'inauguration du Grenier restera gravée dans les mémoires !

Mieux valait essayer d'oublier que cette Molly avait surnommé Jemima « la bêcheuse de Belinda », songea Izzy, s'exhortant au calme.

— C'est l'effet recherché, fit-elle valoir d'un ton neutre.

— Bien sûr. Vous êtes l'assistante de Pepper Calhoun, n'est-ce pas ? Organiser des événements de ce genre n'est pas votre métier ?

— Non, en effet.

— Vous avez d'autant plus de mérite. Je suppose que c'est également vous qui vous occupez de la fête de ce soir ?

— Oui, bien sûr.

— Il est possible que Culp & Christopher envoie un invité supplémentaire.

Izzy sortit un calepin de sa pochette.

— Quel est son nom ?

— Dominic Templeton-Burke.

— Pas de problème, je vais le rajouter sur la liste.

— Merci, et encore toutes mes félicitations, déclara Molly di Peretti avant de s'éloigner.

Izzy circula consciencieusement parmi la foule jusqu'au départ du dernier invité, puis entreprit de remettre de l'ordre avec l'aide de Geoff. La boutique devait être prête pour l'ouverture proprement dite, le lendemain matin.

Alors qu'elle approchait de l'arrière-boutique avec un plateau chargé de tasses, elle entendit des éclats de voix.

— Je veux qu'on me fiche la paix !

C'était Jemima... Son ton cassant masquait une profonde détresse, comprit Izzy, le cœur serré.

— Personne n'ose te l'avouer, mais moi je préfère être franche avec toi, répliqua une Molly di Peretti visiblement exaspérée. Tu es sur la corde raide. Si tu continues comme ça, tu vas finir par avoir de sérieux ennuis. N'oublie pas que personne n'est indispensable.

Très inquiète, Izzy prit une profonde inspiration avant de pénétrer dans la pièce.

— Désolée de vous déranger, les filles ! lança-t-elle d'une voix qu'elle espérait enjouée.

— Tu ne nous déranges pas du tout, lança Jemima d'un ton brusque. Pour la bonne raison que la discussion est terminée.

Molly di Peretti haussa les épaules.

— Nous en reparlerons dans dix jours. Si tu daignes honorer tes engagements, bien sûr...

— Je serai là.

— Parfait. Je vais récupérer les dossiers de presse qui n'ont pas été distribués, annonça Molly avant de sortir.

Jemima la suivit d'un regard noir.

— Que se passe-t-il ? demanda Izzy en déposant son plateau.

Sans répondre, Jemima se mit à débarrasser ce dernier.

— Oh, je hais les relations publiques ! s'écria-t-elle au bout d'un moment. Non seulement on t'oblige à te ridiculiser mais tu dois faire semblant de trouver ça très amusant. C'est encore pire que les cours de gym à l'école !

— Jemima..., commença Izzy, de plus en plus alarmée.

Mais au même instant, Geoff l'appela.

— Dès que j'aurai terminé, nous reparlerons de tout ça, promit-elle à sa sœur.

Elles n'en eurent pas le temps. Quelques minutes plus

tard, la voiture qui devait conduire Jemima à l'aéroport fut annoncée et cette dernière partit précipitamment.

Izzy faillit la rattraper pour lui demander si elle ne pouvait pas retarder son départ de quelques heures, mais elle se ravisa.

Certes, Jemima avait des problèmes. C'était à présent une certitude. Mais mieux valait ne pas dramatiser. Leur discussion pouvait attendre son retour.

2

Dominic Templeton-Burke consultait une revue dans la salle de lecture de la bibliothèque quand son téléphone portable se mit à vibrer.

Il sortit dans le couloir et s'installa sur une banquette, devant de larges baies vitrées qui donnaient sur un jardin intérieur.

L'appel venait de Jay Christopher, le P.-D.G. de Culp & Christopher.

— Mes collègues m'ont dit que tu ne leur facilitais pas la tâche.

Manifestement, Jay n'était pas surpris. Et il ne semblait pas lui en vouloir outre mesure, songea Dominic. C'était un vieil ami qui le connaissait bien...

— J'avoue que je ne me sentais pas vraiment dans mon élément.

— Je t'avais prévenu, rétorqua Jay. Pourquoi n'acceptes-tu pas le contrat qui t'a été proposé pour écrire un livre ? Ça résoudrait tous tes problèmes de financement.

— Nous en avons déjà discuté. Je suis un homme d'action. Pas un écrivain.

— D'accord, je n'insiste pas. J'ai autre chose à te proposer. Molly a eu une idée.

— Quel genre ?

— Une soirée à laquelle elle voudrait que tu assistes. D'après elle, on en parlera beaucoup dans la presse. Elle va t'appeler. Pour une fois, essaie de te montrer coopératif, ajouta Jay en riant.

Quelques secondes après que Dominic eut raccroché, son téléphone vibra de nouveau. De toute évidence, Molly di Peretti attendait à côté de son patron que celui-ci ait terminé de le mettre en condition...

— Salut, Dominic. Tu es invité à une fête, ce soir, annonça-t-elle d'un ton enjoué. Au Flamingo Pool. Soigne ton look.

— C'est-à-dire ?

— Choisis une tenue qui attire les regards. Il faut que demain ta photo soit dans tous les journaux.

— Une parka, des lunettes de ski et un short, par exemple ? Molly pouffa malgré elle.

— Tu es incorrigible ! Il s'agit d'une soirée très chic. Dominic fit la moue.

— Qui l'organise ?

— Pepper Calhoun, une femme d'affaires américaine. Pour l'ouverture de sa boutique. Tous les professionnels de la mode seront là. Je sais que ce n'est pas ton truc, mais il faut te faire violence. Qui dit mode dit photographes, célébrités et journalistes. Invente deux ou trois formules chocs, apprends-les par cœur, et débite-les à toutes les personnes que tu croiseras.

— Ça promet d'être follement amusant !

— Qui parle de s'amuser ? Je croyais que ton principal objectif était de financer ta prochaine expédition ?

— Touché, reconnut Dominic à contrecœur. J'irai faire le beau.

Molly lui donna l'adresse du club.

— Inutile d'y être avant 23 h 30. A ce soir.

Dominic regagna la salle de lecture et se replongea dans la lecture d'un article sur l'Antarctique.

— Je n'ai même pas eu le temps de déjeuner ! se lamenta Izzy, penchée sur le coffre du taxi, tandis que Molly di Peretti sonnait à l'entrée du Flamingo Pool. Nous devions aller à la pizzeria, mais nous avons terminé le rangement plus tard que prévu.

— Ça ne m'étonne pas.

Molly se pencha vers l'Interphone.

— Bonjour, Franco, c'est moi. Nous apportons le matériel pour la fête du Grenier.

— Et ensuite, Pepper a organisé une réunion impromptue, poursuivit Izzy en se démenant avec des banderoles aussi hautes qu'elles. Quelle journée !

La porte s'ouvrit, commandée à distance. Molly aida Izzy à finir de décharger le coffre du taxi, puis elles transportèrent plusieurs cartons dans le hall d'entrée.

— Nous pouvons les laisser là, déclara Molly. Josh les montera et s'occupera de la décoration. C'est un stagiaire qui vient d'arriver chez Culp & Christopher. Il sera ravi de se rendre utile.

Izzy poussa un soupir de soulagement.

— Fantastique ! J'ai tout juste le temps de courir chez le coiffeur. Jemima a réussi à m'obtenir un rendez-vous à la dernière minute et je peux difficilement l'annuler. A tout à l'heure !

Le soir, la foule qui se pressait au Flamingo Pool était plus dense que celle qui avait assisté à la présentation. Non seulement la plupart des invités étaient désormais accompagnés, mais Culp & Christopher avait convié de nombreuses célébrités. L'ambiance était chaleureuse et la musique suffisamment variée pour satisfaire les goûts les plus divers. La piste de danse ne désemplissait pas.

Cependant, Pepper sortait rarement le soir, et vers 23 heures elle commença à donner des signes de fatigue. Steven Konig, son fiancé, glissa un bras autour de sa taille.

— Jusqu'à quelle heure comptes-tu rester, mon amour ?

Pepper se laissa aller contre lui avec volupté.

— J'avoue que j'ai hâte de rentrer, mais je dois tenir jusqu'à la fin. C'est la moindre des choses, puisque c'est ma fête.

— Tu en es certaine ? Je ne pense pas que ce soit indispensable. N'est-ce pas, Izzy ?

— Bien sûr que non ! D'autant que pour ma part, je n'ai pas l'intention de m'en aller avant l'aube. Ne t'inquiète pas, Pepper. Je représenterai dignement le Grenier jusqu'à la fermeture. Je suis dans mon élément. J'adore danser !

Regagnant la piste, Izzy prouva aussitôt qu'elle disait vrai.

Elle se trouvait dans un état second. Les effets combinés de la fatigue accumulée au cours des jours précédents et du jeûne qu'elle observait malgré elle depuis le matin lui donnaient l'impression grisante d'être en état d'apesanteur.

L'ensemble qu'elle portait avait été créé pour le Grenier en vue des fêtes de Noël. En soie rouge vif, il était constitué d'une jupe longue fendue à mi-cuisse et d'un bustier qui mettait en valeur son décolleté. Sa chevelure cuivrée, à laquelle le coiffeur de Jemima avait redonné souplesse et éclat, flottait librement sur ses épaules galbées. Ondulant des hanches, les bras en l'air, Izzy faisait corps avec la musique.

Quand il arriva, vers minuit, Dominic Templeton-Burke ne vit qu'elle. Il resta cloué sur place.

— Qui est cette créature fantastique ? demanda-t-il, fasciné.

Molly di Peretti, qui était allée l'accueillir à l'entrée, suivit son regard et répondit d'un ton pince-sans-rire :

— Le bras droit de Pepper Calhoun... ou bien une danseuse hypersexy. Ça dépend du point de vue qu'on adopte.

— C'est tout vu. Je me moque éperdument de ses relations avec Pepper Calhoun, répliqua Dominic en se dirigeant vers la piste.

Molly lui barra le passage.

— Hé ! N'oublie pas que tu es ici pour nouer des contacts avec la presse.

Dominic la contourna, les yeux rivés sur la danseuse aux déhanchements lascifs.

— Je te promets de faire de mon mieux.

Elle se mit de nouveau en travers de son chemin.

— Du calme, Dominic ! Ce soir, ton objectif est de sortir de la rubrique des sciences pour entrer dans celle des mondanités.

La danseuse rejeta la tête en arrière, les yeux fermés, la bouche entrouverte, comme en transe. Dominic déglutit péniblement.

— Ne t'en fais pas, marmonna-t-il en écartant Molly d'un geste déterminé.

Mais celle-ci était obstinée. Elle s'accrocha à son bras.

— La femme que tu dévores des yeux n'a pas la moindre notoriété. Les journalistes n'en ont jamais entendu parler. Tu n'as aucun intérêt à danser avec elle.

Sans daigner lui accorder un regard, Dominic dégagea son bras et gagna la piste d'un pas décidé.

Molly haussa les épaules. Après tout, elle avait fait de son mieux. Il ne lui restait plus qu'à informer Abby que Dominic s'était montré insupportable. Ce qui ne la surprendrait sans doute pas…

Dominic était littéralement hypnotisé. Il fendit la foule avec une telle détermination que les danseurs s'écartèrent sans protester. Son objectif ne faisait aucun doute pour personne.

Sauf pour l'objet de sa fascination. Les yeux clos, un sourire ensorcelant aux lèvres, en communion parfaite avec la musique, sa dame rouge laissait son corps voluptueux s'exprimer pour elle.

Et avec quelle éloquence ! songea-t-il en sentant son pouls s'accélérer.

L'inconnue avait quelque chose de surnaturel. Absorbée, voluptueuse, passionnée, elle semblait venue d'un autre monde. Dans les éclairs de lumière stroboscopique qui déchiraient la pénombre ambiante, la peau de ses épaules nues et de son décolleté scintillait d'un éclat étrange. Effet d'optique ? Maquillage savant ? Fines perles de sueur ? Il était très tentant de s'en assurer du bout de la langue, se dit-il, transpercé par un éclair de désir foudroyant.

Arrivé devant la jeune femme, il posa une main sur sa hanche. Elle ouvrit brusquement les yeux en tressaillant, comme s'il venait de l'arracher à un profond sommeil. Ses hanches continuèrent de rouler en rythme, mais elle faillit trébucher.

Pour la retenir, Dominic lui glissa un bras autour de la taille. Les yeux de la danseuse s'écarquillèrent, mais, possédée par la musique, elle n'opposa aucune résistance.

— Vous êtes stupéfiante, murmura-t-il en accordant ses pas aux siens.

Bien sûr, avec le bruit étourdissant des guitares, elle ne risquait pas de l'entendre. Mais peut-être le comprenait-elle quand même...

Elle secoua la tête. Pour le rejeter ou pour lui signifier qu'elle n'entendait rien ? Si elle le trouvait importun, elle le lui ferait comprendre de manière plus radicale, songea-t-il.

Il l'attira plus près de lui, jusqu'à ce que leurs bassins se frôlent.

Sans le moindre mouvement de recul, elle continua de se déhancher et ses seins effleurèrent son torse. Etait-ce délibéré ou fortuit ? Etait-elle seulement consciente de sa présence ?

Dominic laissa échapper un grognement. Une lueur étrange venait de s'allumer dans les magnifiques yeux de jade fixés sur lui. Se pourrait-il qu'elle partage son désir ?

Il sentit de la sueur lui dégouliner le long de la nuque. Jamais une femme ne l'avait troublé à ce point...

Le morceau se termina. L'espace d'un instant, sa dame rouge resta en équilibre instable, l'air absent, un peu égaré. Retenant son souffle, Dominic se contenta de la soutenir, n'osant pas esquisser un seul geste. Tout cela semblait si irréel...

Puis très vite, les premières notes d'une salsa retentirent et elle se laissa de nouveau emporter par la musique. La plaquant contre lui, Dominic glissa une jambe entre ses cuisses et prit le contrôle. Après une hésitation presque imperceptible, il la sentit s'abandonner entre ses bras.

— Oui !

Leurs deux corps soudés s'accordaient parfaitement. On aurait pu croire qu'ils avaient déjà dansé ainsi des milliers de fois auparavant. Quelle sensation extraordinaire ! songea Dominic, électrisé. C'était comme si plus rien ne pouvait les atteindre ni les séparer. Comme s'ils faisaient déjà l'amour...

Les morceaux s'enchaînèrent sans qu'ils cessent de danser, enfermés dans leur bulle, liés par le tempo. Puis finalement, lors d'une pause, Dominic lui murmura à l'oreille :

— Si nous allions ailleurs ?

Il la sentit hésiter. Non, il ne supporterait pas qu'elle refuse... Malgré lui, ses mains se crispèrent autour de sa taille.

— S'il vous plaît, insista-t-il d'une voix rauque.

Jamais il n'avait supplié personne ainsi ! songea-t-il aussitôt, stupéfait.

Mais quand elle renversa la tête en arrière en lui adressant un sourire radieux, il ne pensa plus à rien, excepté à l'emmener loin de la foule.

— Allez chercher votre manteau, murmura-t-il d'une voix pressante à son oreille.

— Pas... de... manteau, bredouilla-t-elle en secouant la tête.

— Alors allons-y.

La prenant par la taille, il l'entraîna vers la sortie. Bon sang ! Son désir pour elle était si violent qu'il en devenait presque douloureux...

S'efforçant de surmonter son trouble, Dominic demanda :

— Vous avez un sac ?

Elle ne répondit pas, mais il aperçut sur le bar une petite pochette écarlate taillée dans le même tissu que sa robe. Il la saisit au passage.

Dans l'escalier, sa dame rouge fut secouée de tremblements.

— Vous auriez dû prendre un manteau, la sermonna-t-il d'une voix douce.

Il s'arrêta pour enlever sa veste et la lui poser sur les

épaules. Le frisson voluptueux qui la parcourut au contact de la doublure de soie ne lui échappa pas. La serrant contre lui, il le sentit se propager dans tout son corps.

Avec un petit rire étranglé, il l'embrassa sur la tempe et l'entraîna dans la nuit de septembre.

— I... ma... gi... na... tion ! lança-t-elle, légèrement chancelante.

Un taxi venait de déposer des retardataires. Dominic lui fit signe avant de se pencher vers elle.

— Pardon ?

— Il faut laisser libre cours à son imagination, déclara-t-elle d'un air rêveur.

— Danseuse et philosophe ! commenta-t-il avec un sourire attendri.

3

L'esprit embrumé par le champagne et la fatigue, Izzy se croyait en train de rêver. Quelle sensation merveilleuse ! Un homme la prenait dans ses bras et elle n'avait pas envie de s'enfuir. Bien au contraire... Elle éprouvait pour lui une attirance irrésistible et lui rendait son baiser avec fougue. Il y avait si longtemps qu'elle ne s'était pas sentie en confiance avec un homme !

Elle ne se souvenait pas l'avoir déjà rencontré et ignorait son nom. Pourtant, elle avait l'impression de le connaître depuis toujours. Ils étaient faits l'un pour l'autre. C'était une évidence.

— Les rêves semblent parfois plus authentiques que la réalité, murmura-t-elle.

— C'est bien ce que je disais. Une philosophe !

Elle ne parvenait pas à voir distinctement le visage de son compagnon. Mais n'était-ce pas le propre des rêves ? Ils vous faisaient vivre vos désirs les plus fous tout en laissant les détails dans le flou.

De toute façon, quel besoin avait-elle de le voir quand sa bouche lui procurait des sensations aussi extraordinaires ? songea-t-elle, tandis qu'il parsemait son cou de baisers. Et sa voix ! Elle était à la fois douce et âpre. Riche et délicate comme du chocolat noir... Jamais elle n'en avait entendu d'aussi envoûtante.

— Parle-moi, s'il te plaît, implora-t-elle.

Il détacha ses lèvres de sa peau pour demander :

— C'est vraiment ce que tu veux ?
— Continue de m'embrasser ! protesta-t-elle, boudeuse.
— Avec plaisir.

Elle sentit les lèvres de son compagnon effleurer son épaule. Quelle sensation délicieuse ! Elle en était tout étourdie...

— C'est toi qui voulais que je te parle, fit-il valoir entre deux baisers.

Izzy était parcourue de longs frissons. Les lèvres de cet homme étaient si douces... Et sa voix si chaude...

— Alors parlons, reprit-il avant de déposer à la naissance de ses seins un baiser d'oiseau. Ou ne parlons pas... A toi de choisir.

— Je ne peux pas choisir, puisque nous sommes dans mon rêve ! Tous mes souhaits doivent être exaucés.

— D'accord.

Izzy s'étira avec volupté et réclama d'une petite voix d'enfant gâtée :

— Récite-moi un poème.

Etait-ce une impression, ou bien avait-elle réellement du mal à articuler ? se demanda-t-elle soudain. Ouvrant les yeux, elle distingua vaguement un cadran lumineux. Se trouverait-elle à bord d'un vaisseau spatial ? Et pourquoi avait-elle le vertige ? Etait-ce la vitesse ? Mais qu'importait, du moment que son rêve se poursuivait et que l'homme de sa vie la serrait contre lui ?

— Il faut aussi que tu me dises que je suis belle.
— Belle est un mot faible. Tu es magnifique.

Comblée, Izzy inspira profondément. La peau de son compagnon exhalait un parfum enivrant... Elle entrouvrit les paupières et aperçut de nouveau le cadran lumineux.

— Penses-tu que je lis trop de science-fiction ? demanda-t-elle.
— Je ne sais pas, répondit la voix grave. Mais ce dont je suis sûr c'est que tu es fantastique. Que tu lises de la science-fiction, de la poésie ou des catalogues de jardinage.

Ronronnant de plaisir, Izzy frotta sa joue contre le torse

puissant de son compagnon. Elle huma son parfum avec délectation. C'était du bois de santal...

Le vaisseau spatial sembla prendre encore de la vitesse, puis soudain, il s'arrêta.

Au bout d'un moment, la voix virile murmura à son oreille :

— Viens, descendons.

Un courant d'air frais la fit frissonner. Pourquoi la tête lui tournait-elle ? Se trouvait-elle sur un vaisseau spatial ou sur un manège ?

La voix insista avec douceur :

— Viens. Une fois chez moi, tu pourras formuler tes souhaits. Je les exaucerai tous.

Izzy sentit soudain deux bras puissants la soulever. Comment faisait son compagnon pour tenir en équilibre alors que le manège s'emballait ?

— Attention, tu vas..., commença-t-elle.

Pourquoi ne parvenait-elle pas à articuler ? Ce n'était pas normal !

De très loin, elle perçut un murmure.

— Ne t'inquiète pas, ma chérie. Avec moi tu es en sécurité.

— Sécu... rité, bredouilla-t-elle avant de perdre connaissance.

Ouvrant les yeux, Izzy laissa échapper un gémissement. Seigneur ! Quelle migraine ! Jamais elle ne s'était sentie aussi mal en point. Ses jambes étaient douloureuses, sa bouche horriblement sèche... et la fenêtre avait changé de place !

Elle se redressa d'un bond, tous les sens en alerte. Non. La fenêtre était vitrée, constata-t-elle, envahie par un immense soulagement. Et munie de rideaux. Peu à peu, les battements de son cœur se calmèrent. Dieu merci, elle ne se trouvait pas dans les Andes mais à Londres !

Cependant, elle venait tout de même de se réveiller dans une chambre inconnue... Ou plutôt un bureau, à en juger par l'ordinateur qui trônait sur la table encombrée de livres.

Un des murs de la pièce était entièrement tapissé de cartes

géologiques et de diagrammes. Deux autres disparaissaient derrière des étagères remplies de CD et DVD. Quant au quatrième, il était occupé par une bibliothèque débordant de livres et de revues. Sur le parquet de chêne, un tapis de laine aux couleurs éclatantes égayait la pièce.

Izzy sentit son estomac gargouiller. Elle avait une de ces faims ! Quelle heure pouvait-il bien être ? Elle regarda sa montre. 4 heures…

La mémoire lui revint brusquement. La fête du Grenier ! Elle avait dansé une salsa mémorable avant de quitter le Flamingo Pool en compagnie de son cavalier. Un inconnu qu'elle serait bien incapable de reconnaître… Ses souvenirs étaient pour le moins confus. D'ailleurs, elle n'avait pas la moindre idée de l'endroit où elle se trouvait.

Elle s'assit sur le bord du lit. En tout cas, elle était encore tout habillée et personne ne dormait à côté d'elle.

En était-elle déçue ou soulagée ? Plutôt soulagée, en vérité. Mais qui pouvait bien être cet homme ? Et que lui avait-il pris de partir avec lui ?

Soudain, elle sentit ses joues s'enflammer. Avait-elle rêvé ou s'étaient-ils vraiment embrassés avec fougue à l'arrière d'un taxi ? Non. Impossible. C'était forcément un rêve. Elle ne pouvait pas s'être abandonnée aux baisers d'un parfait inconnu. Et encore moins lui avoir demandé de lui faire la cour… Ni de lui réciter un poème !

Ce rêve extravagant n'était que le fruit d'un sommeil troublé par l'abus de champagne. La faim et la fatigue avaient fait le reste. Sans doute avait-elle eu un malaise et son cavalier l'avait-il amenée jusqu'ici pour qu'elle puisse récupérer, se dit-elle en se levant.

Après avoir fait quelques pas dans la pièce, elle se sentit un peu mieux. Oui, elle avait sûrement rêvé. Son hôte lui avait préparé un lit de fortune et l'avait couchée sans la déshabiller. N'était-ce pas la meilleure preuve que les baisers passionnés de son mystérieux inconnu n'existaient que dans ses fantasmes ?

En prenant sa pochette sur le lit, elle vit par terre une veste d'homme. Elle la ramassa, puis la relâcha aussitôt comme si elle venait de recevoir une décharge électrique. Seigneur ! Ce parfum de santal ! Elle ne l'avait pas rêvé…

Le visage en feu, elle déglutit péniblement. Il était temps de prendre ses jambes à son cou !

Dans sa pochette minuscule, elle n'avait pu mettre que ses clés et quelques billets. Heureusement que Jemima et elle avaient pour principe de ne jamais sortir sans un minimum de liquide…

Ses chaussures à la main, Izzy sortit de la pièce avec précaution et tendit l'oreille. L'appartement était silencieux, à l'exception du tic-tac d'une grosse horloge à balancier. Sur sa gauche, au bout du couloir, elle vit une porte massive, munie de trois verrous impressionnants. Elle la gagna sur la pointe des pieds, l'ouvrit en s'efforçant de faire le moins de bruit possible et se précipita dehors.

Une fois dans la rue, elle mit ses chaussures en regardant autour d'elle. Dans quel quartier se trouvait-elle ? Elle n'en avait aucune idée ! Par ailleurs, son bustier et sa jupe fendue ne constituaient pas la tenue idéale pour se promener seule dans les rues de Londres en pleine nuit…

Tant pis. Tout valait mieux que d'être obligée d'affronter l'homme qu'elle avait suivi jusque chez lui. Et dans les bras duquel elle s'était vautrée en lui rendant ses baisers ardents…

Mortifiée, Izzy se mit en marche.

Elle était si furieuse contre elle-même qu'elle se réjouit à peine en arrivant quelques instants plus tard à Knightsbridge, où, de jour comme de nuit, les taxis en maraude ne manquaient pas.

A 4 h 30 elle était de retour à l'appartement. Elle fila directement dans la cuisine et se confectionna un énorme sandwich au fromage. C'était la première et dernière fois qu'elle buvait de l'alcool le ventre vide !

Après avoir avalé un grand verre d'eau, elle alla se coucher.

Quand il entra dans son bureau en fin de matinée, Dominic n'en revint pas. Elle était partie ! Il l'avait mise au lit dans son bureau sans même la déshabiller et voilà comment elle le remerciait ? Après avoir fouillé toute la pièce avec frénésie, il dut se rendre à l'évidence. Elle ne lui avait même pas laissé un mot. Comment allait-il la retrouver, à présent ?

— C'est la dernière fois que je me comporte en gentleman, déclara-t-il à haute voix en décrochant le téléphone.

Molly di Peretti fut manifestement surprise par son appel.

— Dominic ? Que se passe-t-il ? Ne me dis pas que tu as besoin de mes services !

Il crispa la mâchoire. Pas question d'avouer à qui que ce soit que sa dame rouge lui avait faussé compagnie sans qu'il ait eu le temps de lui demander son nom !

Avant de la laisser dormir seule dans le bureau, il s'était tout de même autorisé à regarder dans sa minuscule pochette. Malheureusement, il n'y avait trouvé aucun renseignement la concernant. Juste un trousseau de clés, quelques billets et une minuscule fiole de parfum dont l'odeur suave le poursuivait. S'il ne parvenait pas à la retrouver, ce parfum le hanterait jusqu'à la fin de ses jours...

Mais il allait la retrouver, bien sûr. Et pour cela, il était prêt à tous les sacrifices.

— C'est justement pour m'excuser que je t'appelle, répondit-il à Molly. Je suis désolé de m'être montré aussi peu... discipliné. Je te promets qu'à partir d'aujourd'hui, je suivrai tes conseils et j'accepterai toutes tes propositions.

— Il a dit quoi ? s'exclamèrent en chœur Jay Christopher et Abby quand Molly leur rapporta cette conversation.

Celle-ci répéta de nouveau mot pour mot les propos de Dominic.

— C'est louche, commenta Abby, que l'affection qu'elle portait à son frère n'avait jamais empêchée d'être lucide.

— C'est ce que je pense aussi, approuva Molly. Si tu

l'avais vu à midi quand il est passé à l'agence ! Il a lu et relu les coupures de presse concernant la fête au Flamingo Pool et il a insisté pour que je lui précise le nom de tous les invités. Le grand jeu !

— Pas de doute, il mijote quelque chose, déclara Abby. Pas plus tard qu'hier, il m'a affirmé que s'il avait accepté cette invitation c'était uniquement pour se faire pardonner son attitude lors de la réunion. Et il s'est empressé d'ajouter qu'ensuite, il ne faudrait plus compter sur lui.

— Apparemment, il a changé d'avis, intervint Jay. Il a peut-être fini par comprendre que Culp & Christopher pouvait lui être utile.

— Je suis sûre que ce revirement cache quelque chose, insista Abby. Mais quoi ?

Les bras croisés, Molly réfléchissait.

— En tout cas, il a promis. Pourquoi ne pas en revenir à ma première idée ?

Abby regarda son amie avec incrédulité.

— Tu ne songes pas sérieusement à lui présenter une actrice de cinéma blonde et pulpeuse ?

— Non. Plutôt un mannequin à la chevelure flamboyante.

Jay claqua des doigts.

— Jemima Dare. Bien sûr ! Molly, c'est une excellente idée.

Abby ouvrit de grands yeux.

— Jemima ! Seriez-vous devenus fous, tous les deux ?

— Pas du tout, répliqua Molly. Ce serait l'idéal. Nous ferions d'une pierre deux coups.

— Je suis pour, acquiesça Jay. Deux problèmes, une solution. Très habile, Molly.

— Merci. C'est peut-être notre seul espoir que Jemima saute. Si elle n'est pas seule, elle ne pourra pas se défiler au dernier moment.

— De quoi parlez-vous ? demanda Abby.

— Jemima doit sauter du Chelsea Bridge, répondit Jay. Nous allons demander à Dominic de sauter avec elle.

Abby le fixa d'un air abasourdi.

— Sauter du Chelsea Bridge ?

— A l'élastique, précisa Jay. Tout est parfaitement organisé. Il n'y a aucun danger.

— C'est une association de lutte contre la chasse à la baleine qui est à l'origine de ce projet, expliqua Molly. Jemima a donné son accord il y a déjà longtemps, mais depuis qu'elle a décroché ce contrat avec Belinda, elle est devenue imprévisible. La meilleure solution pour éviter qu'elle pique une crise de nerfs sur le pont c'est de la faire sauter en tandem. Avec un athlète accompli comme ton frère, il n'y aura pas de problème.

Abby secoua la tête.

— Le pire, c'est que Dominic est capable d'accepter.

Submergée de travail, Izzy ne vit pas passer la semaine qui suivit l'ouverture du Grenier.

En fait, cela valait mieux pour elle. Dès qu'elle faisait une pause, le souvenir de son aventure nocturne revenait l'assaillir. C'était comme une écharde : par moments on oubliait son existence, mais il suffisait d'un rien pour réveiller la douleur.

Le plus terrible, c'était ce trouble indicible qui s'emparait d'elle chaque fois qu'elle repensait au mystérieux inconnu. Comment un homme qu'elle serait incapable de reconnaître pouvait-il hanter continuellement ses rêves et ses pensées ? Serait-elle perturbée au point d'avoir besoin de se réfugier dans le fantasme ? Seigneur ! C'était une situation insensée ! En tout cas, il n'avait pas cherché à la retrouver. Mais savait-il seulement son nom ? Dire qu'elle s'était enfuie de chez lui sans même lui laisser un mot de remerciement…

Elle se leva si vivement qu'elle renversa son fauteuil.

Pepper, qui travaillait en face d'elle, leva les yeux de son bureau.

— Un problème ?

— Rien que je ne puisse résoudre.

— Tu es certaine ? Je te trouve bizarre depuis quelques jours.

— Pas du tout ! protesta Izzy plus vivement qu'elle ne l'aurait voulu. Je suis juste un peu débordée, c'est tout. Je ne m'attendais pas à ce que la présentation ait un impact aussi important. Le téléphone n'arrête pas de sonner.

— C'est vrai. Je dois reconnaître que ce succès dépasse toutes mes espérances. Cependant, il faut à tout prix éviter la rupture de stock. Sinon, toute cette publicité n'aura servi à rien. Alors engage quelqu'un pour te seconder si nécessaire, mais concentre-toi avant tout sur les fournisseurs et les problèmes de production.

— D'accord, chef !

— Au fait, quand Jemima revient-elle ?

Izzy jeta un coup d'œil au calendrier accroché au mur.

— Elle arrive de Rio demain à 6 heures. Nous prendrons le petit déjeuner avec elle, annonça-t-elle d'un air réjoui.

Mais quand elle se leva le lendemain matin, elle ne trouva aucun bagage dans le couloir et la chambre de Jemima était vide.

— Son vol a dû être retardé, commenta Pepper quelques minutes plus tard, dans la cuisine.

Izzy hocha lentement la tête. Elle aurait aimé en être sûre. Pourquoi se sentait-elle si oppressée ?

En fin de matinée, n'ayant toujours aucune nouvelle, elle consulta sur Internet les informations concernant le vol. L'avion avait atterri à l'heure prévue.

Fébrilement, elle composa le numéro de portable de Jemima. Bon sang ! La messagerie ! Elle laissa un message, puis appela l'agence de mannequins pour laquelle travaillait sa sœur. A son grand dam, elle n'en apprit pas beaucoup plus. De plus en plus nerveuse, elle raccrocha d'un geste brusque.

— Que se passe-t-il ? demanda Pepper qui était en train d'étudier le portfolio d'un nouveau styliste.

— Selon Dolly, la réceptionniste de l'agence de mannequins, Jemima est bien rentrée ce matin, comme prévu. Mais curieusement, personne ne semble savoir où elle est passée.

— Et alors ?

— Ce n'est pas normal.

Pepper haussa les épaules.

— Elle a peut-être eu un imprévu.

— Non. Même si elle avait dû enchaîner sur un autre contrat, elle m'aurait appelée. Elle me téléphone toujours dès qu'elle atterrit. Je suis certaine qu'elle a des problèmes. Avant de partir, elle était très agitée. Je ne l'avais jamais vue dans cet état.

— Tu ne crois pas que tu as tendance à un peu trop jouer les mères poules avec Jemima ? demanda Pepper qui était fille unique.

Se mordant la lèvre, Izzy s'exhorta au calme.

— Pas du tout. Je suis sa sœur aînée et je la connais mieux que quiconque.

— Je ne dis pas le contraire, Izzy. Mais Jemima est adulte. Elle est peut-être tout simplement en compagnie d'un homme séduisant avec qui elle a envie de s'isoler un peu.

— Peut-être…

Mais Izzy n'était pas convaincue.

« Oh, Jemima Jane, où es-tu ? Tu as des problèmes. Je le sens. »

— Jemima est devenue une célébrité, fit valoir Pepper. Elle n'a pas forcément envie de se précipiter chez elle pour prendre le petit déjeuner en famille dès son retour à Londres.

— Tu ne comprends pas.

— Qu'y a-t-il à comprendre ? Le succès change les gens.

— Pas à ce point. Il ne lui est jamais arrivé de me laisser sans nouvelles. Même quand elle est amoureuse, je sais toujours où elle se trouve.

Pepper prit sa cousine par les épaules.

— J'aurais aimé avoir une sœur comme toi, Izzy. Mais il est vrai que dans ce cas, je n'aurais pas le bonheur de t'avoir comme cousine !

Izzy s'efforça d'esquisser un sourire.

— Tu es vraiment angoissée, n'est-ce pas ? demanda Pepper.

Izzy passa nerveusement une main dans ses cheveux.

— Je savais que quelque chose clochait ! Je l'ai remarqué le jour de la présentation, mais j'étais trop occupée pour discuter avec elle. Oh, pourquoi n'ai-je pas pris le temps de le faire ?

— Allons, allons, il est inutile de culpabiliser. Tu n'as rien à te reprocher. Et puisque c'est le seul moyen de te rassurer, nous allons la retrouver. Je te le promets.

Izzy eut un sourire reconnaissant.

— Merci, Pepper. Mais comment faire ? Je rappellerais bien l'agence si je n'avais pas eu la très nette impression que Dolly esquivait mes questions.

— Je vais m'en occuper. Pour tirer les vers du nez aux interlocuteurs les plus récalcitrants, je suis imbattable. Dans le monde des affaires, c'est indispensable. Si quelqu'un à l'agence sait où se cache Jemima, je le découvrirai. Ne t'inquiète pas.

Pourvu qu'elle dise vrai ! pria Izzy.

Pepper ne surestimait pas ses capacités. Moins d'une demi-heure plus tard, elle communiquait à Izzy l'adresse d'un des hôtels les plus réputés de Londres, ainsi qu'un numéro de chambre.

Izzy ouvrit de grands yeux.

— Elle est à l'hôtel ? Mais pourquoi ne m'a-t-elle pas prévenue ? Je ne comprends pas.

— Elle n'est pas seule, précisa Pepper d'un air entendu.

— Et alors ? Ce n'est pas une raison pour se cacher !

— Ne t'en fais pas. Elle finira bien par donner de ses nouvelles.

Pepper servit une tasse de café à sa cousine, puis se remit au travail.

Tout en buvant, Izzy s'efforça de recouvrer son sang-froid. Pepper avait sans doute raison. Il ne fallait pas s'inquiéter. Si Jemima avait besoin d'aide, elle aurait déjà appelé. Si elle ne l'avait pas fait, c'était plutôt bon signe, en fin de compte. Il était inutile de se morfondre…

Ce beau raisonnement ne l'empêcha pas de passer une nuit blanche.

Au cours de laquelle, à son grand dam, elle fut hantée par l'image de son mystérieux inconnu. Ou du moins, par le souvenir confus qu'elle en gardait... C'était insensé ! Elle ne parvenait toujours pas à se remémorer ses traits.

En revanche, ce qui restait gravé dans sa mémoire c'était le sentiment de plénitude qu'elle avait éprouvée dans ses bras et la confiance absolue qu'il lui avait inspirée. Jamais elle ne s'était sentie aussi en sécurité dans les bras d'un homme.

Ils étaient faits l'un pour l'autre. Cette évidence s'était imposée à elle cette nuit-là et l'emplissait à présent d'une profonde nostalgie. Depuis qu'elle s'était enfuie de cet appartement inconnu, elle portait le deuil du rêve qu'elle y avait abandonné.

« Cesse de ruminer ces sottises », était-elle obligée de se répéter au moins cent fois par jour depuis. Mais à présent, en proie à l'insomnie dans la solitude de sa chambre, elle aurait donné n'importe quoi pour revivre ce rêve...

Pour la énième fois, elle se retourna dans son lit. Allons, il fallait absolument se ressaisir ! Pas question de se ramollir le cerveau en s'abandonnant à un accès de sentimentalisme. Mieux valait se concentrer sur l'essentiel.

Elle avait beau essayer de se persuader que Pepper avait raison au sujet de Jemima, elle n'y croyait pas vraiment. Impossible de se débarrasser de la sourde inquiétude qui la rongeait.

Il fallait absolument qu'elle en ait le cœur net. Après tout, elle pouvait bien rendre visite à sa sœur à l'hôtel sans y être invitée.

Une fois sa décision prise, Izzy se rallongea avec un soupir de soulagement et finit par s'endormir.

Le lendemain, toujours sans nouvelles, elle n'eut aucun mal à convaincre Pepper de la laisser s'absenter quelques heures. Mais il fut plus compliqué de parvenir jusqu'à Jemima.

A la réception de l'hôtel, on l'informa poliment qu'aucune Jemima Dare ne figurait sur le registre. Elle ressortit et se mit à arpenter le trottoir en se fustigeant. Quelle idiote ! Jemima devait être inscrite sous le nom de son compagnon... Que faire ?

Une fois de plus, elle composa le numéro du portable de Jemima. Toujours la messagerie... Seigneur ! C'était exaspérant !

Du calme, se dit-elle en constatant qu'elle était en nage. Ses chaussures lui faisaient mal aux pieds et le portier de l'hôtel commençait à la considérer d'un air soupçonneux, mais il n'était pas question de renoncer. Plus le temps passait, plus elle était persuadée que Jemima avait des problèmes. En tout cas, cette incertitude était insupportable et il fallait y mettre fin, coûte que coûte.

Elle rangea son téléphone dans son sac. Il fallait absolument qu'elle boive quelque chose. Elle avait si chaud qu'elle ne parvenait pas à réfléchir...

Elle se dirigea vers le parc, où elle acheta une petite bouteille d'eau. Autour d'elle, il régnait une atmosphère de vacances. Des enfants jouaient sur la pelouse. Des amoureux se promenaient dans les allées, main dans la main. Même les hommes en costume, visiblement en chemin pour leur travail, ralentissaient le pas en promenant autour d'eux des regards ravis. Apparemment, elle était la seule à ne pas savourer cette journée magnifique...

Izzy s'assit sur un banc et but à petites gorgées. Quand elle eut terminé sa bouteille, elle se releva, un peu revigorée. D'une manière ou d'une autre, elle allait trouver le moyen de rejoindre la chambre de Jemima...

Cependant, il allait falloir jouer serré. Bien que luxueux, l'hôtel n'avait rien d'un grand palace. Réputé pour son atmosphère intime, il était relativement petit et le personnel en connaissait tous les résidents. Comment franchir le barrage de la réception sans se faire remarquer ?

« Fais le bilan de tes atouts, puis joue-les. » C'était l'injonction qu'elle s'adressait au cours de ses voyages pour se sortir des situations les plus épineuses.

En l'occurrence, quels étaient donc ses atouts ? Son charme était certainement l'une de ses meilleures armes. Plus d'une fois, il lui avait rendu de fiers services. Certes, elle était cent fois moins séduisante que Jemima, mais elle avait la même chevelure flamboyante et les mêmes yeux de jade. Et si elle n'était pas aussi sexy que sa sœur, les gens étaient généralement conquis par son sourire.

Tout à coup, Izzy eut une illumination. Bien sûr ! Comment n'y avait-elle pas pensé plus tôt ? Non seulement elle avait la même chevelure et les mêmes yeux que Jemima, mais elle savait parfaitement imiter sa démarche ondulante.

La démonstration qu'elle avait faite à Noël lui avait valu des félicitations. Quant au maquillage, Jemima se plaignait qu'elle ne prêtait aucune attention à ses conseils, mais en réalité, elle avait tout de même retenu quelques principes de base.

En s'appliquant un peu, elle devrait être capable de se dessiner une bouche pulpeuse et de copier la moue sensuelle de sa sœur. Il suffisait d'un peu de rouge à lèvres et de quelques minutes de pratique devant un miroir.

Cette perspective la réconforta. Avec un peu de chance, elle réussirait à se faire passer pour Jemima aux yeux du réceptionniste. De toute façon, qu'avait-elle à perdre ?

Un quart d'heure plus tard, elle était de nouveau devant l'hôtel. Après un détour par une parfumerie, puis par les toilettes d'une cafétéria, ses cheveux semblaient avoir triplé de volume, tout comme ses cils et ses lèvres.

Elle tenta une dernière fois de joindre Jemima sur son portable. Toujours sans succès.

« A toi de jouer », se dit-elle en prenant une profonde inspiration. Elle redressa les épaules, qu'elle avait dénudées en roulant les manches courtes de son corsage. C'était un détail, mais ça lui donnait une allure plus sexy… Roulant des hanches, elle se dirigea vers l'entrée de l'hôtel.

Pénétrer dans l'établissement fut plus facile qu'elle n'avait osé l'espérer. Le réceptionniste était occupé avec des clients.

— Bonjour, mademoiselle Blane, la salua-t-il après un bref coup d'œil.

Jemima était inscrite sous le nom de son agent ! Izzy, qui éprouvait une antipathie instinctive pour Basil Blane, fut stupéfaite. Jamais elle n'aurait imaginé que sa sœur et lui...

Mais ce n'était pas le moment de se perdre en conjectures, décréta-t-elle en se dirigeant vers l'ascenseur. Quelques instants plus tard, elle frappait à la porte de la chambre.

Personne ne répondit. Le cœur battant, elle réessaya, en utilisant cette fois le signal de reconnaissance qui remontait à leur enfance. Toujours pas de réponse... Elle hésitait, ne pouvant se résoudre à faire demi-tour, quand un bruit de meuble renversé la fit tressaillir. Soudain, la porte s'ouvrit.

— Izzy ? Oh, Izzy, je suis si contente de te voir !

Jemima n'avait plus rien de sensuel. L'œil hagard, les joues creuses, d'une pâleur impressionnante, elle ressemblait à une morte vivante.

Izzy ne parvint pas à cacher son effarement.

— Mon Dieu, Jemima ! Que t'est-il arrivé ? Et pourquoi ne réponds-tu pas au téléphone ? Je t'ai appelée cent fois sur ton portable.

— Ah bon ? Il doit être éteint.

Son instinct ne l'avait pas trompée, songea Izzy, catastrophée. De toute évidence, la situation était même bien plus grave qu'elle ne l'avait craint. En une semaine, sa sœur avait perdu au moins cinq kilos et son regard éteint était poignant.

Après l'avoir longuement serrée dans ses bras, elle déclara :

— Nous partons d'ici tout de suite. Je te ramène à la maison.

Mais aussitôt, Jemima s'écarta d'elle pour se précipiter sur le canapé. D'un ton larmoyant elle objecta qu'elle ne pouvait pas s'en aller parce qu'elle avait promis à Basil de ne pas bouger.

Depuis quand sa sœur était-elle devenue une femme soumise ? se demanda Izzy en s'efforçant de contenir son indignation.

— Je ne comprends pas. Même si tu es amoureuse de lui, tu ne peux pas accepter de rester cloîtrée toute la journée à l'attendre.

— Ce n'est pas du tout ça. Il n'y a rien entre nous. Mais c'est mon agent et il faut que je lui obéisse, sinon il me traînera en justice et je ne trouverai plus jamais de travail !

La voix de plus en plus aiguë, Jemima était visiblement au bord de la crise de nerfs.

Inutile d'essayer de la raisonner, comprit Izzy. Avant tout, il fallait la calmer. La prenant par les épaules, elle se mit à lui susurrer des paroles apaisantes. Finalement, à force de cajoleries, elle finit par obtenir un pâle sourire.

— Tu te souviens de ton premier jour au jardin d'enfants ? demanda-t-elle d'une voix douce.

A son grand dam, le sourire de Jemima s'effaça.

— Pour que j'arrête de pleurer, tu m'as assuré que je n'avais aucune raison d'avoir peur. A l'époque c'était vrai, Izzy. Mais aujourd'hui c'est différent. Dans mon métier, c'est la loi de la jungle. J'ai besoin de Basil pour me guider et me protéger.

En dépit du soleil qui inondait la pièce, Jemima se mit à frissonner.

— Il a une curieuse façon de te protéger, répliqua Izzy en s'efforçant de réprimer sa colère. Tu te porterais beaucoup mieux sans lui.

Mais les tremblements de Jemima redoublèrent.

Izzy dut faire appel à tout son sang-froid pour maîtriser l'angoisse qui la prenait à la gorge. Ce n'était pas le moment de flancher. En tout cas, une chose était claire. Etant donné l'état dans lequel sa sœur se trouvait, il n'était pas question de l'emmener pour l'instant.

En revanche, il fallait absolument qu'un médecin l'examine au plus vite. Que faire ? Aucun de ceux qu'elle connaissait n'assurait les visites à domicile. Quant à appeler un urgentiste, mieux valait éviter. Si l'affaire s'ébruitait, ce serait une publicité désastreuse pour Jemima.

Le mieux était de demander conseil à Steven Konig, le fiancé de Pepper, décida-t-elle. Il avait de nombreuses relations dans le milieu médical. Elle lui téléphona à Oxford, où il travaillait, et lui expliqua la situation.

— Je suis un peu dépassée, avoua-t-elle. Jemima n'arrête pas de trembler et j'ai l'impression qu'elle est en plein délire. Elle semble persuadée que si elle quitte cette chambre d'hôtel, c'est la fin de sa carrière.

— Qu'a-t-elle pris ? demanda-t-il aussitôt.

— Que veux-tu dire ? Jemima ne se drogue pas !

Mais au moment même où elle protestait avec indignation, Izzy fut prise d'un doute.

— Je te rappelle, dit-elle à Steven.

Elle rejoignit Jemima sur le canapé et lui prit les mains.

— Dis-moi, Jay Jay. Prends-tu… des médicaments, en ce moment ?

Jemima hocha la tête.

— Des pilules pour maigrir. C'est Basil qui a insisté. Il dit que si je veux rester l'égérie de Belinda, je dois surveiller ma ligne. Mais j'ai l'impression qu'elles ne me réussissent pas.

Izzy sentit son sang bouillonner dans ses veines. Décidément, ce Basil Blane était encore plus ignoble qu'elle ne le pensait. Et complètement irresponsable, de surcroît !

Elle rappela Steven, qui lui donna les coordonnées d'un médecin de ses amis prêt à se déplacer en urgence, en toute discrétion.

Après avoir conclu à l'intoxication médicamenteuse, ce dernier assura que Jemima se rétablirait rapidement, à condition toutefois d'être hospitalisée le jour même. Il donna à Izzy les coordonnées d'une clinique, où toutes les dispositions seraient prises pour l'admission de sa sœur.

A peine fut-il parti que Jemima éclata en sanglots.

— Basil est en déplacement aux Etats-Unis, mais il appelle plusieurs fois par jour pour contrôler ma présence. Je ne dois pas quitter cette chambre avant demain matin. Quelqu'un doit venir me chercher en voiture pour me conduire à un rendez-vous professionnel. Si je ne respecte pas mes engagements, je serai discréditée auprès de toutes les agences de mannequins.

Izzy tenta de la raisonner. En vain. Plus elle insistait, plus l'agitation de Jemima augmentait. En désespoir de cause, elle se résigna à lui donner une paire de gifles.

Quand sa sœur s'effondra en sanglotant, elle fut submergée par le remords. Le cœur serré, elle la prit dans ses bras et se mit à la bercer tout en réfléchissant.

Jemima ne pouvait pas rester dans cet état. Il fallait coûte que coûte la convaincre de se faire soigner...

En fait, il n'y avait qu'une solution, se dit-elle au bout d'un moment. Quand Jemima se fut enfin apaisée, elle lui exposa son idée.

— Puisque j'ai réussi à entrer dans l'hôtel en me faisant passer pour toi, je vais continuer sur ma lancée et prendre ta place. Tout à l'heure je te mettrai dans un taxi pour la clinique, puis je remonterai dans la chambre. Je répondrai aux appels de Basil. Comme tout le monde confond nos voix au téléphone, il n'y verra que du feu. Pour demain ça risque d'être plus compliqué, mais je me débrouillerai.

Après tout, il fallait sérier les problèmes, se dit-elle. La santé de Jemima passait avant tout le reste. A sa plus grande joie, elle vit, pour la première fois depuis son arrivée, une lueur d'espoir s'allumer dans les yeux de sa sœur.

— Tu penses que ça peut marcher ? demanda celle-ci d'une voix hésitante.

Izzy releva le menton.

— Avec un peu de chance, oui.

Le regard de nouveau éteint, Jemima se recroquevilla sur le canapé.

— Alors laisse tomber. Je n'ai jamais de chance.

La prenant par les épaules, Izzy l'obligea à se redresser.

— La chance, il faut la provoquer, dit-elle d'un ton ferme en plongeant son regard dans le sien. A deux, nous nous en sortirons. Fais-moi confiance.

4

— Dominic, tu es impossible !

Dominic émergea de dessous le 4x4, prit une clé anglaise dans la trousse à outils, puis disparut de nouveau sans répondre.

Les mains sur les hanches, Abby darda un regard noir sur les longues jambes qui dépassaient du châssis.

— Ça ne te prendra qu'une demi-journée, plaida-t-elle. Tu peux bien te libérer.

— Pourquoi me prêterais-je à cette mascarade ? demanda Dominic d'une voix assourdie.

Abby s'accroupit.

— Parce que c'est un coup de pub qui t'apportera la couverture médiatique dont tu as besoin pour récolter des fonds.

— Tu ne crois tout de même pas que je vais accepter de sauter à l'élastique avec un mannequin ?

— Il faudrait savoir ce que tu veux ! Sans argent, pas d'expédition. Et puis tu as promis à Molly de coopérer avec C&C.

— Eh bien, j'ai changé d'avis.

— Peut-être, mais tu as promis. Reviendrais-tu sur ta parole ?

Le frère et la sœur s'affrontèrent du regard comme à l'époque où ils se disputaient leurs jouets. Au bout d'un moment, Dominic ne put s'empêcher de rire.

— C'est pour ton bien, grand frère, s'empressa d'ajouter

Abby, pleine d'espoir. Jemima Dare est la nouvelle étoile montante de la mode. Ce sera une excellente publicité pour toi.

Dominic poussa un soupir résigné.

— Puisque j'ai promis…

Il fronça soudain les sourcils.

— Jemima Dare ? Ce nom me dit quelque chose.

— Pas étonnant. Tu l'as rencontrée l'automne dernier, à un gala de bienfaisance. Vous étiez assis à la même table et vous avez dansé une ou deux fois ensemble.

— Vraiment ?

Abby leva les yeux au ciel.

— Je peux te le certifier. J'étais là aussi, figure-toi.

Dominic réfléchit un instant.

— Ça y est ! Je me souviens. Une rousse, trop maigre et trop maquillée, qui perdait sans arrêt ses chaussures.

Rien à voir avec sa dame rouge, songea-t-il avec un pincement au cœur.

Pepper était atterrée.

— Te faire passer pour Jemima ? Voyons, Izzy, tu es complètement folle ! Tu t'imagines vraiment que personne ne va s'apercevoir de la supercherie ? Ne serait-ce qu'avec les photographes, tu n'as aucune chance !

— Je n'ai pas l'intention de la remplacer pour des séances de photos, bien sûr. Juste de répondre à sa place aux appels de Basil. Tu sais bien que tout le monde confond nos voix au téléphone.

— Elle n'a aucun engagement avant la semaine prochaine ?

— Uniquement demain matin. Elle doit sauter à l'élastique du Chelsea Bridge pour la promotion d'une association de lutte contre la chasse à la baleine. Je peux très bien la remplacer. A l'envers, au bout d'un élastique, personne ne verra la différence. D'autant plus que le seul représentant de C&C sera un nouveau stagiaire qui n'a encore jamais rencontré Jemima.

Pepper soupira.

— C'est bien ce que je disais, tu es complètement folle.

Sa cousine avait sans doute raison, mais elle n'avait pas le choix, songea Izzy en croisant les doigts.

— Il n'y a pas d'autre solution. Ça vaut la peine de tenter le coup. L'essentiel c'est que Basil ignore jusqu'à son retour que Jemima est entrée en clinique.

— Bon, je m'incline. Mais retour à la normale dès lundi, d'accord ? Le Grenier a besoin de toi.

— D'accord, chef.

Izzy passa la soirée à étudier attentivement le portfolio de Jemima et à parfaire sa technique de maquillage. En fouillant dans la garde-robe, elle finit par trouver une tenue qui lui allait à peu près et qui pouvait convenir à un mannequin pour son premier saut à l'élastique.

Elle s'examina dans le miroir avec satisfaction. Certes, le pantalon de cuir était un peu juste pour elle. Mais en principe, le décolleté plongeant du corsage blanc devrait attirer tous les regards. Or si ces derniers ne s'attardaient pas sur son visage, il y avait des chances pour que personne ne s'aperçoive qu'il n'avait pas l'ovale parfait de celui de Jemima...

— Adjugé, déclara Izzy à haute voix avant d'aller se coucher.

Le lendemain matin, elle se lava soigneusement les cheveux avec les luxueux produits de sa sœur. Heureusement qu'elle l'avait regardée se coiffer des milliers de fois, songea-t-elle en posant les rouleaux chauffants avec application. Mais quel travail ! Le métier de mannequin était un véritable esclavage ! pesta-t-elle intérieurement.

Cependant, ses efforts furent récompensés. Lorsqu'elle se regarda dans le miroir après avoir enfin terminé, elle ne put s'empêcher d'être impressionnée. La ressemblance avec Jemima était saisissante. Il ne lui restait plus qu'à enfiler les chaussures de sport à paillettes...

Il ne fallait pas avoir peur du ridicule, songea-t-elle avec dérision. Même les lacets étaient parsemés de minuscules paillettes en forme de cœurs et d'étoiles ! Enfin… Avec un peu de chance, ses chaussures attireraient autant l'attention que son décolleté, et personne ne remarquerait que la femme qui les portait n'était pas le mannequin attendu.

Une fois prête, elle procéda à une ultime vérification. Pas mal. Pas mal, du tout…

— Jemima Dare II est prête à affronter son public, déclara-t-elle à son reflet d'un air de défi.

Néanmoins, elle se sentirait beaucoup mieux quand tout serait terminé, se dit-elle aussitôt. En dehors du fait qu'il n'était pas dans ses habitudes de jouer la comédie et qu'elle avait des sueurs froides à l'idée qu'à tout moment elle risquait d'être découverte, elle ne parvenait pas à comprendre comment Jemima pouvait supporter ce genre de vie. Passer des heures et des heures à se pomponner tous les matins, quel ennui !

Malgré tout, la perspective de sauter à l'élastique était plutôt réjouissante, se dit-elle avec philosophie. Même si elle allait devoir réfréner son enthousiasme. Il ne fallait pas oublier que Jemima Dare n'était pas censée apprécier l'expérience !

Quand Josh, le stagiaire de C&C, vint la chercher, elle s'appliqua à feindre l'anxiété.

— Le trac ? demanda-t-il en lui ouvrant la portière d'une Jaguar rutilante.

— Un peu, déclara-t-elle en se mordant la lèvre inférieure. C'est la première fois.

Sur ce point au moins, elle ne mentait pas ! Elle avait effectué plusieurs sauts en parachute, mais n'avait encore jamais expérimenté l'élastique.

— Ne vous inquiétez pas. Tout va bien se passer, assura Josh.

Puisse-t-il dire vrai ! pria Izzy en croisant les doigts.

Quelques minutes plus tard, ils arrivèrent à destination.

— J'espère que votre partenaire n'est pas en retard, déclara Josh.

Izzy sentit son estomac se nouer.

— Mon partenaire ? s'exclama-t-elle avec inquiétude.

— Vous n'êtes pas au courant ? Il est vrai que ça s'est décidé au dernier moment. C&C a pensé que sauter en tandem serait plus rassurant pour vous. Ah, il est là ! Regardez.

Un peu à l'écart de la foule de curieux regroupée derrière des barrières de sécurité, Izzy aperçut un homme au visage buriné et à l'allure sportive. Il était vêtu d'un treillis, nota-t-elle immédiatement en sentant tous ses poils se hérisser.

— Qui est-ce ? demanda-t-elle d'une voix étranglée.

— Dominic Templeton-Burke, l'explorateur, répliqua Josh avant de descendre de voiture pour lui ouvrir la portière. Je croyais que vous vous connaissiez.

Il ne manquait plus que ça ! songea Izzy, effarée. Un rendez-vous surprise avec un ami de Jemima ! Mais au fait, quelle était la nature exacte de leurs relations ? Ce nom lui était inconnu, mais cela signifiait seulement que Jemima ne lui avait jamais parlé de cet homme... Or ces derniers temps, sa sœur avait été assez avare de confidences.

Mon Dieu ! Elle aurait dû se douter que ça ne pourrait pas marcher. Ç'aurait été trop beau...

Les jambes tremblantes, Izzy resta clouée sur son siège. Josh se pencha vers elle.

— Tout va bien ?

— Ça va. C'est juste...

Levant la tête vers le pont, elle eut une inspiration.

— C'est tellement haut !

Josh lui adressa un sourire compatissant.

— Ne vous inquiétez pas. Avec Dominic, vous ne risquez rien.

Au même instant, Dominic Templeton-Burke se dirigea vers la Jaguar. Le cœur battant à tout rompre, Izzy le regarda approcher d'une démarche nonchalante. Dans quelques secondes, elle allait être démasquée... Que lui avait-il pris de vouloir remplacer Jemima ? Pepper avait raison. Elle était complètement folle ! Mais ce n'était pas une raison pour piquer une crise de nerfs, décréta-t-elle en s'efforçant de se ressaisir.

Elle prit une profonde inspiration et descendit de voiture. Autant affronter la défaite la tête haute... Relevant le menton, elle fixa d'un air de défi les verres réfléchissants des lunettes de l'explorateur.

Dans moins d'une seconde, il allait s'exclamer « Cette femme est une mystificatrice ! » et le scandale allait éclater. Résignée, Izzy tenta de se réconforter. L'essentiel était que Jemima soit en de bonnes mains. Le reste était secondaire, après tout.

Tout à coup, l'homme se figea.

C'était terminé, songea Izzy, la gorge sèche. Elle déglutit péniblement.

Mais à sa grande surprise, au bout d'un moment qui lui parut interminable, Dominic Templeton-Burke lui adressa un sourire charmeur.

— Tu parais crispée, déclara-t-il d'un ton où elle crut percevoir une pointe d'ironie. Rassure-toi. Avec moi, tu n'as rien à craindre.

Izzy resta interdite. A quel jeu jouait-il ? La prenait-il réellement pour Jemima ? Non, s'il connaissait celle-ci, c'était impossible. Alors pourquoi ne la dénonçait-il pas ? Avait-il l'intention d'attendre un moment plus propice pour la ridiculiser ? En tout cas, il y avait dans son attitude désinvolte quelque chose de profondément déplaisant.

— Si vous...

Elle s'interrompit brusquement. Quelle idiote ! Il fallait le tutoyer...

— Si tu penses que je vais me dégonfler, tu te trompes, reprit-elle sèchement. Ce n'est pas dans mes habitudes.

Il arqua un sourcil moqueur.

— Vraiment ?

De toute évidence, la situation le réjouissait au plus haut point, constata Izzy, exaspérée. Décidément, cet homme lui était de plus en plus antipathique. Sans compter que la simple vue d'un treillis la révulsait. Ça lui rappelait de trop mauvais souvenirs...

— Vraiment, répéta-t-elle d'un ton cassant.

5

Dominic ne parvenait pas à y croire. Il avait retrouvé sa mystérieuse inconnue !

Juste au moment où il commençait à désespérer, la chance avait enfin tourné. Dire qu'il avait failli refuser de participer à cette opération... Heureusement qu'Abby l'avait bousculé ! Il lui en serait éternellement reconnaissant.

Il y avait cependant un problème. Pourquoi sa dame rouge se comportait-elle comme s'ils ne s'étaient jamais rencontrés ? Elle ne pouvait pas avoir oublié la salsa torride qu'ils avaient dansée ensemble. Ni les baisers fougueux qu'ils avaient échangés dans le taxi...

Et pourquoi semblait-elle si hostile ?

Il enleva ses lunettes. « Regarde-moi », supplia-t-il silencieusement. S'il parvenait à plonger son regard dans le sien, elle serait obligée de cesser sa comédie. Mais curieusement, elle évitait de le regarder. Et de toute évidence, elle était à cran.

Que se passait-il ?

— Jemima, je crois que les organisateurs vous attendent, dit soudain Josh.

Dominic tressaillit. Jemima ? Il avait ressenti un tel choc en reconnaissant la créature fantastique qui le hantait depuis des jours qu'il en avait oublié que c'était avec Jemima Dare qu'il avait rendez-vous !

Or Jemima Dare n'avait rien à voir avec sa dame rouge... Il avait dansé avec elle l'hiver précédent lors d'un gala de bienfaisance. Ou plutôt, il avait dû la soutenir pendant tout le morceau pour lui éviter de se tordre les pieds sur ses talons ridiculement hauts... Quant à elle, elle s'était contentée de remuer vaguement la tête en rythme. Ce n'était pas le genre de cavalière à faire corps avec la musique. Et elle ne l'avait pas troublé le moins du monde...

Certes, il y avait une certaine ressemblance entre les deux femmes. Même teint de porcelaine, mêmes yeux de jade légèrement bridés, même chevelure flamboyante. Toutefois, sa dame rouge était cent fois plus pétillante. Jamais il n'avait rencontré une femme aussi attirante. Dès qu'il l'avait vue sur la piste du Flamingo Pool, il avait été envoûté.

Et aujourd'hui, la fascination qu'elle exerçait sur lui restait intacte. Elle était aussi sensuelle que dans son souvenir, même quand elle ne dansait pas, songea Dominic en la suivant dans la caravane des organisateurs.

Pour leur attribuer l'élastique approprié, on les invita à se peser.

Sa dame rouge s'exécuta sans rechigner et ne jeta même pas un coup d'œil au poids indiqué par la balance. Dominic réprima un sourire. Aucun mannequin professionnel ne ferait preuve d'une telle indifférence à l'égard de cette donnée essentielle à sa carrière ! Il en avait fréquenté suffisamment pour en être certain...

— Ton métier est infiniment plus varié qu'on ne pourrait le penser, déclara-t-il malicieusement.

Le soi-disant mannequin le regarda d'un air soupçonneux.

— Pardon ?

— Tu as des activités très variées. Un jour tu défiles sur un podium, le lendemain tu sautes d'un pont.

Il fit une pause avant d'ajouter :

— Sans compter les intermèdes polissons à l'arrière des taxis...

A sa grande déception, sa dame rouge ne parut nullement décontenancée. A peine arqua-t-elle un sourcil avant de rétorquer d'un air suffisant :

L'amant secret

— Je ne prends jamais de taxis. J'ai mon propre chauffeur.

Au même instant, une jeune monitrice vint leur donner les consignes pour le saut en tandem et leur expliquer comment s'enfilaient et se fixaient le harnais de sécurité et les jambières.

— Surtout, écoute bien, plaisanta Dominic, qui avait déjà plusieurs sauts à son actif. Une fois dans le vide, il sera trop tard.

Sa dame rouge ne répondit pas.

Manifestement, elle était sur les nerfs, se dit-il. Etait-ce la peur de sauter ou celle d'être démasquée ? Pourquoi se faisait-elle passer pour Jemima Dare ? Qu'avait-elle derrière la tête ?

Dominic réprima un soupir. Elle était encore plus splendide que dans son souvenir. Bon sang ! S'il ne se retenait pas, il se jetterait sur elle... Déglutissant péniblement, il tenta de s'intéresser à ce que disait la monitrice.

Izzy avait beau se concentrer sur les paroles de la jeune femme, les questions se bousculaient dans son esprit. A quel jeu jouait donc cet homme ? Ses réflexions à propos du métier de mannequin avaient de toute évidence pour but de l'embarrasser. S'il connaissait Jemima, il ne pouvait pas être dupe. D'autant plus qu'il ne la quittait pas des yeux. Son regard scrutateur la mettait horriblement mal à l'aise... Quel moment allait-il choisir pour révéler sa supercherie ?

— A présent, je vais vous demander de répondre à quelques questions concernant votre état général, annonça la jeune femme. Je commence par vous, mademoiselle. Vous n'avez pas de problèmes cardiaques ?

— Non.

— Votre tension est normale ?

— Oui.

Du moins le serait-elle si Dominic Templeton-Burke cessait de la dévisager avec insistance, songea Izzy intérieurement.

— Ta tension artérielle, peut-être, mais ta tension nerveuse me semble dangereusement élevée, commenta Dominic au même instant d'un ton narquois.

Izzy faillit s'étrangler. Pas de doute, il avait décidé de la déstabiliser. Eh bien, elle n'allait pas lui donner ce plaisir !

— Pas du tout, répliqua-t-elle aussi posément qu'elle le put.

— Pourtant, j'aurais juré…

— Juré quoi ? Tu ne sais rien de moi ! s'exclama-t-elle, excédée.

Aussitôt, elle se fustigea intérieurement. Quelle idiote ! Etant donné les circonstances, cette réflexion était particulièrement stupide.

— Je sais au moins que la douceur de tes lèvres n'a d'égale que celle de ta peau, répliqua-t-il le plus tranquillement du monde.

Le cœur d'Izzy fit un bond dans sa poitrine. Etait-ce une façon de lui faire comprendre que Jemima et lui avaient été amants ? Oh, Seigneur ! La situation devenait de plus en plus inextricable. Comment allait-elle se sortir de ce guêpier ?

Bien sûr, tout au fond d'elle-même, elle ne s'était jamais fait beaucoup d'illusions. Elle était bien consciente que se faire passer pour Jemima était un pari hasardeux. Toutefois, elle n'avait pas prévu de tomber sur un ex-amant de sa sœur… Un horrible individu, qui, au lieu de la dénoncer, semblait prendre un malin plaisir à jouer avec elle comme un chat avec une souris. Il voulait s'amuser ? Eh bien, il allait trouver à qui parler ! décida-t-elle dans un élan de fierté.

Relevant le menton, elle darda sur lui un regard dédaigneux.

— Désolée, mais cela ne m'évoque aucun souvenir.

La jeune monitrice laissa échapper un petit rire.

Quant à Dominic, il rit jaune. Apparemment, son ego venait d'en prendre un coup, se dit Izzy avec satisfaction. Parfait. C'était exactement le but recherché !

Elle se tourna vers la jeune femme.

— Avez-vous d'autres questions ?

— Non. Si vous voulez bien signer ce formulaire.

Alors qu'elle s'exécutait, Izzy eut soudain le souffle coupé. Une main venait de se poser au creux de ses reins. Une autre effleura sa nuque et souleva ses cheveux, tandis qu'un souffle chaud lui caressait la peau. Mon Dieu ! Ce n'était pas du tout prévu au programme…

A son grand dam, elle fut parcourue d'un long frisson.

— Je te suggère d'attacher ta superbe crinière, dit une voix moqueuse. C'est plus prudent pour sauter.

Izzy s'efforça de surmonter son trouble. Cet homme était décidément insupportable ! Se dégageant d'un mouvement brusque, elle s'écarta de lui.

— Merci.

Si seulement son corps pouvait se mettre au diapason du ton glacial qu'elle venait de prendre ! se dit-elle avec dépit. Malheureusement, il avait plutôt tendance à brûler de désir. Il ne manquait plus que ça…

— Monsieur a raison. Voulez-vous une barrette, mademoiselle ? demanda la jeune femme.

Izzy dut se faire violence pour répondre aimablement.

— Merci. J'ai ce qu'il faut.

Elle fouilla dans son sac et en sortit de longues épingles. Jemima les détestait et ne s'en servirait pour rien au monde, se rappela-t-elle avec dérision. Enroulant ses cheveux, elle les releva en un chignon serré et se mit à y planter les épingles avec des gestes rageurs.

Ce maudit explorateur ne pouvait-il pas la lâcher des yeux ne serait-ce qu'une minute ? se demanda-t-elle avec irritation. Son regard était tellement insistant qu'elle le sentait rivé sur elle, même quand elle lui tournait le dos.

— Que t'est-il arrivé, Jemmy ?

Elle sursauta et faillit lâcher l'épingle qu'elle tenait dans la main.

Jemmy ? Personne n'appelait sa sœur ainsi ! Izzy déglutit péniblement. Cette fois, il n'y avait plus de doute. Le message était clair. Cet homme et Jemima avaient été amants et il tenait à ce qu'elle sache qu'il n'était pas dupe de la substitution. Mais à quoi jouait-il exactement avec elle ? Pourquoi ne l'avait-il pas encore dénoncée ?

En tout cas, si sa sœur ne lui avait jamais parlé de lui,

leur liaison n'avait dû être qu'une passade. Jemima ne lui faisait peut-être plus beaucoup de confidences, mais de là à lui cacher une grande histoire d'amour... Pourquoi espérait-elle soudain qu'aucun sentiment profond n'attachait Jemima à cet homme ?

Elle se tourna vers Dominic avec perplexité.

— Tu sembles si différente, murmura-t-il en lui effleurant la joue.

Electrisée, elle crut défaillir. Seigneur ! Faisait-il le même effet à Jemima ? Et lui, qu'éprouvait-il pour sa sœur ? Lequel des deux avait rompu ?

Et si elle se trompait ? se demanda-t-elle tout à coup. S'ils n'avaient pas rompu ? A son grand dam, son cœur se serra douloureusement.

Au secours ! Que lui arrivait-il ? Il fallait absolument qu'elle se ressaisisse.

— Ne fais pas cette tête, ajouta Dominic d'un ton soudain compatissant. Tout va bien se passer, tu verras.

Izzy inspira profondément. De toute évidence, il pensait que c'était la perspective de sauter qui la perturbait. Il ne fallait surtout pas le détromper.

— Je l'espère, murmura-t-elle en croisant ostensiblement les doigts.

— Après le saut, un treuil nous remontera sur le pont. Et si par hasard l'élastique casse, nous en serons quittes pour un bain dans la Tamise. Rien de bien méchant...

Mieux valait ignorer cette plaisanterie stupide, songea Izzy.

Ils quittèrent la caravane pour rejoindre la plate-forme de saut en compagnie d'un moniteur. Quand ils eurent enfilé leur équipement, ce dernier effectua une dernière vérification méticuleuse des boucles de leurs harnais respectifs. Ensuite, Dominic prit place derrière Izzy et lui glissa les bras autour de la taille.

Elle ne put s'empêcher de tressaillir.

— Détends-toi, murmura-t-il à son oreille.

— Je... je suis détendue, bafouilla-t-elle, raide comme un piquet.

Elle l'aurait été beaucoup plus s'il ne l'avait pas serrée contre lui... Oh Seigneur ! Comment avait-elle pu s'embarquer de plein gré dans une telle galère ? Si elle avait su... Mais comment aurait-elle pu deviner qu'elle serait obligée de sauter en tandem avec un amant de Jemima qui l'embraserait tout entière au moindre contact ?

— Si tu préfères, nous pouvons faire demi-tour, proposa-t-il, visiblement compatissant.

C'était tentant, se dit-elle. Très tentant ! Mais il était facile d'imaginer le scandale qui éclaterait si elle abandonnait maintenant... Jemima n'avait vraiment pas besoin de ça. En revanche, si elle allait jusqu'au bout, il y avait peut-être une chance que, pour des raisons obscures, Dominic Templeton-Burke garde le silence et que la supercherie ne soit pas découverte. N'était-ce pas là l'essentiel ?

« Encore un peu de patience, se dit-elle. A midi, tu seras une femme libre. »

— Non. Pas question de renoncer, déclara-t-elle d'une voix qu'elle espérait assurée. Je tiens toujours mes engagements.

— Bien parlé, approuva-t-il avec un accent de sincérité qui la surprit.

Malgré le soleil resplendissant, elle frissonna. Heureusement, il allait sans doute penser que c'était dû à l'appréhension. Pourtant, l'altitude la troublait beaucoup moins que la proximité de ce corps athlétique.

Une fois le saut terminé, elle prendrait ses jambes à son cou, se promit-elle. Puis elle s'empresserait d'oublier à jamais Dominic Templeton-Burke.

— Prête ?

Elle regarda en bas. Pour la première fois, elle éprouva une certaine anxiété à l'idée de sauter. Mais ce n'était pas le moment de flancher...

Elle hocha la tête.

— Ne t'inquiète pas, ma chérie, murmura-t-il à son oreille. Avec moi tu es en sécurité.

Il resserra son étreinte.

Et ils basculèrent dans le vide.

6

Izzy eut l'impression que son cœur allait exploser. Jamais elle n'avait été soumise à une telle décharge d'adrénaline ! Les sensations fortes provoquées par cette chute vertigineuse étaient décuplées par le choc qu'elle venait de recevoir.

Ce parfum qui lui avait soudain caressé les narines quand l'explorateur lui avait parlé à l'oreille, c'était du santal ! Et cette voix, riche et délicate comme du chocolat noir... Comment avait-elle fait pour ne pas la reconnaître plus tôt ? Dominic Templeton-Burke était le mystérieux inconnu dont les baisers enflammés la hantaient depuis des jours !

L'espace de quelques secondes, l'accélération lui fit perdre conscience.

Puis elle se sentit ballottée de gauche à droite et de haut en bas à plusieurs reprises, tandis que deux bras puissants continuaient de la serrer fermement contre un corps athlétique qui électrisait le sien.

C'était déjà la fin du saut. Et sans doute le début d'un cauchemar... A quoi jouait Dominic Templeton-Burke ? L'avait-il reconnue ? Avait-il été l'amant de Jemima ? L'était-il encore ? Quel imbroglio ! Comment allait-elle se sortir de cette situation infernale ?

— Bravo ! les félicita Josh en accourant vers eux, une fois que le treuil les eut remontés sur le pont.

Izzy resta silencieuse. C'était un miracle qu'elle parvienne à tenir sur ses jambes ! Pour l'instant, il ne fallait pas lui en demander plus…

Cependant, elle dut se reprendre très rapidement. Les photographes, qui avaient été relégués derrière les barrières de sécurité jusqu'à la fin du saut, comptaient bien se rattraper.

Dans un sursaut d'énergie, elle défit son chignon et secoua ses cheveux en arborant un sourire éclatant, comme elle avait vu Jemima le faire des centaines de fois. Avec un peu de chance, ses cheveux masqueraient en partie son visage. Et si son sourire n'était pas tout à fait conforme à l'original, cela pourrait sans doute passer pour un contrecoup du saut.

Après tout, le saut à l'élastique était une expérience que l'on pouvait qualifier d'extrême, et rares étaient les mannequins qui s'y prêtaient…

Elle posa pendant plusieurs minutes au côté de Dominic. A son grand soulagement, celui-ci esquiva les questions indiscrètes des journalistes en répondant par des pirouettes. De toute évidence, il n'avait pas l'intention de dévoiler la supercherie. Sans doute ne voulait-il pas faire de tort à Jemima…

Une fois la séance terminée, ils se rendirent à la caravane pour se débarrasser des harnais.

Alors qu'elle s'acharnait sur le sien sans résultat, Dominic vint à l'aide d'Izzy. Après avoir défait la dernière boucle, il glissa un bras autour de sa taille.

Transpercée par un éclair de désir foudroyant, elle tressaillit. Seigneur ! Avait-il décidé de la rendre folle ? Inspirant profondément, elle fut enivrée par une bouffée de santal.

Elle leva la tête vers lui et se figea, fascinée. Il avait des yeux extraordinaires. D'un gris très clair, presque transparent, avec des reflets verts qui leur donnaient un éclat étrange…

Incapable de détourner son regard, elle déglutit péniblement.

Il y avait plusieurs personnes dans la caravane, mais Dominic Templeton-Burke et elle auraient tout aussi bien se trouver sur une île déserte, songea-t-elle confusément.

Il se pencha vers elle.

Elle entrouvrit les lèvres.

Au même instant, Josh arriva en demandant :

— Vous êtes prête, Jemima ?

Sans lâcher Izzy, Dominic pivota sur lui-même.

— Inutile de l'attendre. A partir de maintenant, c'est moi qui lui sers d'escorte.

— J'ai pour mission de la raccompagner, objecta le stagiaire, visiblement très consciencieux.

— Désolé, mais il y a un changement de programme. Nous allons déjeuner en tête à tête, précisa Dominic.

Josh eut une moue inquiète.

— Je ne sais pas si…

— Vous pouvez partir tranquille. Je vous promets de la traiter avec tous les égards qui lui sont dus et de la raccompagner après le déjeuner, déclara Dominic d'un ton solennel en lui tendant la main.

— Dans ce cas…

Izzy eut toutes les peines du monde à réprimer son fou rire jusqu'au départ de Josh.

Mais dès qu'il fut parti, elle se morigéna. Quelle idiote ! Ce saut à l'élastique lui avait mis la tête à l'envers. N'avait-elle pas décidé de prendre ses jambes à son cou dès que la séance serait terminée ? Le salut était dans la fuite et il fallait qu'elle saute au plus vite dans un taxi.

— Merci pour ton invitation, mais je n'ai pas faim, mentit-elle avec toute la conviction dont elle était capable.

— Allons, ne te fais pas prier, insista-t-il avec un sourire enjôleur.

Izzy hésita. Après tout, pourquoi ne pas accepter ? Non seulement elle en mourait d'envie, mais ce serait l'occasion de connaître les réponses aux questions qui la taraudaient. Il fallait absolument qu'elle sache si Dominic l'avait reconnue et quelle était la nature de ses relations avec Jemima.

D'un autre côté, la fuite serait plus raisonnable. Pourquoi jouer avec le feu ? S'il la prenait vraiment pour Jemima, il serait idiot de prendre le risque de se trahir. Oh, mon Dieu !

Jamais elle n'avait été aussi irrésolue. Elle qui savait toujours exactement ce qu'elle voulait...

— Avant de partir, j'aimerais saluer les représentants de l'association de lutte contre la chasse à la baleine, dit-elle finalement, incapable de se décider.

Puis elle descendit de la caravane.

Amusé, Dominic la suivit. Elle n'avait pas vraiment dit oui, mais elle finirait par venir avec lui, bien sûr. De toute façon, il n'était pas question de la laisser une nouvelle fois s'évanouir dans la nature. Il ne le supporterait pas.

Il l'observa tandis qu'elle discutait avec les membres de l'association. Ceux-ci lui remirent un T-shirt et un certificat, qu'elle brandit devant les objectifs des photographes.

Tout à coup, elle pouffa. Dominic sentit son cœur faire un bond dans sa poitrine. Comme elle était belle quand elle riait ! Son rire était un véritable enchantement.

Ebloui, il ne se lassait pas de l'admirer. Tout en elle était envoûtant... Son visage aux traits harmonieux, son épaisse crinière flamboyante, ses yeux de jade, son sourire ravageur, son corps souple aux courbes voluptueuses...

Le souvenir de leur première rencontre s'imposa à lui. Ces moments magiques étaient gravés à jamais dans sa mémoire. Toute sa vie, il se souviendrait de la créature surnaturelle en jupe et bustier écarlate qui ondulait des hanches, les bras en l'air, sur la piste du Flamingo Pool.

L'entendant s'esclaffer de nouveau, il tressaillit. Il était temps de prendre congé des pourfendeurs de chasseurs de baleine, décida-t-il. Le moment était venu — enfin ! — de se retrouver en tête à tête avec sa dame rouge.

S'avançant d'un pas nonchalant, il demanda :

— Prête à partir ?

Sans lui adresser un regard, elle continua de discuter avec son interlocuteur. Dominic réprima un sourire. Si elle s'imaginait qu'il était naïf au point de croire à son indifférence, elle se trompait. Elle avait beau tenter de la réprimer, son attirance pour lui ne faisait aucun doute. Plus d'une fois déjà elle s'était trahie.

Bon sang ! S'il s'était écouté, il se serait précipité sur elle pour s'emparer de ses lèvres ensorcelantes. Il lui aurait volé avec fougue le baiser qu'elle avait failli lui donner tout à l'heure dans la caravane.

C'était très tentant. Mais au milieu de tout ce monde, elle risquait de ne pas apprécier. Quoique... Non. Mieux valait attendre un moment plus propice.

— Nous allons être en retard pour le déjeuner, reprit-il d'un ton mielleux. Ce serait dommage.

Elle se tourna vers lui et répondit d'un ton neutre :

— Je n'ai plus faim.

— Allons, je suis sûr au contraire que toutes ces émotions t'ont donné un petit creux. Tu ne peux pas refuser de déjeuner avec moi alors que nous venons de vivre une expérience exceptionnelle. Sauter à l'élastique en tandem crée des liens, reconnais-le.

Ils s'affrontèrent du regard. Pas de doute, elle n'avait qu'une envie : s'enfuir à toutes jambes, comprit Dominic. Que craignait-elle ? Pourquoi résistait-elle à l'élan qui les poussait l'un vers l'autre ?

— Je ne peux pas déjeuner dans n'importe quel petit restaurant, finit-elle par déclarer avec une moue dédaigneuse. Mes admirateurs sont très envahissants.

Dominic réprima un sourire. Il fallait reconnaître qu'elle était bonne comédienne ! Elle jouait à la perfection le mannequin vaniteux. Bien essayé, mais elle n'aurait pas le dernier mot.

— J'ai tout prévu. Je t'emmène dans un endroit tranquille où tu seras à l'abri de tes fans.

Secouant sa chevelure flamboyante, elle la fit bouffer du bout des doigts. Echec et mat ! se dit Dominic, ravi. Elle tentait de gagner du temps, mais elle ne pouvait pas se dérober.

— On y va ? insista-t-il d'une voix suave.

Sans daigner lui répondre, elle fit ses adieux aux membres

de l'association, puis elle le suivit jusqu'à son véhicule. Devant le 4x4, elle eut une moue dédaigneuse.

Il était vrai que ce dernier offrait un spectacle peu engageant, songea Dominic. Le moteur était entièrement révisé, mais il n'avait pas eu le temps de laver la carrosserie. Celle-ci, striée de boue séchée et de poussière, portait encore les traces de sa dernière expédition.

— Désolé, mais mon carrosse n'est ni aussi prestigieux ni aussi rutilant que la Jaguar dans laquelle tu es arrivée, commenta-t-il avec un sourire malicieux en ouvrant la portière à sa compagne.

Ignorant la main qu'il lui tendait, elle monta à bord sans son aide.

— Ce n'est pas un problème, répliqua-t-elle d'un ton posé. En revanche, je suis surprise que tu conduises un véhicule aussi polluant. J'aurais cru qu'un explorateur serait plus respectueux de l'environnement.

Décontenancé, il fit le tour du 4x4 et s'installa sur le siège du conducteur avant de répondre.

— Laisse-moi te préciser le contexte, dit-il en démarrant. Je ne vis pas à Londres. Je n'y séjourne qu'épisodiquement, dans l'appartement familial. Si je roule en 4x4, c'est parce que je passe le plus clair de ma vie dans des coins de la planète où les voies carrossables sont inexistantes. Mais je te rassure. J'entretiens moi-même le moteur en le réglant régulièrement pour qu'il pollue le moins possible.

Toutefois pour l'instant, la protection de l'environnement était le cadet de ses soucis, reconnut-il intérieurement. La seule chose qui lui importait, c'était que cette femme qui faisait battre son cœur à coups précipités abandonne enfin son rôle pour redevenir sa dame rouge.

Malheureusement, elle avait de toute évidence décidé de garder ses distances. Et elle se comportait toujours comme s'ils ne s'étaient jamais rencontrés... Pourtant, à présent qu'ils étaient seuls, elle n'avait plus aucune raison de continuer à se faire passer pour Jemima Dare. A quoi jouait-elle ?

La meilleure façon de le découvrir était sans doute de jouer avec elle. Pourquoi pas ? Malgré ses hésitations, elle avait manifestement du caractère. La partie risquait de ne pas manquer de piquant. Que le meilleur gagne ! songea-t-il en se réjouissant à l'avance.

— Tu sais, tu as vraiment beaucoup changé, Jemima, déclara-t-il avec le plus grand sérieux.

Il la sentit tressaillir à son côté.

— Vraiment ? répliqua-t-elle après un silence.

— Ton métier te déprimerait-il ? s'enquit-il avec ironie.

— Pas du tout ! Je suis ravie de travailler dans la mode et de mener une vie aussi excitante. Je voyage beaucoup, je rencontre des tas de gens. C'est fantastique.

Son ton manquait singulièrement d'enthousiasme, se dit Dominic.

La conduite du 4x4 à travers les rues étroites bordées de maisons victoriennes requérait toute son attention. Sans regarder sa compagne, il commenta d'un ton goguenard :

— Très convaincant. Qui t'a écrit ce petit discours de propagande ? Culp & Christopher ?

— Absolument pas ! Je suis parfaitement sincère.

Dominic réprima un sourire. Visiblement, elle était très vexée. Ça lui apprendrait à s'obstiner à jouer les mannequins...

— Quand as-tu pris une initiative pour la dernière fois ? A mon avis, ça remonte à si longtemps que tu ne t'en souviens même pas. Je suis sûr que ton emploi du temps est organisé dans les moindres détails par ton agent et ton conseiller en communication. Et bien sûr, toutes tes tenues te sont prêtées par des couturiers.

— Tu oublies le coiffeur et le maquilleur, répliqua-t-elle du tac au tac. Je ne mets jamais un pied dehors sans être passée entre leurs mains.

Dominic réprima un éclat de rire. Il en était sûr ! Sa dame rouge avait non seulement du caractère mais aussi de la repartie. C'était un adversaire redoutable et la partie était loin d'être gagnée.

Certes, il ne comprenait toujours pas pourquoi elle s'entêtait à jouer la comédie, mais au moins, elle était là. N'était-ce pas l'essentiel, pour l'instant ? Après tout, il avait tout son temps pour l'amadouer.

Au même instant, il prit un virage à la corde et passa à quelques millimètres d'une voiture à l'arrêt. Il redressa aussitôt, mais sa passagère eut le temps de pousser un petit cri.

— Désolé. Ça va ? demanda-t-il, irrité contre lui-même.

— Non, pas du tout ! Tu sembles oublier que nous sommes à Londres et pas au milieu d'un désert quelconque. La manière dont tu frôles les autres véhicules me rend extrêmement nerveuse.

Dominic réprima un juron. Elle n'avait pas perdu de temps pour lui rendre la monnaie de sa pièce. Il fallait reconnaître qu'il venait de lui fournir une occasion en or... Quel idiot !

— Je n'ai frôlé aucune voiture.

— Peut-être, mais tu les manques de très peu. Je suis aux premières loges pour le constater.

— Allons bon, voilà que je suis tombé sur une donneuse de leçons de conduite !

Elle se tourna vivement vers lui.

— Arrête-toi et laisse-moi descendre. Contrairement à ce que tu as l'air de penser, je suis parfaitement capable de me débrouiller seule. Je vais rentrer par mes propres moyens.

De toute évidence, elle n'attendait que ça, comprit-il aussitôt. Elle avait saisi le premier prétexte pour prendre la fuite, et la note de triomphe dans sa voix était nettement perceptible. Mais si elle s'imaginait pouvoir lui fausser compagnie aussi facilement, elle se trompait.

— Je suis désolé de t'avoir vexée par mes propos et effrayée par ma conduite, déclara-t-il d'un ton affable. Accepte mes plus plates excuses.

Elle poussa un profond soupir.

— Pourquoi ne peux-tu pas me laisser partir de mon côté ?

— Pour trois raisons. Premièrement, il n'y a pas de station de métro dans les environs. Deuxièmement, tu ne trouveras pas de taxi dans ce quartier à cette heure-ci. Troisièmement, j'ai promis à Josh de te raccompagner chez toi après le déjeuner, et je tiens toujours mes promesses.

« Quatrièmement, je veux te serrer de nouveau dans mes bras. Sentir ta bouche répondre passionnément à mes baisers et ton corps s'embraser au contact du mien », ajouta-t-il *in petto*. Mais ce n'était pas le moment de le lui dire. Pas encore...

De toute façon, elle le savait sans doute déjà. Bien qu'il n'en soit plus très certain. Son comportement était vraiment curieux. Pourquoi était-elle aussi anxieuse de le fuir ?

— Je te dégage de ta parole, déclara-t-elle d'un ton sec.

— Impossible, je ne peux pas accepter. C'est une question d'honneur. Je ne me dédis jamais.

— Quelle perfection ! persifla-t-elle. Il doit être très difficile de se sentir à la hauteur, avec toi.

— Non, pas tant que ça. En fait, je suis très avare de promesses.

Dominic prit une ruelle encore plus étroite que les précédentes. Il se gara avec virtuosité dans une place très juste pour le 4x4, puis éteignit le moteur et se tourna vers sa passagère.

Il la contempla en silence. Elle était toujours trop maquillée à son goût, mais son brushing avait beaucoup souffert et les boucles rebelles qui encadraient son visage accentuaient son charme. Son épaisse crinière flamboyante semblait attendre la caresse d'une main étrangère.

Quelle serait sa réaction s'il cédait à son envie et passait les doigts dedans ?

— Que regardes-tu ?

Il venait d'avoir la réponse à sa question, songea Dominic en réprimant un soupir. Le ton hostile de sa dame rouge n'invitait pas à la tendresse ! Mieux valait s'abstenir du moindre geste.

Pour l'instant, il allait continuer à jouer la comédie lui aussi.

— Je pensais à nous, Jemima. Il y a si longtemps que nous n'avons pas déjeuné en tête à tête. Tu m'as beaucoup manqué, tu sais.

Il retint son souffle. Si seulement elle pouvait enfin

reconnaître la vérité ! Il aurait tant aimé qu'elle lui réponde : « Je ne m'appelle pas Jemima et nous n'avons jamais pris de repas en tête à tête. En revanche, nous avons dansé ensemble une salsa torride qui nous as rendus fous de désir l'un pour l'autre. »

Devant son silence, il sentit son cœur se serrer.

Que faire à présent ? Il réfléchit un instant. Que lui dirait-il si elle était réellement Jemima ?

— J'espère que le régime établi par ta diététicienne ne se limite pas à trois feuilles de salade verte par jour, ironisa-t-il.

Toujours silencieuse, elle leva les yeux au ciel en haussant les épaules.

— Bien. Alors cet endroit va te plaire. La nourriture y est excellente et la terrasse très agréable.

Elle lui décocha un regard noir.

— T'arrive-t-il de comprendre quand on te dit non ?

— Pas quand je désire ardemment qu'on me dise oui, répondit-il d'une voix douce.

Cette fois, la tentation était trop grande. L'arrondi de ses épaules pulpeuses était une véritable invitation aux caresses. Impossible de résister...

Au moment où elle se tournait vers la portière pour l'ouvrir, il effleura du bout des doigts sa peau veloutée.

Bingo !

Sa réaction en disait beaucoup plus long que des paroles, constata-t-il avec joie. Elle avait beau feindre l'hostilité, les frissons qui parcouraient son corps venaient de la trahir.

Tout joyeux, il retira sa main et sauta de son siège. Puis il fit le tour du véhicule en courant et lui ouvrit la portière avec un sourire éclatant.

Elle ne le lui rendit pas. Et elle ne bougea pas non plus. Apparemment, elle était clouée sur place.

Ce qu'il lut dans son regard prit Dominic au dépourvu. Pourquoi une telle détresse dans ses yeux ? Sa dame rouge semblait porter sur ses épaules parsemées de taches de rousseur tous les fardeaux du monde.

Le sourire de Dominic s'éteignit.

— Qu'y a-t-il ? demanda-t-il d'une voix pressante.

Elle resta silencieuse.

— Dis-moi ce qui t'arrive, je t'en prie, insista-t-il, le cœur serré. Je ne supporte pas de te voir aussi triste.

Mais elle secoua lentement la tête et descendit de son siège sans le regarder. Mieux valait ne pas insister, pensa-t-il en l'entraînant vers le restaurant.

Situé sur une petite place pavée, celui-ci disposait d'une terrasse délimitée par des pots de laurier. Dominic choisit la table la plus à l'écart.

— Comment trouves-tu cet endroit ? Aucun fan ne viendra te dénicher ici, déclara-t-il d'un ton léger, espérant détendre l'atmosphère. Tu n'as rien à craindre.

— Rien à craindre ? répéta-t-elle en laissant échapper un petit rire désabusé.

Quel était donc son problème ? se demanda Dominic avec perplexité. Cette comédie avait trop duré ! Il était temps de jouer franc-jeu.

— Il y a quelque chose que je n'arrive pas à comprendre, déclara-t-il. Tu sembles considérer que je représente une menace pour toi. Pourquoi ?

Elle crispa les mâchoires.

— C'est idiot !

— C'est bien mon avis. J'apprécierais donc que tu m'expliques ce qui te tourmente.

Haussant les épaules, elle détourna les yeux.

— De quoi as-tu peur ? insista-t-il d'une voix douce.

Silence.

Il fit une nouvelle tentative.

— Je ne suis pas du genre à étaler ma vie amoureuse au grand jour, si c'est ce qui t'inquiète. Tu peux compter sur ma discrétion.

C'était comme s'il venait de la gifler, constata-t-il, impressionné. D'un seul coup, tout le sang venait de se retirer de son visage. Livide, elle avait l'air d'une morte vivante et ce spectacle était insupportable.

— Ne fais pas cette tête, supplia-t-il, la gorge nouée par l'émotion.

De toute évidence, elle faisait un effort pour se ressaisir, constata-t-il. Un effort vaillant, mais son regard restait inexpressif.

— Je suis désolée, dit-elle d'une voix sans timbre. C'est le contrecoup du saut à l'élastique. Je suis beaucoup plus perturbée que je ne m'y attendais.

— Par le saut ? Ou par moi ?

Elle tritura nerveusement une mèche de ses cheveux.

— C'est ridicule ! Pour quelle raison me perturberais-tu ?

Dominic plongea son regard dans le sien.

— Tu es la seule à pouvoir répondre à cette question.

Elle détourna les yeux et se mit à jouer avec ses couverts. Puis, déglutissant péniblement, elle demanda d'une voix hésitante :

— Tout à l'heure tu m'as affirmé que j'avais beaucoup changé. Que voulais-tu dire, exactement ?

Dominic réprima un soupir. Pourquoi ne pouvait-elle pas se résoudre à admettre la vérité, à présent qu'ils étaient seuls, loin des photographes et du public ?

Pourquoi ne lui avouait-elle pas tout simplement « Jemima Dare s'est envolée pour les Seychelles avec un homme marié et je lui fournis un alibi. » Ou bien « Jemima Dare a une crise d'urticaire et je suis sa doublure. »

Bon sang ! Elle devrait pourtant comprendre qu'il ne la dénoncerait pas !

Dominic s'exhorta au calme. Puisqu'elle persistait dans le mensonge, il allait la pousser dans ses derniers retranchements. Et pour commencer, il allait répondre à sa question...

— Je te sens très distante depuis ce matin, or tu ne m'as pas habitué à ça. J'avais gardé de toi une image plus... chaleureuse. Rappelle-toi la dernière fois.

Elle leva vers lui un regard anxieux.

— La dernière fois ?
— Oui. Ne me dis pas que tu as oublié nos baisers passionnés...
— N-non. Bien sûr que non.

Dominic était de plus en plus perplexe. Elle mentait. En réalité, elle avait oublié. C'était impossible ! Et très vexant...

— Tu n'avais pas peur de moi, la dernière fois, insista-t-il.

Se redressant vivement, elle lâcha son couteau et sa fourchette.

— Pourquoi dis-tu ça ? Aujourd'hui non plus, je n'ai pas peur de toi !

— Tu en es certaine ?

Elle le toisa d'un air qui se voulait hautain. Cependant, elle manquait de conviction. Dire qu'il l'avait trouvée bonne comédienne... En fait, depuis qu'ils étaient seuls, elle semblait avoir perdu tout son talent. Curieux...

— Bien sûr, j'en suis certaine ! s'écria-t-elle, visiblement à bout de nerfs. T'imagines-tu qu'il suffit de s'affubler d'un treillis pour me faire peur ?

Fasciné par son regard, Dominic avait soudain beaucoup de mal à se concentrer sur ses paroles. Quel spectacle ! Ses yeux de jade étaient encore plus ensorcelants quand ils lançaient des étincelles. Par ailleurs, elle avait une façon de relever le menton d'un air de défi, qui soulignait la grâce de son long cou laiteux. Que disait-elle ? Ah, oui...

— Tu n'aimes pas les treillis ? demanda-t-il distraitement.
— Je déteste ça !

Il y avait une telle anxiété dans sa voix que Dominic en oublia ses yeux étincelants et son long cou laiteux.

— Pourquoi une telle véhémence ?
— Ça t'étonne ? Je suppose que comme tous les machos, tu t'imagines que les femmes se pâment dès qu'elles voient un homme en treillis ? Il faut être demeuré pour penser une chose pareille !

— A vrai dire, je ne pense pas ça du tout.
— Treillis, fusils, tout ça me donne la nausée !
— D'où te vient cette haine ? Quand tu étais adolescente,

tu as été amoureuse d'un soldat qui t'a brisé le cœur ? plaisanta-t-il pour tenter de détendre l'atmosphère.

Mais elle ne l'écoutait pas. Vibrante d'indignation, elle poursuivait sa diatribe.

— Et bien sûr, dès qu'ils ont un fusil dans les mains, les hommes se prennent pour les maîtres du monde ! Et ils en profitent pour...

Elle s'interrompit brusquement.

Dominic resta silencieux un instant, avant de commenter d'une voix douce :

— Apparemment, tu as eu une vie mouvementée.
— Je...
— Que t'est-il arrivé ?

Elle se leva brusquement, avec le regard affolé d'une bête traquée.

— Il faut que j'y aille.

Avant qu'il ait le temps de se remettre de sa surprise et d'esquisser le moindre geste pour la retenir, elle s'était volatilisée.

7

Dominic avait raison. Il était impossible de trouver un taxi dans le quartier à cette heure-ci.

A vrai dire, c'était plutôt une chance, se dit Izzy au bout d'un moment. Marcher lui faisait le plus grand bien et la tension qui la nouait se relâchait peu à peu.

Pourquoi avait-elle accepté l'invitation de Dominic Templeton-Burke ? Quelle erreur ! La compagnie de cet homme la plongeait dans une confusion extrême.

Non seulement elle avait toutes les peines du monde à réprimer l'attirance qu'elle éprouvait pour lui, mais elle ne savait jamais à quoi s'en tenir. A certains moments, elle avait l'impression qu'il la prenait pour Jemima. A d'autres, elle était convaincue du contraire...

Pourquoi n'avait-elle pas pris ses jambes à son cou dès la fin du saut comme elle se l'était promis ?

Mais ressasser des regrets ne servait à rien. Mieux valait effacer l'explorateur de sa mémoire une fois pour toutes. Il faisait un temps magnifique et elle se trouvait à proximité de Battersea Park. Pourquoi ne pas rejoindre la Tamise en traversant le parc ?

A moins qu'elle ne rentre directement chez elle. Retrouver le havre de paix que représentait l'appartement était si tentant...

Cependant, elle avait promis à Jemima de repasser à l'hôtel et, comme Dominic Templeton-Burke, elle tenait toujours ses promesses.

Mais avant tout, elle allait s'octroyer une promenade sous les arbres, décida-t-elle. A son grand soulagement, celle-ci eut sur elle l'effet escompté. Quand elle atteignit la sortie du parc, son naturel optimiste avait repris le dessus.

Dans le bus qui la ramenait à l'hôtel, elle se remémora dans le détail sa conversation avec Dominic depuis le moment où ils avaient quitté Chelsea Bridge jusqu'au restaurant.

Certes, elle avait eu le sentiment à plusieurs reprises qu'il n'était nullement dupe de la supercherie et qu'il prenait un malin plaisir à la déstabiliser. Cependant, s'il avait voulu la dénoncer, il l'aurait fait devant les journalistes.

En fin de compte, qu'il l'ait prise ou non pour Jemima, le résultat était le même. Elle avait accompli sa mission avec succès. N'était-ce pas là le plus important ?

Inspirant profondément, elle s'efforça d'ignorer la boule qui lui nouait l'estomac à la pensée que sa sœur et l'explorateur avaient peut-être eu une liaison torride. De toute façon, un homme qui avait le mauvais goût de se pavaner en treillis n'était pas digne d'attention, se dit-elle fermement.

Mais à son grand dam, les questions continuaient de se bousculer dans son esprit.

A son arrivée à l'hôtel, elle appela Jemima pour prendre de ses nouvelles et l'interroger sur ses relations avec l'explorateur, mais sa chambre ne répondait pas. Sans doute lui faisait-on passer des examens.

Tant pis. Quel besoin avait-elle d'en savoir plus sur Dominic Templeton-Burke, de toute façon ? Pour son plus grand bien, elle ne reverrait jamais cet homme, songea-t-elle en prenant une fois de plus la ferme résolution de l'oublier.

A présent, elle n'avait plus qu'à rassembler les affaires de Jemima et à rentrer chez elle. Où elle pourrait enfin redevenir Isabel Dare ! A cette pensée, elle faillit verser des larmes de joie.

Vidant énergiquement la penderie, elle entreprit de faire les bagages de sa sœur. Quel plaisir ! Elle avait l'impression d'être une détenue le jour de sa libération.

— Goodbye Jemima II ! chantonna-t-elle.

La plupart des vêtements contenus dans la garde-robe avaient été prêtés à Jemima par des maisons de couture. Après une légère hésitation, Izzy appela l'agence de mannequins.

Comme tout le monde, l'assistante de Basil Blane confondit sa voix avec celle de sa sœur.

— Oh, salut Jemima ! s'exclama-t-elle avant même qu'Izzy ait eu le temps de se présenter.

— Je ne sais pas quoi faire des tenues qu'on m'a prêtées.

— Je vais envoyer quelqu'un les chercher, répliqua la jeune femme. Tu es sûre que tu ne veux pas en garder quelques-unes pour le week-end ?

Izzy, qui avait sous les yeux une minijupe orange vif à peine plus large qu'une ceinture, eut une moue de dégoût.

— Non, merci. Je n'en aurai pas besoin. Je… vais à la campagne, ajouta-t-elle, cédant à une impulsion.

— Avec qui ?

L'image de Dominic Templeton-Burke apparut à Izzy sur son écran de cinéma intérieur. Puis elle se vit elle-même lui arracher son treillis au cours d'un corps à corps très excitant, dont l'issue laissait l'explorateur entièrement nu.

— Un ami, répondit-elle en adressant un sourire carnassier à son reflet dans le miroir.

— Si je comprends bien, tu as un nouvel homme dans ta vie, commenta l'assistante.

— En effet.

Sur l'écran, Dominic ferma la porte à clé et se tourna vers elle…

Mieux valait arrêter la projection, décida Izzy à contrecœur. Les fantasmes c'était bien beau, mais il ne fallait pas en abuser.

— Quand Basil doit-il rentrer ? demanda-t-elle.

— Sans doute lundi. Amuse-toi bien. Je ne lui dirai pas que tu es partie en week-end. Mais surtout, si ton portable sonne, ne laisse pas ton chéri répondre. Tu sais comment est Basil avec les petits amis des mannequins.

— Oui, répondit Izzy en serrant les dents.

Elle commençait en effet à avoir une idée assez précise

de la façon dont Basil régentait la vie de ses mannequins... De toute évidence, il tenait à garder le contrôle dans tous les domaines.

Cependant, ce serait Jemima qui répondrait aux appels éventuels. Si seulement celle-ci pouvait trouver le courage d'envoyer promener Basil et de changer d'agent !

Izzy prit congé de l'assistante, puis elle appela de nouveau Jemima qui, cette fois, décrocha aussitôt.

— Quand rentre Basil ? demanda-t-elle d'un ton anxieux.

— Sans doute lundi. Jay Jay, ne t'inquiète pas, tout s'est bien passé, ce matin. Et figure-toi que j'ai sauté à l'élastique avec un de tes amis. Dominic Templeton-Burke. Je suis à peu près certaine qu'il m'a prise pour toi, mais je...

— Basil rentre lundi ! Oh, mon Dieu ! Lui as-tu parlé ? Est-ce qu'il soupçonne quelque chose ?

Izzy soupira.

— Je ne l'ai pas eu au téléphone aujourd'hui, mais j'ai parlé avec son assistante. Personne ne se doute de rien. En revanche, en ce qui concerne Dominic, je ne suis pas vraiment sûre...

— Comment peux-tu être certaine que personne ne se doute de rien ?

— Je viens de te dire que j'ai eu l'assistante de Basil au téléphone, répondit patiemment Izzy. Je lui ai fait croire que tu partais en week-end avec un nouveau petit copain.

— Mon Dieu ! Basil va être furieux contre moi !

— Ça n'a aucune importance, puisque tu vas changer d'agent.

Il y eut un silence.

— Jemima ? Tu es toujours là ?

— Oui, murmura Jemima d'une voix à peine audible.

— Tu vas prendre un autre agent. Dès ta sortie de clinique. D'accord ?

Nouveau silence.

Izzy en oublia sa hâte de rentrer à l'appartement, le thé qu'elle avait prévu de déguster, et même le très sexy Dominic Templeton-Burke.

— J'arrive, dit-elle.

A la clinique, on l'informa que le médecin de Jemima souhaitait lui parler.

— C'est plus compliqué que je ne le pensais, déclara celui-ci, visiblement embarrassé. Votre sœur a une peur panique de son agent.

Izzy soupira.

— Je sais. Cet homme ne m'a jamais inspiré confiance. Malheureusement, jusqu'à présent je n'ai pas réussi à convaincre Jemima de le laisser tomber.

— Justement, je voulais vous mettre en garde. Ne bousculez surtout pas votre sœur. Je sais que vous êtes animée des meilleures intentions du monde, mais elle est très fragile. Il ne faut pas la pousser à agir tant qu'elle en est encore incapable. Ça ne ferait que retarder sa guérison.

» Par ailleurs, je pense qu'il serait prudent de consulter un avocat pour qu'il examine soigneusement le contrat qui la lie à M. Blane. En connaissez-vous un ? »

Désemparée, Izzy secoua la tête.

— Je n'en ai jamais eu besoin.

— Essayez de trouver quelqu'un de confiance. C'est très important. Votre sœur doit se libérer de l'emprise de son agent mais il vaut mieux ne prendre aucun risque. Elle n'est pas en état d'affronter un procès. Par conséquent, il faut agir dans la plus stricte légalité.

— Vous êtes certain qu'elle va guérir ? demanda Izzy, étreinte par une profonde angoisse.

Le médecin eut un sourire rassurant.

— Je vous le certifie. Les examens sont rassurants. Elle a surtout besoin de calme et de repos. D'ailleurs, à partir de demain, il serait préférable qu'elle ne reçoive plus de visites pendant quelques jours. Une petite cure de sommeil lui fera le plus grand bien.

» D'ici là, n'oubliez pas mon conseil. Ne la bousculez pas. Et ne vous inquiétez pas si ses réactions vous déroutent parfois. Elles resteront imprévisibles pendant encore quelque temps, mais tout finira par rentrer dans l'ordre. »

— Merci, docteur.

Izzy gagna la chambre de Jemima et la trouva endormie. Elle attendit à son chevet qu'elle se réveille.

— Coucou, dit-elle d'une voix douce quand sa sœur ouvrit les yeux.

Jemima esquissa un pâle sourire.

— Je suis contente de te voir, Izzy.

Elle était visiblement très faible, en effet, se dit Izzy, le cœur serré. Le mieux était sans doute de bavarder avec légèreté.

Elle commença donc par taquiner sa sœur sur les tenues excentriques que lui avaient prêtées les couturiers, puis elle lui donna des nouvelles de Pepper et lui fit part des retombées positives de l'inauguration du Grenier. Elle lui parla ensuite du roman qu'elle était en train de lire et des derniers films qu'elle avait vus.

A sa grande joie, Jemima s'anima peu à peu et pouffa même à plusieurs reprises.

— Au fait, tu ne m'as pas raconté comment ça s'était passé, ce matin, dit-elle tout à coup.

Mieux valait éviter de faire observer à sa sœur qu'elle avait essayé sans succès de lui parler au téléphone quelques heures plus tôt, se dit Izzy. Prenant un air désinvolte, elle annonça :

— Ne t'inquiète pas. Tout s'est bien passé. Mais j'ai quand même eu des sueurs froides. C'était un saut en tandem, finalement.

Jemima, qui s'était redressée dans son lit et buvait de l'eau, ouvrit des yeux ronds.

— En tandem ?

— Oui, nous avons sauté à deux. Ça c'est décidé au dernier moment, paraît-il. C&C pensait que c'était plus sécurisant pour toi.

« Mais moi, ça m'a complètement déstabilisée », ajouta Izzy, *in petto*.

— Ah bon ? Je ne savais même pas que c'était possible ! s'exclama Jemima. Et avec qui as-tu sauté ?

Le cœur battant à tout rompre, Izzy s'efforça de prendre un ton neutre.

— Un vieil ami à toi, d'après ce que j'ai compris. Dominic Templeton-Burke.

— Dominic Templeton-Burke ? Je ne vois pas... Ah, si ! L'explorateur. A vrai dire, ce n'est pas exactement un vieil ami.

Izzy sentit son cœur se serrer. Ainsi, elle avait vu juste. Jemima et Dominic avaient été amants... A son grand dam, elle ne put s'empêcher d'en vouloir à sa sœur.

— Pourquoi me l'as-tu caché ? Tu aurais pu me le présenter ! s'exclama-t-elle d'un ton plus vif qu'elle ne l'aurait voulu.

Arquant les sourcils, Jemima la considéra un instant, visiblement surprise.

— Voyons, ma chérie, comment veux-tu que je te présente tous les hommes de ma connaissance ? demanda-t-elle d'un air mutin qui acheva d'exaspérer Izzy. J'en rencontre tellement ! En tout cas, Dominic semble avoir produit sur toi une très vive impression. Je dois dire que ça ne m'étonne pas. Il est particulièrement séduisant.

Devant le sourire malicieux de sa sœur, Izzy fut prise d'une brusque envie de la gifler. Horrifiée, elle se leva d'un bond et se mit à arpenter la chambre.

— Tu ne comprends pas du tout ! protesta-t-elle sans parvenir à masquer sa nervosité. Je te rappelle que ce matin, je me faisais passer pour toi. Imagine mon choc quand je me suis trouvée nez à nez avec un de tes... amis ! Je ne pouvais pas le mettre dans la confidence, puisqu'il ne me connaissait pas. Il ne m'aurait jamais crue. Résultat, j'étais sur la corde raide.

Le sourire de Jemima s'élargit.

— J'aurais voulu voir ça ! Avoue que c'est plutôt drôle.

Izzy avait du mal à respirer. Bien sûr, il était très réjouissant de voir Jemima redevenir elle-même. Mais en même temps, elle n'avait qu'une envie. La saisir par les épaules et la secouer comme un prunier pour qu'elle cesse enfin de sourire béatement.

— Non, ce n'était pas drôle ! répliqua-t-elle avec mauvaise

humeur. J'avais l'impression d'avancer sur un champ de mines, figure-toi. D'autant plus qu'avec son air narquois, ton Dominic m'a tapé sur les nerfs. Je ne suis même pas sûre qu'il ait été vraiment dupe de... Qu'est-ce qui te fait rire ?

— Tu es sûre que ce n'est pas plutôt dans l'œil qu'il t'a tapé ?

— Pas du tout ! Puisque je te dis que...

— Allons, inutile de nier, coupa Jemima, hilare. N'oublie pas que je te connais bien, grande sœur. Je trouve plutôt rassurant que tu t'intéresses enfin à un homme digne de ce nom. Je commençais à me demander si tu allais continuer encore longtemps à jeter ton dévolu sur des lavettes.

Izzy faillit s'étrangler de rage. Après ce qu'elle venait de faire pour elle, comment sa sœur pouvait-elle la narguer ainsi ? C'était un comble ! Elle mériterait d'être vertement remise à sa place. Mais mieux valait s'abstenir. Ordre du médecin...

— Que reproches-tu à mes petits amis ? demanda-t-elle d'un ton qu'elle espérait posé.

— Rien, justement. Ils sont charmants. Et d'une patience d'ange. Adam, par exemple, attend docilement que tu lui accordes un troisième rendez-vous. Comme les précédents, il se laisse mener par le bout du nez.

— Ce n'est pas vrai.

— Oh, si. A croire que tu attires les hommes qui aiment que les femmes décident pour eux.

Izzy serra les dents.

— Alors que toi, tu attires les hommes qui décident pour les femmes, bien sûr. Même si pour affirmer leur virilité, ils se sentent obligés de se déguiser en Rambo, comme Dominic Templeton-Burke.

— En Rambo ? Je ne vois pas ce que tu veux dire. En tout cas, détrompe-toi. Dominic Templeton-Burke n'est pas attiré par moi. Je m'en serais rendu compte.

Jemima fit à sa sœur un clin d'œil malicieux avant d'ajouter :

— D'autant plus que je l'ai trouvé très à mon goût, la seule et unique fois où nous nous sommes rencontrés. La preuve, c'est que je me souviens de lui. Pourtant, ça ne date pas d'hier.

Le cœur battant à tout rompre, Izzy n'osait pas y croire. Avait-elle bien compris ?

— Mais… je croyais… Tu veux dire qu'il n'y a jamais rien eu entre Dominic et toi ?

Jemima s'esclaffa.

— Mais non ! Je t'ai bien eue, n'est-ce pas ? J'ai tout de suite compris qu'il ne te laissait pas indifférente et j'ai eu envie de te taquiner un peu. Tu ne m'en veux pas ?

Izzy était tellement soulagée qu'elle en aurait dansé de joie.

— Pour cette fois, je te pardonne, répondit-elle avec un sourire heureux. Tu es certaine que vous ne vous êtes rencontrés qu'une seule fois ?

— Absolument. C'était l'année dernière à un gala de bienfaisance. Nous étions assis à la même table. Il m'a invitée à danser, mais je perdais sans arrêt mes chaussures. Je me souviens les avoir maudites. J'aurais bien dansé avec lui toute la nuit, mais il ne m'a plus invitée de la soirée. Et depuis, je ne l'ai jamais revu.

» Mais ne t'inquiète pas, ajouta Jemima en voyant la mine d'Izzy s'assombrir. Je me suis très vite remise de ma déception. D'ailleurs, jusqu'à ce que tu m'en parles tout à l'heure, j'avais complètement oublié son existence. »

Izzy s'efforça d'esquisser un sourire, mais le cœur n'y était plus. Elle aussi avait dansé avec Dominic Templeton-Burke. Et contrairement à sa sœur, elle avait eu des raisons de penser qu'il n'était pas insensible à son charme…

Mais apparemment, elle s'était trompée. S'il avait été aussi marqué qu'elle par leur rencontre, il l'aurait reconnue. Or de toute évidence, n'ayant vu Jemima qu'une seule fois auparavant, il l'avait bel et bien prise pour celle-ci…

Dominic ne savait pas quoi faire et cette indécision le contrariait. En principe, il n'était pas du genre à tergiverser…

Un citoyen responsable prendrait contact avec Culp & Christopher ou avec l'agence de mannequins de Basil Blane pour les prévenir que ce n'était pas Jemima Dare qui avait sauté à l'élastique du Chelsea Bridge, mais une mystificatrice particulièrement douée.

Un citoyen responsable n'hésiterait pas une seconde. Il ne se laisserait pas influencer par le charme irrésistible de la mystificatrice en question. Après tout, ce n'était pas parce qu'elle était séduisante que ses intentions étaient bonnes.

La vraie Jemima Dare avait peut-être été kidnappée. Certes, il était plus probable qu'elle soit en train de se dorer incognito aux Seychelles ou qu'elle souffre d'une crise d'urticaire. Mais comment en être certain ?

Pas de doute, un citoyen responsable ne se déroberait pas à son devoir. Il fallait dévoiler la supercherie. C'était la seule chose à faire.

Toutefois...

Sa dame rouge n'avait rien d'une criminelle. En fait, elle respirait l'honnêteté. Par ailleurs, elle était courageuse, spirituelle, vulnérable et... très sexy. Allons, inutile de se raconter des histoires. S'il avait des scrupules à la dénoncer, c'était uniquement parce qu'il la désirait comme un fou. Inutile de chercher plus loin...

Cependant, cela ne changeait rien aux faits. Elle lui avait menti effrontément, même une fois en tête à tête avec lui. La vraie Jemima Dare avait peut-être des ennuis et il était fort possible qu'il soit le seul à le soupçonner.

Dominic poussa un profond soupir. Il n'avait malheureusement pas le choix. Il devait se comporter en citoyen responsable et dénoncer l'objet de son désir. A moins qu'une autre option soit possible...

Il réfléchit encore un long moment.

Deux heures plus tard, perché sur le bureau de Josh, chez Culp & Christopher, il essayait — sans y parvenir — de jongler avec des trombones.

— Je ne comprends pas ce qui m'arrive, déclara-t-il avec

un sourire complice. Jamais je n'ai été aussi impressionné par une femme. Figure-toi que je n'ai même pas osé demander à Jemima Dare s'il y avait quelqu'un dans sa vie.

— Non. Personne en ce moment, répliqua Josh, visiblement très fier d'être pris pour confident.

— Ah, elle vit seule.

— Non. Je crois qu'elle partage un appartement avec deux autres jeunes femmes. Il me semble même que l'une d'elles est Pepper Calhoun, l'américaine qui vient d'ouvrir une boutique.

Dominic réprima un cri de victoire. Décidément, le monde était petit ! Il ne lui restait plus qu'à trouver l'adresse de Pepper Calhoun. Pas question de la demander à Josh, puisque ce dernier pensait qu'il avait raccompagné « Jemima » chez elle. Cependant, la tâche ne devrait pas se révéler trop ardue.

Quelques instants plus tard, un bouquet de fleurs à la main, il sonnait à la porte de « Mlles Dare et Calhoun ».

Pas de réponse. Le contraire aurait été surprenant, se dit-il. Pepper Calhoun n'était pas encore rentrée de son travail, bien sûr. Il repasserait plus tard.

Il ressortit de l'immeuble en sifflotant et offrit les fleurs à une passante.

Quel bonheur d'être de retour chez soi ! songea Izzy en pénétrant dans l'appartement. Le cauchemar était enfin terminé...

Après avoir déposé son sac dans l'entrée, elle ôta ses chaussures et gagna la cuisine. Elle prit un paquet de chips dans le placard et l'emporta dans le salon.

Pepper n'était pas encore rentrée, constata-t-elle avant d'écouter le répondeur. Deux messages pour elle. Simon, un ex-petit ami depuis longtemps reconverti en ami et Adam, réclamant toujours son troisième rendez-vous. Jemima n'avait pas tort, reconnut-elle intérieurement. Il avait vraiment une patience d'ange...

Trois messages pour Pepper, dont deux de Steven. Et bien sûr, une dizaine pour Jemima.

Mais — Dieu merci ! — aucun de Basil.

Izzy sortit sur le balcon et s'accouda à la balustrade en grignotant des chips. Une légère brume de chaleur baignait les toits. La soirée s'annonçait splendide. Peut-être devrait-elle rappeler Adam pour lui demander de l'emmener dîner à l'extérieur de la ville, au bord du fleuve.

Adam était charmant et les moments passés en sa compagnie s'étaient toujours révélés très agréables. Elle avait beaucoup d'estime pour lui et même de l'affection.

Mais...

Mais elle n'avait jamais eu envie de lui arracher ses vêtements. Et ce n'était pas non plus son image qui s'imposait à elle dès qu'elle fermait les yeux. Quant à ses baisers, ils ne l'avaient jamais enflammée tout entière.

Izzy déglutit péniblement. Il fallait absolument qu'elle parvienne à chasser de son esprit ces pensées indésirables.

Malheureusement, il était impossible d'y échapper. Elle ne pouvait pas évoquer Adam sans le comparer immédiatement à Dominic. Dominic, qui de jour comme de nuit, hantait ses rêves depuis leur première rencontre. Dominic, qui la rendait folle de désir dès qu'il effleurait sa peau du bout des doigts...

— Stop ! s'écria-t-elle, le cœur battant à tout rompre.

Elle devait cesser de se torturer inutilement. Son attirance pour Dominic n'était pas partagée. Il ne l'avait même pas reconnue ! Quand allait-elle se décider à l'oublier comme elle se le promettait régulièrement ?

De toute façon, un homme qui avait le mauvais goût de s'habiller en treillis ne méritait pas qu'elle s'intéresse à lui. C'était encore un de ces machos pour qui les femmes ne présentaient qu'un seul intérêt. Comme cet horrible individu dans la Cordillère des Andes, dont le souvenir lui donnait encore des sueurs froides.

En dépit de la douceur de l'air, Izzy frissonna. Allons, c'était de l'histoire ancienne et elle s'en était bien sortie, se dit-elle pour tenter de se réconforter. Mais c'était plus fort qu'elle. Malgré son attirance pour lui, le treillis de Dominic avait ravivé ses angoisses.

Décidément, elle avait toutes les raisons de vouloir oublier ce Rambo de pacotille !

Et ce soir, elle ne sortirait pas. Ni avec Adam, ni avec Simon, ni avec aucun des autres hommes charmants de sa connaissance. Elle n'avait qu'une envie : rester bien tranquillement chez elle et ne plus penser à rien.

— Izzy ?

C'était Pepper. Heureuse de cette diversion, Izzy rejoignit sa cousine dans le salon.

— Tout s'est bien passé, ce matin ? demanda cette dernière en se laissant tomber sur le canapé.

— Très bien ! Je suis même assez fière de moi, à vrai dire. Je ne me savais pas aussi bonne comédienne.

Peut-être en faisait-elle un peu trop dans la désinvolture, se dit Izzy en constatant que Pepper lui jetait un regard pénétrant. Mais à son grand soulagement, celle-ci ne posa aucune question sur la séance de saut à l'élastique et se contenta de lui demander des nouvelles de Jemima.

Izzy lui rapporta sa conversation avec le médecin.

— Je suis sûre que tout finira par s'arranger, commenta Pepper. D'après Steven, elle ne peut pas être entre de meilleures mains. Que vas-tu faire ce week-end ? Tu es la bienvenue à Oxford, tu sais.

Izzy pouffa.

— Oh, je suis sûre que Steven serait ravi que je vienne tenir la chandelle.

Pepper rougit légèrement.

— En tout cas, si tu as besoin de quoi que ce soit, n'hésite pas à faire appel à nous.

Izzy sourit affectueusement à sa cousine. Contre toute attente, Pepper Calhoun, la femme d'affaires débordée qui ne jurait que par son travail, était tombée amoureuse d'un directeur de collège de l'université d'Oxford.

Après bien des péripéties, elle avait fini par découvrir que ses sentiments étaient partagés et depuis, elle nageait dans le bonheur.

— Merci beaucoup, répondit Izzy. Je préfère rester ici. Ma seule obligation sera de répondre aux appels de Basil. Le médecin ayant prescrit une cure de sommeil à Jemima, j'ai gardé son portable. Mais à part ça, je vais m'offrir deux jours de cocooning. Ça ne sera pas du luxe !

— Tu es certaine de vouloir rester seule ?

— Certaine.

Izzy passa une main sur son front et fit une moue de dégoût.

— Je ne sais pas comment Jemima fait pour supporter tout ce maquillage ! Depuis ce matin, j'ai l'impression de me promener avec un masque sur la figure. Ce dont j'ai le plus besoin pour l'instant, c'est me débarrasser de tout ça et prendre une bonne douche.

Tout à coup, elle fut prise de remords. Pepper avait passé la journée à travailler, après tout.

— Mais tu en as sûrement autant besoin que moi, ajouta-t-elle. Si veux prendre la salle de bains la première, vas-y. J'ai tout mon temps, puisque je ne sors pas.

Pepper secoua la tête.

— Je vais d'abord téléphoner à Steven.

Izzy ne put s'empêcher de ressentir une pointe d'envie devant le sourire rêveur de sa cousine. Bien sûr, elle était ravie pour elle. C'était fantastique de la voir si heureuse.

Mais parfois, le spectacle de ce bonheur si flagrant la remplissait de nostalgie et lui donnait un profond sentiment de solitude.

Toutefois, elle avait choisi la solitude, fut-elle obligée de reconnaître intérieurement. Simon pouvait en témoigner et Adam n'allait pas tarder à le découvrir. Il était donc inutile de se lamenter. « Si à l'instant même, l'homme idéal surgissait devant toi et t'offrait son cœur, tu le repousserais. Tu le sais parfaitement, alors cesse de pleurer sur ton sort », se sermonna-t-elle.

Après tout, certaines personnes n'étaient pas faites pour vivre en couple. Ce n'était pas parce qu'elle rêvait d'arracher ses vêtements à Dominic Templeton-Burke qu'elle s'imaginait passant tous ses week-ends avec lui. Ni même lui téléphonant plusieurs fois par jour, juste pour entendre le son de sa voix...

Izzy gagna la salle de bains d'un pas décidé et se déshabilla avec hâte. Puis elle ouvrit le robinet d'eau froide et avança sous le jet glacial.

Le choc lui arracha un cri et lui fit oublier momentanément sa mélancolie. Quelques minutes plus tard, elle sortit de la douche un peu revigorée.

Alors qu'elle se frottait énergiquement avec une serviette, elle entendit qu'on sonnait à la porte. Qui cela pouvait-il bien être ? Steven se trouvait à Oxford et Adam ne risquait pas de venir à l'improviste. Quant à Jemima...

Le cœur d'Izzy fit un bond dans sa poitrine. Jemima se serait-elle enfuie de la clinique ? Certes, elle l'avait quittée plutôt sereine, mais après tout, le médecin l'avait prévenue qu'elle pouvait avoir des réactions imprévisibles.

Izzy s'enveloppa en hâte dans un drap de bain et se précipita dans le couloir tout en enroulant ses cheveux dans une serviette.

— Que se passe-t-il ? lança-t-elle avant de se figer, atterrée.

Ce n'était pas Jemima. C'était un homme à la carrure athlétique, qu'elle avait rêvé de déshabiller, tout en se promettant de ne jamais le revoir...

Sous le coup de la surprise, elle lâcha la serviette et son épaisse crinière mouillée retomba sur ses épaules. Instinctivement, elle porta les mains à sa poitrine, resserra le nœud du drap de bain et se cramponna à celui-ci comme un naufragé à une bouée de sauvetage.

Puis elle entendit Pepper annoncer :

— Izzy, monsieur est un vieil ami de Jemima. Il s'appelle Dominic Templeton-Burke.

« En plein dans le mille ! », songea Dominic en éclatant d'un rire nerveux.

C'était d'autant plus extraordinaire qu'il ne s'y attendait pas du tout. Même dans ses rêves les plus fous, il n'avait jamais imaginé une seule seconde qu'en se rendant chez Jemima Dare, il tomberait sur sa dame rouge. Quel cadeau ! Il ressentait la même jubilation que le matin de Noël, quand il était enfant.

C'était à contrecœur qu'il s'était résolu à venir prévenir les amies de Jemima de la disparition de celle-ci. Il avait soigneusement préparé son discours, désireux de ne pas se montrer alarmiste et d'accomplir son devoir sans accabler la remplaçante du mannequin. « Cette femme semble quelqu'un de confiance et je suis persuadé que Jemima n'est pas en danger. », aurait-il conclu, au risque de passer pour incohérent.

Bien sûr, il avait envisagé la possibilité que les amies de Jemima soient au courant de la substitution et qu'elles connaissent la jeune femme ayant joué les doublures. Pour être honnête, c'était autant dans cet espoir que pour se donner bonne conscience qu'il avait pris sa décision.

Mais jamais il n'avait osé espérer qu'elle apparaîtrait devant lui en chair et en os, enveloppée dans un drap de bain !

Et pourtant, elle était bien là. Cent fois plus belle sans son maquillage. Ses taches de rousseur étaient si exquises... Quant à ses yeux de jade, ils n'avaient besoin d'aucun artifice pour être fascinants. Tout comme sa bouche généreuse, qui, curieusement, ne semblait pas consciente de sa sensualité.

Mais cela ne tarderait pas. Il se faisait fort d'apprendre bientôt à ces lèvres pulpeuses à quel point elles étaient appétissantes...

Dominic fit un effort pour reprendre le contrôle de ses pensées.

— Bonjour ! lança-t-il d'un ton désinvolte en tendant la main. Ravi de vous rencontrer... Lizzy ?

— Izzy, rectifia sa dame rouge, en dardant sur lui un regard de défi. Pour Isabel. Isabel Dare. Je suis la sœur de Jemima.

Sa sœur ! Voilà qui expliquait beaucoup de choses, se dit

Dominic. Et pas seulement sa ressemblance avec le mannequin... Ne lui avait-on pas raconté que Jemima et sa sœur étaient les meilleures amies du monde ? Son instinct ne l'avait donc pas trompé, finalement. Il avait raison de douter que sa dame rouge puisse nuire à Jemima. Celle-ci n'était pas en danger.

Et la situation devenait de plus en plus réjouissante...

— Bonjour Izzy, déclara-t-il avec un sourire enjôleur. Ne nous sommes-nous pas déjà rencontrés ?

Sa dame rouge jeta un bref coup d'œil à Pepper Calhoun avant de répondre d'un ton ferme :

— Non, jamais.

— Vraiment ? rétorqua-t-il en arquant un sourcil. Vous êtes certaine ? Je jurerais...

— Absolument certaine, coupa-t-elle vivement.

De toute évidence, elle n'était pas ravie de sa visite, songea-t-il en réprimant un sourire. Ce qui n'était pas très étonnant, vu la façon dont elle l'avait quitté. Bon sang, comme elle était belle quand elle était en colère ! Mais peut-être valait-il mieux ne pas le lui faire remarquer pour l'instant... Le plus calmement du monde, il déclara :

— Si vous le dites... Pourtant, je suis physionomiste, en principe.

— Eh bien cette fois, vous faites erreur.

Le ton cassant d'Izzy frisait la grossièreté. Elle avait de plus en plus de mal à contenir son exaspération, nota Dominic en luttant contre le fou rire. Quant à sa cousine, elle ne devait pas être habituée à la voir dans cet état, car elle fixait sur elle un regard effaré.

— Excusez-moi, reprit Izzy, prenant visiblement conscience qu'elle avait dépassé les limites de la bienséance. Je ne voulais pas me montrer aussi brusque. La fatigue, sans doute.

Son sourire était contraint et son regard restait hostile, nota Dominic. Prenant un air innocent, il demanda :

— Vous avez eu une journée éprouvante ?

— En effet, oui. Que puis-je faire pour vous, monsieur... ?

— Appelez-moi Dominic, je vous en prie. Je viens voir Jemima. En fait, je suis venu l'inviter à dîner.

— C'est impossi… ! commença Izzy sans réfléchir, avant de simuler une quinte de toux.

Dominic faillit s'étrangler de rire, mais au prix d'une volonté qui le surprit lui-même, il parvint à garder son sérieux. Arquant les sourcils, il demanda d'une voix suave :

— Vous disiez ?

— Eh bien… Je…

Pepper comprit qu'il était urgent de venir à la rescousse de sa cousine.

— Oh, mon Dieu, mais où ai-je la tête ? s'exclama-t-elle. Jemima a téléphoné pendant que tu étais dans la salle de bains, Izzy. Pour te prévenir qu'elle ne pourrait pas sortir avec toi, comme prévu. Elle a un imprévu et elle rentrera très tard.

Dominic réprima un juron. Allons, bon ! Si la cousine s'y mettait, elle aussi… Cependant, il n'avait pas dit son dernier mot.

Après avoir exprimé ses regrets concernant l'absence de Jemima, il prit congé d'Izzy et de Pepper.

Mais au moment où cette dernière allait refermer la porte derrière lui, il se retourna brusquement et lança d'un ton désinvolte :

— Au fait, dites à Jemima que le week-end à la campagne dont nous avons parlé ce midi tient toujours. Je viendrai la chercher à 10 heures demain matin, comme convenu. Et s'il vous plaît, rappelez-lui de prendre une robe de soirée, ajouta-t-il avant de descendre l'escalier en courant.

8

Une fois seules, Izzy et Pepper se regardèrent avec consternation.

— Je ne comprends pas, dit Pepper. Comment Jemima aurait-elle pu prévoir de partir en week-end, alors qu'elle est à la clinique ?

— Tu n'as pas entendu ? D'après lui, c'est ce midi qu'ils ont pris ce rendez-vous. Or la sœur Dare qu'il a vue aujourd'hui, c'était moi. Et je peux t'assurer qu'il n'a jamais été question d'un week-end à la campagne. Malheureusement, je ne pouvais pas le traiter de menteur sans me trahir.

Pepper ouvrit de grands yeux.

— Tu veux dire que…

Izzy hocha la tête.

— Eh oui… Je ne t'ai pas encore raconté ma folle matinée en détail, mais figure-toi que C&C a décidé au dernier moment qu'il serait plus rassurant pour Jemima de sauter en tandem.

— Et c'est avec ce Dominic que tu as sauté ?

— Oui.

Pepper secoua la tête avec incrédulité.

— Il t'a vraiment prise pour Jemima ? Je comprends mieux pourquoi tu es si fière de tes talents de comédienne ! Surtout si ce sont de vieux amis.

— En fait, ils ne s'étaient rencontrés qu'une fois, l'année dernière.

— Ah. Décidément, ce M. Temple-quelque-chose semble

avoir une fâcheuse tendance à altérer la réalité. Que vas-tu faire, à présent ?

Izzy poussa un profond soupir.

— Je n'en ai aucune idée.

— J'espère que tu n'envisages pas de partir en week-end avec lui en continuant à te faire passer pour Jemima ?

Izzy s'empourpra, tandis que son cœur faisait un bond dans sa poitrine.

— Non... bien sûr, répliqua-t-elle sur un ton moins convaincu qu'elle ne l'aurait voulu.

Impossible de dévoiler toute la vérité à sa cousine. Jamais elle n'oserait lui raconter son escapade nocturne avec Dominic, le soir de la fête d'inauguration du Grenier.

Elle ne pouvait donc pas lui confier non plus qu'une question l'obsédait. Qui avait-il reconnu quelques instants plus tôt en la voyant sortir de la salle de bains ? Celle avec qui il avait sauté à l'élastique le matin même et qui s'était fait passer pour Jemima, ou bien celle avec qui il avait dansé la salsa au Flamingo Pool ? Ou les deux à la fois ?

Car il l'avait reconnue. Pas de doute là-dessus. La lueur malicieuse qui dansait dans ses yeux gris-vert au moment où il avait affirmé « Pourtant, je suis physionomiste » l'indiquait clairement.

Et s'il l'avait reconnue dès le début ? se demanda-t-elle soudain, le cœur battant. Cela expliquerait pourquoi elle avait eu à plusieurs reprises le sentiment qu'il jouait au chat et à la souris avec elle...

Par ailleurs, à présent qu'elle savait que Jemima et lui n'avaient jamais été amants, la perspective de passer un week-end en sa compagnie était très alléchante...

La voix de Pepper la tira de sa rêverie.

— Après tout, il suffit de lui raconter que Jemima a eu un empêchement. Qu'elle a été obligée de partir à l'improviste pour une séance de photos à l'autre bout du monde, par exemple. Il n'est pas très compliqué d'inventer une explication plausible à son absence.

— Ce n'est pas si simple, objecta Izzy après avoir réfléchi un instant. Imagine qu'il vérifie ?

— Comment ?

— Eh bien... par l'intermédiaire de C&C, puisqu'ils travaillent pour l'agence de mannequins. Or j'ai justement fait croire à l'assistante de Basil Blane que Jemima partait en week-end à la campagne.

— Et alors ? objecta Pepper en arquant un sourcil.

— Et alors... je serais plus tranquille si j'étais certaine qu'il ne posera aucune question à personne. C'est préférable pour Jemima.

Pepper eut une moue sceptique.

— Peut-être. Mais tu espères vraiment réussir à te faire passer pour elle pendant tout le week-end ?

Izzy se mordit la lèvre. En fait, elle espérait surtout que Dominic avait reconnu en elle sa cavalière du Flamingo Pool. A l'évocation de ce souvenir, elle sentit son cœur s'emballer. Il fallait absolument qu'elle en ait le cœur net.

Or pour découvrir si Dominic se rappelait cette salsa torride et leurs baisers enflammés, il n'y avait qu'une solution. Reprendre le rôle de Jemima pour partir à la campagne avec lui et observer ses réactions. En fin de compte, elle n'avait raconté qu'un demi-mensonge à l'assistante de Basil Blane, songea-t-elle avec dérision.

— Ne t'inquiète pas : tout va bien se passer, affirma-t-elle, soudain pleine d'optimisme.

Pepper haussa les épaules.

— Si tu le dis... En tout cas, n'hésite pas à m'appeler à Oxford en cas de problème. Steven et moi volerons à ton secours si nécessaire.

Le lendemain matin, Izzy s'efforça de se mettre dans la peau de son personnage dès qu'elle fut debout. Avant tout, il fallait soigner sa garde-robe. Elle fit son choix dans les placards de Jemima et remplit deux sacs de voyage.

Puis elle se rendit dans la salle de bains. Après avoir pris sa douche, elle consacra plus d'une heure à se coiffer et à se maquiller. Une fois satisfaite du résultat, elle se força à boire un thé et à avaler quelques biscuits, mais le trac lui ôtait l'appétit.

Quand la sonnette retentit, elle resta pétrifiée. Quelle folie ! Comment avait-elle pu envisager une seule seconde d'affronter de nouveau cet homme et surtout, de lui jouer la comédie pendant deux jours ? C'était insensé...

Pepper avait raison. Le mieux était de lui dire par l'Interphone que Jemima avait dû s'absenter.

Retrouvant l'usage de ses jambes, elle gagna la porte d'entrée et décrocha le combiné.

— Jemima ?

Electrisée par le son de cette voix virile, Izzy déglutit péniblement. Impossible de résister à la tentation...

— Oui, c'est moi. Je descends.

Tant pis. Le sort en était jeté !

Ramassant ses deux sacs, elle sortit sur le palier et ferma la porte en se prodiguant des encouragements. Elle avait raison d'agir ainsi. C'était le seul moyen de savoir si cet homme, qui ne cessait de hanter ses pensées, avait été aussi bouleversé qu'elle par leur première rencontre.

Après tout, il y avait si longtemps qu'elle n'était pas tombée amoureuse que ça valait le coup de prendre quelques risques.

Izzy s'arrêta si brusquement dans l'escalier que les sacs qu'elle portait en bandoulière basculèrent en avant et faillirent la faire tomber.

Amoureuse ? Quelle idée ! Comment pourrait-elle être amoureuse d'un homme qu'elle connaissait à peine et qui, de surcroît, avait le mauvais goût de se promener en treillis ? « Parce que le soir de votre première rencontre, tu as eu la certitude que c'était l'homme de ta vie », lui souffla une petite voix intérieure.

Izzy secoua la tête. C'était ridicule. Certes, elle éprouvait pour lui une attirance irrésistible, mais celle-ci n'avait rien à voir avec l'amour. Elle était purement physique...

Elle réprima un frisson. Seigneur ! Ce n'était vraiment pas le moment de se livrer à de telles réflexions. Inspirant profondément, elle finit de descendre l'escalier.

Dominic l'attendait dans le hall d'entrée.

— Bonjour, dit-il en s'inclinant légèrement avant de lui prendre ses bagages des mains.

Etait-ce une impression ou bien s'efforçait-il réellement de réprimer un sourire triomphant ? se demanda-t-elle en scrutant son visage.

— Bonjour, répliqua-t-elle avec un sourire crispé.

— Tout va bien ? Tu parais un peu tendue. Tu as bien dormi, j'espère ?

Izzy serra les dents. Pas de doute, il se payait sa tête. De toute évidence, il avait décidé de continuer le même petit jeu que la veille. La perspective de lui mettre les nerfs en pelote le réjouissait au plus haut point, apparemment. Eh bien, il allait être très déçu. Aujourd'hui, elle n'allait pas se laisser déstabiliser, se dit-elle fermement en le suivant vers le 4x4, garé devant l'immeuble.

Il rangea les bagages dans le coffre, puis se retourna vers elle et l'enveloppa d'un regard admirateur.

— Tu es plus belle que jamais.

A son grand dam, Izzy sentit ses joues s'enflammer. Allons bon ! Il ne manquait plus que ça. Elle qui s'était promis de garder son sang-froid ! C'était mal parti... Il fallait dire que la lueur qui dansait dans les yeux gris-vert n'avait rien de malicieux, pour une fois. Ce qui était profondément troublant...

Par ailleurs, il était lui aussi particulièrement séduisant, ce matin. Son treillis avait fait place à un jean qui moulait ses cuisses puissantes et à une chemise de coton blanc, dont les manches relevées dévoilait des avant-bras aussi hâlés que musclés.

Seigneur ! Pourquoi n'avait-elle pas renoncé à partir en week-end avec lui ? se demanda-t-elle, soudain prise d'une irrésistible envie de fuir. Il n'était pas trop tard. Elle pouvait très bien faire demi-tour et rentrer dans l'immeuble… En lui laissant en otage les deux sacs de Jemima ? Non. Pas question.

Feignant de ne pas voir la main qu'il lui tendait pour l'aider à monter dans le 4x4, elle grimpa avec agilité sur son siège.

— Où allons-nous ? demanda-t-elle en s'efforçant de prendre un air désinvolte.

Il resta un moment immobile à la contempler d'un air étrange, la main sur la portière.

Croisant les doigts pour s'efforcer de dissimuler leur tremblement, Izzy répéta sa question d'une voix plus forte.

Il tressaillit et sembla revenir sur terre à contre-cœur.

— Dans le Gloucestershire. Je dois participer à une kermesse.

Ne pouvait-il pas cesser de fixer ses lèvres au moins une seconde ? se demanda-t-elle, de plus en plus perturbée.

— Une kermesse dans le Gloucestershire ? Est-ce que ça ne manque pas un peu d'exotisme pour un explorateur ? ironisa-t-elle pour tenter de masquer son embarras.

Il se décida enfin à fermer sa portière, puis il fit le tour du véhicule.

— Disons que c'est un détour sur la route de l'Antarctique, répliqua-t-il en s'installant derrière le volant.

— Que veux-tu dire ?

Il démarra avant de répondre :

— Il me manque des fonds pour ma prochaine expédition. Cette kermesse est pour moi une occasion parmi d'autres d'assurer ma promotion.

La curiosité d'Izzy fut éveillée et elle en oublia son trouble.

— Es-tu obligé de participer à beaucoup d'opérations de ce genre ?

— Trop à mon goût, reconnut-il avec une moue de dépit. C'est d'autant plus contrariant que mon budget devrait être bouclé depuis longtemps. Malheureusement, j'ai rencontré un problème inattendu.

Izzy l'observa attentivement. Sa voix s'était brusquement durcie et ses mains se crispaient sur le volant.

— Quel genre de problème ?

— Un problème que je m'applique à résoudre.

Sujet tabou, comprit-elle. Pourquoi ? Elle brûlait d'en savoir plus et aurait voulu le presser de questions. Cependant, mieux valait ne pas insister.

— Est-il difficile de trouver des fonds ? se contenta-t-elle de demander.

Il eut un sourire de dérision.

— Il paraît qu'il suffit de savoir se vendre. Mal-heureusement, je dois reconnaître que je ne suis pas très doué pour ça.

— Vraiment ? J'aurais pourtant cru le contraire.

Pourquoi ? se demanda-t-elle aussitôt. Elle n'aurait su le dire exactement. Aurait-elle sur lui des idées fausses ? En tout cas, cet aveu de faiblesse la touchait autant qu'il la surprenait.

— Eh bien, tu te trompes, répliqua-t-il avec un rire désabusé. Jusqu'à présent, j'ai toujours fait partie d'un groupe. C'étaient mes coéquipiers qui se chargeaient d'écrire des livres et d'assurer la promotion des expéditions. Cette fois, je suis seul à faire campagne. Or ça implique souvent de se donner en spectacle.

— Tu n'aimes pas ça ?

Il poussa un profond soupir.

— Non. Ça me rebute. C'est plus fort que moi. Et pourtant, même Shackleton n'hésitait pas à payer de sa personne.

— Qui ?

— Sir Ernest Henry Shackleton. Un grand explorateur britannique du début du XXe siècle qui a participé à plusieurs expéditions dans l'Antarctique. Il n'a renâclé devant aucune corvée pour trouver des fonds. Depuis les spectacles de lanterne magique jusqu'aux visites organisées du musée qu'il avait installé sur son bateau. De mon côté, je n'ai vraiment pas de raison de me plaindre... Couper un ruban ou décerner le prix du plus beau bébé, ce n'est pas la mer à boire !

— Tu sembles vouer une grande admiration à ce Shackleton.

Le visage de Dominic s'éclaira.

— Oh oui ! C'était un scientifique remarquable. Il n'a malheureusement jamais réussi à atteindre le pôle Sud, mais ça ne l'a pas empêché de jouer un rôle important dans l'histoire de la région. Et il a profondément marqué les explorateurs qui ont eu la chance de le côtoyer. Par ailleurs, il a écrit deux ouvrages passionnants sur l'Antarctique. C'est lui qui m'a donné l'envie de découvrir ce continent.

Izzy fut impressionnée par le ton enthousiaste de Dominic. Un nouvel aspect de sa personnalité venait de se révéler. Songeuse, elle resta silencieuse jusqu'à Costwold, leur destination.

Ils prirent une petite rue que longeait un ruisseau. Elle était également flanquée de maisons coquettes, aux toits de chaume et aux fenêtres égayées de pots de géraniums.

— Sommes-nous dans ton village natal ? demanda-t-elle.

Visiblement, il trouva cette idée saugrenue car il éclata de rire.

— Non. Je suis né dans le Yorkshire. Nous nous rendons chez des cousins éloignés de ma mère. Les Blackthorne.

Izzy se souvint des instructions concernant la robe de soirée.

— Des gens très sophistiqués, je suppose, commenta-t-elle avec une pointe d'appréhension.

— Si on veut, répliqua-t-il en pouffant.

— Quel est le programme des réjouissances ?

— Après la kermesse, ils donnent un bal pour les fiançailles d'une de leurs filles.

Après une légère pause, Dominic ajouta d'un ton neutre :

— Ils ont engagé un orchestre cubain. Je suis sûr que tu vas adorer.

Izzy tressaillit. Etait-ce une allusion à la salsa qu'ils avaient dansée ensemble ? Essayait-il de lui faire comprendre qu'il l'avait reconnue et qu'il gardait lui aussi un souvenir impérissable de leur première rencontre ? Seigneur ! Son cœur battait si fort qu'il ne pouvait pas ne pas l'entendre...

Elle s'humecta les lèvres avant de demander d'une voix mal assurée :

— Moi ? Pourquoi ?

— Parce que j'ai déjà eu l'occasion de les entendre et que

leur musique est irrésistible. Surtout quand on aime danser la salsa.

Izzy eut l'impression que son cœur allait exploser. Cette fois c'était sûr ! Il se souvenait du Flamingo Pool. Allait-il enfin le lui avouer ?

Retenant son souffle, elle attendit. Mais il ne dit rien de plus.

Et si elle se trompait ? se demanda-t-elle, le cœur serré, tandis qu'il s'engageait sur un petit chemin escarpé. Peut-être était-il tout simplement amateur de musique cubaine. Peut-être dansait-il si souvent la salsa qu'il ne se souvenait pas particulièrement de celle qu'il avait dansée en sa compagnie.

Après tout, que savait-elle de sa vie ? Entre deux expéditions dans l'Antarctique, il devait avoir besoin de se défouler. Peut-être passait-il son temps dans les boîtes de nuit. Or son pouvoir de séduction et ses talents de danseur lui valaient sans nul doute un grand succès auprès des femmes. D'ailleurs, même Jemima, pourtant très difficile, avait été sensible à son charme !

Non, décidément, il y avait très peu de chances pour que leur rencontre sur une piste de danse l'ait marqué autant qu'elle. Sans doute n'était-elle ni la première ni la dernière à lui être tombée dans les bras dans les mêmes circonstances…

Izzy fut envahie par un profond désenchantement. Celle qu'il avait reconnue la veille quand elle était sortie de la salle de bains, ce n'était pas sa cavalière du Flamingo Pool, mais sa partenaire de saut à l'élastique.

Certes, s'il avait eu l'intention d'inviter celle-ci à dîner et s'il s'était ensuite arrangé pour l'emmener en week-end, c'était sans doute parce qu'elle lui plaisait. Mais ni plus ni moins qu'une autre.

Or ce n'était pas du tout ce dont elle avait rêvé…

Dominic continuait sa lente ascension, et le village était à présent loin en dessous d'eux. Au bout de quelques kilomètres, l'étroit chemin débouchait sur un pré en friche parsemé de fleurs bleues.

Promenant autour d'elle un regard émerveillé, Izzy sentit

son naturel optimiste reprendre le dessus. La situation n'était pas si dramatique, après tout. Elle se trouvait dans un endroit magnifique en compagnie de l'homme de ses rêves. Pourquoi ne pas profiter de l'instant présent ?

— C'est magnifique ! s'exclama-t-elle avec sincérité.

— Tu aimes la campagne ? Je n'imaginais pas qu'un mannequin puisse avoir l'âme bucolique, plaisanta-t-il.

Izzy leva les yeux au ciel. Visiblement, il trouvait très amusant de continuer à jouer la comédie. Eh bien, il n'allait pas être déçu !

— A vrai dire, c'est une découverte pour moi. Je suis née dans une ville, et quand j'étais enfant, je passais toutes mes vacances au bord de la mer. Je ne me rappelle pas avoir mis une seule fois les pieds à la campagne.

— Tu as quand même déjà vu des fleurs sauvages, je suppose ? lança-t-il d'un ton goguenard.

— Dans des livres d'images, répondit-elle en affectant le plus grand sérieux. Et au cinéma, bien sûr. Mais jamais dans la réalité. Celles-ci sont extraordinaires. Qu'est-ce que c'est ?

Dominic haussa les épaules.

— Je ne suis pas botaniste.

Izzy émit un petit rire moqueur.

— Excuse-moi, j'oubliais ! Tu préfères la banquise ou le désert, n'est-ce pas ?

Elle lui jeta un coup d'œil en biais. A en juger par son sourire, il appréciait la plaisanterie, constata-t-elle avec satisfaction.

— C'est vrai. La campagne anglaise n'est pas assez exotique pour moi, répliqua-t-il en prenant un air exagérément blasé. J'ai du mal à la trouver exaltante.

Izzy feignit l'indignation mais secrètement, elle comprenait parfaitement le point de vue de Dominic. « Ce paysage a un charme indéniable, mais pour un aventurier comme toi, il n'est pas assez sauvage. Tu as besoin qu'on te tienne tête, mon amour. »

Mon amour ?

Elle sentit son sang se glacer.

— Stop !

Sans s'en apercevoir, elle venait de parler à haute voix. Dominic tourna vivement la tête vers elle.

— Pardon ?

Les joues en feu, elle bredouilla :

— Peux-tu... t'arrêter, s'il te plaît ? J'ai besoin de... me dégourdir les jambes.

En fait, il était surtout urgent qu'elle revienne sur terre. Mais mieux valait éviter de donner des précisions à Dominic sur ses états d'âme...

Ce dernier arrêta le véhicule et éteignit le moteur. Aussitôt, des bruits délicieux envahirent la cabine.

Se penchant par la vitre ouverte, Izzy concentra son attention sur le chant des oiseaux, le bourdonnement des insectes et le bruissement des feuilles dans la brise légère.

En cet après-midi de fin d'été, il faisait un temps splendide. Dans le ciel, un épervier se laissait nonchalamment porter par les courants. Des papillons voletaient de fleur en fleur. L'air embaumait l'herbe coupée.

Le cœur d'Izzy se serra. Inutile de se voiler la face plus longtemps. Elle était amoureuse. D'un homme qui la trouvait peut-être attirante, mais qui ne se souvenait même pas d'avoir dansé avec elle. Ni de l'avoir embrassée... A l'évocation de leurs baisers enflammés, elle sentit ses yeux s'embuer.

— C'est un instant parfait, murmura-t-elle d'une voix rauque. Son souvenir restera gravé à tout jamais dans ma mémoire.

— Que se passe-t-il ? demanda Dominic avec douceur. Pourquoi cette mélancolie soudaine ?

« Si tu savais quelle émotion fait naître en moi le son de ta voix », répondit-elle silencieusement. Puis elle déclara :

— Rien ne dure. Regarde. Le soleil est si radieux qu'on a du mal à imaginer qu'en ce moment même, le jour décline inexorablement. Je connais un poème qui dit qu'en savourant pleinement les moments magiques on arrive à leur donner un goût d'éternité. Il a dû être écrit par une journée comme celle-ci.

— Tu aimes la poésie ?

Surprise par le ton caustique de Dominic, elle se tourna vers lui. Quelle était cette lueur étrange dans ses yeux ? se demanda-t-elle, intriguée.

— Oui. J'en lis beaucoup, répondit-elle.

Elle vit passer une ombre dans son regard, puis il lança d'un air irrité :

— Je croyais que tu avais besoin de te dégourdir les jambes ?

— Oui… en effet, bredouilla-t-elle, déconcertée. C'est possible ? Nous bloquons le chemin.

— Ce n'est pas un chemin, mais une allée privée, rétorqua-t-il d'un ton sec.

Izzy se hérissa. Que lui prenait-il ? Elle n'allait pas supporter longtemps cette agressivité. Mais alors qu'elle s'apprêtait à l'en informer, il se radoucit brusquement et ajouta d'une voix suave :

— Si la dame de mes pensées a envie de faire quelques pas, son souhait doit être exaucé.

Elle en resta muette.

« La dame de mes pensées » ? A quoi jouait-il ? Pourquoi ce soudain changement de ton ?

Allons, inutile de se torturer l'esprit avec des questions oiseuses, décréta-t-elle. Visiblement, il avait un caractère facétieux. Excepté ses expéditions, cet homme ne prenait rien au sérieux. N'en avait-elle pas eu cent fois la preuve ?

Il s'amusait simplement à la taquiner. Sans méchanceté, bien sûr. Mais malheureusement, elle n'était pas du tout dans le même état d'esprit.

Si seulement il pouvait de nouveau la prendre dans ses bras et l'embrasser passionnément comme le soir où il l'avait emmenée en taxi…

Stop ! Il fallait absolument qu'elle cesse de caresser de vains espoirs.

Mais au même instant, il lui effleura la joue d'un geste tendre. Son cœur se mit à battre la chamade.

Oh, Seigneur ! Elle était complètement dépassée ! Jamais elle n'aurait dû partir avec lui...

Il descendit et fit le tour du 4x4 pour lui ouvrir la portière.

Comme un automate, elle prit la main qu'il lui tendait. Mais à peine eut-elle posé le pied par terre qu'elle trébucha. Il la retint fermement en lui glissant un bras autour de la taille.

— Ne t'inquiète pas, ma chérie, murmura-t-il à son oreille. Avec moi tu es en sécurité.

Electrisée, elle se dégagea aussitôt de son étreinte. Ce n'était pas la première fois que cette belle voix virile lui susurrait ces paroles... Le faisait-il exprès ? Seigneur ! Il allait la rendre folle !

Elle s'éloigna d'un pas chancelant et se hissa sur le mur de pierre qui délimitait le champ.

Promenant son regard autour d'elle, elle concentra son attention sur le paysage. Ils se trouvaient au sommet d'une petite colline.

Un peu plus loin, un ruisseau serpentait à flanc de coteau, disparaissant par endroits, masqué par des buissons et par des saules. Ces derniers évoquèrent à Izzy de vieilles sorcières, victimes d'un sort qui les aurait changées en arbres alors qu'elles se lavaient les cheveux.

De l'autre côté de la vallée, si près qu'on avait l'impression de pouvoir l'atteindre d'un seul bond, s'étendait un patchwork de champs. Un triangle blond de froment. Un rectangle d'herbe verte où paissait du bétail. Un carré de chaume hérissé dans lequel voletaient des oiseaux. Les bruits de la nature s'entremêlaient, composant un murmure harmonieux qui apaisa peu à peu Izzy.

Elle respira à pleins poumons avec délectation. Savourer pleinement les moments magiques leur donnait un goût d'éternité. Le poète avait raison.

— Cet endroit est enchanteur, dit-elle en poussant un soupir d'aise.

Dominic franchit le mur d'un seul bond.

— Viens l'explorer avec moi, dit-il depuis le champ voisin.

Izzy réprima un frisson. Oh, comme elle brûlait de céder à l'appel de cette voix chaude et veloutée ! Après tout, que risquait-elle ? Une cruelle déception et une souffrance intolérable, se dit-elle aussitôt. Pour elle, cet homme était unique. Pour lui, elle n'était qu'une femme comme les autres.

Il lui tendit la main en la couvant d'un regard pénétrant.

La tentation était si forte... Et pourtant, il ne fallait pas y céder. Izzy détourna les yeux.

— Ce champ est sûrement une propriété privée. Nous ne pouvons pas y pénétrer sans autorisation, protesta-t-elle avec moins de conviction qu'elle ne l'aurait voulu.

« Si je franchis ce mur pour te rejoindre, j'ai peur de perdre la raison, avoua-t-elle silencieusement. C'est parce que tu as déjà pris mon cœur que je ne peux pas te donner la main. »

— Pour quelqu'un qui a eu le courage de sauter à l'élastique, je te trouve bien timorée, tout à coup, dit-il en riant.

— Timorée, moi ? Pas du tout ! protesta-t-elle, piquée au vif.

Tout à coup, le visage de l'homme en treillis dans la Cordillère des Andes s'imposa à son esprit. Elle déglutit péniblement. Mais à sa grande surprise, pour la première fois depuis son retour, elle fut capable d'affronter cette image sans se laisser submerger par une peur panique.

— A quoi penses-tu ? demanda Dominic d'une voix très douce. Un mauvais souvenir qui vient t'assaillir ?

Elle sursauta. Comment pouvait-il faire preuve d'une telle perspicacité ? se demanda-t-elle en détournant la tête. Sans doute l'observait-il avec une grande attention. Mais il ne pouvait pas lire ses pensées sur son visage, tout de même !

Elle inspira profondément. En tout cas, elle avait enfin réussi à évoquer cette aventure traumatisante sans trembler. Ce qui prouvait qu'elle avait parcouru un long chemin.

Etait-elle capable d'aller jusqu'au bout du voyage ? Allait-elle trouver la force d'exprimer enfin par des mots ce qu'elle avait vécu ? D'extirper une fois pour toutes de sa peau cette écharde qui lui gâchait la vie ?

Pouvait-elle se confier à Dominic Templeton-Burke ?

Elle lui jeta un coup d'œil. Les bras croisés, il attendait visiblement qu'elle se décide. Et il semblait armé d'une patience à toute épreuve.

D'une voix hésitante, elle se lança.

— Un jour, j'ai été obligée de... Enfin..., j'ai cru que j'allais être obligée de...

Non. C'était impossible. Elle était incapable de dévoiler un secret aussi intime à un homme qui ne songeait qu'à s'amuser et à flirter avec toutes les femmes qu'il rencontrait. Comment avait-elle pu l'envisager une seule seconde ?

Pour se donner une contenance, elle regarda derrière elle.

— Tu es sûr que le 4x4 ne risque pas de gêner quelqu'un ?

Question idiote, certes, mais c'était la seule chose qui lui était venue à l'esprit...

— Si c'est le cas, le quelqu'un en question klaxonnera, répliqua-t-il d'un ton posé.

Etait-ce un effet de son imagination ou bien était-il profondément déçu qu'elle ait renoncé à s'épancher ? se demanda-t-elle, le cœur battant.

— Oui, bien sûr, acquiesça-t-elle.

— Tu es décidément très scrupuleuse, n'est-ce pas ? lança-t-il en souriant. J'imagine qu'à l'école tu étais sage comme une image.

S'il avait ressenti une quelconque déception, celle-ci avait été de courte durée, apparemment, songea Izzy, presque soulagée. C'était sans doute mieux ainsi. Au moins, quand il était d'humeur badine, il la troublait un peu moins.

Elle releva le menton.

— Si tu insinues que j'étais une élève modèle, tu te trompes, répliqua-t-elle en prenant un air faussement vexé. Je te signale que j'ai été renvoyée plusieurs fois du cours de mathématiques parce que je faisais le clown pour dissiper mes camarades.

— Je suis très impressionné, commenta-t-il avec un sourire ironique. Il faudra que tu me racontes ça, un de ces jours. Pour l'instant, vas-tu enfin te décider à me rejoindre ? Ou bien as-tu l'intention de rester sur ce mur pendant tout le week-end ?

Il plongea dans le sien un regard perçant qui tétanisa Izzy. Elle déglutit péniblement. Seigneur ! Si seulement elle avait la possibilité de disparaître d'un coup de baguette magique ! Elle aurait donné n'importe quoi pour se retrouver en sécurité chez elle. Loin de Dominic Templeton-Burke...

— Rien ne presse, bien sûr, poursuivit-il d'un ton neutre. Mais à un moment ou à un autre, il faudra bien que tu te décides. Me rejoindre. Ou me fuir. Il n'y a que cette alternative.

Hypnotisée par ses yeux gris-vert, elle sentit un long frisson la parcourir. Il l'avait reconnue ! L'espace d'un instant, elle en eut la certitude. Ce regard pénétrant n'était-il pas un aveu ? De toute façon, comment aurait-il pu l'oublier ? Mais très vite, le doute s'insinua de nouveau en elle. Ce regard pénétrant était tout simplement celui d'un séducteur habitué à parvenir à ses fins.

Or si elle voulait préserver sa santé mentale, il fallait absolument qu'elle évite de retomber dans ses bras. Il n'éprouvait pour elle que du désir et il n'y avait pas la moindre chance qu'il partage un jour ses sentiments.

— Alors ? insista-t-il avec gravité.

Elle hésita. Il était vrai qu'elle pouvait difficilement passer tout le week-end sur ce mur. Quant à aller s'enfermer dans le 4x4, ce serait ridicule. Que risquait-elle à se promener avec Dominic Templeton-Burke dans les champs ? Rien, du moment qu'elle se tenait sur ses gardes. Après tout, il suffisait de marcher à côté de lui en évitant son regard et en gardant une distance suffisante pour qu'il ne puisse pas la toucher.

Elle sauta dans le champ où il se trouvait.

— Allons-y, dit-elle en passant devant lui sans s'arrêter.

Il la rejoignit et l'accompagna en silence pendant quelques minutes. Puis il demanda abruptement :

— Pourquoi refuses-tu de me faire confiance ?

— Je ne comprends pas ce que tu veux dire, répliqua-t-elle d'une voix étranglée.

Il eut un geste impatient de la main.

— Si, tu comprends très bien. Tu pèses chacune des paroles

que tu m'adresses et la plupart du temps, tu prends bien soin d'éviter mon regard. Tu voudrais me faire croire que tu es très à l'aise, mais il suffit que mon épaule effleure la tienne pour que tu fasses un bond de deux mètres.

— Ce n'est pas vrai ! protesta-t-elle avec véhémence.

Il se tourna vers elle, mais n'esquissa pas un seul geste.

— Pourquoi ? insista-t-il d'une voix rauque.

Izzy chercha désespérément une réplique spirituelle. En vain. Son esprit restait vide.

Elle regarda Dominic en silence jusqu'à en avoir la vue trouble.

Il leva la main avec une infinie précaution comme s'il tentait d'apprivoiser un animal blessé, et il décrocha délicatement une feuille prise dans ses cheveux.

— Très bien, dit-il d'un air résolu. J'attendrai. Je suis doué d'une patience à toute épreuve.

La gorge d'Izzy se noua. Il semblait si sincère... Presque vulnérable, tout à coup. La tentation de se jeter dans ses bras et de lui confier tous ses secrets était très forte.

« Ne tombe pas dans ce piège, s'exhorta-t-elle. Tu perdrais le peu de raison qui te reste. »

Elle s'humecta les lèvres et voulut parler, mais aucun son ne sortit de sa gorge.

Une étincelle s'alluma dans les yeux gris-vert et Dominic laissa échapper un profond soupir.

— Heureusement que j'ai l'endurance d'un coureur de fond, marmonna-t-il. Viens. Pour l'instant, le travail m'attend.

9

Dès qu'ils pénétrèrent dans la propriété, Izzy recouvra un peu de sa sérénité. Il y régnait l'agitation fébrile d'une ruche. Apparemment, la journée s'annonçait très animée. Prise dans le tourbillon de la kermesse, elle allait peut-être enfin cesser de se torturer l'esprit. De toute façon, elle ne serait plus en tête à tête avec Dominic, et c'était sans doute ce qui pouvait lui arriver de mieux...

Elle admira la façade palladienne de l'imposant corps de logis, flanqué de deux ailes. Sur la terrasse, plusieurs statues de pierre semblaient monter la garde.

— Quelle maison splendide ! s'exclama-t-elle, extasiée. On dirait un décor de film. Elle est encore plus impressionnante que dans mon imagination. A vrai dire, je suis un peu intimidée.

Dominic pouffa.

— Attends d'être à l'intérieur ! A peine y auras-tu posé le pied que tu seras accueillie par un chien-loup qui se prend pour un caniche et par un chat qui se comporte depuis toujours comme un chien. Quant aux humains, ils sont encore plus délirants... C'est une vraie maison de fous !

Au détour de l'allée principale, Izzy aperçut un champ qui s'étendait jusqu'à une petite rivière, sur la gauche de la propriété. Plusieurs tentes et baraques de bois y étaient installées.

— Je vais décharger le coffre et me renseigner pour savoir quand mon intervention est prévue, annonça Dominic.

Il se gara à l'ombre d'un chêne et klaxonna.

Plusieurs personnes qui s'affairaient autour de grandes tables dressées dans la cour levèrent la tête. Une femme mince, élégante, dont la chevelure d'une blancheur lumineuse était coiffée en un chignon impeccable, s'avança vers eux en souriant. Ses yeux gris-vert étaient aussi malicieux que ceux de Dominic.

— Bonjour, le bourlingueur ! s'exclama-t-elle. J'espère que tu n'as pas oublié ta sébile ?

— Bonjour, tante Margaret, répondit Dominic. Je t'ai amené une invitée surprise. Je te présente... Jemima Dare. Mannequin de son état. Et beaucoup plus célèbre que moi.

Etait-ce un effet de son imagination ou bien avait-il failli buter sur le nom de Jemima ? se demanda Izzy, de nouveau très troublée.

Tante Margaret arqua les sourcils avec le même air narquois dont Dominic était coutumier.

— Plus célèbre que toi ? Mais c'est une star internationale, alors ! ironisa-t-elle. Ravie de vous rencontrer, Jemima. Vous allez être obligée de partager la même chambre que mon neveu. La maison est pleine à craquer. Mais je suppose que ça ne vous dérange pas.

Izzy faillit s'étrangler. Dominic laissa échapper un petit rire avant de déclarer d'un ton solennel :

— Jemima, je te présente ma tante, la duchesse de Blackthorne. Grande organisatrice de fêtes en tout genre.

— C'est en effet une de mes spécialités, confirma celle-ci avec un sourire à l'adresse d'Izzy. Dominic, nous t'avons attribué la baraque n° 4. Tu peux y installer tes affiches et ton matériel. Les enfants ont confectionné des autocollants « Dominic, roi de l'Antarctique ». Ils vont les vendre en circulant dans le public déguisés en esquimaux.

— Quoi ? Mais il n'y a pas d'esquimaux dans l'Antarctique ! s'écria Dominic, visiblement consterné.

Sa tante balaya cette protestation d'un geste désinvolte de la main.

— C'est un détail sans importance ! Il y aura également

au moins un pingouin. Flissy a eu une grande discussion avec ses cousins à ce propos, au petit déjeuner. Apparemment, elle a un faible pour ces palmipèdes et je ne serais pas étonnée que certains suivent son exemple.

— Tant mieux, commenta-t-il d'un air soulagé. Des pingouins, il y en a au pôle Nord et au pôle Sud. Tante Margaret, je vais commencer par décharger mon matériel et ensuite, nous irons déposer nos bagages dans notre chambre.

— Ne traînez pas, s'il vous plaît. Nous avons besoin de vous pour nous aider à installer les stands, décréta la duchesse avec autorité. Si nous voulons être prêts à l'heure, il faut que tout le monde s'y mette.

Izzy aida Dominic à décharger le coffre du 4x4, puis ils se rendirent dans la maison.

Comme Dominic l'avait annoncé, l'ambiance qui y régnait était beaucoup moins guindée que ne le laissait présager l'imposante façade. Par une porte latérale, ils entrèrent directement dans une immense cuisine grouillante de monde.

En plus du chien et du chat souffrant de troubles de la personnalité, se trouvaient là des adultes de tous âges et trois enfants en pyjama, chaussés de palmes de plongée.

— A quoi vous servent les palmes ? demanda Dominic.

— Ce sont les pieds des pingouins, expliqua une fillette d'une dizaine d'années d'un ton sentencieux. Et nous avons aussi fabriqué des becs en carton.

— Je suis rassuré, confia Dominic à Izzy avec le plus grand sérieux. Moins il y aura d'esquimaux, mieux ce sera. Ce genre d'erreur est très préjudiciable à mon image de marque.

— Et bien sûr, tu attaches la plus grande importance à celle-ci, commenta Izzy en réprimant un fou rire.

— Bien sûr ! Meilleure elle sera, plus j'aurai de chances de récolter des fonds.

Dominic balaya la pièce du regard.

— Trop de monde, commenta-t-il sobrement. Il faut nous hâter de marquer notre territoire. Viens.

Après avoir suivi un nombre impressionnant de couloirs et monté autant d'escaliers, ils arrivèrent au grenier.

Dominic poussa une porte qui ouvrait sur une salle de bains abritant une colonie de canards et de grenouilles en caoutchouc.

— Première précaution en arrivant ici : déposer ses affaires de toilette dans la salle de bains des enfants.

Il joignit le geste à la parole.

Izzy arqua les sourcils.

— Pourquoi ? Tu as un faible pour les canards en caoutchouc ?

— Non. C'est pour l'eau chaude que j'ai un faible. Or de ce point de vue, cette salle de bains est la mieux équipée. Si tante Margaret t'invite à utiliser la sienne, ce qu'elle ne manquera pas de faire, décline poliment mais fermement sa proposition. C'est une pièce immense, richement décorée et regorgeant de produits de beauté plus luxueux les uns que les autres. Malheureusement, l'eau y est à peine tiède. Ça ne gêne pas du tout ma tante, mais toi, ça risque de te surprendre.

Izzy pouffa.

— Merci pour le tuyau.

— En fait, c'est très égoïste. Je déteste dormir avec quelqu'un qui a les pieds froids.

Toute envie de rire abandonna Izzy.

— A ce propos…

— Eh oui ! coupa-t-il avec un air exagérément compatissant. Tu vas être obligée de partager mon lit. Mais ne t'inquiète pas. Je suis sûr que tu survivras à cette pénible épreuve.

Il fit une légère pause avant d'ajouter :

— D'autant plus que je te donne ma parole de gentleman de ne même pas t'effleurer.

Sans trop savoir si elle était soulagée ou déçue, Izzy s'abstint de tout commentaire.

Tout au long de l'après-midi, elle observa Dominic avec attention, lui cherchant en vain des défauts rédhibitoires.

Il ouvrit la kermesse par un discours plein d'esprit, puis il s'installa dans la baraque n° 4, où il se mit à dédicacer les affiches et les livres proposés au public.

Il faisait preuve d'une patience admirable, prenant le temps de discuter avec chacun de ses admirateurs. La file d'attente devint rapidement interminable, mais il n'en accéléra pas pour autant le mouvement.

Si un enfant de dix ans lui posait des questions très précises à propos de la vie quotidienne sur la banquise, il lui fournissait de bonne grâce tous les détails qui l'intéressaient, sans manifester le moindre agacement.

Izzy se chargeait de satisfaire les acheteurs les plus pressés.

— Les fonds récoltés sont destinés dans leur intégralité à financer la prochaine expédition de Dominic Templeton-Burke dans l'Antarctique, précisait-elle avec un sourire engageant en indiquant posters, livres et autocollants « Dominic, roi de l'Antarctique », qui changeaient aussitôt de mains.

Les gens la remerciaient avec effusion, puis ils s'éloignaient en direction des autres stands, visiblement ravis.

Entre deux signatures, Dominic lui adressa un sourire reconnaissant.

— Quelle équipe redoutable nous formons ! plaisanta-t-il. Certains me paient pour que je leur raconte des histoires, et les autres te paient pour échapper à mes bavardages ! Accepterais-tu de me seconder pour les prochaines opérations de promotion ?

Elle préféra ne pas répondre. S'il savait à quel point elle aurait aimé que cette proposition soit sérieuse ! Mais comme d'habitude, il plaisantait, bien sûr...

Profitant d'un bref instant de répit, elle prit des livres dans les cartons pour compléter les piles dont la hauteur avait déjà bien diminué. Certains ouvrages, relatant différentes expéditions, s'adressaient à un large public, tandis que des manuels plus techniques étaient destinés aux spécialistes. Cependant, aucun d'eux n'avait été écrit par Dominic.

Izzy lui confia son étonnement.

— Je n'ai pas le talent nécessaire, répliqua-t-il en haussant les épaules.

— Allons, pas de fausse modestie ! A en juger par l'intérêt avec lequel les gens t'écoutent, je suis sûre que tu es capable d'écrire des ouvrages aussi passionnants que ceux de ton idole. Comment s'appelle-t-il, déjà ? J'ai oublié son nom.

— Shackleton.

A en juger par le sourire crispé de Dominic, elle venait de commettre un impair, se dit-elle avec inquiétude. Pourtant, sa remarque était plutôt flatteuse...

Tout en continuant de servir le public, elle l'observa à la dérobée.

En tout cas, si elle l'avait blessé, cela n'avait pas entamé sa patience. Il répondait à toutes les questions — même les plus niaises — avec précision, et il se montrait absolument charmant avec tout le monde.

Y compris avec elle. Cependant, il semblait éviter son regard. Et de toute évidence, il prenait bien soin d'éviter tout contact physique avec elle. A son grand dam, elle en éprouvait une intense frustration.

Il fallait reconnaître qu'il avait un charme irrésistible. D'ailleurs, il suffisait d'observer la façon dont plusieurs femmes du public le dévoraient des yeux pour en avoir la confirmation. Nul doute qu'à sa place, aucune d'elles ne tergiverserait...

C'était leur troisième rendez-vous ! songea-t-elle subitement. Ou plus exactement, leur premier rendez-vous après deux rencontres fortuites. Mais la nuance était pour le moins subtile.

C'était donc leur troisième rendez-vous. Celui qui était censé se terminer au lit. Or cette nuit, elle devait justement partager le lit de Dominic. N'était-ce pas un signe du destin ?

— Je ne vois aucun livre signé de vous. N'en avez-vous pas écrit ? demanda une blonde qui mettait ostensiblement en avant une poitrine plantureuse.

Izzy sentit tous ses poils se hérisser. De quoi se mêlait donc cette dinde ?

— Non, répondit Dominic avec un sourire qui décupla l'irritation d'Izzy. Je laisse ça à ceux qui ont le talent nécessaire.

Izzy tressaillit. Son ton se voulait désinvolte, mais elle était certaine d'y avoir perçu une pointe d'amertume. Il fallait absolument qu'elle en ait le cœur net, décréta-t-elle.

Après le départ de la blonde pulpeuse, elle déclara d'un ton léger :

— Tu vois, je ne suis pas la seule à trouver que c'est dommage. Je suis certaine que ta modestie n'est pas justifiée. Pourquoi n'écrirais-tu pas un livre ? Des éditeurs t'ont sûrement fait des propositions.

— En quoi cela te concerne-t-il ?

Refusant de se laisser décourager par son hostilité, elle haussa les épaules en s'appliquant à prendre un air désinvolte.

— Simple curiosité. Il me semble que les droits d'auteur pourraient résoudre tes problèmes de financement. Tu ne serais plus obligé d'envoyer des troupes de pingouins à l'assaut des habitants du Gloucesteshire.

Il parut sur le point de répliquer, mais se ravisa au dernier moment.

Sans rien dire, elle s'accouda nonchalamment au comptoir. A quelques mètres, sur une estrade, des petites filles visiblement très bien entraînées exécutaient la danse du sabre. Kilt tourbillonnant, tête haute, elles avaient fière allure.

Izzy ne les voyait pas. Elle pensait à l'attitude étrange de Dominic. A en juger par ses réactions, il avait un réel problème. Allait-il finir par se confier à elle ?

Tout à coup, au moment où elle commençait à perdre espoir, il déclara d'un ton neutre :

— Je ne sais pas écrire.

Stupéfaite, elle resta sans voix.

— Bien sûr, je suis capable de gribouiller quelques mots, précisa-t-il avec un sourire crispé. Mais il faut que je m'applique et que je prenne tout mon temps.

Izzy se laissa tomber si brusquement sur le tabouret le plus proche que ce dernier faillit basculer. Voilà pourquoi il discutait aussi longuement avec les gens qui lui demandaient une dédicace !

— Je souffre de dysgraphie, expliqua-t-il. L'action d'écrire me demande dix fois plus d'énergie, d'endurance et de temps qu'à une personne dite normale.

Pétrifiée, Izzy n'osait pas l'interrompre.

— Oh, bien sûr, j'ai d'autres talents. Je suis un excellent joueur d'échecs, par exemple. Et paradoxalement, un très bon lecteur. Mais il ne faut pas me demander d'écrire une carte postale.

» Il n'y a pas très longtemps que le diagnostic a été établi. A l'école, les professeurs mettaient mon incapacité à écrire sur le compte de la paresse, justement parce que j'étais intelligent et que je n'avais aucun problème de lecture. »

— Ta mère ne s'est rendu compte de rien ?

— Ma mère a été malade pendant toute mon enfance. Elle est morte quand j'avais seize ans.

Izzy fut prise d'une envie irrésistible de le prendre dans ses bras pour le consoler. Mais c'était évidemment la dernière chose à faire. Il ne fallait à aucun prix qu'il se sente un objet de pitié.

— Comment as-tu découvert la vérité ? demanda-t-elle d'un ton neutre.

Dominic repoussa un carton de livres écrits par ses coéquipiers et se leva.

— Grâce à l'un de mes amis. Un cheik très érudit que je connais depuis de longues années. C'est un homme extraordinaire. Une sorte de Leonard de Vinci du Golfe.

» Nous avons traversé le désert de Gobi ensemble à cheval. Un soir, je lui ai expliqué mon problème. Il avait entendu parler de ce trouble de l'écriture et il m'a conseillé de passer des tests. A mon retour en Angleterre, j'ai consulté un spécialiste. Mon ami avait raison. Les tests ont confirmé que j'étais atteint de dysgraphie. »

— Qu'a prescrit le médecin ?
— Des séances de rééducation qui m'ont permis de faire quelques progrès. Aujourd'hui, je suis capable d'écrire quelques lignes si j'y suis obligé. Mais il est inutile de me demander de t'écrire un poème. Ça dépasse de très loin mes capacités.
— Tu ne pourrais pas dicter ce que tu veux écrire ?
Il éclata de rire.
— Comme quoi ? Un poème ?
— Non, un livre. Le récit d'une expédition au pôle Sud, par exemple.
— C'est une idée.
Il plongea son regard dans celui d'Izzy.
— Je suis très touché par ta sollicitude, dit-il d'une voix émue.
Le cœur battant, elle retint son souffle. Jamais elle ne l'avait senti aussi proche d'elle. Allait-il la prendre dans ses bras et la serrer contre lui ?
Mais au même instant, un enfant drapé dans une robe noire dix fois trop large pour lui, affublé d'un bec en carton jaune et chaussé de palmes de plongeur vint leur demander des autocollants.
Jusqu'à la fin de l'après-midi, ils n'eurent plus un seul moment d'intimité. Et quand ils regagnèrent la maison afin de se préparer pour la soirée, Izzy attendit en vain que Dominic lui prenne la main. A son grand dam, il n'esquissa pas le moindre geste vers elle.

Elle se rendit à la salle de bains, en proie à une grande agitation. Allait-il la rejoindre pour lui faire l'amour parmi les canards en caoutchouc ? Elle hésita à verrouiller la porte. Mais non, il ne viendrait pas. Pourquoi se bercer d'illusions ? La mort dans l'âme, elle tourna la clé dans la serrure.
Lorsqu'elle regagna leur chambre, elle le trouva déjà vêtu de son pantalon de smoking et de sa chemise blanche. Allait-il encore longtemps se montrer distant avec elle ? se

demanda-t-elle tristement. Son cœur se serra. Pourvu qu'il n'ait pas l'intention de tenir sa promesse ! Elle ne supporterait pas de partager son lit sans qu'il la touche...

Tandis qu'elle se coiffait et se maquillait avec soin, il discuta gaiement avec elle comme si la cohabitation était pour eux une routine. Particulièrement en verve, il était drôle et plein d'entrain. Cependant, contrairement à ses habitudes, il n'eut aucune parole ni aucun geste ambigu.

Quand ils descendirent ensemble rejoindre les invités, côte à côte mais sans jamais se frôler, Izzy avait perdu tout espoir de voir aboutir comme il se devait leur troisième rendez-vous.

Toutes les femmes de l'assemblée rivalisaient d'élégance. Sur les robes haute couture étincelaient des parures de rubis, d'émeraudes ou de diamants. Heureusement qu'après bien des hésitations, elle avait fini par se décider à emprunter à Jemima une de ses tenues les plus chic ! songea Izzy, impressionnée. En revanche, ses bijoux fantaisie étaient loin d'être à la hauteur...

Avant de descendre la dernière volée de marches, elle marqua un temps d'arrêt.

— Que se passe-t-il ? demanda Dominic.
— Je crois que j'ai un peu le trac.
— Vraiment ? Je croyais que tu n'étais pas timorée.

Izzy tressaillit. Visiblement, il se souvenait parfaitement de la conversation qu'ils avaient eue dans le champ.

— Tu as raison, acquiesça-t-elle en relevant le menton.

Tandis qu'ils reprenaient leur descente, il murmura à son oreille :

— J'espère que tu auras bientôt le courage de me raconter ce mauvais souvenir qui t'a assaillie tout à l'heure.

Le cœur d'Izzy fit un bond dans sa poitrine. Apparemment, il tenait vraiment à ce qu'elle se confie à lui. N'était-ce pas bon signe ?

— Bientôt, oui, dit-elle en réprimant un frisson.
— Ne compte pas y échapper. Je te rappellerai cette promesse le moment venu, dit-il en l'entraînant vers la terrasse, où on servait le champagne.

Il prit deux coupes et lui en tendit une.

— Buvons à la santé des fiancés, dit-il en trinquant avec elle. Quoi de plus émouvant que deux futurs mariés ?

Elle le regarda avec perplexité.

— Tu es sérieux ?

— Bien sûr. Pourquoi cette question ?

— Je croyais que tu plaisantais.

— C'est bien ce que je pensais. Apparemment, tu as une vision très caricaturale des explorateurs, commenta-t-il d'un ton faussement réprobateur. Tu les prends pour des hommes volages qui multiplient les conquêtes et fuient toute espèce d'engagement.

— Alors qu'en réalité, ce sont de grands sentimentaux qui rêvent de se marier, ironisa-t-elle.

— Tu ne crois pas si bien dire.

Elle arqua les sourcils d'un air narquois.

— Dans ce cas, pourquoi es-tu encore célibataire ?

— Parce que j'attends toujours la femme de ma vie.

Il fit une pause avant de murmurer avec un sourire malicieux :

— Toutefois, il est possible que mon attente se termine bientôt.

A son grand dam, Izzy sentit son visage s'empourprer. Où voulait-il en venir ? En tout cas, s'il faisait la moindre remarque sur son teint écarlate, elle lui flanquerait un coup de pied dans le tibia dont il se souviendrait longtemps...

Mais il ne sembla pas remarquer son trouble. Manœuvrant avec habileté, il l'obligea à s'adosser à une des colonnes de la terrasse et se planta devant elle. Plus moyen d'échapper à son regard pénétrant, constata-t-elle avec inquiétude.

— A vrai dire, je suis ravi que tu aies abordé ce sujet, poursuivit-il d'une voix suave.

Elle feignit l'incompréhension.

— De quoi parles-tu ?

— Du sujet le plus exaltant qui puisse exister. Le mariage. Ou plus exactement, les explorateurs et le mariage.

— Pardon ?

— Laisse-moi te raconter l'histoire de Matthew Flinders. L'homme qui a dressé la carte d'une partie des côtes australiennes et qui a reconnu le caractère insulaire de la Tasmanie.

Fascinée malgré elle par l'enthousiasme qui perçait dans sa voix dès qu'il évoquait un de ses pairs, Izzy en oublia son embarras.

— Encore un de tes héros ?

— Tu as tout compris. Il a fini par épouser son amour d'enfance après de longues années de séparation. Les bureaucrates ne lui ayant pas permis de l'emmener avec lui en expédition, ils s'écrivaient tous les jours, se confiant l'un à l'autre sans rien se cacher. De multiples mésaventures ont retenu Flinders loin de chez lui contre son gré. Quand il est enfin rentré au bout de dix ans, sa fiancée l'attendait toujours. C'est un amour aussi absolu que j'attends de la femme de ma vie.

— Oh, tu n'es pas très exigeant ! plaisanta Izzy pour masquer son émotion.

Mais, sans esquisser l'ombre d'un sourire, il poursuivit d'un air grave.

— Quand j'avais dix-huit ans, j'étais amoureux d'une jeune fille que je voulais épouser. Malheureusement pour moi, elle a profité d'un de mes voyages dans la jungle indonésienne pour séduire mon frère aîné.

Izzy sentit sa gorge se nouer. Attention ! se dit-elle aussitôt. Il fallait éviter à tout prix de se laisser submerger par la compassion. D'un ton neutre, elle déclara :

— Ça prouve que vous n'êtes pas très bons juges en matière de femmes, dans la famille.

A sa grande surprise, il éclata de rire.

— Tu as raison. Si tu voyais la sorcière que mon père a épousée en secondes noces ! C'est à elle que je dois mes problèmes de financement. Elle a réussi à convaincre mon père de me refuser au dernier moment la subvention que son entreprise devait m'accorder.

— Tu dois lui en vouloir terriblement.

— Sur le coup, je reconnais que j'ai eu des envies de meurtre.

Mais aujourd'hui, je lui suis presque reconnaissant. Sans elle, je n'aurais pas été obligé de me prêter à des opérations de promotion. Ce qui veut dire que je n'aurais jamais accepté de sauter à l'élastique du Chelsea Bridge en compagnie d'un mannequin. Et je ne t'aurais pas rencontrée...

Enveloppée d'un regard débordant de tendresse, Izzy sentit son cœur s'affoler dans sa poitrine. Dominic aurait-il enfin décidé d'abolir les distances qu'il avait prises avec elle depuis leur arrivée chez sa tante ?

Elle cherchait désespérément une réplique appropriée quand il la prit dans ses bras et la serra contre lui à l'en étouffer.

Le reste de la soirée se déroula comme dans un rêve.

Seuls au monde sur leur petit nuage, ils se portèrent des toasts yeux dans les yeux, puis dînèrent à une grande table sans se rendre compte de ceux qui les entouraient. Quand vint l'heure du bal, ils gagnèrent la piste de danse et se laissèrent emporter par la musique.

Fougueux et impudiques ou tendres et rêveurs, ils enchaînèrent salsas endiablées et slows langoureux. Leurs deux corps soudés s'accordaient parfaitement. Dans la grande salle de bal lambrissée, chacun était persuadé qu'ils avaient déjà dansé ainsi des milliers de fois auparavant.

Finalement, Dominic se pencha vers Izzy et lui murmura à l'oreille :

— Si nous allions au lit, à présent ?

Les yeux brillants, elle répliqua :

— Je commençais à croire que tu ne te déciderais jamais à me le proposer...

10

A présent, sa dame rouge allait enfin admettre la vérité, songea Dominic en montant l'escalier. Etant donné le tour que prenait leur relation, il était inconcevable qu'elle continue à jouer la comédie.

Pourquoi persisterait-elle, de toute façon ? Elle n'avait plus aucune raison de se faire passer pour Jemima. Par ailleurs, même si elle avait oublié leur première rencontre au Flamingo Pool, toutes les salsas qu'ils venaient de danser ensemble lui avaient forcément rafraîchi la mémoire.

Devant la porte de leur chambre, il la prit dans ses bras et l'embrassa avec douceur. D'abord sur chaque paupière. Puis sur le bout du nez. Sur le lobe de l'oreille, qui rosissait de manière charmante quand il la taquinait. Sur la veine qui battait frénétiquement à son cou. A la naissance des seins…

Le gémissement qu'elle laissa échapper l'électrisa. Resserrant son étreinte, il tourna la poignée derrière son dos pour ouvrir la porte, puis il la poussa à l'intérieur de la chambre tout en s'emparant de sa bouche.

Avant même d'avoir eu le temps de refermer derrière lui, il sentit ses mains fébriles lui enlever sa veste. Repoussant du pied le battant, il fit courir ses mains sur son corps, tandis qu'ils échangeaient un baiser impatient et enflammé.

Sans interrompre ce dernier, Izzy déboutonna sa chemise et tenta de la lui ôter. Comme souvent la première fois, ils accumulaient les petites maladresses, mais ils s'en moquaient éperdument.

A moitié dévêtus et brûlants de désir, ils tombèrent sur le lit. Dominic entendit les escarpins de sa dame rouge tomber sur le sol l'un après l'autre, tandis qu'elle passait les doigts dans la toison qui recouvrait son torse.

Il se mit à la caresser lentement. Effleurant la courbe d'une épaule, remontant sur sa nuque, il prenait tout son temps, se délectant de la douceur de sa peau satinée.

Tout à coup, il tressaillit. Elle venait de pousser un petit cri de douleur.

— Que se passe-t-il ? demanda-t-il avec inquiétude.

Une mèche de ses cheveux s'était prise dans sa montre.

Il laissa échapper un petit rire étouffé.

— Ne bouge plus, je vais arranger ça.

Mais apparemment, elle n'avait pas la patience nécessaire. D'un geste vif, elle tira sur ses cheveux pour les dégager, puis se pencha sur lui pour finir de déboutonner sa chemise.

Ravi, Dominic se laissa faire de bonne grâce. Quelques instants plus tard, sa chemise vola en l'air pour retomber en boule sur le sol. Sa dame rouge entreprit ensuite de défaire l'attache sophistiquée de son pantalon de smoking. En vain.

— Vive le jean ! marmonna-t-elle. Comment ça fonctionne, ce truc ?

— Je te donnerai des cours intensifs, promit-il en riant. Pour l'instant, laisse-moi faire.

Quand il eut enlevé son pantalon, il s'avisa qu'elle-même était encore beaucoup trop habillée. Certes, son décolleté plongeant offrait bien des perspectives, mais ce n'était pas une raison pour ne pas la débarrasser de sa robe. Cependant, une fois que celle-ci eut rejoint sa chemise par terre au pied du lit, il se heurta à un nouvel obstacle. Ce bustier de dentelle ivoire était très sexy, mais comment se dégrafait-il ?

Sa première tentative échoua. S'il parvenait à se concentrer sur le problème, il réussirait peut-être à le résoudre, se dit-il. Mais comment se concentrer, alors que sa dame rouge le couvrait de baisers qui menaçaient de lui faire perdre à tout moment le contrôle de lui-même.

— C'est à mon tour d'avoir besoin d'aide, avoua-t-il avec un sourire contrit.

Avec des gestes vifs, elle ôta son bustier et le lança à l'autre bout de la pièce. Puis elle se rallongea, offrant à son regard émerveillé son éblouissante nudité.

Se penchant lentement vers elle, il effleura du bout de la langue l'aréole dilatée d'un sein, avant d'en cueillir la pointe tendue de ses lèvres. Le long gémissement modulé que sa dame rouge laissa échapper enflamma tout son être.

Se mouvant au rythme des caresses et des soupirs, ils entreprirent un long voyage vers le plaisir, au terme duquel une ultime vague les propulsa en même temps au sommet de la volupté.

Comblée, luisante de sueur et le visage auréolé de sa crinière flamboyante, Izzy s'endormit aussitôt. Appuyé sur un coude, Dominic la contempla pendant un long moment. Comme elle était belle ! Jamais il ne serait repu du spectacle fantastique de ce corps qui s'accordait si parfaitement avec le sien, dans l'amour comme dans la danse.

Cependant, il y avait une ombre à son bonheur. Sa dame rouge ne lui avait toujours pas avoué qui elle était en réalité.

Bien sûr, il le savait. C'était la sœur de Jemima Dare et elle s'appelait Izzy. Elle s'était présentée elle-même à lui en tant que telle la veille, enveloppée dans un drap de bain, les cheveux humides, et le visage — pour une fois ! — exempt de tous ces fards dont elle le couvrait pour jouer le rôle de sa sœur.

Réprimant un soupir, il écarta d'un geste tendre une boucle cuivrée qui lui barrait le front. Quand allait-elle enfin se décider à lui faire confiance et à jeter le masque ?

Elle qui venait de se donner à lui corps et âme, sans simulacres ni faux-semblants…

Il se pencha sur elle et déposa sur ses lèvres un baiser d'oiseau. Elle fronça le nez dans son sommeil et poussa un imperceptible soupir.

Avec un sourire attendri, il s'allongea à côté d'elle.

Avait-elle compris qu'il était très sérieux quand il lui avait avoué qu'il attendait la femme de sa vie pour se marier ? Demain, il le lui répèterait. En lui précisant bien qu'il avait trouvé cette femme le jour où il l'avait rencontrée.

Au Flamingo Pool...

Alors, elle serait bien obligée de cesser de jouer la comédie.

Izzy se réveilla en sursaut. Se redressant dans le lit, elle promena son regard autour d'elle et aperçut derrière la vitre un ciel gris pâle. Le jour se levait. Se glissant hors du lit, elle traversa la pièce à pas feutrés en s'efforçant de ne pas faire craquer le parquet disjoint.

On distinguait encore très vaguement la lune et quelques étoiles, constata-t-elle en regardant par la fenêtre.

Réprimant un frisson, elle se recroquevilla en croisant les bras. A quoi était due l'angoisse diffuse qui l'étreignait ? se demanda-t-elle.

Dans le lit, l'homme qu'elle aimait et qui ne l'avait pas reconnue remua en murmurant quelque chose qu'elle ne comprit pas.

« Chérie », sans doute. Ou un autre mot tendre passe-partout qu'on employait le matin au réveil, quand on ne se rappelait plus avec qui on s'était couché la veille...

Izzy se mit à claquer des dents.

Elle chercha quelque chose pour se couvrir. Ne trouvant rien de plus chaud, elle ramassa par terre la veste de Dominic et la jeta sur ses épaules. Au contact de la doublure de soie, elle sentit un long frisson la parcourir, tandis que des effluves de santal lui caressaient les narines.

Jusqu'à la fin de ses jours, ce parfum lui rappellerait ses illusions perdues, songea-t-elle en étouffant un sanglot.

— Viens, ma chérie, dit une voix ensommeillée venant du lit.

— Ne m'appelle pas « ma chérie » ! cria-t-elle avec véhémence.

Dominic se redressa d'un bond en s'exclamant :

— Que se passe-t-il ?

Comme elle ne répondait pas, il se leva et la rejoignit.

— Qu'y a-t-il ? Tu as fait un mauvais rêve ? Explique-moi ce qui t'arrive.

Izzy déglutit péniblement. Un mauvais rêve ? Un horrible cauchemar, oui !

Comment avait-elle pu être assez idiote pour imaginer que c'était sa cavalière du Flamingo Pool qu'il avait reconnue en elle quand il était passé à l'appartement ?

Comment avait-elle pu être assez naïve pour espérer qu'avant de lui faire l'amour, il lui avouerait d'une voix altérée par l'émotion qu'elle hantait ses pensées depuis le soir de leur première rencontre ?

De toute évidence, ce n'était qu'un vulgaire macho pour qui les femmes étaient interchangeables. Pourquoi se compliquer la vie, puisqu'il suffisait de toutes les appeler « ma chérie » ?

Alors qu'il la prenait par les épaules, elle se dégagea vivement.

— Ne me touche pas ! intima-t-elle d'un ton cassant.

Il tressaillit.

— Mais enfin, que se passe-t-il ?

En proie à une agitation extrême, elle se lança en bafouillant dans un discours incohérent.

Dominic fut bouleversé. Il lui était insupportable de la voir dans cet état ; il fallait absolument trouver un moyen de l'apaiser.

Il approcha une chaise et lui fit signe de s'asseoir. De toute évidence, il valait mieux ne pas la toucher, comprit-il. Il ouvrit le buffet qui se trouvait face au lit, et en sortit un flacon. Il le déboucha et renifla.

— C'est du madère de l'oncle Gerald, dit-il. Apparemment, il est encore bon.

Il en versa un peu dans un verre.

— Bois. Ça devrait te faire du bien.

Elle avala le contenu du verre d'un trait, comme un médicament.

— Tu vas mieux ? demanda-t-il avec anxiété.

Elle secoua la tête. Son regard traqué serra le cœur de Dominic. Comment la mettre en confiance et l'aider à se délivrer de ses démons ?

Prenant une couverture sur le lit, il la lui posa délicatement sur les épaules en prenant bien soin d'éviter tout contact direct avec elle. Puis il enfila un vieux peignoir de laine qu'il trouva dans la penderie et s'assit en tailleur à ses pieds.

— Veux-tu encore un peu de madère ? demanda-t-il d'une voix très douce.

Elle hocha la tête.

— Je ne me doutais pas que je bénirais un jour ce vieux fossile d'oncle Gerald pour son alcoolisme invétéré, plaisanta-t-il en la resservant.

A sa grande joie, Izzy esquissa un sourire. Bien pâle, certes, mais c'était déjà un net progrès, songea-t-il avec soulagement.

« A présent, parle-moi à cœur ouvert, mon amour, supplia-t-il silencieusement. Fais-moi enfin confiance. »

Izzy prit une profonde inspiration. Puis elle s'éclaircit la gorge. Jamais elle n'avait raconté sa terrible aventure à personne. Allait-elle en être capable ?

Curieusement, elle avait envie de se confier à cet homme, qui lui inspirait la plus profonde défiance quelques instants plus tôt. Décidément, jamais personne n'avait provoqué en elle des sentiments aussi contradictoires que Dominic Templeton-Burke...

— C'était au cours d'un voyage dans les Andes, commença-t-elle d'une voix hésitante.

La gorge immédiatement nouée par des sanglots qui ne demandaient qu'à éclater, elle s'interrompit. A son grand soulagement, Dominic resta silencieux, visiblement armé d'une patience à toute épreuve.

Au bout de quelques instants, elle inspira de nouveau profondément, puis reprit d'une voix plus ferme :

— Je faisais le tour de l'Amérique Latine en bus. Tu vois le genre de voyage ?

Il hocha la tête.

— Ce n'était pas la première fois que je faisais la route. Assez contente de moi, je me prenais pour une grande aventurière, prête à faire face avec sérénité aux situations les plus extrêmes. J'étais pleine d'insouciance et je me croyais invulnérable. Jusqu'au moment où…

De nouveau, elle s'interrompit. Dominic attendit sans broncher qu'elle soit prête à poursuivre son récit.

— … nous avons été pris en embuscade par un groupe de guérilleros dans un petit village de montagne.

Elle déglutit péniblement.

— Etant donné leur agressivité, il s'est avéré très difficile de discuter avec eux. Nous étions plusieurs à maîtriser l'espagnol, mais ils étaient à cran. Très vite, il est devenu évident que la moindre maladresse risquait de déclencher un carnage.

Pour la première fois, Dominic se permit d'intervenir. D'un ton neutre, il demanda :

— Combien étiez-vous ?

— Vingt-sept. Le bus était presque plein, et les guérilleros ont laissé partir tous les autochtones. Ils n'ont retenu en otage que les touristes. J'ai conseillé à mes compagnons la plus grande docilité. Il fallait s'abstenir de tout mouvement brusque et éviter de regarder nos ravisseurs dans les yeux. La dernière chose à faire était de leur donner l'impression que nous avions l'intention de leur tenir tête.

— Tu as eu entièrement raison. C'était la seule attitude à adopter.

— Je sais. Malheureusement, tout le monde ne m'a pas écoutée. Un des touristes a essayé de résister aux guérilleros et ceux-ci nous ont entraînés dans la montagne.

Dominic commença à comprendre. Mon Dieu ! Pas étonnant qu'elle ait des crises d'angoisse… Estimant qu'il pouvait désormais se le permettre sans l'effaroucher, il lui prit les mains et les serra dans les siennes.

— Qu'est-il arrivé ?

— Peu à peu, la tension montait dans chaque camp. Certains

touristes semblaient proches de la crise de nerfs, quant aux guérilleros, ils devenaient de plus en plus menaçants. Et puis à un certain moment...

Elle baissa la tête.

Dominic lui pressa doucement les mains pour l'encourager à continuer, mais il se garda bien de prononcer le moindre mot.

Après un silence prolongé, elle se sentit de nouveau capable de parler sans s'effondrer.

— L'un des guérilleros s'est adressé directement à moi et... et il ne m'a pas laissé le choix. J'ai été obligée d'accepter son marché.

Dominic crispa la mâchoire. Il n'était pas difficile d'imaginer les termes du contrat... Submergé par une rage meurtrière, il s'efforça de se maîtriser.

Eventuellement, il se défoulerait plus tard en courant à travers champs jusqu'à épuisement. En espérant que ça suffirait à le calmer...

Mais pour l'instant, il fallait absolument garder son sang-froid. La seule façon d'apporter un certain réconfort à sa dame rouge était de l'écouter d'une oreille attentive.

Redressant la tête, Izzy rassembla tout son courage. A présent qu'elle avait commencé, il fallait aller jusqu'au bout de ses confidences. Le seul moyen d'exorciser la peur qui la rongeait depuis ce voyage était d'exprimer à haute voix tout ce qu'elle avait ressenti.

— En fait, j'ai eu une chance énorme. Pour une raison mystérieuse, nos ravisseurs ont brusquement décampé au moment où nous nous y attendions le moins. Si bien qu'en fin de compte, il ne m'est rien arrivé. Du moins concrètement. Mais en réalité, je pense que j'ai subi un traumatisme aussi violent que si j'avais été réellement obligée de...

Elle ferma les yeux, s'exhortant à mettre des mots sur sa souffrance afin de l'apaiser.

— ... de me prostituer.

Enfin, le mot était lâché ! Et c'était bien le seul qui convenait.

— Etre ravalé au rang de marchandise est une expérience

que je ne souhaite à personne, poursuivit-elle. Bien sûr, tout valait mieux que la mort. Et comme c'était le sort que cet homme m'avait promis — ainsi qu'à mes compagnons — si je refusais de coucher avec lui, je n'avais pas vraiment le choix…

» Mais depuis, je ne peux pas m'empêcher de penser que tous les hommes considèrent mon corps comme une monnaie d'échange. C'est comme une écharde qui se serait glissée sous ma peau. Je connais des moments de répit, mais il suffit d'un rien pour réveiller la souffrance. »

Elle poussa un profond soupir. Peut-être y avait-il dans ce dernier une pointe de soulagement, constata-t-elle aussitôt avec surprise. Serait-elle sur la voie de la guérison ?

— Tous les hommes ? demanda Dominic d'un ton acerbe après un silence prolongé.

Elle tressaillit.

— Pardon ?

— As-tu vraiment l'impression que *tous* les hommes considèrent ton corps comme une monnaie d'échange ? précisa-t-il d'un ton égal.

— Tous sans exception. Depuis deux ans, ma vie sentimentale est un véritable fiasco. Non. En fait, elle est tout simplement inexistante. Oh, bien sûr, il m'arrive parfois de me raconter des histoires et d'arriver à me convaincre que je suis attirée par tel ou tel homme.

» Mais cette illusion ne dure jamais bien longtemps. Tous les symptômes de l'attirance que j'ai cru sincèrement ressentir disparaissent aussi vite qu'ils sont apparus. Du jour au lendemain, celui que je considérais encore la veille comme un objet de désir se métamorphose en ennemi. »

Elle eut un sourire désabusé.

— C'est comme un sortilège malfaisant qui m'aurait été jeté par une méchante sorcière. Jusqu'à présent, personne n'a encore réussi à m'en délivrer.

Un long silence suivit cette déclaration. Dominic se leva et se mit à arpenter la chambre. Puis il se tourna vers elle et la contempla un moment d'un air impénétrable.

— Je vois, dit-il d'une voix glaciale. Je suppose que je dois te remercier pour ta franchise. Malgré tout, je ne peux pas m'empêcher de lui trouver un goût amer. D'autant plus que j'ai cru un instant que tu m'accordais enfin une confiance totale. Mais apparemment, je me trompais. Tu sembles bien résolue à me mener en bateau jusqu'au bout.

Dardant sur elle un regard noir, il ajouta d'un ton aigre qu'elle ne lui connaissait pas :

— Pourquoi ne te décides-tu pas à m'avouer la vérité, une bonne fois pour toutes ? Me prends-tu donc pour un parfait crétin ?

Atterrée, Izzy resta bouche bée. Comment pouvait-il réagir ainsi après la confession qu'elle venait de lui faire ?

— Mais enfin, quelle preuve de confiance plus éclatante veux-tu que je te donne ? s'écria-t-elle. C'est la première fois que je raconte à quelqu'un ce qui m'est arrivé dans les Andes. Ne comprends-tu pas à quel point ça a été difficile pour moi ? Que te faut-il de plus ? Même ma sœur n'est pas au courant !

— Parlons-en de ta sœur ! Comment s'appelle-t-elle, déjà ? Izzy... ou Jemima ? Et le Flamingo Pool, ça ne te rappelle rien ? Non, bien sûr ! Pour toi, tous les hommes sans exception sont des ennemis qui considèrent ton corps comme une simple monnaie d'échange. C'est bien ça, n'est-ce pas ? Alors pourquoi te souviendrais-tu de celui avec qui tu as dansé une salsa torride au Flamingo Pool ? Faut-il qu'il soit stupide pour s'être imaginé que cette rencontre t'avait laissé un souvenir impérissable ! Manifestement, elle ne t'a pas marquée autant que lui.

Il émit un rire sardonique, qui glaça le sang d'Izzy. Clouée sur place, elle fut incapable de la moindre réaction.

— Rassure-toi, je n'ai pas l'intention de t'imposer ma présence plus longtemps, conclut-il d'une voix méconnaissable. Je ne voudrais surtout pas aggraver ton traumatisme.

Tournant les talons, il quitta la chambre en claquant la porte derrière lui.

11

Izzy resta pétrifiée longtemps encore après son départ.

Comment avaient-ils pu en arriver là ?

Manifestement, il n'avait jamais oublié leur première rencontre. Et il ne l'avait jamais non plus prise pour Jemima…

C'était un comble ! De toute évidence, ils étaient sur la même longueur d'onde depuis le premier instant. Et pourtant, chaque fois qu'ils se retrouvaient, un fossé de plus en plus infranchissable semblait se creuser entre eux.

On nageait en plein délire…

Poussant un soupir, elle se leva de sa chaise, laissa tomber par terre la couverture qu'il lui avait posée sur les épaules et chercha dans ses bagages une tenue confortable.

Après s'être habillée, elle s'installa dans le grand fauteuil qui faisait face à la fenêtre. Etant donné le tourbillon de pensées qui soufflait dans son esprit, elle n'avait pas la moindre chance de se rendormir. Autant profiter du lever du soleil.

Peu à peu, une douce euphorie se répandait en elle. Dominic partageait ses sentiments ! Aucun doute ne subsistait à cet égard. N'était-ce pas la nouvelle la plus fantastique qu'elle ait jamais apprise de toute sa vie ?

Certes, à cet instant précis, leur relation était loin d'être au beau fixe. On pouvait même affirmer sans exagération qu'il régnait entre eux un froid polaire…

Paradoxalement, le malentendu ayant provoqué cette glaciation était dû à la confiance absolue que lui inspirait cet homme. Emportée par son élan, elle lui avait ouvert son cœur sans aucune réserve. Et pas un instant, elle n'avait imaginé qu'il risquait de prendre pour lui ce qu'elle disait des autres hommes...

Comment avait-il pu penser qu'elle le considérait comme un ennemi ? « Sans doute parce que ce matin au réveil, l'incohérence de tes réactions ne risquait pas de l'éclairer sur les sentiments que tu lui portes », reconnut-elle *in petto* en se remémorant la crise d'angoisse qui l'avait assaillie quelques heures auparavant.

Avec un pincement au cœur, elle remonta ses genoux contre sa poitrine. Seigneur ! Elle avait à la fois envie de rire et de pleurer... Etait-elle en train de sombrer dans la démence ? Depuis le temps qu'elle le redoutait, peut-être était-ce sur le point d'arriver...

Mais non, se rassura-t-elle aussitôt. Elle ne courait aucun danger, puisque Dominic l'aimait ! A cette pensée, elle éclata d'un rire joyeux.

Le malentendu qui les séparait encore serait bientôt dissipé. Il suffisait de lui expliquer qu'elle était enfin délivrée du sort malfaisant dont elle était prisonnière depuis son retour de la Cordillère des Andes.

Grâce à lui. Dominic Templeton-Burke. L'homme de sa vie. L'homme qui hantait ses rêves depuis une certaine soirée au Flamingo Pool...

Quelques heures plus tard, elle gagna la cuisine, impatiente de retrouver son prince charmant pour lui avouer son amour.

Il régnait dans la pièce une agitation comparable à celle qui animait Times Square pendant la nuit de la Saint-Sylvestre.

Dans un joyeux brouhaha, un nombre invraisemblable d'adultes et d'enfants prenaient leur petit déjeuner. Certains, attablés à l'immense table de pin, dévoraient des œufs au bacon ou des céréales en discutant avec entrain. D'autres, debout au milieu d'un va-et-vient incessant, le portable collé à l'oreille, se contentaient d'une tasse de café.

A côté de l'évier, deux femmes épluchaient vaillamment une montagne de pommes de terre.

— Bonjour, ma chère ! lança la duchesse d'un ton affable. Café ? Thé ? Installez-vous et prenez tout ce qui vous fait envie. Dominic revient dans un moment. Il est parti chercher Abby.

Izzy sentit son estomac se nouer. Abby ? Dominic lui en voulait-il tellement qu'il lui avait déjà trouvé une remplaçante ?

— Qui est Abby ? s'enquit-elle d'un ton qu'elle espérait désinvolte.

La duchesse arqua des sourcils crayonnés.

— Vous ne la connaissez pas ?

— N-non, bafouilla Izzy, de plus en plus inquiète.

— Abby — ou encore Lady Abigail — est la sœur cadette de Dominic, expliqua la duchesse avec un sourire malicieux. Elle passe le week-end chez des amis, à quelques kilomètres d'ici, mais elle nous rejoint pour le déjeuner de fiançailles. Du moins, je l'espère. C'est elle qui apporte le dessert !

Réprimant un soupir de soulagement, Izzy se servit une tasse de café. Mais ce dernier avait été manifestement réchauffé des dizaines de fois, constata-t-elle en s'efforçant de masquer sa déception. Elle vida discrètement sa tasse dans l'évier, prit un grand verre d'eau et sortit dans le jardin.

A la vue des baraques et des tentes toujours dressées dans le champ voisin, elle se rappela soudain avec émotion les confidences que lui avait faites Dominic pendant la kermesse.

Dire qu'il ne s'était même pas écoulé une demi-journée depuis ! songea-t-elle avec stupéfaction en se laissant tomber dans l'herbe sous un rosier luxuriant. Tellement de choses avaient changé pour elle depuis son arrivée chez la tante de Dominic qu'elle avait l'impression que cette conversation remontait à bien plus longtemps…

En tout cas, le fossé qui les séparait n'était pas si profond, en fin de compte. Ne s'étaient-ils pas confiés mutuellement leurs secrets les plus intimes avant même la fin de leur « troisième rendez-vous » ?

Alors que des images très précises de leurs ébats nocturnes s'imposaient à son esprit, faisant naître en elle des sensations délicieuses, elle entendit un bruit qui la fit tressaillir.

Ce ronronnement, c'était celui du 4x4 de Dominic. Elle l'aurait reconnu entre mille, songea-t-elle, attendrie. Désormais, il lui était aussi familier que la sonnerie de son propre téléphone portable...

Le cœur battant, elle se leva pour aller à la rencontre de l'homme de sa vie.

Garé devant l'entrée de la cuisine, il était en train de décharger plusieurs cartons de victuailles. Quand elle arriva à sa hauteur, il était penché sur le coffre.

Paralysée par le trac, elle s'éclaircit la gorge.

— Oui, Abby ! lança-t-il avec un agacement manifeste. Je me dépêche. Mais de toute façon, une minute de plus ou de moins hors du réfrigérateur ne changera pas grand-chose. Ça ne fondra pas beaucoup plus.

Se redressant, il constata sa méprise. Aussitôt, il se figea.

Déglutissant péniblement, Izzy bredouilla :

— Je... Je voudrais te parler.

Une étincelle s'alluma dans les yeux gris-vert.

— Vraiment ? Je croyais pourtant que nous nous étions tout dit.

La gorge nouée, elle s'entendit implorer d'une voix tremblante :

— S'il te plaît !

Les dents serrées, il déclara :

— Si tu y tiens... Mais il faut d'abord que je finisse de décharger.

Au même instant, une jeune femme grande et mince qui lui ressemblait trait pour trait sortit de la cuisine en lançant :

— Au fait, j'ai été tellement obnubilée par les crèmes glacées pendant tout le trajet que j'en ai oublié de te demander comment ça s'était passé avec Jemima ! Oh, bonjour, mademoiselle, ajouta-t-elle en voyant Izzy.

— Abby Diz, déclara-t-elle en lui tendant la main. La sœur cadette de Dominic.

— Isabel Dare, répondit machinalement Izzy en lui serrant la main.

— Justement, à propos des crèmes glacées, les voilà, intervint Dominic en déposant deux cartons dans les bras de sa sœur. Tu n'as plus qu'à courir les mettre au frais.

Abby regarda son frère d'un air indigné.

— Tu exagères ! Pourquoi... ?

— Je t'expliquerai plus tard, coupa-t-il vivement, les yeux fixés sur Izzy. Pour l'instant, va voir dans la cuisine si j'y suis. A tout à l'heure, petite sœur...

Laissant Abby interdite, il prit Izzy par le coude et l'entraîna dans le jardin derrière une haie de laurier.

A peine étaient-ils à l'abri des regards, qu'il la prit dans ses bras et s'empara de sa bouche avec fougue.

Frémissante, tous les sens en émoi, elle noua les mains sur sa nuque et, alanguie contre sa poitrine, répondit à son baiser avec une ardeur qui ne laissait aucun doute quant à l'intensité de son désir pour lui.

Les yeux fermés, oubliant tout ce qui n'était pas cette étreinte passionnée, ils s'abandonnèrent à ce baiser incendiaire avec la ferveur de deux êtres destinés l'un à l'autre de toute éternité.

Un long moment plus tard, Dominic détacha ses lèvres de celles d'Izzy pour tracer un sillon de baisers le long de son cou. Tout étourdie de désir, elle laissa échapper des gémissements extatiques. Seigneur ! Jamais encore elle n'avait éprouvé un élan aussi primitif pour un homme, songea-t-elle confusément, parcourue tout entière de frissons langoureux.

— Je l'ai su dès que je t'ai vue te déhancher lascivement sur la piste de danse du Flamingo Pool dans ton ensemble écarlate, murmura à son oreille une voix riche et délicate comme du chocolat noir.

— Quoi donc ?

— Que tu étais la femme de ma vie.

— C'est justement ce que je voulais te dire, répliqua-t-elle d'une voix alanguie.

Il effleura ses lèvres du bout de la langue.

— Tu voulais m'informer que tu étais la femme de ma vie ? Je suis déjà au courant, plaisanta-t-il.

— Non ! s'exclama-t-elle avec une moue boudeuse. Je voulais te dire que tu es l'homme de ma vie.

— Excellente nouvelle, rétorqua-t-il d'un ton pince-sans-rire.

Puis il captura de nouveau sa bouche dans un long baiser gourmand avant d'ajouter :

— Sais-tu combien de fois j'ai rêvé de l'instant merveilleux où tu m'avouerais enfin ton amour ?

— Non.

Il eut un sourire malicieux.

— Moi non plus ! Elles sont trop nombreuses.

Puis, soudain grave, il demanda :

— Pourquoi ne pas m'avoir avoué plus tôt que tu étais la sœur de Jemima ? As-tu mis si longtemps à comprendre que tu pouvais me faire confiance ?

— Je pensais que tu me prenais vraiment pour elle, avoua-t-elle d'un air penaud.

Il s'esclaffa.

— Quelle idée ! Comment aurais-je pu vous confondre ? Tu es tellement plus attirante qu'elle ! Tellement plus pétillante. Je ne nie pas qu'elle soit charmante, mais la seule fois où j'ai dansé avec elle, je n'ai jamais eu envie de recommencer.

Izzy réprima un sourire ravi. Ce n'était peut-être pas très charitable pour sa sœur, mais il fallait reconnaître que ce compliment lui faisait un immense plaisir.

Dire qu'elle avait d'abord cru que Dominic et Jemima avaient été amants ! Jamais elle n'aurait pu supporter l'idée que sa sœur et l'homme de sa vie avaient partagé des moments d'intimité…

— A quoi penses-tu ?

Elle tressaillit. Levant les yeux, elle rencontra le regard gris-vert, qui la fixait avec intensité.

— A la chance inouïe que j'ai de t'avoir rencontré.

Visiblement très ému, il la serra dans ses bras à l'en étouffer.

— Si tu savais comme j'ai eu peur, ce matin ! murmura-t-il à son oreille. J'ai bien cru que je m'étais trompé et qu'il n'y avait aucun espoir de gagner un jour ta confiance. Je n'ai jamais été aussi désemparé.

— C'est de ma faute. Je n'ai pas su…

Il lui coupa la parole d'un baiser d'une infinie tendresse.

— L'essentiel, c'est qu'il ne subsiste plus aucun malentendu entre nous, dit-il quand leurs bouches se furent séparées. Je t'aime, Izzy. Et je veux que tu saches que j'étais très sérieux, hier soir, à propos du mariage. A présent que j'ai trouvé la femme de ma vie, mon vœu le plus cher est de l'épouser.

— Moi aussi je…

Il posa un doigt sur sa bouche.

— Chut… Avant de me donner ta réponse, je veux que tu réfléchisses bien. Je suis loin d'être le mari idéal. Il faut que tu en sois parfaitement consciente. Je disparais régulièrement au bout du monde pendant plusieurs mois d'affilée, alors que je ne suis même pas capable d'écrire une carte postale !

— J'espère que tu n'as pas l'intention de m'énumérer tous tes défauts les uns après les autres, parce que ce serait du temps perdu, répliqua-t-elle sur le même ton malicieux que lui. Ma décision est déjà prise. Je t'aime et je veux devenir ta femme. Je me passerai de cartes postales…

L'enveloppant d'un regard éperdu, il lui prit les mains et les couvrit de baisers fervents.

Submergée par une émotion indicible, Izzy dut attendre que les battements frénétiques de son cœur s'apaisent avant d'ajouter :

— Toutefois, je pose une condition à ce mariage. Je n'accepterai de t'épouser que si tu me laisses écrire ton livre sur l'Antarctique.

Il la fixa d'un air abasourdi.

— Je ne comprends pas.
— Il suffit que tu le dictes, expliqua-t-elle avec un sourire. Je me charge de le taper.

A en juger par l'altération de ses traits, il était profondément bouleversé, se dit-elle.

— Je te dicterai aussi des montagnes de lettres d'amour, finit-il par murmurer d'une voix rauque. Je suis même prêt à t'écrire un poème par jour.

Le parfum subtil des roses toutes proches embaumait l'air, mais Izzy n'en avait pas conscience. Elle était trop enivrée par les effluves de santal qui montaient du torse puissant de son futur mari. Ce parfum resterait à tout jamais pour elle le symbole du bonheur parfait, se dit-elle, envahie par une joie intense.

Plongeant un regard fripon dans celui de Dominic, elle se mit à défaire lentement les boutons de son corsage blanc. Pas de doute, elle avait fait d'énormes progrès, se dit-elle avec fierté.

Jamais elle n'aurait pu imaginer, ne serait-ce que vingt-quatre heures auparavant, qu'elle serait un jour capable de se déshabiller effrontément devant un homme en pleine lumière. Dans le jardin d'une duchesse, de surcroît !

Bien sûr, ce n'était pas n'importe quel homme. C'était Dominic Templeton-Burke. L'homme de sa vie, qui venait de la demander en mariage et qui promenait sur elle un regard tellement ébloui qu'elle n'éprouvait aucun embarras à se dénuder devant lui.

Enfin, presque aucun... A en juger par le feu qui lui brûlait le visage, de la base du cou jusqu'à la pointe des oreilles, elle était tout de même écarlate.

Lorsqu'elle eut ouvert le dernier bouton, dévoilant complètement son soutien-gorge de dentelle blanche, un éclair de désir fulgurant jaillit dans les yeux gris-vert fixés sur elle.

Sans un mot, Dominic s'approcha avec lenteur et la prit dans ses bras. Ecrasant ses lèvres contre les siennes, il promena sur son corps à moitié dévêtu des doigts experts qui l'embrasèrent.

Ondulant sous ses caresses, elle ouvrit d'un geste fiévreux

l'un des boutons de sa chemise et glissa une main tremblante contre son torse puissant.

Avec un grognement étouffé, il la souleva de terre et la porta jusqu'à un coin reculé du jardin, à l'orée du champ. A l'abri d'un massif de peupliers, il la posa délicatement dans l'herbe et s'allongea auprès d'elle.

Ils regagnèrent la maison juste à temps pour le début du repas de fiançailles.

Le corsage blanc d'Izzy était tout chiffonné et des brins d'herbe parsemaient sa crinière rousse ébouriffée. Elle avait eu l'intention de se changer, mais Dominic n'avait rien voulu entendre.

— Il n'en est pas question ! avait-il protesté avec véhémence. D'ailleurs, à partir d'aujourd'hui, je ne veux plus que tu portes autre chose que ce corsage.

Secrètement flattée, elle avait éclaté d'un rire joyeux.

— Jemima va être contente ! Il est à elle.

— Si elle y tient absolument, je lui rachèterai le même, mais celui-ci est sacré. Il est hors de question que tu le lui rendes. Suis-je bien clair ?

— Limpide, avait-elle rétorqué en pouffant.

Ayant découvert depuis peu qu'elle était très sensible aux chatouilles, il la pinça légèrement au creux des reins, juste au moment où ils pénétraient dans la salle à manger. Etouffant un petit cri, elle répliqua par un coup de coude.

— Tiens-toi bien ! le sermonna-t-elle à voix basse. Nous allons déjà avoir du mal à nous expliquer. Ce n'est pas la peine d'en rajouter.

Il arqua les sourcils d'un air narquois.

— Quelles explications avons-nous à fournir ?

— Eh bien, il va falloir par exemple préciser à ta tante que je ne m'appelle pas Jemima et que je n'ai jamais été mannequin.

— Ne t'inquiète pas. Je m'occupe de tout.

A la fin du repas, alors qu'Abby venait d'apporter les crèmes glacées, il se leva et fit tinter son verre avec son couteau.

— Votre attention, s'il vous plaît ! J'ai trois nouvelles à vous annoncer. Premièrement, la femme que vous prenez pour Jemima est en réalité sa sœur Izzy. Deuxièmement, nous nous aimons. Troisièmement, nous allons nous marier.

Izzy faillit s'étrangler de rire.

Visiblement très content de lui, Dominic se rassit dans un silence total.

Abby se tourna vers Izzy.

— Est-ce vrai ?

— Oui, répondit Izzy avec simplicité.

Tout en la couvant d'un regard à la fois plein de promesses et de souvenirs partagés, Dominic lança :

— Double dessert pour tout le monde, s'il te plaît Abby ! Nous avons de doubles fiançailles à célébrer.

SOPHIE WESTON

Un duc à marier

INTÉGRALE
TROIS COUSINES À MARIER

Traduction française de
SOPHIE DUBAIL

Titre original :
THE DUKE'S PROPOSAL

Ce roman a déjà été publié en 2015

© 2004, Sophie Weston.
© 2015, 2021, HarperCollins France pour la traduction française.

Prologue

L'homme, grand et svelte, s'accouda à la balustrade du petit cottage dissimulé dans le parc de l'hôtel, loin de l'activité tourbillonnante de l'établissement.

Il porta son regard vers la mer et laissa échapper un profond soupir de satisfaction.

La nuit était chaude et une brise douce comme le souffle d'une femme caressait sa peau.

Par-dessus le murmure des vagues, des bribes de conversation lui parvenaient. Il était seul, pourtant. Comme il l'était toujours...

Hasard ou fatalité ? Ni l'un ni l'autre : c'était simplement la vie qu'il s'était choisie des années auparavant. La vie à laquelle il s'était tenu. Faire des choix, n'était-ce pas le lot de chacun ? Restait ensuite à s'en accommoder...

Parfois cependant, lorsque la nuit était parfaite, à l'instar de celle-ci, lorsque l'air était lourd du parfum des fleurs et de la mer, il se prenait à avoir des doutes. Et si les choses avaient été différentes ? Et si *elle* s'était trouvée à ses côtés ?

— Sottises ! s'exclama Niall Blackthorne en se moquant de lui-même.

De l'autre côté de la baie, l'entrée du casino Caraïbe Royale semblait plus illuminée encore que Las Vegas. Déjà, les premiers clients descendaient des limousines ; dans quelques instants, l'orchestre de tambours métalliques, emblématique des Caraïbes, jouerait ses premières notes.

L'heure des divertissements a sonné ! songea Niall.

Il s'arracha à cette rêverie qui ne lui ressemblait pas et s'étira avec indolence dans l'obscurité croissante. Torse nu, il ne portait qu'un short en jean qui avait connu des jours meilleurs. A la nuit tombante, l'air restait chargé de la touffeur de la journée. Plus tard, quand le vent venu de la mer se lèverait, il irait travailler.

Il sourit à cette perspective. Douché et rasé de près, ses cheveux brillant sous l'astre lunaire, vêtu de son smoking taillé sur mesure, il se rendrait à son tour au casino. Là, distant et mystérieux, il se mêlerait aux touristes et aux joueurs professionnels et s'adonnerait au black-jack, à la roulette ou au poker.

Parfois, il gagnait et les gens l'enviaient. Parfois, il perdait et ils s'extasiaient de son indifférence sereine. Mais qu'il gagne ou qu'il perde, personne n'osait jamais l'aborder. Même les femmes, que ce joueur énigmatique devait fasciner, abandonnaient vite tout espoir de le côtoyer. Il ne faisait rien pour les y encourager.

Son sourire s'évanouit. Posément, il fixa l'océan où miroitaient les étoiles.

« Regarde la vérité en face, Niall. »

Il était l'homme d'une seule femme. Et cette femme appartenait à un autre.

1

La grande pièce bruissante d'agitation du salon d'essayage devint brusquement silencieuse lorsque Jemima Dare entra.

Son apparition suscitait ce type de réaction depuis quelque temps. Toutes les personnes présentes semblaient retenir leur souffle et ce silence soudain s'avérait plus éloquent qu'un roulement de tambour saluant l'arrivée d'une reine.

N'était-ce pas, en effet, ce qu'elle était devenue ? songea la jeune femme. La reine de ce petit univers !

Elle pouvait sentir le poids des regards qui la scrutaient. Et les envies qu'elle suscitait. Une fraction de seconde, elle eut l'impression qu'elle allait suffoquer.

Et puis, elle se ressaisit.

« Ne déçois jamais ton public… », s'exhorta-t-elle.

Alors, Jemima Dare rejeta en arrière ses magnifiques cheveux blond vénitien, fit battre ses paupières sur ses célèbres yeux noisette et offrit son plus beau sourire dans le mutisme général.

Un mutisme qui l'entourait depuis que Belinda Cosmetics l'avait choisie comme égérie de ses campagnes publicitaires internationales. Aujourd'hui, Jemima faisait la couverture d'*Elégance Magazine* et sa gloire était assurée. Tous les mannequins présents enviaient son succès et la jalousaient.

Instinctivement, elle redressa les épaules.

— Salut ! lança-t-elle à la cantonade.

Mais déjà, chacune avait repris son travail, les unes ajustant les créations du styliste sur le corps parfait des jeunes femmes, d'autres cherchant leur équilibre sur de cruels talons aiguilles, d'autres encore se concentrant sur les coiffures et le maquillage. Personne ne prononça un mot.

Malgré la chaleur presque insoutenable, Jemima se sentit glacée jusqu'au plus profond de son cœur.

Un instant, elle parcourut du regard cette pièce pleine de femmes qui se refusaient à seulement lui dire bonjour et ses yeux s'emplirent de tristesse. Et puis, elle haussa les épaules. « Le prix du succès », se dit-elle avec cynisme. Alors, de sa démarche de panthère, elle se fraya avec assurance un chemin au milieu des portants de vêtements enveloppés de housses et des assistantes qui s'activaient en tous sens.

— Te voilà ! s'exclama le styliste en dardant sur elle un regard affolé.

Ses mains étaient encore plus glacées que les siennes, constata Jemima. C'était son premier grand défilé.

— Je t'ai appelée, appelée et appelée encore. Tu ne réponds donc jamais au téléphone ?

Jemima éluda la question.

— Je ne laisse jamais tomber personne.

C'était vrai. Aujourd'hui, c'était presque sa seule fierté.

— Relax, Francis. Je vais faire honneur à tes créations.

Fidèle à sa promesse, la jeune femme donna le meilleur d'elle-même. A la fin du défilé, des salves d'applaudissements saluèrent la collection. Le styliste réunit ses mannequins autour de lui et versa une larme d'émotion.

Jemima appuya la tête contre l'épaule de Francis, ses cheveux blonds tombant en cascade sur le devant de sa veste de cuir. Son attitude vibrait de spontanéité, d'amitié, d'affection même. Cela ferait un cliché fantastique !

Ils le savaient tous. Les chargées de relations publiques, le publicitaire, Francis... Ils avaient tout prévu la veille au soir, au cours de la réunion de préparation.

De la spontanéité ? Quelle blague ! ironisa Jemima.

Elle s'était mise en colère lorsqu'ils lui avaient fait part de leur idée. Une fraction de seconde, elle avait oublié qu'ils lui versaient un salaire exorbitant pour faire illusion.

— Vous voulez faire courir des rumeurs sur Francis et moi, leur avait-elle lancé avec plus de clairvoyance que de tact.

Le directeur commercial de la branche britannique de Belinda avait répondu sans détour :

— Fais simplement ce que l'on te demande, Jemima. Tu es le visage de Belinda. Et nous avons besoin d'une couverture médiatique : Madame est en ville pour le défilé.

Et tous, sans exception, redoutaient « Madame ».

Aussi, Jemima se blottissait-elle à présent contre Francis et lui souriait, comme s'il était l'homme de ses rêves et non ce bourreau de travail encore peu connu du public. Enchantés, les paparazzi faisaient crépiter leurs appareils tandis que les chroniqueurs gribouillaient des notes sur leurs calepins.

Dès qu'ils eurent rejoint les coulisses, Francis retira le bras qu'il avait glissé autour de la taille de la jeune femme.

Cette intimité était réservée au public. Une fois le spectacle terminé, elle était inaccessible. Tous les hommes au monde le savaient. A l'exception d'un seul. Et cet homme...

Jemima déglutit avec peine.

— Tu avais raison, lui glissa Francis sans deviner son malaise. Tu as fait honneur à mon travail.

— A ton service !

Son sourire était contraint.

— Je suppose que tu n'as pas envie de... ?

Francis semblait soudain moins sûr de lui.

Aidée d'une assistante, Jemima était en train de retirer sa dernière création. Elle lui jeta un coup d'œil par-dessus son épaule.

— Pas envie de quoi ?

— D'aller dîner un peu plus tard ? marmonna Francis.

Il avait rougi jusqu'aux oreilles. Et pas seulement parce qu'elle était à présent en sous-vêtements.

Jemima soupira en silence. « Sois gentille, se dit-elle. Sois gentille ! Ce n'est pas de sa faute s'il est aussi maladroit. »

— Je regrette, Francis, mais Madame est en ville. Elle peut demander à me voir à tout moment.

Une lueur de soulagement, rapidement dissimulée, s'anima dans les yeux du styliste.

— Une autre fois, alors !

Sa réaction était si peu flatteuse, que Jemima aurait pu éclater de rire. Elle se retint cependant, car elle soupçonnait l'assistante, qui s'affairait autour d'eux, de divulguer des informations à la presse à scandales.

— Génial ! Tu m'appelles ?

Et puis elle lança un sourire doucereusement assassin en direction de la jeune femme.

Cette dernière resta de marbre. Mais l'atmosphère crépitait d'électricité.

— Tu as vraiment été formidable, déclara encore Francis.
— Merci.

Il hésita avant d'ajouter :

— Je te trouve de plus en plus merveilleuse.

Jemima ne put dissimuler sa surprise.

Francis fit soudain preuve d'une franchise inattendue.

— Oh, tu as toujours été splendide. Mais ces derniers mois, tu dégages quelque chose de nouveau. Comme si tu étais dangereuse ou quelque chose comme ça...

Effarée, Jemima s'interrompit.

— *Dangereuse ?*

Francis n'était peut-être pas un flatteur né, mais il avait néanmoins un œil professionnel pour juger les gens.

— C'est très tendance, dit-il pour la rassurer.

Il lui tapota l'épaule maladroitement.

— Où es-tu attendue maintenant ?

C'était la Semaine de la Mode et les mannequins couraient d'un défilé à un autre.

Jemima poussa un soupir.

— J'ai rendez-vous avec mes chargées de relations publiques. A moins que Madame Belinda ne me siffle avant !

Elle enfila un pantalon de cuir moulant couleur fauve, un haut noir échancré et une jaquette coordonnée aussi douce qu'un gant de cuir. Il devait geler dans les rues de Londres en cette journée de février, mais qu'importe ! Des photographes l'attendaient peut-être. La reine des top model ne pouvait se permettre de s'emmitoufler dans des pulls et des moufles. Même si rien ne lui aurait fait plus plaisir !

— Et ensuite ?

— Séance photo à New York ! Je décolle demain matin.

En théorie du moins, songea-t-elle.

Si Madame Belinda voulait lui mettre des bâtons dans les roues, elle était bien capable d'annuler un contrat du jour au lendemain !

Jemima tressaillit. Si elle perdait le prestigieux contrat qui la liait à Belinda, sa carrière serait terminée et elle le savait. Que deviendrait-elle alors ?

Inutile d'y penser pour l'heure. Elle envisagerait la situation lorsque celle-ci se présenterait.

Elle glissa de grandes créoles à ses oreilles et fit gonfler sa crinière blond vénétien. Jetant un coup d'œil rapide et professionnel à son reflet dans le miroir, elle marqua une courte pause.

— Parfait ! approuva-t-elle. J'ai toutes les chances d'attraper une bonne pneumonie, mais c'est parfait.

Le styliste éclata de rire. Il aurait dû se trouver au milieu de son public, à papoter avec les chroniqueurs de mode. Mais pour une raison inconnue, il s'attardait en sa compagnie.

Jemima extirpa sa besace d'un amas d'accessoires et de chaussures gisant à même le sol et lui adressa un large sourire photogénique.

— Je dois filer. La limousine m'attend.

Ils s'envoyèrent un baiser du bout des doigts.

— Tu as vraiment donné un très beau spectacle…, lança encore Francis tandis qu'elle s'éloignait.

Mais la porte s'était déjà refermée.

Dans la rue bloquée par un embouteillage, Jemima aperçut tout de suite la limousine. Elle connaissait la voiture. Elle connaissait le chauffeur. Elle exigeait de toujours avoir le même, quand elle se trouvait à Londres. C'était l'une des raisons pour lesquelles elle commençait à acquérir une réputation de vedette capricieuse.

Derrière son dos, on l'appelait la redoutable Diva, la Prima Donna des demandes inutiles. On disait futiles ses exigences en matière de transport, de logement et de divertissement. On racontait qu'elle aimait que les gens se plient en quatre pour satisfaire le moindre de ses désirs. On murmurait qu'elle pouvait *se le permettre*.

Si seulement, ils avaient su la vérité…

Elle se glissa sur la banquette arrière, étendit ses longues jambes et chercha son portable dans son sac. Elle se mordit la lèvre, s'arma de courage et le mit en marche.

Elle écouta rapidement le répondeur vocal. Madame Belinda la convoquait à l'hôtel Dorchester à 15 heures. Elle ne consulta pas les texto.

Ses chargées de relations publiques l'avaient invitée à déjeuner au Savoy. Confortablement installées sur des sofas bas et luxueux, deux femmes, à peine moins élégantes qu'elle, l'attendaient en picorant un assortiment de canapés. Jemima refusa le cocktail qu'elles lui proposèrent.

— C'est mauvais pour le teint, expliqua-t-elle en prenant place dans un fauteuil profond avec toute la grâce d'une sylphide. Je prendrai un verre d'eau.

Les deux femmes échangèrent des regards résignés. « Ça va être difficile », semblaient-elles se dire sans un mot.

Jemima tressaillit intérieurement. Cela faisait plus d'un an qu'elle travaillait avec elles. Sa sœur Izzy allait même épouser le frère de Abby, la plus jeune de l'équipe. Et pourtant, elles la traitaient encore comme si elle était à mi-chemin entre un membre de la famille royale et une délinquante de quinze ans. Elles satisfaisaient le moindre de ses caprices parce qu'elle était Jemima Dare, l'égérie de Belinda, et parce que les magazines du monde entier la réclamaient. Mais rien ne les obligeait à prétendre qu'elles appréciaient cette collaboration.

Elles échangèrent encore un regard de connivence. « Elles se préparent à l'attaque », pensa Jemima qui rassembla toutes ses forces.

Sans un mot, Abby lui tendit un dossier.

— Tu veux d'abord connaître la bonne ou la mauvaise nouvelle ? demanda Molly di Peretti.

Ne faisant pas partie de sa famille, même indirectement, elle ne cherchait pas à faire montre de diplomatie.

Jemima posa le dossier et but une gorgée d'eau pétillante.

— La bonne. Je suis optimiste de nature.

Molly désigna le dossier.

— Ta couverture médiatique ne cesse d'augmenter. Tu es le mannequin dont la presse internationale a le plus parlé le mois dernier.

— Formidable !

— La mauvaise nouvelle, poursuivit Molly avec sévérité, c'est ce que l'on dit à ton sujet.

Jemima leva les sourcils.

— Tu travailles moins, tu exiges plus. Tu passes pour une rosse arrogante que tout le monde déteste.

Jemima ne frémit pas d'un cil.

Abigail tenta une approche plus douce.

— C'est si facile de se faire une mauvaise réputation dans la profession. Tu devrais te montrer un peu plus prudente.

Molly ne disait rien. Mais son silence valait tous les discours.

— Vas-y Molly. Crache le morceau. Je suis prête à tout entendre, déclara Jemima en la toisant d'un air ironique.

Molly ne se fit pas prier.

— Abby est trop gentille avec toi. Tu es en train de te faire une réputation de sale gosse gâtée parce que tu agis comme une sale gosse gâtée.

Abby protesta, mais les deux autres femmes l'ignorèrent.

— Tes exigences dépassent les bornes. Et il n'y a pas que les autres mannequins qui pensent que tu perds les pédales.

Elle se mit à énumérer en comptant sur ses doigts :

— Il te faut toujours la même limousine. Toujours le même chauffeur. Des avions privés au lieu de vols réguliers. Tu refuses le meilleur hôtel de New York et tu fais louer un appartement, qui coûte les yeux de la tête...

Elle lui lança un regard furieux.

— Tu veux un scoop, Jemima ? Tu n'es pas Greta Garbo ! Ouvre les yeux, bon sang !

Jemima riposta froidement.

— Je paie généreusement votre agence pour que vous gériez mon agenda et que vous analysiez les résultats. Je ne vous ai pas engagées pour que vous me dictiez ma conduite.

— Il faut pourtant que quelqu'un te dise la vérité, reprit Molly avec ardeur. Ton agent est terrifiée à l'idée que tu ne la renvoies, comme tu l'as fait avec le précédent, et ta sœur te traite, Dieu sait pourquoi, comme une poupée de porcelaine.

Les célèbres yeux mordorés de Jemima s'enflammèrent.

— Lorsque Belinda cherchait son nouveau visage, ils souhaitaient quelqu'un en qui les femmes modernes pourraient s'identifier. Terminés les élégants squelettes. Finies les célébrités inaccessibles. Ils voulaient une fille qui avait une famille, des amis et qui agissait normalement. J'ai mis quelques coupures de journaux dans ton dossier pour te le rappeler, ajouta Molly d'un ton mordant.

Les yeux de Jemima brillaient à présent de fureur.

— J'ai pensé que cela ne te ferait pas de mal de te rafraîchir la mémoire, reprit Molly. Lorsque tu as été choisie, tu répondais à ces critères. Ce n'est plus le cas désormais. Je suis prête à parier que chez Belinda aussi, on commence à le remarquer.

Jemima serrait les dents. Pourtant, elle ne disait toujours rien.

— Oh, et puis zut ! acheva Molly avec dégoût.

Elle se leva.

— Abby, je te laisse finir ici. J'ai du travail sérieux qui m'attend au bureau.

Elle s'éloigna d'un pas vif.

Restée seule avec Jemima, Abby tenta d'excuser sa consœur :

— Molly prend son travail très à cœur, tu sais.

— Vraiment ? Je n'avais pas remarqué !

Quoique moqueur, son ton paraissait cependant tendu.

L'espace d'un instant, Abby crut que le superbe masque allait se fendre. L'espace d'un instant, elle espéra que Jemima allait descendre de son piédestal. Peu importait ce qu'elle ferait alors : rire, crier, pester contre Molly... pourvu qu'elle cesse de paraître si sûre d'elle, si lasse et si totalement indifférente.

Mais Jemima ne fit rien.

Au cours du déjeuner qui s'ensuivit, la top model se montra brillante et spirituelle. Elle usa de son charme auprès des serveurs, tout en restant superbement indifférente aux regards furtifs de plusieurs convives. Mais lorsqu'un jeune homme se leva et s'approcha, un exemplaire d'*Elégance Magazine* à la main, Abby remarqua combien elle se contracta soudain.

Jemima le gratifia cependant de ce sourire mystérieux qui avait fait sa célébrité et signa avec complaisance la couverture du magazine.

— Quelqu'un qui ne pense pas que tu es une petite fille gâtée ? demanda Abby avec malice.

— Exactement, rétorqua Jemima avec sang-froid.

Abby remarqua alors combien les doigts de sa compagne tremblaient.

— Est-ce que tu vas bien ? demanda-t-elle, préoccupée. Tu as blêmi lorsqu'il s'est approché.

Avec arrogance, Jemima haussa ses superbes épaules.

— Je... je croyais que c'était quelqu'un que je connaissais.

— Mais ce n'était pas le cas ?

— Non, je ne le connaissais pas.

Elle ajouta presque dans un souffle :

— Dieu merci.

De plus en plus préoccupée, Abby demanda :

— Jemima, qu'est-ce qui ne va pas ? Tu ne t'es pas encore surmenée, n'est-ce pas ?

Elle n'ignorait pas que, six mois plus tôt, le jeune mannequin avait travaillé jusqu'à l'épuisement.

Jemima détourna le regard. Son visage était un masque indéchiffrable.

— J'aimerais tellement que Izzy soit là ! soupira Abby.

Jemima se hérissa à cette remarque.

— Je n'ai pas besoin que ma grande sœur veille sur moi. Je peux prendre soin de moi toute seule. Comme Molly l'a fait remarquer, je n'ai qu'à lever le petit doigt pour que quelqu'un se précipite à mon secours. N'est-ce pas formidable ?

Abby s'affaissa sur sa chaise. Elle désapprouvait l'attitude de Jemima et s'efforça de le dissimuler.

Résolument, elle décida d'abandonner tout sujet de conversation professionnel.

Elle fit claquer ses doigts.

— J'allais oublier. J'ai les photos de Noël à te montrer.

Elle fureta dans son sac et sortit pêle-mêle une poignée d'épreuves.

— Je ferai retirer celles que tu veux.

Jemima ne figurait sur aucune d'entre elles. Elle avait réussi à passer le réveillon en famille, mais avait dû partir dès le lendemain pour une importante séance photo aux Seychelles. Elle regarda les clichés à la vitesse d'une personne habituée à en voir des planches entières.

— Que des couples parfaitement assortis ! observa-t-elle.

— Pardon ?

Jemima choisit quatre photos et les tendit à Abby. Elles montraient Abby, valsant au bras de son grand et élégant mari, Izzy et Dom, assis sous le sapin et riant à gorge déployée, et Pepper, la cousine de Jemima, appuyée rêveusement contre l'épaule de son Steven.

— Même mes parents se tiennent par la main, fit remarquer Jemima en pointant la dernière du doigt. C'est aussi bien que je sois partie. Ma présence en solo aurait fait tache.

— Ne dis pas ça. Tu aurais été la star.
D'une voix étrange, Jemima insista :
— Cela revient au même. Les stars sont solitaires.
Comprenant soudain, Abby leva les yeux.
— Toujours aucun homme dans ta vie, c'est ça ?
— Aucun que j'aurais envie de présenter à mes parents, en tout cas.
— Es-tu en train de me dire que tu en pinces pour un homme peu fréquentable ? demanda-t-elle d'un ton dubitatif.
Jemima plissa les yeux.
— Ce n'est pas ce que je voulais dire.
Abby regarda Jemima avec curiosité et reprit :
— Te sens-tu seule ?
— Comment aurais-je le temps de me sentir seule ? répondit abruptement Jemima. Depuis le début de l'année, je suis déjà allée à Madrid, Milan, Barcelone, Paris et Londres. Je pars demain pour New York, puis encore Milan. Et ensuite, je retourne à New York.
Un emploi du temps qui sembla des plus stressants à Abby.
— Tu pourrais quand même te sentir seule, fit-elle remarquer. N'as-tu jamais eu envie de faire autre chose ?
Mais Jemima fit mine de ne pas avoir entendu sa question. Une fois encore, elle parcourait les photographies.
— Tiens... qu'est-ce que c'est ? Tu es partie en voyage ?
Intriguée, Abby regarda ce que lui montrait Jemima : une vue classique de palmiers tropicaux et de vagues sauvages.
— Oh, ça ! C'est une carte postale que m'a envoyée un ami. Il parcourt la terre en tous sens et ne manque jamais de m'écrire une carte pour me montrer ce que je manque.
Elle sourit de bonheur à l'évocation de cet ami.
— Par un vendredi londonien humide comme aujourd'hui, ça donne plutôt envie ces palmiers... tu ne trouves pas ?
Jemima regarda les vagues couronnées d'écume, hocha la tête, puis retourna la carte et lut la légende :
— Ile de la Pentecôte. Où est-ce ? Dans les mers du Sud ?
Abby secoua la tête.

— Je ne sais pas. C'est possible. Il voyage beaucoup.

Les quelques mots griffonnés au dos de la carte étaient signés d'un *N* arrogant.

— Emilio devrait-il avoir des soupçons ?

Abby eut un large sourire.

— Pas une seule seconde. Cet homme et moi nous connaissons depuis l'école primaire.

— Si je comprends bien, tu ne vas pas t'envoler pour l'île de la Pentecôte pour un week-end torride avec un vieux flirt !

— Il n'y a aucune chance que ça arrive, en effet, répondit sereinement Abby. D'ailleurs, je ne sais même pas où se trouve cette île !

— Moi non plus. Très loin de tout, sans doute.

— Ça m'étonnerait, rétorqua Abby. Si mon ami est là-bas, c'est qu'il doit y avoir un casino.

Elle glissa les photos dans son sac et demanda l'addition d'un signe de la main.

— Où vas-tu maintenant ? reprit-elle. Veux-tu que je te dépose quelque part ?

— J'ai rendez-vous à l'hôtel Dorchester, répondit Jemima.

— Formidable ! commenta Abby, les yeux brillants.

Jemima fit la grimace.

— Pas vraiment. Madame m'attend pour un interrogatoire serré.

L'expression de Abby changea aussitôt. Elle frissonna.

— Cette femme me donne la chair de poule. Je suis vraiment contente de travailler pour toi et non pour Belinda.

Jemima haussa encore les épaules.

— Elle ne me fait pas peur.

— Mais elle paraît toujours tellement inaccessible !

— Peu m'importe, rétorqua froidement Jemima. Et puis, je peux toujours partir... Tu sais, Abby, il y a un certain nombre de choses pour lesquelles cela vaut la peine de se mettre dans tous ses états. Madame Belinda n'en fait pas partie.

Si Abby s'était trouvée au Dorchester une heure plus tard, elle aurait constaté que ce n'était pas l'exacte vérité. Jemima était dans tous ses états, certes. Mais pas parce qu'elle avait peur. Parce qu'elle était furieuse.

D'un bond, elle se dressa de son siège et fixa Madame, présidente de Belinda Cosmetics, droit dans les yeux.

— Etes-vous en train de me dire que vous avez traversé l'Atlantique et exigé de me voir pendant la semaine la plus chargée de l'année, pour me reprocher de ne pas avoir de *petit ami* ?

Le vice-président, assis à la droite de Madame, sursauta. L'intéressée, de son côté, resta impassible.

— Assieds-toi, Jemima.

Mais la jeune femme était à présent déchaînée.

— Pour qui vous prenez-vous ?

— Pour la personne qui règle tes factures exorbitantes.

Madame la Présidente ne la quittait pas des yeux... de ses yeux aussi dénués d'expression que ceux d'un reptile. Et qui manifestement terrifiaient le vice-président.

Ce dernier était un homme grand, ténébreux, séduisant... et aussi très sophistiqué. On le surnommait Suave Silvio dans la profession. Jemima était sortie avec lui deux ou trois fois et avait passé d'excellents moments en sa compagnie. Elle savait qu'il méritait amplement la réputation qui le précédait.

Pour l'instant, il semblait aux cent coups. Jemima préféra l'ignorer.

— Je ne vous appartiens pas, lança-t-elle à Madame. J'ai d'autres contrats.

Elle affronta son regard glacial, comme une duelliste faisant face à son ennemie.

Un long silence s'ensuivit. Ni l'une, ni l'autre ne cilla.

— Et combien de temps les garderas-tu, lorsque j'aurai dit au monde entier que je t'ai flanquée à la porte ? demanda Madame d'un ton froid.

Naturellement, Jemima avait déjà envisagé cette éventualité. Mais résolue à livrer bataille, elle refusa de s'y attarder.

— Et cela vous donne le droit de me sommer d'avoir un petit ami ? reprit-elle d'un ton méprisant. Certainement pas !

Madame la Présidente se leva. Elle posa violemment les mains devant elle, à plat sur le bureau, et se pencha en avant. Sa voix s'éleva en un rugissement stupéfiant pour une personne d'apparence si frêle.

— Tu feras ce que je te dis !

A présent complètement remontée, Jemima ne céda pas.

— J'ai signé un contrat publicitaire avec une entreprise. Pas avec une agence matrimoniale.

Suave Silvio laissa échapper un gémissement.

Un doute traversa soudain l'esprit de Jemima.

— Silvio m'a-t-il invitée à sortir avec lui sur vos ordres ?

Madame répondit d'un geste dédaigneux.

— Il l'a fait ! s'écria Jemima, stupéfaite par sa découverte.

A sa fureur succéda brutalement un immense apaisement.

— Et je suppose que c'est vous aussi qui avez demandé à ce pauvre Francis Hale-Smith de m'inviter à dîner, n'est-ce pas ? Pour votre information, je l'ai envoyé paître.

Madame s'agaça.

— Tu es l'image de Belinda. Si je te dis d'avoir un petit ami, il faut que tu t'exécutes !

— Jamais !

— Tu es mon employée ! hurla Madame.

Ç'en était trop.

— Plus maintenant. Je m'en vais, déclara Jemima très calmement.

Leurs regards s'affrontèrent quelques secondes interminables.

Cette fois-ci, Madame cligna des yeux. Et puis, elle se redressa et se rassit. Le rouge de ses joues, délicieusement maquillées, ne disparut pas.

— Et si nous prenions un café ? proposa-t-elle, presque comme si de rien n'était. Silvio, faites-nous servir du café.

Silvio se redressa d'un bond pour se ruer sur le téléphone.

« Que prépare donc cette vieille chouette ? » s'interrogea Jemima, en proie à une profonde méfiance.

— Pas de café pour moi, annonça-t-elle fermement. Je pars.

Madame agita une main si lourdement chargée de bagues

qu'elles auraient pu étinceler de mille feux si le soleil avait brillé. Mais en ce mois de février à Londres, le ciel était plombé de nuages gris.

Elle tourna vers Jemima un visage épanoui et hocha la tête d'un air approbateur, comme si elle avait affaire à un élève venant d'obtenir une excellente note.

— Assieds-toi et prenons un café. Nous devons discuter.

« Elle a perdu la tête, pensa Jemima. Si ce n'est pas elle, alors c'est moi. »

Dans un effort pour reprendre le contrôle de ses émotions, elle commença d'un ton égal :

— Le contrat qui me lie à Belinda stipule que je dois réaliser quatre séances photo par an et prendre part à divers engagements. J'ai rempli ma part de cet arrangement.

A ces mots, Madame la Présidente s'étrangla presque de rire.

Au prix d'un immense effort, Jemima réprima la réponse cinglante qui lui était venue à l'esprit.

Lorsque *Elégance Magazine* l'avait découverte, un éditorialiste subjugué l'avait décrite comme un être « d'une sensualité bouleversante, au physique sublime digne d'une déesse ». Il ne l'aurait certainement pas reconnue à cet instant, folle de rage et le regard haineux. Mais c'était quatre ans plus tôt. Entre-temps, elle avait vécu bien d'autres expériences, et toutes n'avaient pas été agréables.

Madame la Présidente était une nouvelle expérience. Mais Jemima apprenait vite. Et garder le contrôle de soi pendant une confrontation était l'une des leçons qu'elle avait apprises de la vie.

— Donnez-moi une seule bonne raison de ne pas sortir d'ici sur-le-champ, lança-t-elle avec défi.

De surprise, Silvio laissa presque tomber le téléphone. Même Madame la Présidente sembla momentanément prise de court. Puis elle eut un autre de ses hochements de tête déconcertants.

— Toi et moi avons à faire ensemble.

Jemima porta le regard vers Silvio qui tremblait de tous ses membres.

— Si vous comptez choisir mes fréquentations, certainement pas, repartit-elle sèchement. Nous n'avons pas le même goût en matière d'hommes.

Les yeux de Madame étincelèrent.

— Jouons cartes sur table. Nous avons un problème.

Jemima leva ses sourcils parfaits.

— Oh, assieds-toi ! lança Madame avec irritation. J'ai l'impression de parler à un lampadaire. Pourquoi les mannequins sont-elles si bougrement grandes de nos jours ? Lorsque j'étais jeune fille à Paris, elles avaient une taille humaine.

Malgré elle, Jemima eut un hoquet de rire. Elle s'assit.

— Voilà qui est mieux, commenta Madame.

Cette dernière se pencha en avant et posa le menton dans sa paume. Les bagues scintillèrent, mais Jemima les remarqua à peine. Les yeux posés sur elle n'étaient plus ceux d'un reptile. Ils étaient sombres, expressifs... et malicieux.

— La presse...

— A décidé que j'étais une enfant gâtée, acheva Jemima. J'ai déjeuné aujourd'hui avec mes chargées de relations publiques. Elles m'ont mise au parfum.

Madame secoua la tête.

— Elles ont tort. La presse adore les enfants gâtés. Notre problème serait plutôt que la presse t'oublie.

Elle attrapa une liasse de magazines qu'elle jeta en travers de la table. Jemima distingua pêle-mêle des titres européens et nord-américains.

— Jettes-y un coup d'œil, ordonna Madame de sa voix dure et assurée. On parle des vedettes de films, des vedettes du base-ball. On parle même de ce fichu aristocrate que personne n'a vu depuis quinze ans. Mais pas une ligne sur Jemima Dare. Et pire encore, pas un mot sur Belinda.

Jemima fronça les sourcils.

Loyalement pourtant, elle s'exécuta et feuilleta rapidement les magazines. Madame avait raison.

Tom et Sandy : une prochaine rupture ? Eugenio nous ouvre les portes de sa maison de Floride. Où est le Duc ? La quête se poursuit...

Elle repoussa les magazines.

— O.K. Rien sur Belinda. Rien sur moi. Je vous l'accorde. Et alors ?

— Alors prends les mesures nécessaires.

Jemima sourit.

— Je crois déjà entendre le *à moins que* qui va suivre. Vous annulerez mon contrat à moins que je... quoi ? Je teigne mes cheveux ? J'écrive un roman à succès ? Je chante ? Quoi ?

Madame se mit à rire subitement, mais d'un rire qui semblait rouillé tant cette femme devait rarement se laisser aller.

— Tu me plais, Jemima. Tu as du tempérament !

« Il le faut bien, pour supporter un requin tel que vous ! » se dit-elle in petto tout en adressant un sourire sage à sa patronne.

— Merci, fit Jemima. Allons, videz votre sac. Que voulez-vous que je fasse ?

— Ecoute, reprit Madame, soudain moins théâtrale. Tu étais mon choix personnel pour être l'égérie de Belinda. J'ai aimé la façon dont tu t'es présentée. Tu ne courais pas après la célébrité. Tu n'hésitais jamais à éclater de rire, sans peur d'abîmer ton maquillage. Tu étais sensée et tu n'avais pas peur d'avoir une opinion. Ça m'a plu.

Jemima en resta tout interloquée.

— Alors j'ai pensé : voilà ma femme du XXIe siècle ! Une superbe rouquine qui ne passe pas sa vie à se soucier de la taille de son arrière-train. Une fille qui a une vie. Et un avenir.

Jemima fut touchée.

— Merci, dit-elle encore.

— Alors, pourquoi les choses sont-elles allées de travers ? Qu'est-il arrivé à cette beauté qui avait les pieds sur terre ?

A ces mots, Jemima se crispa.

On frappa un coup bref. Silvio ouvrit la porte à un garçon d'étage qui déposa un grand plateau sur la table et s'en alla.

Les sourcils froncés, Madame poursuivit :

— Lorsque ce stupide agent a commencé à te transformer en fêtarde professionnelle, j'ai dit à Silvio : « Appelle-le. Explique-lui qu'il est en train de gâcher sa carrière. » Et puis, tu l'as viré. Et j'ai pensé : « Formidable ! Cette fille a du flair. »

Jemima s'était contractée.

— Je n'ai pas viré Basil.

Madame ignora sa remarque.

— Seulement, maintenant, tu ne sors plus du tout.

— *Je n'ai pas viré Basil*.

Jemima s'aperçut qu'elle commençait à trembler. Pour dissimuler son trouble, elle se mit à fouiller dans son sac.

— Ce n'est pas ce que j'ai entendu dire, opposa Madame en affichant une mine déçue.

Jemima sentit redoubler d'intensité les frissonnements le long de sa colonne vertébrale.

— Nous avons cessé de travailler ensemble d'un commun accord.

Madame semblait sceptique.

— C'est la vérité.

Du moins, à la fin, reconnut Jemima en elle-même. A partir du moment où elle l'avait menacé de révéler tout ce qu'il lui avait imposé. Certes, il avait accepté de rompre son contrat lorsqu'elle l'avait mis face à ses abus. Seulement aujourd'hui, il revenait à la charge et...

Sujette à l'un de ses brusques changements d'humeur, Madame se désintéressa de ce sujet.

— Aucune importance. Le problème, maintenant, c'est que tu n'as aucune vie sociale. Tu ne fréquentes personne. Tu ne sors jamais, à moins d'avoir un engagement professionnel.

Jemima tremblait encore.

— Je travaille. Je n'ai pas le temps de sortir.

— Prends le temps. Redeviens une personne normale. Je ne te demande pas de disparaître pendant des années comme ce mystérieux duc. Je ne te demande pas non plus de sortir avec un styliste, si tu n'en as pas envie. Mais sors avec *quelqu'un*, décréta Madame d'un ton irrévocable.

— Je...

— J'annule la séance photo à New York. Prends des vacances. Rencontre des hommes, comme toutes les autres jeunes femmes. Je veux te voir profiter de la vie comme nos clientes. Et je veux lire les comptes rendus de tes amours dans la presse.

Elle se leva. L'entretien était manifestement terminé.

Jemima cessa de frémir. Elle n'avait pas peur de Madame.

Elle rejeta la tête en arrière. En cet après-midi grisâtre, les nombreuses lampes diffusaient un éclairage chaleureux dans la superbe suite du palace. Dans cette lumière, sa magnifique chevelure chatoyait comme un brasier. Et Jemima le savait. Elle savait aussi que la femme qui l'avait personnellement choisie pour être l'égérie de Belinda, n'admettrait jamais s'être trompée.

Le ton doucereux, elle demanda :

— Ou bien ?

Madame reconnaissait un défi quand elle en rencontrait un. Si elle aimait Jemima personnellement, elle ne pouvait se permettre de ne pas relever un défi. Sa mâchoire se contracta.

— Nous travaillons déjà sur la campagne de Noël prochain. Tu y participeras, mais ce pourrait bien être la dernière si...

— Si je ne trouve pas un petit ami, acheva Jemima.

Son tempérament s'enflamma de nouveau lentement. Elle sourit aimablement au requin.

— Je suis presque certaine que c'est illégal.

Madame se moquait éperdument des tracasseries légales. Elle corrigea en grondant :

— Si tu ne mènes pas une vie *normale*.

— Et si je refuse ?

Les yeux étaient de nouveau froids comme ceux d'un reptile.

— Tu ne fais plus partie de l'équipe.

Jemima se leva brusquement.

— Comme je vous l'ai déjà dit, annonça-t-elle doucement, je pars.

Elle claqua la porte sans que Madame ait eu le temps de répondre quoi que ce soit.

Dès qu'il vit Jemima sortir du bâtiment, le portier de l'hôtel interpella un taxi. Remerciant l'employé d'un gracieux signe de tête, la jeune femme grimpa à l'intérieur du véhicule qui venait de s'arrêter à son niveau, puis composa le numéro de son agence de relations publiques.

— Belinda et moi venons de nous renvoyer mutuellement, annonça-t-elle à son interlocutrice.

Elle raccrocha sur des hurlements d'horreur.

Et puis, elle fit ce qu'elle avait évité de faire tout au long de la journée : elle consulta ses texto.

Ses doigts tremblèrent un peu tandis qu'elle appuyait sur les touches. Ces derniers jours, Basil avait cessé de laisser des messages sur sa boîte vocale. En revanche, il lui envoyait texto sur texto.

Le plus souvent, elle les effaçait sans même les lire. Mais aujourd'hui, elle s'arrêta sur un message qu'elle croyait provenir de son service de limousine.

Dès qu'elle comprit son erreur, elle le supprima. Pas assez vite pourtant.

Le message était identique. Si les mots changeaient, la signification restait la même.

TU ES A MOI.

2

Lorsque Jemima entra dans l'appartement qu'elle partageait avec Izzy et Pepper, il n'y avait pas un bruit, pas une lumière. Elle déposa son nécessaire de voyage dans l'entrée et referma la porte.

— Pepper ? appela-t-elle.

Elle ne s'attendait guère à trouver quelqu'un. Sa sœur parcourait les étendues glacées de l'Antarctique, aux côtés de l'homme de sa vie. Mais elle espérait que sa cousine serait peut-être là. Hélas, aucune réponse ne lui parvint.

Jemima alluma les lumières et se rendit dans la cuisine.

C'était le cœur de leur foyer. Dans cette pièce, elles se retrouvaient autour de la table, elles riaient, discutaient et élaboraient leurs projets. A présent, tout était anormalement ordonné. Pas de fleurs sur la table. Pas de message griffonné sur le pense-bête. Les plans de travail étaient débarrassés. Même le répondeur était sagement posé à sa place, à côté de ce qui semblait être la pile de courrier d'une semaine entière. De toute évidence, la femme de ménage était la dernière personne à être passée là.

Jemima tressaillit et laissa tomber son léger bagage à main. Elle alluma la radio et ondula doucement au rythme de la musique jusqu'au réfrigérateur qu'elle ouvrit.

Il était vide. Pepper devait être partie depuis plusieurs jours.

— A Oxford avec son Steven ! dit Jemima en soupirant.

Tout comme Izzy était en compagnie de son Dominic.

— Quant à moi, je pourrais être en ville avec Francis Hale-Smith ! Et nous nous tiendrions la main chaque fois que nous apercevrions un appareil photo ! ironisa-t-elle.

Une idée plus terrifiante encore que cet appartement vide !

— Salut Jay Jay ! Comment vas-tu ? demanda-t-elle à la chaise vide devant elle.

Elle fit le tour de la table et se répondit à elle-même :

— Oh, tu sais : boulot, boulot. Mon ex-agent ne cesse de me harceler. Me traquer semble être son nouveau choix de carrière. Il y met vraiment toute son énergie, vingt-quatre heures sur vingt-quatre, sept jours sur sept.

Dans le silence qui s'ensuivit, sa petite mise en scène ne sembla pas aussi drôle qu'elle l'avait souhaité.

— Bon sang ! jura-t-elle, la voix tremblante.

Elle se laissa tomber sur une chaise et se prit la tête entre les mains.

Elle n'avait pas pleuré, pas une seule fois, depuis que Basil s'acharnait contre elle. A présent, elle avait l'impression qu'elle ne pourrait plus s'arrêter.

La sonnerie du téléphone retentit sans la faire réagir. Le répondeur se mit en route et la voix enjouée de Izzy s'éleva dans la pièce pour débiter le message d'annonce :

— Nous ne pouvons pas vous répondre pour le moment. Mais laissez-nous vos coordonnées et nous vous rappellerons peut-être. Attention ! C'est à vous !

Jemima renifla. Comme elles avaient ri le jour où Izzy avait enregistré ce message !

Aujourd'hui Izzy avait Dom et Pepper avait Steven. Et elle ?

Elle avait son traqueur attitré !

Elle s'obligea à réagir. Pleurer ne l'avancerait à rien. En outre, elle détestait s'apitoyer sur son sort. Cela lui donnait l'impression d'être une poule mouillée.

Elle se leva, s'empara d'une feuille d'essuie-tout et tamponna ses yeux larmoyants.

A cet instant, la sonnerie du téléphone déchira de nouveau le silence. Jemima sursauta si fort qu'elle fit tomber le rouleau d'essuie-tout. Sans doute était-ce la personne qui venait d'appeler et n'avait pas laissé de message. Comme elle se penchait pour ramasser l'essuie-tout, le répondeur s'enclencha, la voix joyeuse de Izzy résonna et...

— Bienvenue à la maison, Jemima ! s'exclama une voix qu'elle connaissait parfaitement.

Elle se figea. Sa main s'immobilisa sur le rouleau de papier. Soudain ses yeux ne pleuraient plus.

— Décroche. Je sais que tu es là.

Lentement, elle se redressa. Sa gorge se serra. Elle déglutit avec peine sans cesser de fixer le téléphone.

La voix s'impatienta.

— Vas-y, décroche. Ne sois pas stupide ! J'ai vu la lumière.

Pouvait-il la voir ? Elle se trouvait à peine à un mètre de la fenêtre. Lentement, elle recula jusqu'à la porte et se réfugia dans le couloir. Son pouls battait à ses oreilles.

La voix la poursuivait.

— Décroche, Jemima. Il faut que l'on parle. Tu le sais. Vas-y, décroche. Tu me dois bien ça.

Jemima s'adossa au mur. Ses mains étaient moites.

« Réfléchis ! » s'ordonna-t-elle.

— C'est moi qui t'ai *faite*, espèce de garce, lança-t-il, la fureur submergeant enfin la raison qu'il simulait.

Il avait dû l'attendre dans la rue, pensa-t-elle fébrilement. Ou peut-être l'avait-il suivie. Elle ne l'avait pas vu après avoir quitté Madame. Mais la plupart du temps, elle ne le voyait pas. Il jaillissait soudain parmi la foule, le sourire aux lèvres, les yeux fous et menaçants.

Et il disait...

Il disait...

« Tu es à moi. »

C'était exactement ce qu'il vociférait à cet instant.

L'appartement n'avait jamais semblé aussi vide. Jemima regarda autour d'elle et prit une décision.

« Il faut que je sorte d'ici immédiatement. »

Rien ne l'en empêcherait. Elle avait dans son sac un billet

d'avion pour New York, désormais inutile. Et les billets de première classe avaient ce formidable avantage d'être échangeables, sans autre formalité.

Il ne lui restait qu'à sortir de l'immeuble sans être vue... Pour cela, il me faudrait un déguisement, songea Jemima.

Un déguisement...

Le livreur de pizzas fut tellement intrigué qu'il lui aurait probablement prêté son casque et sa veste sans poser aucune question. Mais les quelques billets l'aidèrent certainement à prendre sa décision.

Jemima gara sa mobylette quelques rues plus loin comme convenu, et l'attendit pour lui rendre les clés. Entre-temps, elle appela un taxi. Il arriva en même temps que le jeune homme descendait nonchalamment la rue.

— Merci, lui dit-elle.

— Pas de problème. Content d'avoir pu rendre service.

Elle lui avait expliqué qu'elle rencontrait quelques difficultés avec un ex-petit ami. Manifestement ébloui, le jeune homme n'avait pas émis le moindre doute sur ses motivations.

Elle déposa un rapide baiser sur sa joue et il lui ouvrit la portière du taxi avec force galanterie.

— Bonne chance.

— Merci, le remercia-t-elle du fond du cœur. Un peu de chance ne me ferait pas de mal. Vraiment pas.

Et elle en eut.

L'agent de réservation se montra des plus serviables. Changer de vol ? Pas de problème. Où voulait-elle se rendre ?

Jemima ne sut que répondre. Fiévreusement, elle regarda les affiches derrière le comptoir. Elles ressemblaient toutes aux photos sur lesquelles elle avait l'habitude de figurer, les robes de haute couture en moins.

Jemima haussa les épaules. Où pouvait-elle souhaiter aller, elle qui avait déjà parcouru le monde entier ? Après tout, elle fuyait quelqu'un, elle ne partait pas vraiment en vacances.

Elle récita am stram gram dans sa tête et conclut sur une plage de sable doré où des palmiers bordaient une mer d'une improbable couleur de jade.

Elle désigna le poster d'un hochement de tête.

— Là.

— Les Caraïbes ? Oui, Madame. Quelle île ?

Sur le point de répondre que cela n'avait aucune importance, Jemima s'interrompit. Du plus profond de sa mémoire, un nom surgit.

— Y a-t-il un endroit qui s'appelle l'île de la Pentecôte ?

A l'instant où elle prononça ce nom, elle sentit un frisson la parcourir.

— Votre compagnie dessert-elle cette île ?

— Bien sûr, mademoiselle Dare, répondit l'employée avec un sourire. Via la Barbade. En première classe ?

Ce fut aussi simple que cela.

Personne au monde ne saurait où la trouver, et par conséquent, Basil ne pourrait soudoyer, contraindre ou espionner qui que ce soit afin de découvrir où elle était.

Elle avait battu ce monstre à plates coutures !

— Je t'ai eu ! dit-elle en minant un match de boxe.

Son euphorie dura toute la nuit, pendant la longue escale à l'aéroport de la Barbade dans le petit matin maussade, puis durant le vol à bord du charter inconfortable qui la conduisit jusqu'à la petite île. Hélas, son enthousiasme s'évanouit à l'instant où elle débarqua.

L'aéroport était minuscule. Moderne et propre comme un sou neuf, certes, mais minuscule. Jemima n'en avait jamais vu de pareil. Une fois passée la douane, elle découvrit un hall d'accueil à peine suffisamment grand pour loger une rangée de chaises en plastique et une buvette que tenait une femme au visage sympathique.

L'air interdit, Jemima regarda autour d'elle.

— Un aéroport miniature, déclara-t-elle à voix haute.

— Nous sommes une petite île, commenta la femme.

Jemima sursauta et rougit. Fichtre ! Il fallait absolument qu'elle cesse de se parler à elle-même.

— Oh, excusez-moi. Je ne voulais pas...

Mais la femme n'était pas du tout offensée.

— Petits et fiers de l'être, s'enthousiasma-t-elle, en servant à Jemima, qui s'était approchée, un gros morceau de gâteau à la banane.

La jeune femme mordit dedans avec plaisir. Elle avait été trop fatiguée pour avaler quoi que ce soit pendant le vol. Ce dessert chaud et parfumé aux épices était divin.

— Je suppose que je suis davantage habituée aux halls d'aéroport gigantesques, expliqua-t-elle d'un air piteux, en se léchant les doigts. Tant pis, j'irai faire du shopping en ville. Mais il doit bien y avoir un office du tourisme quelque part ?

La femme secoua la tête avec placidité.

— Inutile. Les vacanciers savent où ils se rendent avant même de débarquer.

La sympathique commerçante l'examina des pieds à la tête. Jemima savait qu'elle n'avait pas fière allure : son jean, qui avait fait office de déguisement de livreur de pizza, était usé et délavé. Son T-shirt brillant de mille paillettes, à la mode dans la capitale britannique, était à présent passablement froissé. Son visage fatigué et pâle, ses cheveux roux, tressés en deux nattes échevelées, complétaient ce tableau peu reluisant. Elle devait avoir l'air d'une voyageuse indésirable, songea Jemima avec une ironie désabusée.

En revanche, les porte-noms en or et en argent sur son sac la trahirent. Ils clamaient haut et fort « Première classe ».

La femme les considéra longuement et hocha la tête.

— Vous devriez aller à Pirate's Point.

— Vous... vous croyez ? bredouilla Jemima.

La femme fit un geste de la main en direction des affiches placardées sur l'unique panneau publicitaire. Et là, coincée entre un avis sur les substances prohibées et un programme de cinéma périmé, elle découvrit une mer turquoise, des palmiers et des vagues couronnées d'écume qui ne lui étaient pas totalement inconnus.

« Casino de Pirate's Point. Les vacances dont vous avez toujours rêvé », disait l'affiche.

Jemima s'approcha.

« Aménagements de luxe, jardins, plages, cuisine internationale. Et la chance de gagner une fortune. Tout ce dont vous avez besoin, en un seul lieu », lut-elle.

Exactement ce qu'elle aurait voulu éviter à tout prix. Elle se retourna vers la commerçante.

— En fait, j'aurais préféré séjourner en ville. Pour profiter un peu de la vie locale, précisa-t-elle avec tact. Pourrais-je facilement trouver une chambre ?

La femme secoua la tête d'un air catégorique.

— Tous les hôtels en ville sont complets à cette époque de l'année.

Jemima se sentit envahie par le découragement.

— Adressez-vous à M. Derringer à Pirate's Point, conseilla la femme. Il trouvera à vous loger. Dans un grand hôtel-casino comme le sien, il aura forcément une chambre.

Jemima sourit avec lassitude.

— Un casino, ce n'est pas vraiment ce à quoi je pensais...

La femme ne l'écoutait pas. Elle regardait par-dessus son épaule et un grand sourire se dessina sur son visage.

— Vous avez de la chance. Voilà l'homme qu'il vous faut.

Derrière eux, une voix à l'accent purement britannique lança paresseusement :

— Bonjour, Violet. Comment vas-tu ?

« Un britannique ? »

« Basil ! »

Jemima sentit son cœur battre si fort qu'elle crut qu'il allait éclater.

Déterminée à se défendre, elle s'apprêta à jeter son sac au visage de Basil et effectua un demi-tour sur elle-même...

Mais ce n'était pas Basil. C'était un homme qu'elle n'avait jamais vu auparavant.

Si elle l'avait rencontré, elle ne l'aurait pas oublié.

Très grand, il affichait un sourire indolent et portait un short en jean qui avait connu des jours meilleurs. Des tongs sans âge et un bronzage à faire pâlir d'envie tous ses amis mannequins complétaient sa mise. Mais ce n'était pas son bronzage spectaculaire, ni même son accoutrement négligé qui la subjuguait. C'était son visage.

Un visage qui resterait gravé dans sa mémoire. Non parce qu'il était parfait, car ce n'était pas le cas : le nez était un peu trop busqué et les pommettes légèrement trop marquées. Pourtant, une intensité et une intelligence féroce se dégageaient des traits de cet homme. Un homme bel et bien inoubliable.

— Hé, tout doux ! s'exclama-t-il, les sourcils relevés très haut. Auriez-vous mauvaise conscience, par hasard ?

Stupéfaite, Jemima le dévisagea.

— Mauvaise conscience ?

— A vous voir, on croirait que vous avez peur d'être arrêtée, remarqua l'homme. Reposez votre sac. Regardez. Je n'ai pas de menottes.

Il semblait s'amuser.

Décontenancée Jemima baissa son sac. Malgré tout, cet homme lui coupait le souffle. Il ressemblait à l'un de ces princes de la Renaissance. Probablement un de ceux qui faisaient emprisonner les petites gens sur un coup de tête, pensa-t-elle avec mauvaise humeur.

Posant les yeux pour la première fois sur sa belle bouche sensuelle, elle déglutit avec peine, et comprit que cet inconnu avait sans aucun doute un tempérament passionné. Beaucoup trop passionné.

Violet intervint doucement :

— La jeune dame vient d'arriver. Elle n'a nulle part où aller.

Elle tapota l'épaule de Jemima d'un geste affectueux.

— Niall, conduis-la chez Al.

Sachant à présent que ce n'était pas Basil, elle n'avait aucune raison d'avoir peur de lui, se dit-elle farouchement. Passionné ou pas, il n'était qu'un homme, et un inconnu de surcroît. Elle pouvait affronter les inconnus. Même les inconnus décontractés, au torse musclé et bronzé, et dotés d'une propension à la muflerie.

— Inutile, dit-elle d'un ton acerbe. Je suis venue ici par hasard et manifestement, ce n'était pas une bonne idée. Je vais rester là et je repartirai par le prochain vol.

— Impossible, dit son compatriote avec flegme. Il n'y a pas d'autre vol avant demain matin.

« Fichue petite île ! », fulmina Jemima en silence.

— Dans ce cas, je vais trouver une chambre en ville ! s'exclama-t-elle d'un ton enjoué.

Il haussa les épaules.

— Ça m'étonnerait. Il n'y a que trois hôtels en ville et, à moins que vous n'ayez réservé, ils sont complets.

Elle l'affronta du regard. Les yeux de son interlocuteur exprimaient un parfait désintérêt.

Loin d'être vaniteuse, Jemima savait qu'elle ne pouvait s'attendre à ce que tous les hommes au monde tombent à ses pieds. Mais cela faisait longtemps qu'aucun ne l'avait regardée avec pareille indifférence. En réalité, il semblait plutôt voir *à travers* elle !

Elle releva alors le menton et lança d'un ton faussement assuré :

— Alors, je ne vais pas perdre mon temps. Je dormirai ici.
— A l'aéroport ?
— Bien sûr.
— Vous faites souvent ça ?

En réalité, elle ne l'avait jamais fait. Mais sa sœur, cette voyageuse chevronnée, lui avait raconté maintes anecdotes de correspondances ratées et autres plans B improbables. Par comparaison avec les expériences de Izzy, dormir dans cet aéroport propret et paisible ne semblait pas relever de l'exploit... Même pour un top model gâté, songea Jemima.

Elle releva le menton.

— Ça vous pose un problème ?

Il haussa encore les épaules.

— Non, pas à moi. Mais la loi sur le vagabondage est très stricte ici. Vous irez droit en prison.

Jemima s'efforça de rester sereine, même si son amabilité de façade en avait pris un coup.

— Eh bien, dans ce cas, mon problème d'hébergement est résolu, n'est-ce pas ? dit-elle d'un ton doucereux.

Trop doucereux. Cette fois-ci, lorsque l'homme la regarda ce ne fut plus avec indifférence, mais avec une mauvaise humeur non dissimulée.

Elle soutint son regard.

Soudain il laissa échapper un éclat de rire inattendu.

— Vous ne voulez pas aller chez Al. Je le vois bien. Cependant, je ne crois pas que vous ayez le choix, du moins pour ce soir. En fait, ni vous ni moi n'avons beaucoup de choix, conclut-il avec calme. Je vais vous conduire à Pirate's Point où Al vous donnera une chambre pour la nuit. Un taxi vous ramènera demain matin et vous pourrez prendre le premier vol en partance. Cet arrangement vous convient-il ?

Jemima s'inclina face à l'inévitable.

— Bon... d'accord.

Une étincelle s'anima dans les yeux sombres.

— Cachez votre gratitude ! ironisa-t-il.

— Merci, dit-elle entre ses dents.

— Tout le plaisir est pour moi !

A cet instant, les portes de la zone d'arrivée s'ouvrirent et un homme de grande taille, vêtu d'un étonnant uniforme blanc apparut. Il s'approcha, un large sourire aux lèvres.

— Salut, Niall, dit-il. Al s'est débrouillé pour te faire venir chercher le matériel, n'est-ce pas ? Nous l'attendons près des grilles. Il y a trois palettes à charger.

Niall se retourna vers Jemima.

— Où sont vos bagages ?

D'un geste de la main, elle désigna son baluchon, abandonné devant la buvette.

— C'est tout ? Vous voyagez léger, dites-moi.

— De quoi a-t-on besoin en vacances dans les Caraïbes ? repartit-elle.

Tant mieux si elle donnait l'impression d'être une étudiante qui voyageait d'île en île avec son sac sur le dos. Si Basil débarquait et annonçait qu'il cherchait un mannequin international, tout le monde lui répondrait : « Sur l'île de la Pentecôte ? Pas vue ! »

Elle rejeta la tête en arrière et décida de surenchérir.

— Je vais là où le vent me pousse, affirma-t-elle avec malice.

Un instant, le regard de Niall se fit aussi sombre et féroce que celui de n'importe quel potentat de la Renaissance offensé par un laquais. Puis, il sembla se rappeler qui et où il était.

— Vous savez vraiment porter sur les nerfs des hommes ! s'exclama-t-il. La façon dont vous vivez ne me regarde absolument pas, Dieu merci. Allons, suivez-moi. Montez en voiture avant que je ne commence le chargement.

Il s'empara de son sac, le jeta sur son épaule comme s'il ne pesait rien et salua la tenancière de la buvette.

— A bientôt, Violet.

— Au revoir, Niall. Repasse me voir à l'occasion.

A l'adresse de Jemima, elle lança :

— Vous vous plairez à Pirate's Point. Amusez-vous bien.

Les deux hommes quittèrent l'aérogare en devisant. Livrée à elle-même, Jemima serra les dents et les suivit.

A l'extérieur du hall climatisé, l'air immobile et chaud l'enveloppa.

Jemima prit une profonde inspiration. Comme la pluie glaciale de Londres semblait loin !

Niall ouvrit la porte passager d'une grosse Range Rover et déposa son sac sur le plancher.

— Vous allez devoir poser vos pieds dessus, dit-il d'un ton pragmatique. Pour ce voyage, le coffre est réservé aux produits ménagers et à l'épicerie.

Il replia la banquette arrière pendant que Jemima s'installait. Ensuite, il prit place derrière le volant et commença à rouler vers les grilles qui s'ouvraient lentement. Il conduisait, constata-t-elle, avec davantage de minutie que sa désinvolture aurait pu laisser croire. Il manœuvra la voiture entre les grilles sans attendre leur ouverture complète et sans provoquer la moindre égratignure sur la carrosserie. Ensuite, il se gara méticuleusement à côté de plusieurs piles de cartons.

Jemima jeta un coup d'œil vers les marchandises.

— Vous voulez un coup de main ?
— Pour les charger ? Non. J'ai l'habitude.

Il lui adressa un sourire soudain. Il était étonnamment sexy lorsqu'il souriait.

— Mais merci d'avoir proposé votre aide.

Il descendit du véhicule. Quel soulagement ! songea Jemima en sentant son visage s'empourprer de nouveau.

Elle fronça les sourcils. Cet Adonis bronzé à moitié nu et ce conducteur hors pair, doué d'une méthode de chargement quasi scientifique, était un personnage très intriguant. Cet homme dissimulait-il quelque chose ?

Aussitôt, elle se moqua d'elle-même. « Ce n'est pas parce que tu es en fuite, que tout le monde cache un secret ! »

A peine furent-ils repartis, qu'il lui demanda :

— Comment vous appelez-vous ? Moi, c'est Niall.
— C'est ce que j'ai cru comprendre, rétorqua-t-elle d'un ton acide.

Et puis, sans même marquer une pause, elle ajouta :

— Jay Jay Cooper.

Elle aurait trompé n'importe quel détecteur de mensonges, pensa-t-elle. Cooper était le nom de sa mère ; Jay Jay, le surnom que lui donnait sa famille.

Niall hocha la tête gravement.

— Bienvenue sur l'île de la Pentecôte, Jay Jay. Vous êtes déjà venue dans les Caraïbes ?

Elle songea à son dernier séjour, au mois de novembre précédent, à l'occasion d'une séance photo pour le projet Belinda. L'équipe avait été logée dans une villa magnifique, sur une île privée. Elle avait une montagne de bagages, n'était jamais sortie de sa suite sans avoir été maquillée et coiffée par des professionnels et avait accordé des interviews aux journalistes de la presse *people* internationale chaque fois que les prises de vue lui laissaient un instant de libre.

Elle réprima un sourire.

— De temps à autre, répondit-elle avec désinvolture.

— Pour le travail ou le plaisir ?

— Cette fois-ci, c'est pour le plaisir.

Il hocha la tête.

— Et que faites-vous, lorsque vous ne voyagez pas pour le plaisir ?

Elle ne s'était pas préparée à cette question. Elle réfléchit à toute vitesse.

— Rien de bien intéressant. Un peu de ci, un peu de ça.

Il lui adressa un regard mi-moqueur, mi-suspicieux.

— Quel genre de ci et de ça ?

Elle réfléchit intensément et s'inspira une fois encore de la carrière éclectique de Izzy.

— Serveuse, hôtesse d'accueil, secrétaire... Tout ce qui permet de payer le loyer, à vrai dire.

— Et de financer vos envies de voyage ?

— Je suppose.

Il hocha la tête.

— Moi aussi.

— Comment ?

Cette fois, le regard qu'il posa sur elle était différent. Plus intense. Plus profond. Plus songeur aussi. Appréciateur en quelque sorte. Comme s'il la cernait enfin totalement, et ne lui faisait pas la moindre confiance.

Soudain mal à l'aise, Jemima s'agita. Il n'aurait pu la troubler davantage s'il avait tendu la main et l'avait effleurée du bout des doigts.

Mais il se contenta d'expliquer :

— Je suis un vagabond-né, moi aussi.

Elle se contracta en l'entendant dire *moi aussi*. Et puis, elle se rappela que c'était ce dont elle voulait le convaincre.

Elle réfléchissait encore lorsqu'il ajouta :

— Je parcours le monde depuis plus de quinze ans. Nous sommes peut-être allés aux mêmes endroits ?

Elle sursauta.

— Euh… probablement, acquiesça-t-elle d'une voix grave.

— Nous devrions comparer nos souvenirs.

— Euh… oui.

— Ce soir, ça vous va ? Après tout, nous serons au même hôtel. Pourquoi ne pas dîner ensemble ?

— Génial !

Son enthousiasme était si forcé qu'elle s'étonna qu'il ne réagisse pas.

— Entendu ! s'exclama-t-il gaiement.

Incroyable ! Elle n'était pas sur cette île miniature depuis plus de deux heures et voilà qu'elle avait déjà un rendez-vous en tête à tête avec un étrange inconnu. Un inconnu qui, manque de chance, avait le regard dur et scrutateur d'un souverain de la Renaissance qui ne tolèrerait pas qu'on lui mente.

Elle regarda fixement la petite route qui miroitait sous la chaleur torride et se dit qu'elle avait intérêt à se montrer rusée au cours du dîner.

— 19 heures, ça vous va ?

Elle prit une profonde inspiration. « Vas-y, joue le jeu, se dit-elle. C'est ce que font les mannequins ! Tu peux assurer un grand spectacle. Francis te le répétait, hier encore. »

Elle déglutit et se força à le regarder brièvement pour lui répondre.

— Je m'en réjouis d'avance.

Sur ce, elle s'empressa de regarder de nouveau la route. Sans même regarder Niall, elle sut qu'il souriait. Pire encore : que son sourire était équivoque. Elle se sentit alors submergée par une onde de chaleur qui n'avait rien à voir avec la canicule ambiante.

— Pas autant que moi, murmura-t-il en réponse.

3

— Mais, c'est magnifique ! s'exclama Jemima, subjuguée, en arrivant à Pirate's Point.

Elle qui s'attendait à voir des monstruosités de béton, bardés de néons agressifs et défigurant le littoral, elle découvrait une baie dessinant un vaste demi-cercle, bordée d'une plage de sable couleur ivoire !

L'hôtel se composait de plusieurs petits pavillons de trois étages, disséminés au milieu des jardins. Alors que la route s'incurvait en descendant la colline vers la mer, Jemima s'aperçut qu'elle ne voyait jamais qu'un bâtiment à la fois. Quant au casino, érigé au sommet d'un promontoire à l'extrémité ouest de la plage, il ressemblait à une hacienda espagnole, dans un écrin de palmiers et d'hibiscus. Il n'y avait pas la moindre enseigne lumineuse en vue.

— Vous savez, le jeu n'est pas nécessairement synonyme de fast-food et de machines à sous, fit remarquer Niall avec ironie.

— Etes-vous spécialiste dans ce domaine ? demanda Jemima, agacée qu'il l'ait percée à jour.

— On pourrait dire ça, se contenta de répondre Niall.

— Eh bien, avec moi, vous êtes mal tombé : je ne suis pas joueuse, annonça-t-elle, les dents serrées.

Il laissa alors échapper un grand éclat de rire.

Il n'avait pas tort de se moquer d'elle. A peine avait-elle

parlé que Jemima avait compris à quel point elle paraissait suffisante. Suffisante et guindée.

La Range Rover suivait à présent une allée qui serpentait entre des buissons denses et les pavillons couverts de plantes grimpantes. La mer apparaissait puis disparaissait à chaque virage. Sous le soleil de fin d'après-midi, l'étendue marine miroitait comme une pierre précieuse.

D'un coup, Jemima oublia qu'elle s'était ridiculisée et que Niall s'était moqué d'elle. La beauté du lieu faisait passer toute autre considération au second plan.

Elle se retourna pour regarder la mer fuir derrière un mur couvert de bougainvilliers d'un mauve intense.

— C'est sensationnel ! s'exclama-t-elle.

— N'ayez pas l'air aussi étonnée lorsque vous rencontrerez Al et Ellie, recommanda Niall d'un ton sec. Ils ont travaillé dur pour créer cet endroit. Ils en sont fiers.

Mais lorsqu'ils parvinrent à l'entrée surmontée d'un portique, Jemima n'eut pas le loisir de féliciter les propriétaires sur le cadre enchanteur de leur complexe hôtelier... ou sur quoi que ce soit d'autre. Une petite femme à la mine furieuse les attendait de pied ferme. Ignorant Jemima, elle se lança dans un discours virulent.

— Ah, te voilà, Niall ! Qu'est-ce qui t'a retenu ? En cuisine, ils manquent de tout. De tout. Nous avons presque une heure de retard sur la préparation du dîner. Tu te rends compte ?

Il lui adressa un sourire.

— Désolé, Ellie. J'ai eu un chargement supplémentaire.

La petite femme hocha la tête, passa devant eux et plongea la tête dans le coffre de la Range Rover.

Niall désigna le postérieur vêtu d'un jean.

— Ellie, notre hôtesse, dit-il dans un sourire. Je vous présenterai l'autre moitié un peu plus tard. Et voici Al, qui va vous trouver une chambre.

Al se montra beaucoup moins vindicatif.

— Une chambre ? Bien sûr. Etes-vous plongeuse ou joueuse ? s'enquit-il aimablement.

— Ni l'une, ni l'autre, répondit Jemima, prise de court. S'agit-il d'une condition d'admission ?

— Nos clients font généralement partie de l'une ou l'autre de ces catégories.

Et comme elle restait perplexe, Niall expliqua d'un air un peu affable :

— C'est déterminant dans le choix de votre chambre.

— Pourquoi ?

— Les plongeurs se lèvent tôt, les joueurs se couchent tard. Al les sépare pour que les uns ne dérangent pas les autres.

Al n'était pas aussi séduisant que Niall, mais son sourire était autrement sympathique.

— Nous avons constaté l'efficacité de cet arrangement, conclut le propriétaire de l'hôtel.

Laissant Ellie choisir les provisions dont elle avait besoin, Al s'empara du bagage de Jemima et la précéda dans le vestibule de pierre à l'agréable fraîcheur. Au plafond, des ventilateurs démodés bourdonnaient et des palmiers miniatures s'épanouissaient dans de grands pots en cuivre. On entendait Cole Porter en musique de fond. Al gagna un grand bureau installé dans un angle et s'assit devant un ordinateur.

— Alors, avec qui voulez-vous dormir ? demanda-t-il avec entrain, tandis que ses doigts pianotaient sur le clavier.

Lorsque Niall s'éclaircit la gorge, Al leva les yeux vers lui, un large sourire aux lèvres.

— Niall est un joueur, expliqua-t-il comme si l'information était utile.

Jemima eut alors la désagréable sensation qu'une solidarité masculine s'était liguée contre elle. Elle refusa de donner aux deux hommes la satisfaction de s'en être aperçue. Aussi répondit-elle au rictus taquin de Al par un sourire charmeur et ignora-t-elle superbement Niall.

— Il me l'a dit, en effet, acquiesça-t-elle, impassible.

— Et elle ne l'est pas, intervint Niall d'un ton morne.

Précipitamment, Jemima ajouta :

— Je ne suis pas un oiseau de nuit. Mettez-moi plutôt avec les plongeurs.

Al lui tendit alors une fiche d'inscription. Comme elle prenait un stylo et se penchait pour la remplir, elle surprit le regard que les deux hommes s'échangèrent. Aucun doute possible, il trahissait leur complicité masculine.

Jemima releva la tête avec indignation. Et découvrit que Niall s'était avancé et qu'ils étaient inopinément proches. Beaucoup trop proches. Ils se touchaient presque.

Immédiatement, Niall maîtrisa l'expression de son visage.

« Il a déjà fait ça, pensa tout à coup Jemima. Il dissimule ses pensées en une fraction de seconde. »

Et il y réussissait parfaitement. Lentement, elle fit un pas en arrière.

Le regard de Niall s'assombrit et un instant, elle crut pouvoir deviner ce qu'il pensait. Elle vit une certaine perplexité, puis de la surprise. Comme s'il savait qu'elle pouvait lire à travers son masque, il redressa la tête. C'est alors qu'elle vit la flamme intense de son désir d'homme.

Interloqués, ils se dévisagèrent longuement.

Un délicieux frémissement remonta le long de sa colonne vertébrale. « Sois prudente, Jemima, se dit-elle. Ce ne serait vraiment pas une bonne idée. »

Elle reposa le stylo et se mit hors de la portée de Niall.

— Votre carte de crédit, s'il vous plaît, demanda Al.

Niall et Jemima s'observaient tels deux conspirateurs.

Comme dans un rêve, Jemima tendit sa carte. Et comprit trop tard que son véritable nom y figurait.

Heureusement, Al ne fit aucun commentaire.

— Veuillez signer ici.

Il vérifia la signature et lui rendit sa carte de crédit.

Jemima se détendit. Un hôtelier devait avoir l'habitude de voir surgir des femmes divorcées, des femmes remariées qui présentaient des pièces d'identité portant un nom différent. Un hôtelier devait savoir faire preuve de discrétion.

Al lui tendit une carte magnétique d'accès à sa chambre.

— Chambre 409. Je regrette, mais je ne dispose pas d'assez de temps pour vous faire faire le tour complet de l'hôtel, s'excusa-t-il. Nous attendons une croisière pour le dîner.

Aussitôt Niall proposa :

— Je conduirai Jay Jay à sa chambre, si tu veux.

Tous les signes du désir avaient déserté son regard, à présent. Al fit la moue, puis lui adressa un sourire chagriné.

— Veuillez m'excuser. Nous n'avons pas pour habitude de demander à un client de s'occuper d'un autre. Mais un vent de folie souffle sur l'hôtel aujourd'hui.

Jemima lança un coup d'œil à Niall, sourcils froncés.

— Un client ?

Elle avait peine à le croire. Ce pirate aux compétences multiples, vêtu de ce short à la limite de la décence était un client ? De cet hôtel ?

— Eh oui, c'est vrai : Al me permet de séjourner ici, déclara-t-il avec solennité. C'est parce que je sais être présentable quand il le faut.

Jemima se sentit rougir. Niall restait impassible mais elle savait qu'il se moquait d'elle. Une fois encore !

— Je n'en doute pas, dit-elle avec retenue. J'aimerais me rendre présentable, moi aussi. Alors, si vous voulez faire votre B.A. de la journée, j'apprécierais de voir ma chambre.

— Bien sûr. Suivez-moi.

Il voulut prendre le sac que lui tendait Al, mais elle le devança. Elle avait l'impression de devoir prouver quelque chose, sans savoir vraiment quoi. Elle s'empara de son bagage et le serra contre elle, dans un geste protecteur.

— Je vous verrai au dîner, lança Al comme ils s'éloignaient.

Cette fois-ci, il ne fit rien pour réprimer son sourire.

Niall la conduisit à sa chambre en lui faisant faire une visite aussi rapide qu'efficace de l'établissement.

— Le bar.

D'un geste, il montra un toit de chaume sur la plage.

— Nous nous y retrouverons. La salle de restaurant en terrasse, annonça-t-il encore. Nous pouvons dîner à l'intérieur si le vent se lève. Voici la piscine. Il y en a une autre, plus haut sur la colline, à proximité de mon cottage. L'eau y est plus froide, mais elle n'est pas traitée au chlore.

— Votre cottage ? s'étonna Jemima. Vous ne résidez pas avec les joueurs, en fin de compte ?

— Il y a trois ou quatre cottages disséminés dans le parc. Je préfère y séjourner, expliqua Niall. Davantage d'intimité.

Une fois encore, Jemima fut intriguée. Pourtant, elle ne s'abaisserait pas à lui demander pourquoi il avait besoin de solitude. Elle n'y réfléchirait même pas. Elle s'y refusait.

— Mais les chambres sont très bien elles aussi, la rassura-t-il. Vous verrez. Votre terrasse s'orne de magnifiques bananiers en pots. Et l'alimentation électrique est beaucoup plus fiable. D'ailleurs, voici la vôtre.

En quelques foulées, il gravit les marches qui conduisaient à un palier en plein air, balayé par de grandes feuilles.

— L'interrupteur se trouve là.

— Merci, souffla Jemima en haletant un peu.

Maudite soit sa fierté ! Son sac n'était pas si léger que cela, finalement !

Niall baissa les yeux vers elle et rit. Puis, se laissant fléchir, il tendit négligemment la main et prit son bagage.

Jemima se redressa et lui lança un regard plein de défi.

Il l'ignora, grimpant avec aisance une autre volée de marches jusqu'à la passerelle supérieure, et gagna la dernière porte à l'extrémité du couloir. Il inséra la carte magnétique dans une fente et Jemima entendit le cliquetis d'ouverture.

— Je déteste ces machins, déclara Niall sur le ton de la conversation. A la moindre panne d'électricité, vous ne pouvez plus rentrer.

— Ou sortir, dit Jemima qui cherchait à reprendre sa respiration.

— Ce ne serait pas nécessairement un mal, murmura Niall. Dans certaines circonstances, en tout cas.

Son regard admiratif était feint. Rien à voir avec l'éclat de pure ardeur qu'elle avait surpris à la réception !

— Pour la visite de votre chambre, je me contenterai de l'essentiel.

Il parcourut rapidement la pièce, annonçant tour à tour :

— Air conditionné. Parapluie. Les averses ne durent pas longtemps ici, mais elles sont fortes. Bougies, en cas de coupure de courant. Torche. Al a fait éclairer les allées, mais les clients aiment souvent se promener dehors la nuit, pour regarder les étoiles.

Tout en parlant, il tapotait dans sa paume une torche noire qui ressemblait davantage à une arme de défense.

— Ne sortez jamais sans. Et n'oubliez pas : ici la nuit tombe vite.

— Merci pour cette précision, dit Jemima.

— Il est vrai que vous devez le savoir. Vous êtes une voyageuse aguerrie.

Elle lui décocha un sourire doux et furieux à la fois.

— C'est si gentil de votre part de me le rappeler.

Il sourit piteusement.

— Aïe ! Aurais-je fais une gaffe ?

Elle lui tourna le dos.

— Je ne vois pas ce que vous voulez dire, mentit-elle.

— Ce que je veux dire, déclara Niall calmement, c'est que vous n'êtes pas celle que vous prétendez être.

Suffoquée, Jemima fit volte-face.

Niall avait l'audace de la dévisager comme si elle était une bête curieuse inconnue !

— Adieu, lança-t-elle.

— Mais je ne vous ai pas montré...

— Peu importe, je me débrouillerai toute seule. Merci.

Elle marcha vers lui avec détermination. A son soulagement, il battit en retraite.

— Pas adieu. *Au revoir*, rectifia-t-il.

Elle s'arrêta, déconcertée.

— Comment ?

— Nous avons rendez-vous, rappela-t-il doucement. N'oubliez pas. Ou alors, je viendrai vous chercher.

Sur ce, il sortit d'un pas nonchalant.

A l'instant où la porte claqua derrière lui, Niall abandonna sa démarche désinvolte. Il regagna la réception en un temps record. Surpris, Al leva les yeux vers lui.

— Dîner, Al. J'ai besoin d'une table pour deux ce soir, dit-il d'un ton ferme.

Le visage de Al s'illumina.

— On veut séduire la fringante Mlle Cooper ?

Niall plissa les yeux.

— Je suis prêt à parier que son vrai nom n'est pas Cooper. Et qu'il n'y a pas un seul mot de vrai dans tout ce qu'elle a dit. Montre-moi sa fiche d'inscription.

— Diantre ! s'exclama Al sans se départir de son sourire. Elle t'a fait une forte impression, on dirait ?

Niall parut agacé.

— C'est une manipulatrice. J'ai eu plusieurs belles-mères. Je reconnais les signes.

— Tu veux dîner avec elle parce qu'elle te rappelle tes belles-mères ? dit Al, qui n'en revenait pas.

Niall haussa les épaules, se pencha au-dessus du bureau et s'empara de sa fiche. Il la lut, les sourcils froncés.

— Bien sûr que non, répondit-il distraitement.

— Alors, elle te plaît ?

Niall affichait un air buté.

— Jemima Jane Dare, réfléchit-il, en mémorisant ce nom. Jemima Jane, je découvrirai quel est votre petit jeu.

Al secoua la tête avec incrédulité.

— A quoi bon ?

Niall marqua une hésitation. Enfin, il sourit.

— Je déteste être manipulé.

— Comme tu voudras ! conclut Al, abandonnant tout espoir de comprendre son vieil ami. C'est ta vie. Nous disons donc, une table pour deux. Je vais prévenir Ellie.

Jemima ne défit même pas son sac. Elle s'écroula sur le lit immense et sombra aussitôt dans un sommeil profond et dépourvu de rêves.

Lorsqu'elle s'éveilla, il faisait nuit. Un bref instant, elle resta désorientée. Et puis, elle se réveilla complètement et, comme à l'accoutumée, les difficultés qu'elle devait affronter lui revinrent à la mémoire.

Elle avait résolu son problème avec Basil. Elle avait fui.

Pour tomber dans les bras de Niall, l'Adonis des plages.

A cette pensée, elle se redressa vivement. Elle chercha l'interrupteur à tâtons pour regarder l'heure.

Presque 19 heures. Eh bien, elle serait en retard !

— Privilège des dames ! se dit-elle en rampant sur le lit pour atteindre son sac.

Sauf que... Elle ne voulait pas se sentir femme en compagnie de Niall le séducteur. Elle refusait d'afficher la moindre parcelle de sa féminité. Elle récuserait toute concession particulière généralement accordée à une jolie fille. Elle n'accepterait pas qu'il lui ouvre la porte ou l'aide à s'asseoir. Et par-dessus tout, elle rejetterait toute idée de flirt. Lorsqu'elle quitterait Niall après le dîner, elle lui laisserait l'image d'une voyageuse ordinaire qu'il oublierait sans plus tarder.

— Tu peux le faire, se dit-elle.

Plus facile à dire qu'à faire, en réalité... Car Jemima Dare n'avait besoin d'aucun produit de beauté, d'aucune robe de grand couturier pour être éblouissante. Une douche rapide suffisait. La fatigue du voyage disparut de sa chevelure, pour la laisser tel un nuage vaporeux de rouge et de doré et de vermillon et de bronze. Même ramassés en chignon au-dessus de sa tête, ses cheveux resplendissaient encore. Rendus légers par le shampoing, ils semblaient impossibles à discipliner.

— Zut, zut et zut ! murmura Jemima en glissant si fort une épingle dans sa coiffure qu'elle grimaça de douleur.

Regardant sans vanité son reflet dans le miroir, la jeune femme comprit que, même si elle l'avait voulu, elle ne pourrait jamais paraître simple et ordinaire.

Eh bien, il lui suffirait de se montrer particulièrement odieuse avec lui. Cela devrait suffire à le dissuader. De toute façon, Niall le play-boy ne semblait pas enclin à rejoindre son fan-club.

Pourtant, il y avait eu ce moment troublant où leurs regards s'étaient noués dans cet étrange moment de désir brut. Mais… maintenant qu'elle était prévenue, elle se tiendrait sur ses gardes. Il n'y aurait pas d'étincelles !

Sa résolution s'évanouit en un clin d'œil.

Elle avait une demi-heure de retard. Le bar sur la plage se remplissait peu à peu. Sous un palmier, un homme fredonnait de langoureuses chansons d'amour latino-américaines sur les accords d'une guitare acoustique. Le bourdonnement des conversations flottait dans l'air.

Les convives composaient une foule hétéroclite. Il y avait des hommes vêtus de blazers élégants et d'autres qui portaient de simples T-shirts. Elle aperçut même un homme — il lui tournait le dos — vêtu d'un smoking digne d'une cérémonie de remise des Oscars. Quant aux femmes, Jemima remarqua de son œil expert qu'aucune ne portait de robes de haute couture. Bon nombre d'entre elles étaient néanmoins particulièrement élégantes. Et une ou deux, plus âgées, arboraient en outre des parures spectaculaires.

« Ce serait intéressant de voir comment ce cher Niall réussit à s'intégrer à cet ensemble », songea Jemima. Du regard, elle fit une fois encore le tour du bar.

Et puis, l'homme au smoking se retourna.

C'était Niall…

Sa veste noire, taillée sur mesure, aurait pu le faire paraître moins puissant. Mais elle produisait l'effet inverse. Sa force physique brute était masquée, sans être amoindrie. Et Jemima savait, avec certitude, que le costume sévère dissimulait des muscles puissants. Elle se souvenait à merveille des teintes cuivrées de sa peau hâlée, des courbes fermes de son torse…

Et de son ardeur. Elle pouvait encore sentir les picotements là où leurs bras nus s'étaient effleurés. Elle regarda Niall à travers le bar bondé et sa gorge s'assécha.

Ainsi, elle s'était promis de ne pas flirter... Mais dans ce cas précis, il s'agissait de bien plus qu'un simple flirt, même si elle aurait été bien en peine de définir ce qu'elle ressentait. En tout cas, elle était certaine ne n'avoir jamais rien éprouvé de tel auparavant. Ni lorsqu'elle était au lycée, ni lorsqu'elle avait commencé sa carrière de top model et certainement pas au cours de l'année écoulée.

Ce sentiment était nouveau. Pourrait-elle le maîtriser ?

Un instant, elle se sentit paralysée. Elle ne savait que faire. Devait-elle partir... rester... donner une excuse et s'en aller... L'affronter ? Elle porta une main à sa tempe. Une seconde, elle tourna presque les talons pour s'enfuir.

Niall avait dû lire son hésitation sur son visage. Il resta parfaitement immobile, sans cesser de la scruter. Un sourcil sombre se leva en une question silencieuse.

Jemima se ressaisit. « Jamais plus, je n'aurai peur d'un homme. Qui qu'il soit ! »

Sans se laisser le temps de réfléchir davantage, elle se dirigea droit vers Niall et lança d'une seul traite :

— Bonsoir-je-vais-prendre-un-vin-blanc-panaché-il-y-a-du-monde-n'est-ce-pas ?

Les yeux de Niall se plissèrent d'amusement. Il balaya la foule d'un geste de la main.

— Vous ne m'aviez pas reconnu, je parie.

Jemima contracta la mâchoire.

— Pas au début, non, reconnut-elle avec dignité. Ces lanternes chinoises jettent une lumière très particulière.

Il ne fut pas dupe. Avec suffisance, il ajouta :

— Je vous avais bien dit que je savais être présentable.

A ces mots, Jemima recula d'un pas et le regarda des pieds à la tête, telle un photographe inspectant un mannequin. Elle prit tout son temps.

— Pas mal, estima-t-elle enfin d'une voix traînante.

Elle s'attendait à ce qu'il se vexe. Au contraire, il éclata de rire comme s'il s'amusait véritablement.

Il lui tendit un verre.

— A votre santé.

Elle se montra méfiante.

— Ça ne ressemble pas à un vin blanc panaché.

— Normal. C'est un Punch Pirate.

— Je vois. Vous savez sans doute mieux que moi ce que je veux boire ?

Niall sembla surpris.

— Hé ! Je n'y suis pour rien. C'est la spécialité de l'hôtel. Chaque invité en reçoit un gratuit au début de la soirée. Mais si vous préférez un vin blanc…

Il fit signe au barman.

Penaude, Jemima perdit de sa superbe.

— Non, ça ira ! Je garde le punch, murmura-t-elle.

Déjà occupé à passer commande, Niall haussa les épaules.

— Vous pourrez boire les deux.

Elle secoua la tête.

— Je ne bois guère. Un verre me dure toute une soirée.

Les sourcils sombres se relevèrent de nouveau.

— Comme c'est étrange !

L'agacement submergea Jemima.

— De nombreuses personnes ne boivent pas.

— Pas le genre de personnes qui voyagent seules, sac au dos, sans même prévoir une réservation d'hôtel.

— Attention, vos préjugés faussent votre jugement. Vous devriez sortir davantage, dit-elle avec colère.

A cette remarque, le sourire de Niall disparut.

Satisfaite, Jemima but une longue gorgée de punch… avant de s'étrangler et de tousser à n'en plus finir.

Niall se pencha vers elle avec sollicitude et lui donna quelques claques dans le dos. Puis, il se pencha par-dessus le bar, saisit un verre, l'emplit de glaçons, puis d'eau fraîche et le lui tendit. Jemima en but la moitié d'une traite.

— Ça va mieux ? Bien. Désolé pour le punch. C'est généralement du jus de mangue. Très rafraîchissant.

Le barman revint avec le panaché de Jemima.

— Voulez-vous que je le goûte pour vous ?

Jemima rit faiblement en secouant la tête.

— Je crois que je vais me limiter à l'eau pour le moment.

— Je ne vous jette pas la pierre.

Il lui adressa un regard piteux et ajouta :

— Il faut que je trouve un moyen de me racheter à vos yeux.

Malgré elle, Jemima fut sous le charme. La confusion de Niall était très culpabilisante.

Elle agita une main magnanime.

— Oubliez ça. Je respire encore, après tout.

Niall baissa les yeux vers elle. Il souriait mais elle décela un certain étonnement derrière son expression sympathique.

— Vous savez, vous êtes la contradiction personnifiée, dit-il lentement.

Jemima resta interdite.

— Moi ?

— Vous !

Elle le scruta, suspectant la raillerie. Elle n'en décela aucune. Sincèrement étonnée, elle secoua la tête.

— Pourquoi cela ?

Il sembla peser ses mots.

— Je ne voudrais pas vous offenser davantage que je ne l'ai déjà fait.

Son sourire se figea. Elle rassembla ses forces.

— Ne vous inquiétez pas. Allez-y.

La bouche de Niall se contracta.

— Puisque vous insistez... Vous vous enflammez à la moindre contrariété, vous vous hérissez chaque fois que je vous regarde, puis le barman vous prépare un cocktail imbuvable qui vous fait presque passer l'arme à gauche et vous ne protestez pas.

A sa stupéfaction, Jemima se sentit rougir comme s'il venait de lui faire un très gentil compliment. Comme si elle était timide et beaucoup plus naïve qu'elle se souvenait jamais avoir été, même lorsqu'elle était écolière.

Comme si elle avait un véritable rendez-vous !

Elle se reprit.

Cet inconnu rieur ne savait pas à qui il avait affaire. Mais il ne tarderait pas à le comprendre. Oh, non !

Elle le dévisagea.

— Je ne crois pas que ce soit vraiment une contradiction, rétorqua-t-elle d'un ton cassant. Le barman s'est trompé dans les proportions. Et alors ? Ce n'est pas un crime !

Niall leva les sourcils et s'accouda au bar. Passée sa surprise initiale, il était soudain devenu très, très détendu. Et aussi beaucoup plus proche.

— Mais c'en est un lorsque je vous regarde ?

Naturellement. La façon dont il l'observait à présent, en était un, en tout cas. Ses yeux brillaient de moquerie. Pourtant il n'y avait pas *que* de la moquerie dans son regard. Et tous les deux le savaient.

Le silence dura au point de devenir pesant. Il fallait qu'elle dise *quelque chose*.

— Eh bien, je suppose que c'est parce que je ne vous connais pas très bien.

— Ah ! dit Niall.

Jemima se serait giflée ! Sa déclaration ressemblait à une invitation à passer la soirée en sa compagnie. Et manifestement, Niall pensait la même chose. Ou choisissait de la comprendre ainsi.

Il lui sourit gentiment.

— Et si nous recommencions tout de zéro ? proposa-t-il avec un charmant sourire. Bonsoir, je suis Niall Blackthorne.

Et comme s'ils se rencontraient pour la première fois, il lui tendit la main.

Jemima le regarda, les yeux écarquillés. Mais il n'y avait pas d'autre solution, à moins de provoquer exactement la scène qu'elle essayait d'éviter. Lentement, avec réticence, comme si elle obligeait son corps à réagir, elle glissa sa main dans la sienne.

— Bon... Bonsoir, parvint-elle à articuler.

Elle ne savait contre qui elle était la plus furieuse : contre Niall, parce qu'il jouait avec elle ou contre elle, parce qu'elle ne parvenait pas à mieux gérer la situation ?

La paume de son compagnon était fraîche et puissante, et Jemima frémit lorsque ses doigts touchèrent les siens.

Niall lui serra ensuite la main avec une certaine formalité.

— Je séjourne à Pirate's Point jusqu'au week-end. Et vous, combien de temps comptez-vous rester, Madame Cooper ? Ou puis-je vous appeler Jay Jay ?

Jemima frissonna et serra les mains autour de son verre.

Si seulement elle lui avait caché son surnom ! Prononcé de sa voix caressante, il semblait refléter une certaine intimité entre eux. Dans son travail, pour tout le monde, elle était Jemima. Seules sa sœur et sa cousine l'appelaient Jay Jay. Entendre Niall Blackthorne utiliser ce nom revenait à lui tendre la clé de sa vie privée et à l'inviter à y entrer. Et elle avait la désagréable sensation qu'il le savait.

Elle se mordit la lèvre.

— Comme vous voudrez, dit-elle avec brusquerie. Je pars demain.

Il lui répondit par un sourire.

— Alors nous ne disposons que de cette soirée, observa-t-il d'un ton légèrement moqueur. Je le prends comme un défi.

Les yeux de Jemima lancèrent des éclairs.

— Un défi ? Que voulez-vous dire ?

— Je ne veux pas en perdre une miette, expliqua-t-il avec un autre de ses sourires lents et éloquents qui l'empêchait de penser. Allons-y.

Il lui tendit une main impérieuse. Et à sa propre surprise, elle lui donna la sienne. Humble comme un agneau que l'on mène à l'abattoir, pensa-t-elle, écœurée.

Il la conduisit jusqu'à la plage. A leurs pieds, les vagues venaient s'échouer en clapotant.

— Ah, ce genre de défi ! constata Jemima en retirant sa main et paraissant avoir recouvré son sang-froid. Une promenade romantique sur la plage. Comme c'est original !

— Vous êtes trop cynique… Regardez ces étoiles.

— Pour l'instant, je préférerais me concentrer pour garder l'équilibre, merci.

— Accrochez-vous à moi, proposa Niall.

Sur ce, il lui prit la main et la glissa fermement au creux de son bras.

— Avancez à petits pas. Vous faites de trop grandes enjambées. C'est pour cela que vous glissez.

A proximité de Niall, son pouls était parti dans une course folle.

— Merci, dit-elle d'une voix étranglée.

La brise venue de la mer la glaçait. Jemima frissonnait ; Niall marchait si près d'elle qu'il s'en aperçut.

— Vous avez froid ?

— Peut-être un peu.

Il s'arrêta aussitôt et ôta sa veste. Et avant que Jemima puisse protester, il avait déposé le vêtement sur ses épaules et avait repris sa main, l'obligeant à presser le pas.

— Ça va mieux ?

La veste était étonnement lourde. La doublure de soie caressait sa peau nue comme une créature vivante. Jemima se sentit enlacée, apaisée et en quelque sorte, protégée. Et la veste était si chaude ! C'était comme se blottir devant un feu ardent par une nuit froide. Comme se dorer au soleil.

Comme être aimée.

— Merveilleusement, répondit-elle avec beaucoup trop de conviction.

Elle tenait la veste serrée autour d'elle avec autant de précaution que s'il s'était agi du manteau d'un roi. Mais après être entrée dans le restaurant, une fois à l'abri de la brise marine, n'ayant vraiment plus aucune raison de la garder, elle la lui rendit à regret, quand Al l'aida à s'asseoir.

— Une table bien au calme, annonça Al.

Il échangea avec Niall un autre de ces regards masculins complexes. L'ayant surpris à leur insu, elle fut instantanément sur ses gardes.

D'un signe de tête, elle refusa un autre punch au rhum, accepta un jus de mangue et déclara avec désinvolture, dès que Al se fut éloigné :

— Vous devez vous connaître depuis longtemps.

Niall enfilait sa veste. Il leva les yeux, surpris.

— Al et moi ? Vous êtes bien curieuse.

Elle tenta de se justifier.

— Vous semblez... très amis.

— Eh bien, nous nous sommes retrouvés dans plusieurs endroits du globe. Cela doit faire quinze ans que nous nous connaissons. Peut-être plus. Nous avons beaucoup bourlingué ensemble.

— Racontez-moi.

Il releva brusquement la tête.

— Vous voulez entendre l'histoire de mon passé criminel ? railla-t-il.

Mais cette fois, sa raillerie était dirigée contre lui-même.

— Très bien, vous l'aurez voulu.

Il se montra plein d'esprit et raconta maintes anecdotes. Jemima rit à en avoir un point de côté.

Niall feignit d'être blessé.

— Les femmes sont dures, commenta-t-il.

Al revint à ce moment avec son jus de mangue et une bière pour Niall. Il leur présenta la carte et annonça :

— Ellie vous recommande l'espadon.

Jemima jeta un rapide coup d'œil à la carte et s'exclama :

— Jamais, je ne pourrai manger tout cela !

Au menu figurait de la soupe à la courge musquée, de la roquette assaisonnée d'huile de pépins de raisin, de l'espadon frit à la poêle et accompagné d'une jardinière de petits légumes, un plateau de fromages et une charlotte à la banane, au rhum et aux noix.

Al s'offusqua.

— Mais il s'agit de produits frais !

— C'est à peine si je me rappelle la dernière fois où j'ai mangé du fromage. Sans parler d'un dessert.

Niall s'esclaffa.

— Allez-y par étapes. Vous serez surprise de constater à quel point c'est facile.

Jemima releva la tête brusquement. Elle n'était pas certaine qu'il faisait allusion à la nourriture.

— Essayez, insista-t-il. C'est comme pour marcher sur la plage. Faites des petits pas, un à la fois. Vous y arriverez.

Jemima haussa les sourcils. Niall se moquait d'elle et essayait de la séduire. Pour quelle sorte d'idiote la prenait-il ?

— Nous prendrons de tout. Et nous verrons jusqu'où Mlle veut aller, dit Niall à Al avec malice.

Jemima affronta son regard et le contredit délibérément :

— Mademoiselle sait exactement jusqu'où elle veut aller.

A Al, elle commanda :

— Rien que le poisson et la salade, s'il vous plaît.

Al se montra philosophe.

— Dommage. Peut-être une autre fois ?

Il prit note et s'adressa à Niall.

— Iras-tu au casino ce soir ? Une nuit sans ne te ferait pas de mal...

Niall redressa la tête.

— Tu prêtes l'oreille aux potins, Al ?

— Tu connais ton affaire mieux que moi, répondit Al, mal à l'aise. Bien, je vais passer votre commande à Ellie.

Il s'en alla presque en courant.

Jemima le regarda battre en retraite avec étonnement.

— De quoi parlait-il ?

— Al s'efforce de me sauver de moi-même.

Niall prit son verre de bière et lui porta un toast en silence.

— Dites-m'en plus, fit Jemima.

— Il me suggérait de passer une charmante soirée en votre compagnie plutôt que d'aller au casino comme je le fais habituellement, expliqua Niall.

— Oh !

Jemima réfléchit. Pourquoi Niall avait-il besoin d'une telle suggestion ? N'aurait-il pu y penser seul ? En général, les hommes n'avaient pas besoin d'être sollicités pour sortir avec elle.

Elle plissa les yeux.

— Eh bien ? demanda-t-elle d'un ton querelleur. Allez-vous me demander de vous accompagner au casino ?

— Non, répondit Niall avec un empressement peu flatteur.

Avec une légère note d'excuse, il ajouta :

— Je suis un joueur professionnel. C'est mon travail. Emmèneriez-vous un parfait étranger à votre bureau ?

Sidérée, Jemima ne trouva rien d'autre à répondre que :

— Je ne travaille pas dans un bureau.

Niall haussa les épaules.

— Peu importe. Ce que je veux dire, c'est que l'on ne s'amuse pas lorsque l'on joue son salaire mensuel.

Il lui adressa l'un de ses sourires captivants.

— Je répondrai présent n'importe quand, sauf le soir.

Jemima était indignée. Un instant, elle put à peine parler.

— Vous me stupéfiez, dit-elle enfin.

— Stupéfiée ? Vous ? Je crois qu'aucun homme ne saurait jamais vous stupéfier, dit-il avec une ironie désabusée. Certainement pas moi, en tout cas. Je vous agace au plus haut point. Même quand je ne le veux pas.

Ses yeux s'animèrent lorsqu'il ajouta :

— Vous êtes magnifique lorsque vous êtes en colère, mademoiselle Cooper.

Enfin, le sens de l'humour de Jemima reprit le dessus.

— Je suis magnifique tout le temps, assura-t-elle avec calme. J'ai même des références.

Elle regarda avec jubilation Niall redresser les sourcils.

— Qui êtes-vous ? Le modèle d'un peintre ? La muse d'un artiste ? La fille de la météo ?

Elle secoua la tête sans cesser de rire.

— Cherchez encore !

Niall claqua des doigts.

— Vous êtes Kuan Yin, la déesse de la chance. Vous êtes venue sur terre, sous forme humaine.

— Déesse ? Ça me convient, approuva-t-elle le ton taquin.

Une fois encore, Niall plissa les yeux.

— Alors, je change d'avis. Si vous êtes la déesse de la chance, Al a raison. Vous m'accompagnerez au casino.

Jemima cessa de rire brutalement.

— Comment ?

Il leva son verre à sa santé.

— Bienvenue dans le monde de Niall Blackthorne !

4

Une allée couverte, éclairée de lanternes chinoises et de spots discrètement dissimulés, menait au casino. Elégante et sécurisante, elle ressemblait à une promenade dans un jardin public.

Mais alors qu'ils avançaient, Jemima entendit des sons étranges dans l'obscurité, comme des frôlements, des coassements et des grognements. Au-delà des éclairages, plus rien ne semblait rassurant. Et l'homme à ses côtés ne lui était d'aucun réconfort. Il était bien trop énigmatique.

Inquiète, elle demanda :

— Si le rhinocéros charge, puis-je compter sur vous pour me sauver ?

Niall baissa les yeux vers elle et fronça les sourcils.

— Quel rhinocéros ?

Elle tendit la main vers la masse sombre des buissons.

— Celui qui trépigne dans les broussailles.

Niall partit dans un grand éclat de rire.

— Etes-vous certaine d'être déjà venue aux Caraïbes ? Il n'y a pas de rhinocéros par ici.

Niall semblait amusé, mais circonspect aussi.

— Je croyais que vous étiez une grande voyageuse. Votre expérience semble quelque peu limitée.

Jemima n'appréciait guère être traitée avec condescendance. Elle s'arrêta et se retourna vers Niall, les mains sur les hanches, pour lui asséner :

— Mon expérience n'est pas limitée du tout.

Niall ne répondit rien. Il s'arrêta lui aussi et la détailla lentement des pieds à la tête. Et puis ses sourcils malicieux se redressèrent de nouveau.

Jemima aurait pu trépigner de colère. La certitude que c'était exactement la réaction qu'il voulait provoquer chez elle la retint.

Alors, elle s'écarta et se remit à marcher. Ou, plus précisément, elle s'éloigna d'un pas énergique.

— En tout cas, moi, je n'ai jamais joué pour gagner ma vie. Venez me montrer à quoi ressemble cette aventure.

A grandes enjambées, elle se dirigea vers le casino. Niall ne se laissa pas distancer. Il se contenta d'allonger le pas et resta aisément à sa hauteur. Ce qui était aussi agaçant que toutes les autres choses à son sujet.

Le regard noir de colère, Jemima s'engouffra dans le somptueux établissement de jeu.

Plus grand que l'extérieur ne le laissait supposer, il avait la forme d'un octogone. D'immenses baies vitrées donnaient sur la mer. Les petites tables de cocktail disposées le long des murs extérieurs invitaient les clients à venir s'asseoir pour siroter leurs boissons en regardant les étoiles. Mais c'était au centre de la salle que se situait l'action.

Des rangées de lumières éclatantes surmontaient les tables de cartes, de roulettes et de backgammon. Les conversations étaient feutrées ; seuls retentissaient le cliquetis des jetons et des plaques, le ronronnement de la roulette, le claquement des cartes sortant du sabot, le tintement des glaçons dans les verres, le martèlement des talons aiguilles sur le sol, aussi sombre et brillant que la voûte étoilée au-dehors.

— On dirait une fête ! s'exclama Jemima, émerveillée.

— Vraiment ? fit Niall, qui se tenait juste derrière elle. Regardez mieux.

Des serveurs se faufilaient adroitement parmi la foule, soulevant haut leurs plateaux au-dessus de la tête des joueurs. Et malgré les diamants et les bronzages parfaits, il ne régnait pas une ambiance festive. Il n'y avait aucun rire. Aucune musique. La concentration de tous rendait l'atmosphère électrique.

— Je comprends ce que vous voulez dire, reprit lentement Jemima. Tout le monde est soit en train de jouer, soit en train d'observer quelqu'un d'autre.

— C'est la première fois que vous venez dans un casino ?

— Oui, avoua-t-elle à regrets. Je n'en ai jamais vu que dans les films de James Bond.

— C'est bien ce que je pensais.

Malgré elle, elle se raidit.

— Ça se voit tant que ça ? demanda-t-elle, s'efforçant de paraître détachée.

— Oui.

— Suggérez-vous que je suis naïve ?

— Aucune idée, répondit Niall, l'ébauche d'un sourire se dessinant sur ses lèvres. Mais je vais me renseigner.

Que voulait-il dire ? S'agissait-il d'une menace voilée ? Habituée aux intimidations de Basil Blane depuis des mois, elle admit intérieurement que sa remarque n'y ressemblait pas. Sa remarque sonnait davantage comme une promesse.

— Pas dans l'immédiat, reprit-il, car je dois travailler. Alors restez avec moi, ayez l'air charmant et ne parlez pas.

Il lui adressa un sourire inattendu. Et son cœur s'emballa.

« Oh, non ! Je n'ai vraiment pas besoin de ça » se dit Jemima.

Niall observa quelques instants chaque table avec intérêt avant de l'entraîner d'un mot ou d'un sourire. Très rapidement, elle comprit qu'il avait une stratégie. Elle mourait d'envie de l'interroger. Mais on n'interrompait pas un homme en plein travail !

Enfin, Niall s'arrêta à la table de black-jack. Lorsqu'il glissa avec désinvolture un bras autour de sa taille, Jemima retint son souffle. Son corps était si ferme, si chaud sous son smoking. Et son bras si possessif...

Savourant cette expérience nouvelle, elle frissonna voluptueusement et perdit toute notion du temps.

Elle n'aurait su dire combien de temps Niall observa le

jeu, mais elle sursauta presque lorsque l'un des joueurs se leva pour quitter la table. Niall retira son bras de sa taille.

— Je vais jouer.

Le croupier, sobre dans un smoking aussi élégant que celui de Niall, le salua d'un signe de tête.

Jemima s'aperçut qu'elle avait la gorge serrée. Seigneur ! Que lui arrivait-il ? Un homme, qu'elle ne connaissait pas, retirait son bras de sa taille et elle se sentait délaissée ?

Sans quitter des yeux le tapis vert et les autres joueurs, Niall prit la main de Jemima et la posa sur son épaule.

— Porte-moi chance, ma douce.

Cette simple phrase fut comme un cadeau inattendu. Un moment idéal.

C'était comme d'être aimée !

Bouleversée, Jemima resta aussi immobile qu'une statue.

Quelques minutes s'écoulèrent avant qu'elle ne reporte son attention sur ce qui se passait à la table. Niall semblait en train de perdre. Sans paraître s'en soucier. Sa voix demeurait plaisante, son sourire serein, son attitude détachée. Pourtant, sous ses doigts, elle sentait le muscle de son épaule tendu comme celui d'un félin prêt à bondir.

Et puis sa chance sembla tourner. Un peu. Puis beaucoup. Alors, il misa une énorme somme d'argent à la dernière donne. Il gagna. Les joueurs et le croupier restèrent impassibles, mais un frisson presque imperceptible parcourut les spectateurs.

Il leva la main et couvrit celle de Jemima.

— Tu t'ennuies, mon ange ? Encore une partie. Ensuite nous irons regarder les étoiles.

Il gagna encore. Leur table commençait à attirer une foule de curieux. Enfin, il repoussa sa chaise.

— J'arrête.

Il se leva et salua le croupier et ses partenaires de jeu d'un signe de tête.

— Excellente partie. Merci. Maintenant chérie, allons admirer le clair de lune.

Il se tourna vers Jemima et son bras, chaud et merveilleux, enlaça de nouveau sa taille. Mais cette fois, son cœur ne s'emballa plus.

Il marchait très près d'elle. Elle crut sentir ses lèvres se poser sur ses cheveux.

Et puis, elle entendit tout contre son oreille :

— Continuez à marcher et prenez un air tendre. Le directeur vient vers nous.

Surprise, elle leva les yeux.

— Monsieur Blackthorne ! s'exclama un homme grand, au visage autoritaire. Vous nous quittez de bonne heure ce soir.

Niall répondit avec calme.

— Ah, mais ce soir j'ai de la compagnie, Henry.

Le directeur les accompagna.

— Nous vous reverrons, j'espère ?

— Vous pouvez compter sur moi, acquiesça Niall.

Il encaissa ses jetons. Jemima fut stupéfaite de voir la somme d'argent que Niall empocha.

Le directeur leur sourit et leur tint la porte.

— A bientôt j'espère. Bonne nuit monsieur Blackthorne. Bonne nuit, madame.

Jemima haussa les sourcils.

— Personne ne m'a encore jamais appelé *madame*, dit-elle alors qu'ils remontaient l'allée sous les lanternes chinoises.

— Vous avez mené une vie très protégée, décréta Niall.

Elle secoua la tête vigoureusement.

— Je crois plutôt que c'est parce que je ne suis jamais sortie avec un type qui se promenait avec un quart de million de dollars dans la poche.

— Ce n'est pas ce qui préoccupe le plus Henry.

La voix de Niall se fit cynique.

— Il était beaucoup plus inquiet la semaine passée.

La curiosité de Jemima s'éveilla.

— Que s'est-il passé ?

— J'ai perdu gros.

— Mais, n'est-ce pas bien pour le casino ? demanda Jemima, intriguée.

— Si, à moins que vous ne puissiez honorer vos dettes.
— Oh !

Elle le regarda à la dérobée. Il semblait très détendu. Impossible de l'imaginer préoccupé par quoi que ce soit.

— N'étiez-vous pas inquiet ? demanda-t-elle.
— En additionnant mes pertes, vous voulez dire ? Non. Perdre va à l'encontre de mes principes.

Un court silence s'ensuivit.

— Est-ce que vous trichez ? demanda Jemima.
— Inutile de tricher, corrigea Niall sèchement. Il suffit d'être plus intelligent que le casino.

Ils marchèrent en silence quelques instants, tel un couple uni et heureux. Mais ils ne formaient pas un couple ; ils n'étaient que deux personnes marchant côte à côte.

A cette pensée, Jemima ressentit une fois encore cet inexplicable pincement au cœur. Elle s'éloigna un peu plus de Niall et lui adressa un sourire éclatant et mondain.

— Avez-vous un truc ? demanda-t-elle alors.

Niall la regarda en fronçant les sourcils.

— Vous n'avez pas un truc pour battre le casino à son propre jeu ? reprit-elle.
— Non, cela ne marche pas comme ça. Aucun système ne permettra jamais de gagner au casino.

Il marqua une pause.

— Quelque chose ne va pas, Jay Jay ?

Si seulement il n'avait pas été aussi doux tout à coup ! Si seulement, il ne l'avait pas appelée par son surnom ! Cette intimité la bouleversa profondément.

Elle cligna des yeux plusieurs fois, pour effacer toute trace de larmes à ses paupières et fit mine de n'avoir rien entendu.

— Alors comment un joueur professionnel gagne-t-il sa vie ? reprit-elle, toujours sur ce ton de conversation anodine.
— Comment ?

Toujours cette gentillesse. Cette gentillesse désarmante et traître. Voyait-il les larmes perler à ses yeux ?

Jemima tourna la tête et répéta sa question.

Niall sembla se ressaisir.

— Eh bien, le mieux, c'est de jouer aux cartes. Si vous avez une bonne mémoire et la tournure d'esprit qu'il faut, alors vous pouvez compter les cartes déjà sorties. En d'autres termes, plus le jeu avance, plus il est possible de prévoir les cartes à venir. Le black-jack est idéal pour ça.

— Et les casinos ne disent rien ?

— Si, bien sûr. Si l'on vous surprend en train de compter, vous êtes exclu.

— Exclu ?

Elle fut si étonnée, qu'elle leva les yeux vers lui.

— C'est illégal ?

— Non, compter les cartes est légal. Mais peu de gens réussissent à le faire. Aussi, lorsqu'un joueur gagne trop régulièrement, les agents de sécurité le surveillent. S'il triche, le casino engage des poursuites judiciaires. S'il compte les cartes, ils le mettent dehors. Il existe d'ailleurs une liste noire de joueurs. Mais je n'y figure pas car je veille à perdre suffisamment.

Il lui adressa un sourire dévastateur de douceur.

— Et maintenant, pouvons-nous parler de vous ?

— Non, dit Jemima par pur réflexe.

Niall hocha la tête doucement.

— Je vois… Et si nous allions nous promener sur la plage, alors ? Ce serait dommage de gâcher ce beau clair de lune.

Le cœur de Jemima bondit dans sa poitrine. Elle s'efforça d'en refréner les battements, comme quelqu'un rattrape au dernier instant un cerf-volant emporté par le vent.

— Tant pis pour le clair de lune, dit-elle. Je suis fatiguée.

Elle bâilla de façon théâtrale pour le prouver.

Niall resta silencieux un long moment avant de dire avec douceur :

— Menteuse.

Jemima lui lança un regard furieux.

— Je suis fatiguée à cause du décalage horaire, répondit-elle. Pour moi, il est 6 heures du matin.

— Bientôt l'heure du petit déjeuner, alors.
Elle éclata de rire.
— Pas chez moi, non.
Niall plissa les yeux.
— Il faudra que nous en parlions un jour.
— De quoi ?
— De chez vous.
Elle cessa de rire.
— Que voulez-vous donc savoir à ce sujet ? demanda-t-elle, mal à l'aise.
— Votre vie m'intéresse.
Il baissa la voix avant d'ajouter :
— *Vous* m'intéressez.
Elle lança à Niall un regard appuyé et déclara :
— Vous mentez, vous aussi.
Il cligna des yeux, manifestement pris de court pendant un instant.
— Alors, nous sommes deux, répondit-il. Vous n'êtes pas fatiguée par le décalage horaire. Vous êtes en pleine forme.
Jemima serra les dents. Elle s'était d'elle-même jetée dans la gueule du loup.
Il lui tendit la main.
— Venez... Vous êtes suffisamment femme pour avoir envie de vous promener au clair de lune, non ?
Naturellement, présentée de cette façon, elle ne pouvait pas refuser son offre. Cependant, elle ne lui prit pas la main qu'il lui tendait. Ç'aurait été trop lui demander.

5

Bientôt le casino ne fut plus qu'une faible lueur à l'horizon ; au détour du sentier, l'obscurité les entoura.

Aussitôt, tous les bruits de la nuit semblèrent se rapprocher : le bruissement métallique de la brise dans les palmiers, le gargouillis d'un ruisseau courant à flanc de coteau, le ressac inquiétant de la mer.

Jemima frissonna.

— Avez-vous froid ? demanda Niall.

Elle secoua la tête.

— Non. Je me sens juste un peu... dépassée.

— Dépassée ?

D'un geste, elle désigna l'étendue invisible de la mer où le reflet du clair de lune ondulait au rythme des vagues.

— Regardez. C'est comme se trouver à la frontière d'un monde nouveau. Ici, on comprend pourquoi les gens croient à toutes ces légendes sur les sirènes, les royaumes engloutis, le surnaturel... C'est tellement beau ! Et un peu effrayant aussi.

— J'ai grandi au bord de la mer, déclara Niall.

— J'aurais dû m'en douter, dit Jemima. Rien ne vous étonne.

— En tout cas, ce genre de paysage ne me fait pas peur, reprit-il en riant.

— Mais vous, rien ne vous fait peur, commenta la jeune femme.

A ces mots, Niall se figea.

A son tour, Jemima s'arrêta, se tourna et lui fit face.

Ce devait être à cause de la nuit. Ou de la mer. Ou du clair de lune qu'elle apercevait au loin, par-dessus l'épaule de son compagnon. Quelque chose de magique venait de se produire. Jemima avait dit la vérité au sujet de Niall. Comment savoir que c'était la vérité ? Elle l'ignorait. Elle en avait l'intime conviction, tout simplement.

— Rien ne vous est impossible, n'est-ce pas ? dit-elle lentement. Vous vous moquez de tout, alors vous pouvez tout affronter.

Il y eut une courte pause durant laquelle Niall parut contrarié.

— Cela ressemble à une accusation, remarqua-t-il.

Il avait raison. Mais elle ne savait pas pourquoi.

— N'avoir peur de rien ne me semble pas humain.

— Vous préféreriez que je perde tous mes moyens lorsque survient l'inattendu ?

Sous le ton railleur perçait une réelle colère.

Jemima n'y prêta même pas attention.

Brusquement, Niall la saisit par les épaules et la maintint immobile face à lui, comme si elle avait été sur le point de s'enfuir.

Elle ne bougea pas, pourtant. Elle le laissa la tenir.

— Vous ne savez pas. Vous ne savez *rien*, dit-il en détachant les mots.

Soudain, sous l'éclat de l'astre lunaire, Jemima voyait un Niall Blackthorne différent. Malgré les ténèbres, ou peut-être à cause d'elles, il était brusquement un inconnu. Disparu l'Adonis des plages arrogant. Envolé le joueur suave. Il semblait plus grand, plus grave. Et tout à coup, elle pensa : « vous n'êtes pas arrogant ; vous êtes seul. »

Et diablement séduisant.

Jemima porta la main à sa poitrine, dans l'espoir d'apaiser sa respiration précipitée.

Niall ne remarqua rien.

Lentement, il demanda :

— Qui êtes-vous ? Qui êtes-vous réellement ?

Jemima cligna des yeux.

— Comment ?
— Votre histoire est un mensonge. Vous n'êtes pas une voyageuse. Et mes suppositions semblent fausses, elles aussi.
— Vos suppositions ? répéta Jemima en écho.
Soudain, elle se sentit glacée.
— Je pensais que vous étiez ici pour m'espionner, dit Niall avec un parfait sang-froid. Vous n'auriez pas été la première à le faire.

Jemima serra les bras autour d'elle. La brise venue de la mer semblait être devenue beaucoup plus fraîche.

— Il faut dire que vous ne vous êtes pas montrée très habile, mademoiselle Dare.

A ces mots, elle s'arracha à son étreinte. Maudite carte de crédit !

— N'est-ce pas illégal de pirater les fichiers d'un hôtel ? demanda-t-elle avec hauteur.
— Qui parle de piratage ? Il m'a suffit de lire votre fiche !
Jemima se mordit la lèvre.
— C'est sournois !
Niall ne montra aucun signe de remords.
— Mais tellement pratique !
— Comme de m'inviter à dîner avec vous ?
— J'ai agi de bonne guerre : si vous meniez une enquête sur moi, alors je voulais pouvoir garder un œil sur vous.
— Vous êtes sournois et désagréable.
Il haussa les épaules.
— Mais j'obtiens des résultats.
— Vraiment ?

Elle leva les yeux vers les étoiles. Si elle réussissait à garder les yeux écarquillés, levés vers le ciel, ils ne s'empliraient pas de ces larmes stupides.

— Qu'avez-vous appris ce soir ? fit-elle.
— Eh bien, je sais que vous avez deux noms. Au moins deux noms. C'est un indice.
— Un indice de quoi ?

— Que vous n'êtes pas celle que vous semblez être. Est-ce que cela vous gêne ?

— Que vous mettiez le nez dans mes affaires ? demanda-t-elle, incrédule. Naturellement !

— Non pas ça. Que j'ai fait cette découverte.

Un frisson la parcourut.

— Vous n'avez rien découvert, lança-t-elle. *Rien du tout*.

Elle leva les yeux vers lui, sa colère soudaine s'évanouissant aussi rapidement qu'elle était née.

— J'ai découvert encore bien d'autres choses encore.

— Ah oui ? Quoi par exemple ?

— Que vous êtes méfiante comme si quelqu'un était à vos trousses.

Sa voix s'adoucit.

— Et que, quand vous riez, votre visage s'illumine.

Comme s'il ne pouvait s'en empêcher, il effleura ses lèvres du bout des doigts, dans un frôlement éphémère et léger.

D'une voix à peine audible, Niall dit enfin :

— Je veux apprendre à bien vous connaître.

Elle le regarda fixement, incapable de prononcer un mot.

Il n'avait aucun droit de paraître aussi... aussi *sérieux*, pensa Jemima. Aussi concerné. Il était un Apollon bronzé qui gagnait sa vie au casino. Il lui avait tendu piège sur piège, ce soir... elle ne pouvait pas se fier à lui, pas une seule seconde !

— Ne partez pas demain. Restez à Pirate's Point. Donnez-nous une chance.

Elle ne répondit pas.

Ce pouvait être un autre piège.

— Je vais y réfléchir.

Mais elle savait déjà qu'elle resterait.

Le matin suivant, Jemima se servit en salade de fruits au buffet du petit déjeuner et descendit la manger sur la plage. De nombreux vacanciers profitaient déjà du soleil. Avec soulagement, elle constata que personne ne la remarquait.

Son repas terminé, elle regarda la mer avec envie. N'ayant pas encore acheté de maillot de bain, elle se contenta de plonger les mains dans l'eau limpide, avant de prendre le chemin de la réception.

Al leva les yeux et l'accueillit d'un sourire.

— Bonjour. Avez-vous bien dormi ?
— Divinement bien ! Y a-t-il des messages pour moi ?
— Aucun.

Jemima poussa un profond soupir de soulagement. Basil était loin...

Elle adressa un grand sourire à Al, qui battit des paupières.

— Si vous souhaitez consulter votre messagerie, vous pouvez utiliser l'ordinateur dans le bureau. Je vais vous donner une carte d'accès. Le total sera porté sur votre note.
— Parfait.

D'un coup d'œil, elle parcourut le hall de l'hôtel.

— Avez-vous une boutique ? Je voulais acheter un maillot de bain à l'aéroport. Mais les magasins étaient déjà fermés à Londres et pas encore ouverts à la Barbade. Et ici...

Al lui tendit une carte et montra de la main une porte discrète, dissimulée derrière un palmier.

— Désolé, il vous faudra aller en ville. J'ai entendu Niall dire au petit déjeuner qu'il vous y emmènerait. Ça tombe bien !

Jemima, qui était en train d'examiner la carte, releva brusquement la tête à cette dernière remarque.

— Pardon ?

Al éclata de rire.

— Ne vous l'avait-il pas dit ?

Il secoua la tête avec indulgence.

— Ce type a vraiment un culot incroyable !

Il était manifestement partagé entre l'admiration et la révolte.

Jemima, quant à elle, n'était pas partagée du tout. Elle se raidit ausitôt.

Ne prêtant aucune attention à sa réaction, Al poursuivit d'un ton mélancolique :

— C'est un tel charmeur ! C'est toujours pareil...

— Vraiment ? s'exclama Jemima, la voix glaciale.

— Chaque fois qu'il séjourne ici, il fait des ravages parmi les clientes. Tenez, rien que cette semaine…

Il s'interrompit.

— Ah, justement le voilà !

— En effet, le voilà, dit-elle, d'un ton faussement aimable.

Niall était manifestement d'excellente humeur.

— Quelle belle matinée ! Vous êtes prête à y aller ?

Ce matin, il portait un bermuda qui révélait un peu plus ses magnifiques jambes musclées et hâlées.

Son torse était nu aussi. Duveteux et hâlé. Jemima détourna le regard.

— J'ai dû mal comprendre, dit-elle avec dignité. Mais je n'ai jamais demandé à sortir avec qui que ce soit.

Niall ne se laissa pas décourager.

— Vous étiez d'accord pour passer la journée avec moi. Vous ne pouvez pas vous rétracter maintenant !

— Mais si, je peux !

Aussitôt, elle inspira profondément pour retrouver son calme. « Contrôle-toi, s'exhorta-t-elle. Contrôle-toi, Jemima. Cet homme a besoin d'être remis à sa place et tu ne vas pas te chamailler avec lui comme dans une cour de récréation. »

— Je veux dire, ça ne m'arrange pas.

Il leva les sourcils.

— Pourquoi est-ce que soudain, cela ne vous arrange plus ? Hier, vous parliez de repartir par le premier vol. Mais puisque vous ne partez pas… vous êtes libre comme l'air, non ?

Jemima serra si fort la petite carte magnétique que les angles pointus s'enfoncèrent dans sa paume. Saisie d'une soudaine inspiration, elle lança :

— J'ai quelques coups de fil à passer, des e-mails à envoyer. Désolée, ajouta-t-elle d'un ton peu convaincant.

Niall ne fut pas dupe.

— Vous avez perdu votre courage ? dit-il doucement.

Troublée, Jemima se tourna vers Al. Subjugué par leur duel, celui-ci ne se souciait même pas de dissimuler sa curiosité.

Alors elle éclata d'un rire qui sembla juste étant donné les circonstances et déclara d'un ton léger :

— Ecoutez beau brun, lorsque j'ai accepté de passer la journée en votre compagnie, je croyais que nous resterions à Pirate's Point. Je ne m'attendais pas à ce que vous m'emmeniez faire un voyage surprise.

— Eh bien, adaptez-vous ! conseilla Niall.

Derrière le bureau, Al laissa échapper un hoquet de rire qui se mua rapidement en un toussotement lorsque Jemima le toisa. Elle décida qu'il était temps de se venger.

— Al m'expliquait à l'instant que c'était une habitude chez vous, reprit-elle le plus doucereusement possible. Peut-être est-ce à vous de vous adapter ?

Niall fronça les sourcils.

— Je vous demande pardon ?

Al sembla avoir perdu de sa superbe. Jemima le gratifia d'un sourire radieux.

Sur ce, elle s'éloigna nonchalamment tandis que les deux hommes restaient parfaitement silencieux.

« Un point pour moi ! » songea Jemima, amusée.

La porte située derrière le palmier donnait sur une petite pièce, parfaitement équipée. Il y avait là un ordinateur, un fax, une imprimante, des annuaires internationaux et, au mur, quatre horloges qui affichaient l'heure des grandes capitales.

Jemima consulta la notice d'utilisation de l'ordinateur, le mit en route rapidement et accéda à sa messagerie.

L'agence était en proie à la panique. Où était-elle ? Pourquoi n'avait-elle pas téléphoné ? N'oubliait-elle pas son rendez-vous au Dorchester prévu pour le mercredi suivant ? Elle tapa un « Non » laconique et l'envoya aussitôt. Puis, prise de remords, elle rédigea un second message avec les coordonnées de l'hôtel. « A n'utiliser qu'en cas d'absolue nécessité. Je décompresse un max ici » ajouta-t-elle.

Pepper lui demandait si elle verrait un inconvénient à

porter une robe de demoiselle d'honneur rose clair. Encore une question à laquelle il était facile de répondre : « Oui !! !! Fais-moi un coup pareil et je déclare forfait… »

Quant à Izzy, elle était folle de joie, plus amoureuse qu'elle n'avait jamais imaginé pouvoir l'être. Elle attendait avec impatience de se marier avec Dominic à l'automne suivant. Si elle parvenait à trouver une date, Jay Jay accepterait-elle d'être demoiselle d'honneur, deux fois le même mois ?

Naturellement, Jemima était heureuse du bonheur de sa sœur. Elle ne pouvait s'empêcher néanmoins d'être submergée par une vague de solitude en lisant le message enthousiaste de Izzy. Un jour, tôt ou tard, celle-ci quitterait l'appartement qu'elles partageaient toutes les trois et elle partirait vivre avec Dom et élever de petits explorateurs, dignes héritiers de leur père.

Tout en se mordillant un ongle, elle essaya de rédiger une réponse qui ne l'engagerait pas sans pour autant gâcher la joie de sa sœur. En désespoir de cause, elle écrivit simplement : « Tant que tu ne m'obliges pas à porter du rose clair, je suis partante pour n'importe quoi. »

Et puis, il y avait les messages de Basil. Connaissant à présent tous les pseudonymes qu'il utilisait, elle les détruisit sans même les lire.

Les autres messages pouvaient attendre. Pourtant, elle espéra qu'en s'attardant le plus possible, Niall Blackthorne finirait par se lasser et s'en aller. Aussi rédigea-t-elle une réponse particulièrement longue et détaillée à un photographe, au directeur d'une œuvre de bienfaisance et à deux ou trois journalistes.

Elle envoya une copie de ses messages à Abby, sa chargée de relations publiques : « Vois comme je suis gentille ! J'espère que ça me donnera moins l'air d'une sale gosse gâtée. On se voit quand je rentre. Bises, J. »

Quand elle eut fini, elle ne vit plus aucune raison de rester plus longtemps dans le bureau. Elle arrêta l'ordinateur, remit un peu d'ordre dans la pièce et ouvrit la porte sans bruit.

Appuyé contre le bureau, Niall se trouvait encore là. Il discutait avec Al, comme s'il était disposé à passer la journée à la réception.

Jemima se cacha derrière le palmier, espérant en dépit de tout qu'il mettrait un terme à sa conversation et s'en irait. C'est alors qu'elle s'aperçut qu'elle pouvait entendre leur discussion. Elle prêta l'oreille.

— Alors que faisais-tu hier soir, à ruminer dans le noir ? demandait Al.

Niall sembla légèrement étonné.

— Ruminer ?

— Assis sur la jetée, en manche de chemise, jusqu'à trois heures du matin. Je n'ai encore jamais entendu dire que tu gâchais un temps de jeu précieux à rester assis sur la jetée. Pas seul, en tout cas. T'aurait-elle rembarré, par hasard ?

Niall se redressa et jeta un coup d'œil à sa montre.

— Il est temps que je file. As-tu besoin de quelque chose en ville ?

Al ignora sa réponse.

— Elle l'a fait, n'est-ce pas ?

Le ton las, Niall rétorqua :

— Occupe-toi de tes affaires, Al !

Son compagnon l'ignora encore.

— Oh, je vois. Monsieur a sorti le grand jeu et il s'est fait rabrouer. Eh bien ça, c'est une première !

Jemima tressaillit. Ainsi, Niall avait « sorti le grand jeu » ! Une vague de colère commença doucement à la submerger.

Les yeux étincelants et le sourire bien en place, elle surgit de derrière le palmier.

— Vous êtes encore là, lança-t-elle à l'adresse de Niall. C'est parfait, j'ai terminé. Pouvez-vous toujours me conduire en ville ?

Il ne fut pas dupe.

Jemima eut l'intime conviction qu'un duel élémentaire, dont eux seuls avaient conscience, s'était engagé entre eux. Et il était déterminé à gagner.

— C'est mon jour de chance, dit-il gravement.

Jemima répondit sèchement.

— Ne vous emballez pas. J'ai seulement besoin d'un chauffeur.

Le duel ne faisait que commencer.

Il la déposa sur la place du marché de Queen's Town.

— Je serai sur les docks, si vous changez d'avis, l'informat-il. Prenez à gauche à la statue du pirate et vous arriverez sur les quais. Longez les amarres jusqu'à ce que vous me trouviez.

— Entendu, répondit Jemima sans s'engager vraiment à faire appel à lui.

Elle descendit de voiture et claqua la portière. Elle s'attendait presque à ce que Niall tente de la convaincre. Pourtant, il n'en fit rien. Il agita la main en signe d'au revoir, chaussa des lunettes noires et s'éloigna en trombe.

La ville de Queen's Town se révéla aussi minuscule que son aéroport. Deux demeures fatiguées, merveilles du XVIIIe siècle, aux balcons en fer forgé ouvragé, bordaient la grand-place et une élégante maison douanière se dressait sur le front de mer. Tous les magasins étaient bourrés jusqu'au plafond de marchandises qui devaient faire le bonheur des pêcheurs, des ménagères et des plongeurs. Mais Jemima ne trouva pas ce qu'elle cherchait.

Enfin, elle renonça. Malgré elle, à moins qu'elle n'en ait toujours eu secrètement envie, elle alla se promener sur le port.

La chaleur y était étouffante. L'air était chargé du parfum des fruits exotiques et du café. Il y avait beaucoup de monde, mais personne ne semblait se presser.

On déchargeait des bateaux. Jemima aperçut des poissons de toutes les couleurs, des paniers de tomates charnues, d'épis de maïs dorés, d'aubergines luisantes de leur violet impérial et de petites pommes vertes sucrées.

Elle poussa un profond soupir de satisfaction. Après s'être acheté un café chaud et sucré auprès d'un vendeur de rue, elle s'assit sur la digue et regarda le manège des petits bateaux qui s'amarraient et déchargeaient leurs cargaisons. La pierre était chaude et le soleil tapait dur sur sa nuque. Elle leva la main pour protéger sa peau et entendit qu'on criait son nom.

Elle releva la tête.

Niall était debout sur le pont d'un bateau, ancré à côté d'un escalier taillé dans la pierre. Il lui apparut exactement tel qu'elle l'avait à l'esprit depuis ces vingt-quatre dernières heures : robuste, compétent et détendu. En un mot, maître de la situation. Contrairement à elle.

Il avait repoussé ses lunettes de soleil sur sa tête. Leurs regards se croisèrent. Celui de Niall s'embrasa avant qu'il put le maîtriser. « Pas si maître de la situation après tout », s'étonna Jemima.

Paradoxalement, elle se sentit encore plus mal à l'aise. Leur duel se poursuivait, mais ni l'un ni l'autre ne savait comment il se terminerait.

Alors, à sa grande surprise, elle se leva et se dirigea vers lui, marchant sur les pavés chauds comme si ses pieds étaient doués d'une volonté propre.

— Salut ! lança-t-elle, la voix mal assurée.

— Vous allez me donner une autre chance, finalement ? dit Niall.

— Tout dépend de ce que vous avez à m'offrir.

D'un saut léger, Niall atterrit sur le quai.

Jemima se raidit, mais il ne la toucha pas. Au contraire, il resta debout devant elle, scrutant son visage comme s'il ne croyait pas vraiment ce qu'elle venait de dire.

Et puis, il lui adressa un sourire enjôleur, si intense qu'elle en vacilla presque.

— Que diriez-vous d'une journée sur une île déserte ?

Jemima cligna des yeux.

— Une île dé… ?

Il rit. Oh, il était superbe quand il riait !

— Oui, une véritable île déserte. Ce n'est qu'à environ deux heures de navigation.

Jemima sentit son cœur bondir dans sa poitrine. Une journée entière, seule avec lui au milieu des Caraïbes ? Pouvait-elle lui faire confiance ?

Pouvait-elle *se* faire confiance ?

Et puis, la petite voix intérieure l'interpella de nouveau. « Rappelle-toi ce qu'a dit Madame la Présidente : Tu n'as aucune vie. Tu ne fréquentes personne. Tu ne sors jamais, à moins d'avoir un engagement professionnel. »

Jemima réfléchit un instant puis adressa à Niall l'un de ses sourires éblouissants.

— D'accord ! Trouvez-moi un magasin où je peux acheter un maillot de bain et je suis à vous.

— A votre service, lança-t-il en esquissant une révérence. Et que l'aventure commence !

Quelque chose dans ses yeux fit penser à Jemima qu'il pensait ce qu'il disait. C'était enivrant.

Il la prit par la main et l'entraîna de l'autre côté de la route. Sous le marché couvert, plus frais mais aussi beaucoup plus bruyant, il la conduisit directement à un étal où étaient vendus des saris de soie, des batiks et des chemises de coton brodées aux couleurs éclatantes.

— Celui-ci, dit-il presque aussitôt en attrapant un deux-pièces turquoise et cerise dans l'amas de tissus multicolores.

Jemima cligna des yeux. Les derniers bikinis qu'elle avait portés, à l'occasion d'une séance photo pour une maison de haute couture, étaient de couleur noire, crème et fauve et s'agrémentaient de chaînes en or. Aucun d'eux, elle le savait, n'aurait survécu à quelques brasses vigoureuses.

Ceux qu'elle regardait à présent avaient des couleurs certes criardes, mais ils semblaient solides.

Soudain, elle éclata de rire. Elle, Jemima Dare, allait porter un bikini à vingt dollars ! Il faudrait qu'elle l'annonce à ses chargées de relations publiques !

— Non, celui-ci, dit-elle en acceptant le choix de couleur de Niall mais en le remplaçant par la taille appropriée.

Il avait payé alors qu'elle cherchait encore son porte-monnaie.

— Vous ne devriez pas, protesta-t-elle, aussi mal à l'aise qu'une adolescente avec son premier petit copain. Personne ne m'a plus acheté de vêtements depuis ma petite enfance.

Il darda son regard sur elle. Elle se sentit s'empourprer.

— Alors, savourez cette nouvelle expérience...

Mais son regard n'était pas aussi désinvolte que sa voix. Jemima sentit sa gorge se serrer et elle détourna la tête.

— Je... euh... je vais avoir besoin de crème solaire, si nous devons passer la journée entière au soleil.

Sa pâleur éthérée était sa marque de fabrique. Elle ne pouvait pas se permettre de rentrer à Londres avec un bronzage inattendu, pensa-t-elle en souriant.

— Par ici, lui dit-il en lui indiquant un autre éventaire.

Elle ajouta à ses emplettes de la crème solaire, un atomiseur à l'aloès et une grosse paire de lunettes noires. Lorsqu'elle rejoignit Niall sur le quai, il portait deux grands sacs en papier. Il grimpa prestement sur le bateau, posa ses sacs et lui tendit la main pour l'aider.

— Vous faites des réserves pour une semaine ?

Le regard de Niall brilla.

— Ne vous inquiétez pas, je dois être de retour ce soir. Je travaille, vous vous en souvenez ?

— Alors qu'est-ce que c'est que tout ça ?

— Tout ce qu'il faut pour un pique-nique réussi.

« Il est irrésistible », pensa Jemima soudainement.

Au sourire calme qui se dessina sur sa bouche, elle le soupçonna d'avoir conscience de son propre charme.

Il l'invita à une rapide visite du bateau, avant de se préparer à larguer les amarres.

Elle avait vu juste au sujet de ses compétences. Il leva les voiles et fit sortir le bateau du petit port, avec une adresse exceptionnelle. Une fois en pleine mer, il vint s'asseoir à côté d'elle, le visage levé vers le ciel.

— C'est génial, vous ne trouvez pas ?

Jemima l'observa avec plaisir.

— Est-ce que vous faites ça souvent ?

— Quoi ? Enlever des femmes sans défense ou naviguer ?

Leurs regards se croisèrent. Jemima plissa les yeux.

— Naviguer. Je ne suis pas une femme sans défense. Je sais prendre soin de moi.

Niall éclata de rire.

— Eh bien ? reprit-elle. Est-ce que vous naviguez régulièrement ?

La brise tourna un peu. Niall se leva pour ajuster la voile. Comme il était sans sa chemise, elle pouvait voir le jeu de ses muscles tandis qu'il s'activait.

Oh oui, il était indéniablement irrésistible ! Jamais encore, elle n'avait rencontré quelqu'un comme lui.

Niall plissa les yeux vers l'horizon, puis vers le mât.

— Régulièrement ? répéta-t-il.

Il semblait absent.

— Non, plus maintenant. J'ai beaucoup navigué lorsque j'étais enfant. J'ai appris à barrer un bateau quand d'autres garçons s'amusaient avec leur première bicyclette.

Jemima regarda la façon dont il suivait les mouvements du bateau. Il réorienta la voile, puis se rassit, un bras négligemment posé derrière elle.

Elle se pencha en avant.

— Etes-vous né sur l'île de la Pentecôte ?

Niall parut un instant totalement déconcerté.

— Sur l'île ? Non. Qu'est-ce qui vous fait croire ça ?

— Votre bateau.

— Oh, ça ? Ce n'est pas le mien. Je l'ai emprunté à des amis. Je n'ai plus de bateau à moi. Ni sur l'île, ni ailleurs.

Etait-ce une note de regret qui perçait dans sa voix ? Désireuse d'en apprendre davantage sur lui, elle reprit :

— Pourquoi ? Trop cher ?

Il haussa les épaules.

— Je suppose que vous pouvez appeler ça un choix de vie. Je voyage sans cesse et quand on vit sans jamais vraiment défaire ses bagages, on n'a nulle part où amarrer un bateau.

Ou un foyer, songea Jemima.

Cela semblait lugubre.

— Avez-vous choisi de vivre en nomade ?

Il scruta l'océan.

— En quelque sorte.

Il baissa les yeux vers elle.

— Vous voulez connaître l'histoire de ma vie scandaleuse ?

« Oui ! » eut-elle envie de répondre.

Mais leur duel persistait. Elle haussa les épaules comme si elle s'en moquait, tout en laissant la porte ouverte aux confidences, s'il le voulait... Pourtant, comme elle espérait qu'il se confie à elle !

— Très bien, commença-t-il en s'étirant. Je me suis enfui de chez moi lorsque j'avais dix-sept ans.

Inexplicablement, elle fut choquée.

— *Enfui* ? Etiez-vous maltraité ?

— On ne me faisait pas grimper dans les cheminées, si c'est ce que vous voulez dire. Mais j'avais envie de prendre mon indépendance depuis longtemps. Et puis, j'ai eu une terrible dispute avec mon frère et ma belle-mère du moment. Je leur ai dit à tous les deux d'aller au diable et je suis parti.

Jemima fronça les sourcils. Cela ne ressemblait à la vie d'aucune famille qu'elle connaissait.

— Votre frère ? Mais où était votre père ?

— Aux prises avec un énième divorce.

Il rit devant son expression effarée.

— N'ayez pas l'air si horrifié ! Nous étions une famille désunie typique.

— A vous entendre, vous êtes mieux seul, constata-t-elle, étrangement triste pour lui.

Du moins, pour l'adolescent de dix-sept ans qu'il avait été. Des larmes perlèrent à ses yeux.

— Oh, une belle-mère ou deux étaient sympas. Mon frère, quant à lui, était un beau salaud. Exactement comme mon père, dans beaucoup de domaines.

Jemima comprit qu'elle était sur le point de fondre en larmes.

C'était insensé. Evoquer ses souvenirs ne gênait aucunement Niall. Elle renifla discrètement. En vain.

— Hé !

Niall posa sa main sous son menton et l'obligea à tourner la tête vers lui. Il rit.

— Inutile de vous mettre dans tous vos états. Tout ça s'est passé, il y a bien longtemps.

— Je ne me mets pas dans tous mes états, protesta Jemima de façon incohérente. C'est juste que j'aime mes parents, j'ai une sœur formidable et je trouve ça vraiment dommage lorsque les familles se déchirent.

Elle renifla encore, puis se ressaisit. Faire montre de tant de sensibilité était stupide.

— Je suppose que vous ne les voyez plus du tout ?

— Je ne suis pas rentré chez moi depuis plus de quinze ans, reconnut-il avec bonne humeur. Mon père est décédé depuis et mon frère... Avez-vous entendu parler de cette habitude britannique qui consiste à avoir un héritier et un enfant de rechange ?

— Comment ?

— Autrefois, les héritages étaient transmis au fils aîné de la famille. Et puis, par mesure de sécurité, il fallait engendrer un second fils, au cas où le premier mourrait de la peste. Eh bien, disons que je suis l'enfant de rechange.

— C'est horrible ! lança Jemima, incapable de se retenir.

— Je suppose que ça dépend des familles, concéda Niall avec tolérance. La mienne n'était pas formidable, je vous l'accorde. Et m'enfuir a vraiment été un coup dur pour elle.

— Est-ce la raison pour laquelle vous êtes devenu joueur professionnel ? Juste pour embêter votre famille ?

Il s'était levé pour régler la voilure une fois encore. A sa question, il la regarda par-dessus son épaule, les yeux rieurs.

— Pour une fille dotée d'une famille aussi merveilleuse, vous semblez néanmoins maîtriser la politique des hostilités.

— Il m'est arrivé d'avoir envie de faire une chose ou deux

qui rendrait ma famille furieuse, reconnut-elle. Mais jamais longtemps. N'en avez-vous pas assez ?

— Je suis né pour jouer, assura-t-il solennellement. J'ai une mémoire photographique et je suis calé pour les chiffres. C'est inné chez moi.

— Si vous le dites.

Mais comme elle levait les yeux vers lui, alors que l'écume marine déposait des gouttelettes d'eau sur son torse hâlé, et qu'il portait le regard sur l'horizon, il lui vint à l'esprit qu'il était davantage né pour naviguer.

— N'avez-vous jamais eu envie de faire autre chose ?

— Un jour, peut-être.

Le ton de sa voix était dédaigneux.

Et puis, il montra du doigt la côte découpée de l'île de la Pentecôte et les confidences prirent fin. Il lui parla du paysage, de la faune sauvage et de la géologie jusqu'à ce qu'ils atteignent l'île déserte promise.

— J'ai l'impression que vous venez souvent ici, même si vous n'y habitez pas, déclara Jemima.

— Je vais partout où l'on joue au black-jack, répondit vivement Niall. De Las Vegas à Londres et de Deauville à Monaco. Ne vous l'ai-je pas dit la nuit dernière ?

Avec désinvolture Jemima avoua :

— Je vis à Londres.

Niall leva ses sourcils mystérieux.

— Et moi qui vous prenais pour une nomade !

— Moi ?

Elle était stupéfaite.

— Non, pourquoi ?

— Vous voyagez seule. Presque sans bagages. Vous ne prenez pas la peine de réserver une chambre d'hôtel à l'avance. Vous n'êtes pas la touriste ordinaire.

Quelque chose dans sa voix lui fit lever les yeux vers lui.

Il ajouta doucement :

— Et vous n'aimez pas que quelqu'un porte votre sac.

— Comment ?

— Vous aimez le garder avec vous. Avez-vous quelque chose de précieux dedans ? Un dossier ? Des coupures de presse ?

Malgré sa voix nonchalante, il semblait procéder à un interrogatoire.

Jemima secoua la tête.

— Non, rien de tout cela.

— Alors, êtes-vous venue sur l'île de la Pentecôte pour raison professionnelle ?

Elle laissa échapper un éclat de rire.

— Loin de là. Je suppose que je me suis enfuie, exactement comme vous.

Il scruta son visage.

— Enfuie ? répéta-t-il comme s'il ne la croyait pas.

Un coup de vent souleva le chapeau de Jemima. Elle le rattrapa de justesse, le retint fermement et jeta un coup d'œil à Niall.

— Eh oui, admit-elle enfin. Il y avait une situation dont je n'arrivais pas à me dépêtrer, alors j'ai pris mes jambes à mon cou.

Elle grimaça.

— Rien de très reluisant, précisa-t-elle.

Il attendit. Et comme elle ne poursuivait pas, il demanda :

— Mais vous vivez à Londres ? Vous avez sûrement un travail ?

Elle réprima un sourire.

— Oui, bien sûr.

— Allez-vous me dire de quoi il s'agit ?

Elle sursauta.

— Quoi donc ?

— Ce sourire contenu.

Son amusement s'évanouit aussitôt.

— Vous êtes très perspicace, dit-elle enfin.

— Je suis un expert du langage corporel. Cela fait partie de mon travail.

Elle se sentit encore plus mal à l'aise.

— Pouvez-vous déchiffrer mon langage ?

Il lui adressa un vague sourire.

— Dans une certaine mesure.

Malgré son insistance, il refusa d'en dire davantage.

Alors, elle se débarrassa de ses chaussures, enfonça un peu plus son chapeau sur sa tête et se laissa aller à regarder le panorama.

La mer semblait transparente tout autour d'eux. Plus loin, là où elle ceignait l'île, elle prenait des teintes bleues et même turquoises. Au-dessus d'eux, le ciel était d'un bleu marine, sans nuage. Jemima ferma à demi les yeux tandis qu'une brise légère rafraîchissait délicieusement sa peau. Très haut dans les nues, de grands oiseaux marins tournoyaient avec une lenteur majestueuse.

— C'est comme un rêve, s'exclama Jemima en s'étirant voluptueusement.

Occupé à la barre, Niall la regarda et lui sourit.

— Et notre île déserte nous attend, dit-il avec enthousiasme. Aucune construction, pas âme qui vive, pas d'électricité ! Rien que nous et les éléments.

— Mmm, on dirait le paradis.

— Naturellement, cela signifie que nous devrons pêcher notre nourriture, allumer notre feu de camp...

Jemima agita paresseusement la main.

— Aucune importance. Je peux m'y faire.

— Vous êtes sûre ?

Elle se pencha en arrière et regarda les oiseaux. Leurs grandes ailes déployées, ils semblaient allongés sur les courants d'air chauds, s'abandonnant au pouvoir des éléments. Quelle chance ils avaient !

— Oui, confia-t-elle au ciel. Pour une journée au paradis, je pourrais me faire à tout.

Les mouvements de la mer semblèrent changer. Jemima se redressa et s'aperçut qu'ils approchaient d'une île. Niall cessa de la taquiner et se concentra.

Le littoral semblait inaccessible avec ses parois de roches

verticales et ses escarpements arborés. Et puis, ils contournèrent un promontoire et Jemima fut émerveillée.

Une crique naturelle s'offrait à ses yeux, où l'eau, aussi translucide qu'une aigue-marine, s'étirait sur le sable virginal.

Niall baissa la voile et ils dérivèrent, emportés par le courant, suivant une trajectoire courbe qui les conduisit le long de la plage déserte.

Au début, Jemima n'aperçut que de grands arbres sombres qui auraient semblé plus appropriés dans une jungle. Au-dessous, la plage était très ombragée.

— Ce sont des palétuviers, expliqua Niall tout en manœuvrant le gouvernail habilement et sans effort apparent. A cet endroit, un ruisseau se jette dans la mer : c'est lui qui alimente les arbres. Nous pourrons nous y ravitailler en eau fraîche.

Tout au bout de la plage se trouvaient quelques rochers aux formes arrondies. Niall glissa la proue du bateau au milieu des rochers et jeta l'ancre. Ensuite, il sauta et se retourna pour tendre la main à Jemima.

Mais elle avait déjà sauté derrière lui. L'eau lui monta jusqu'aux cuisses et elle vacilla. Niall la rattrapa fermement et la serra dans ses bras. L'eau clapotait autour d'eux. Mais tout contre Niall, elle se sentait en parfaite sécurité. Elle se tourna alors vers la plage qu'elle regarda avec étonnement.

— J'ai l'impression de me trouver dans un livre d'aventures pour enfant. Et il n'y a personne d'autre que nous, dit-elle doucement, émerveillée.

— Je vous l'avais dit.

Consciente de la présence dense du sable sous ses pieds nus, de l'odeur caractéristique de la marée, des cigales qui stridulaient inlassablement dans les herbes et du bruissement régulier des vagues, Jemima resta parfaitement immobile.

Par-dessus tout, il y avait le silence.

Elle entrouvrit les lèvres.

— C'est réel. C'est vraiment réel.

— Vous feriez mieux de le croire.

Pour une raison inexplicable, des larmes lui montèrent aux yeux. Elle secoua la tête avec impatience.

Niall baissa les yeux vers elle. Il la fixa un instant. Et puis, lentement, comme si c'était très important, il leva la main et sans presque bouger, écarta une mèche de cheveux que le vent avait poussée sur sa joue. C'était comme si toute la force et toute la chaleur du monde se concentraient dans ce geste, attendant qu'elle... qu'elle... qu'elle...

Qu'elle fasse quoi ? Qu'elle dise quoi ? Elle n'en avait aucune idée. Malgré toutes les fêtes auxquelles elle avait assisté, tous les hommes glamour qu'elle avait fréquentés, elle ne savait que faire à présent.

Elle resta immobile, comme une femme perdue dans ses rêves. Déstabilisée. Subjuguée. Désespérément confuse. Et inexplicablement, incroyablement timide.

La main brune, posée sur son visage, s'immobilisa. Les yeux noirs la scrutèrent. Il n'y avait plus aucune trace de taquinerie en eux.

— Vous aurez votre journée au paradis, dit-il avec douceur. Faites-moi confiance.

C'était une promesse.

6

Riant aux éclats et faisant jaillir des gerbes d'eau autour d'eux, ils gagnèrent la plage, main dans la main.

Un instant, Jemima songea à ces couples aperçus la nuit précédente, à Izzy et Dom, à ses parents, qui eux aussi se tenaient par la main. Elle songea à ce trait d'union entre deux êtres, synonyme d'un amour partagé. Du moins, en général.

Mais Niall Blackthorne était un inconnu et il ne l'aimait pas. Nul doute qu'il la jugeait drôle, séduisante et en aucun cas crédule. Ce qui était la vérité. Comme elle aurait voulu être naïve ! Assez en tout cas, pour croire que marcher main dans la main avec un homme signifiait quelque chose.

Mais à quoi bon s'attarder à ces tristes réflexions en cet instant ? L'endroit était paradisiaque, l'homme à ses côtés, merveilleux, et il y avait de l'aventure dans l'air !

— Nos premiers pas sur une plage déserte ! s'exclama gaiement Jemima en sautillant sur place.

Niall laissa échapper sa main.

Sous ses pieds nus, le sable était chaud et doux comme de la soie. Elle poussa un cri de joie sauvage et s'éloigna le long du rivage. Lorsqu'elle quitta l'abri des rochers, la chaleur intense l'enveloppa. Elle continua à courir malgré tout.

Parvenue à l'extrémité de la plage, elle se laissa choir sous les branches basses d'un arbre et regarda derrière elle. Le visage rayonnant, Niall ne l'avait pas quittée des yeux.

Entre eux deux, s'étirait une longue ligne d'empreintes. Il lui adressa un salut amusé.

D'un signe énergique de la main, elle l'invita à la suivre.

— Quel tonus ! s'exclama Niall en s'approchant.

Il fit glisser de son épaule la sangle du volumineux sac qu'il portait.

— Qu'y a-t-il là-dedans ?
— De la bière.

Elle le conspua.

— Voilà une vision très masculine du pique-nique idéal !
— Mais aussi votre bikini. Et mon tuba. Et...

Il extirpa du sac une longue lame. Bien que glissée dans un fourreau de cuir, elle paraissait terrifiante.

— Seigneur ! Qu'est-ce que c'est ? Un sabre d'abordage ?
— Une machette, expliqua Niall calmement. Je l'ai empruntée à Al. Mais je sais m'en servir, rassurez-vous.

Jemima se laissa tomber à la renverse sur le sable où le feuillage des arbres dessinait une ombre dentelée.

— Je suis seule avec un assassin armé d'une hache, lança-t-elle sur un ton dramatique au ciel azuré.

Niall conserva tout son flegme.

— Les seuls à devoir redouter cette machette sont les mangues et les fruits de l'arbre à pain.

Mais Jemima s'amusait trop pour cesser ses taquineries.

— Je parie que vous allez m'enlever et faire de moi une pirate, poursuivit-elle.

Niall hocha la tête avec enthousiasme.

— Cela me paraît une excellente idée. Naturellement, il faudrait que vous vous montriez très, *très* méchante.

— Ah ! Alors, je ne réussirai jamais, répondit-elle avec une note de déception dans la voix. J'ai toujours été un modèle de gentillesse, toute ma vie.

Surpris, Niall releva la tête. Ses yeux brillaient.

— Alors, reste avec moi, petite, tonna-t-il. Je vais t'apprendre les ficelles du métier !

Et avant qu'elle ait pu prononcer un mot ou reprendre sa respiration, il s'était penché vers elle pour l'embrasser.

Ce fut un baiser ardent, rapide, fugitif. Il aurait pu être fortuit, comme une plaisanterie faisant suite à leur petit jeu sur les pirates.

Mais ce n'était pas le cas. Jemima en eut conscience, même si Niall s'était immédiatement écarté et continuait à vider le sac, sans prononcer un mot. Elle sentait encore la pression de sa bouche sur ses lèvres. Une pression plus éloquente encore que tous les mots et qui signifiait :

« Nous sommes semblables. Je te désire. A présent, tu le sais. »

Oui, elle le savait. Elle le savait plus clairement que tout autre chose dans sa vie. Mais que voulait-elle faire ensuite ? Elle n'en avait pas la moindre idée.

— Je vous emmène faire le tour de notre île, proposa-t-il.

Soulagée, elle se leva.

— Vous êtes déjà venu ici, alors ?

Il sourit.

— Oui. Désolé. Il y a eu des empreintes de pas dans le sable avant les vôtres.

— Mais est-elle vraiment inhabitée ?

— Ça, oui. Pas un fast-food en vue. Il nous faudra cueillir et pêcher notre nourriture. D'ailleurs, nous devrions nous y mettre dès à présent.

Il sortit une gourde du sac.

— Pour de l'eau fraîche, expliqua-t-il en voyant son regard surpris. Je n'ai pas pour habitude de faire boire de la bière tiède à mes compagnes d'aventure.

Ses compagnes d'aventure ! Quelques mots prononcés négligemment suffirent à lui donner l'impression qu'il avait des prétentions sur elle.

Les allégations amusées de Al lui revinrent à la mémoire. Niall faisait des ravages parmi la gent féminine ! Les femmes lui pardonnaient tout ! « Sois prudent , dit-elle à son cœur craintif. Tu te crois peut-être à la hauteur. Mais cet homme ne chasse pas sur le même territoire que toi. »

Elle le suivit, un pli soucieux barrant son front. Niall sembla ne rien remarquer.

L'île ne recelait aucun secret pour lui. Il lui montra les manguiers qui poussaient un peu plus loin sur la plage.

Dès qu'ils se furent éloignés du rivage, ils s'enfoncèrent dans une forêt dense et le terrain devint plus abrupt.

— Est-ce un ruisseau que j'entends ? demanda Jemima.
— Vous avez l'ouïe fine ! Oui, c'est un ruisseau.
— Alors, c'est là que nous puiserons de l'eau ?
— Un peu plus haut, là où l'eau court sur des rochers. Ici, c'est un peu boueux.

Un peu essoufflée, Jemima déclara :
— Je ne me doutais pas que ce serait aussi abrupt.

Niall ralentit le pas, sans cesser de lui parler de l'île.

— On trouve de véritables arbres de banian amazoniens ici, à condition de savoir où chercher. Les gens de l'île de la Pentecôte prétendent que le diable de la jungle habite dans ces arbres.
— Et vous savez où les trouver ?

Niall acquiesça d'un signe de tête.

— Je croyais que vous étiez de passage ici, dit-elle. A vous entendre, vous seriez plutôt un habitant de longue date !

Il haussa les épaules.

— J'aime connaître les endroits où je séjourne.
— Au point de dénicher votre propre coin de jungle amazonienne ? demanda Jemima.

Poussée par la curiosité, elle demanda encore :
— Allez-vous vraiment de casino en casino à longueur d'année ? N'avez-vous pas une maison quelque part ?
— Pas vraiment, répondit Niall en secouant la tête.
— Mais où gardez-vous vos livres, vos disques ?

Il sourit.

— J'achète des livres dans les aéroports et je les abandonne dans les chambres d'hôtel. Je possède un baladeur et cinq CD en tout. Je ne suis pas casanier de nature.

— Ne recevez-vous jamais de lettres ?
— N'est-ce pas pour ça que l'e-mail a été inventé ?

Jemima réfléchit encore. Ils poursuivaient leur ascension.

— Et les cadeaux d'anniversaire alors ? demanda-t-elle triomphante.
— Personne ne m'en envoie !
— C'est terrible ! s'exclama Jemima, épouvantée.
— Non, pas du tout. Ainsi, je ne reçois pas de bibelots inutiles et je ne perds pas mon temps à écrire des lettres de remerciement. Et personne ne s'attend à recevoir un cadeau de ma part en retour.

L'austérité de sa déclaration la laissa muette.

Et puis, il s'arrêta au pied d'un arbre et leva les yeux.

— Un arbre à pain, annonça-t-il. Vous allez constater l'utilité d'une machette.

En quelques coups de lame, il fit tomber un fruit de la taille et de la forme d'un ballon de football. Il le huma.

— Il est bien mûr. Nous le ferons cuire. Ce sera une nouvelle expérience pour vous.
— Une parmi d'autres, murmura Jemima.

Niall ne répondit pas. Il emprunta un sentier envahi d'herbes folles qui menait à une petite cascade. Il déboucha la gourde et la glissa sous la chute d'eau.

Jemima resta un peu en retrait, attentive aux bruits qui l'entouraient.

L'eau clapotait autour de gros blocs de granit, l'air résonnait des cris et des trilles des oiseaux tandis que la végétation embaumait d'une senteur lourde et douce comme du lilas. Tout semblait très paisible et étrange.

Instinctivement, elle se rapprocha de Niall. Ayant revissé le bouchon sur la gourde, il leva les yeux.

— Tout va bien ?
— Cet endroit…

Elle essaya de définir son malaise.

— J'ai l'impression d'être si petite. Et comme éphémère...
— N'ayez crainte. Je veillerai sur vous.

Bien qu'aimables, ses paroles étaient néanmoins impersonnelles.

— J'en suis sûre, dit-elle d'une voix sereine. J'ai eu un peu peur. Mais ça ira bien.

Ils redescendirent plus rapidement qu'ils n'étaient montés et rejoignirent leur arbre, avec son entrelacs d'ombres.

— J'ai envie de nager, déclara Jemima.

Alors, lui tournant le dos, elle enfila prestement son bikini. Elle courut vers la mer, comme si tous les diables de la jungle étaient à ses trousses.

Elle s'imagina que Niall la suivrait. Il n'en fit rien. Devait-elle en être satisfaite ou offensée ? Elle l'ignorait. Et puis, submergée par le pur bonheur de nager dans une eau douce et soyeuse, elle oublia ses sentiments équivoques.

Elle avait toujours été une bonne nageuse. Evoluer dans cette mer à la houle paisible et à la clarté surprenante, n'exigeait aucun effort. Elle parcourut plusieurs fois la longueur de la plage d'un crawl rapide et puissant. Alors, lentement, très lentement, son agitation s'apaisa.

Niall Blackthorne était un séduisant inconnu qu'elle ne parvenait pas à comprendre, voilà tout. Rien de très important, en somme. Pas la peine de se mettre dans tous ses états pour lui. S'il la touchait de nouveau, elle pourrait gérer la situation. Et s'il ne le faisait pas, eh bien, elle gèrerait cette situation aussi.

De nouveau sereine, elle se mit à profiter pleinement de la mer. Elle effectua quelques galipettes et plongea profondément, aussi loin que sa respiration le lui permettait. Elle nagea juste sous la surface de l'eau, au milieu de poissons aux couleurs de pierres précieuses qui la regardaient avec curiosité.

Enfin, fatiguée, elle regagna le rivage à longues et lentes brasses, et remonta la plage d'un pas las.

— C'était merveilleux ! s'exclama-t-elle en se laissant tomber sur le sable.

En son absence, Niall avait construit un petit feu de camp

avec des brindilles et du bois flotté. Il était à présent allongé à l'ombre, sa chemise roulée en boule sous sa tête.

Jemima détourna le regard de son torse si troublant et s'exclama gaiement :

— Ce sont les scouts qui vous ont appris à allumer un feu ?

— Pas vraiment. Figurez-vous que j'ai été bûcheron dans une vie antérieure.

— Félicitations. Et pourquoi avons-nous besoin d'un feu ?

— Pour le barbecue ! Lorsque vous aurez faim, j'irai pêcher un poisson.

Révoltée, Jemima secoua la tête.

— Certainement pas. Je viens de nager avec ces poissons. Ce sont mes amis.

Un moment de silence incrédule s'ensuivit. Puis Niall renversa la tête en arrière et rit à perdre haleine.

Feignant d'être offensée, Jemima le fixa intensément. Elle ne voulait pas passer pour une mauviette hypersensible, surtout face à l'imprévisible Niall Blackthorne.

Lorsqu'il cessa de rire, il déclara :

— Heureusement que j'ai fait quelques courses au marché !

Comprenant son stratagème, Jemima plissa les yeux.

— Vous m'avez fait marcher ! Vous n'avez jamais eu l'intention de nous faire vivre comme des naufragés !

Le regard de Niall pétilla de malice.

— Disons que j'ai prévu un plan B.

Le plan B consistait en une délicieuse salade d'avocat et de tomates, un poulet froid et un régime de bananes. Jemima se délecta de ce repas et but avec plaisir l'eau fraîche rapportée de la cascade.

— C'était excellent... Dommage que nous n'ayons pas utilisé notre feu, commenta Niall.

Assis en tailleur, face à elle, il haussa ses épaules puissantes.

— Bah, quelqu'un finira bien par accoster et utiliser notre feu, reprit-il.

Elle fit une grimace.

— Vous voulez dire quelqu'un qui ne sera pas choqué à l'idée de faire cuire du poisson fraîchement pêché ?

Il sourit soudain et de minuscules pattes d'oie apparurent au coin de ses yeux. En cet instant, Niall était follement séduisant. Elle détourna le regard avant qu'il puisse lire ses pensées.

— J'aime que vous soyez sensible, déclara-t-il. Si les épinoches rayées sont vos amies, alors vous devez le clamer haut et fort.

Jemima soupira.

— Vous pensez que je suis terriblement mièvre, c'est ça ?

A ces mots, les yeux de Niall s'assombrirent et il secoua la tête.

— Vous ne voulez pas savoir ce que je pense.

— Allez-y. Je m'en remettrai.

Leurs regards se rivèrent l'un à l'autre et Jemima fut incapable de détourner les yeux. Aussitôt, elle sentit toutes ses défenses l'abandonner. Une à une, ses armes s'évanouirent : l'autodérision teintée d'ironie désabusée, le rire taquin et défensif, la sophistication... Enfin, la certitude de pouvoir affronter n'importe quel homme au monde se dissipa à son tour. Jemima resta désemparée et vulnérable.

— En êtes-vous sûre ? s'enquit Niall.

Il la prit alors dans ses bras.

Ce fut comme si elle ne s'appartenait plus. Elle renversa la tête en arrière. Ses paupières se baissèrent.

Elle prit conscience de la moindre parcelle de son corps, submergée par une onde de chaleur d'une exquise sensualité. Posant ses mains sur les épaules de Niall, elle sentit comme une décharge électrique passer en lui.

Etroitement enlacés, le souffle court, ils tombèrent sur le sable. Elle entendit tambouriner le cœur de Niall comme s'il battait à travers son propre corps. Comment un simple baiser pouvait-il être aussi *extraordinaire* ?

Bien entendu, il ne s'agissait pas d'un simple baiser. C'était une métamorphose, une révolution. Lorsque leurs lèvres se séparèrent, elle était transformée.

Niall s'écarta. Il secoua la tête, riant un peu, comme s'il était aussi stupéfait qu'elle.

Il caressa ses lèvres. Son bras à la peau mordorée était couvert d'une fine couche de sable. Emerveillée, Jemima fit courir un doigt sur son bras, effleurant à peine sa peau.

Il frissonna sous sa caresse et son regard s'assombrit. Il l'attira de nouveau contre lui, comme s'il ne supportait pas que la moindre distance les sépare. Cette fois, ce fut elle qui l'embrassa. Elle le désirait. Elle avait besoin de lui comme elle n'avait jamais eu besoin de qui que ce soit auparavant.

Et c'était réciproque. Bien qu'ivre et affamée de lui, elle le savait. Le corps de Niall le lui disait.

Il releva la tête.

— Retournons au bateau, murmura-t-il dans un souffle.

— Non.

Elle ne pouvait croire qu'il envisageait de ne plus la toucher, ne serait-ce qu'un instant. Voluptueusement, elle fit courir sa main sur sa cuisse.

Niall s'empara de sa main et roula sur le côté.

— Je veux te faire l'amour.

Sa voix était brutale.

— Correctement. Cela signifie un préservatif. Pas de sable. Un coussin pour ta tête.

Emue, elle s'apaisa. Mais elle ne sut que lui répondre.

Il pencha la tête et appuya son front contre le sien.

— Laisse-moi prendre soin de toi, Jay Jay. J'en ai envie.

Son immense tendresse la troubla. Elle posa la main sur sa joue. Niall frissonna à ce contact.

— D'accord, dit-elle simplement.

Ils regagnèrent le bateau, main dans la main. Mais cette fois-ci, songea Jemima, ce geste avait un sens.

Niall descendit chercher des coussins dans la cabine et arrangea une couche sur le pont, au soleil. Ensuite, il débarrassa Jemima de son bikini coloré, tout en la dévorant de baisers. De son côté, elle lui ôta fébrilement son bermuda, impatiente de le voir dans la splendeur de sa nudité.

Lorsque leur étreinte s'apaisa enfin, elle resta blottie dans ses bras, se délectant d'un bien-être tel qu'elle n'en avait jamais connu. Elle se sentait comme révélée à elle-même.

Lentement, elle plongea dans un sommeil délicieux et s'endormit en se sentant aimée.

Une odeur de café la réveilla. Elle se redressa et se frotta les yeux. Elle avait l'impression que son corps tout entier, empli du souvenir de l'amour qu'il avait reçu, resplendissait de bien-être et de satisfaction. C'était tellement nouveau !

Elle regarda autour d'elle. Le soleil avait changé de position. Quelques nuages se profilaient à l'horizon.

Niall sortit la tête par l'écoutille.

— Réveillée ?

Jemima se retourna pour voir Niall qui lui souriait. Son regard était clair. L'intensité qui s'était déchaînée en lui s'était à présent éteinte. Mais quelque chose d'autre avait pris sa place.

« Tu me connais désormais », songea-t-elle.

Elle tendit la main vers lui.

Il l'embrassa, comme si c'était la chose la plus naturelle au monde. Comme s'il l'aimait, lui aussi.

Il revint avec deux tasses de café noir délicieusement parfumé et s'étendit à côté d'elle.

— Je crois que j'aime les bateaux, dit Jemima, rêveuse.

— C'est agréable, acquiesça Niall. J'ai travaillé sur un bananier, une fois. J'ai toujours voulu recommencer.

— Après que tu t'es enfui de chez toi ?

— Oui.

Elle se blottit au creux de ses bras.

— Raconte-moi.

— Que veux-tu savoir ?

— Tes dix-sept ans et ta fugue.

— Vraiment ?

Il semblait déconcerté.

— Il n'y a rien de particulier à raconter. Mon père voulait

que j'entre dans l'armée. Je voulais étudier les mathématiques à l'université. J'étais calé. Très calé.

Jemima était perplexe.

— Ne pouvait-il pas payer tes études ?

— Si. Mon père dépensait à tort et à travers, mais il aurait pu payer mes études. Il ne voulait pas, tout simplement. Mon frère et lui n'étaient pas des intellectuels et ils ne voyaient pas pourquoi j'aurais dû l'être. Les cadets font ce qu'on leur dit de faire.

Jemima s'indigna et Niall la serra un peu plus fort.

— J'étais doué pour les chiffres. Je me suis dit que cela pourrait me servir. J'étais déjà allé une ou deux fois au casino. Je voulais devenir croupier. En plus, j'avais déjà un smoking !

Sa voix était empreinte d'ironie.

— Comment es-tu passé du statut de croupier à celui de joueur ?

— Je n'ai jamais été croupier. J'étais trop jeune. Alors, je suis passé de l'autre côté de la table. Entre-temps, j'ai exercé tous les métiers qui me permettaient de faire bouillir la marmite. J'ai été serveur, coursier, bagagiste... tout et n'importe quoi, en vérité.

— Et marin sur un bananier.

— Ça, c'est l'un de mes meilleurs souvenirs.

Jemima déposa un baiser dans son cou. A son tour, il lui releva le menton et embrassa sa bouche doucement.

Elle lui rendit son baiser avec enthousiasme, tandis qu'il faisait glisser la main le long de son corps nu. Il s'arrêta brutalement.

— Tu brûles. Donne-moi ta crème solaire et allonge-toi.

— Comment ?

Il lui jeta un regard débordant de convoitise.

— Ordre du capitaine. Une fois à bord, on m'obéit au doigt et à l'œil.

Il l'embrassa longuement et elle s'étendit.

— N'es-tu donc jamais retourné chez toi ? reprit-elle.

Il était en train de s'attarder sur ses hanches.

— Définis ce que tu entends par « chez moi ».
— Tu n'es pas sérieux ?
— Au dernier décompte, mon père avait deux fils, trois maisons et cinq ex-femmes. J'ai été envoyé en pension à l'âge de cinq ans. J'ai passé les vacances scolaires chez des parents plus ou moins éloignés ou chez des copains d'école. Je vis depuis toujours avec une valise à la main.

Jemima était stupéfaite. Elle se redressa brusquement et le serra dans ses bras.

— Hé ! protesta Niall la voix étouffée contre sa poitrine. C'est ainsi que je suis devenu l'homme que je suis aujourd'hui.

Il effleura son visage.

— Est-ce que tu pleures ?
— Bien sûr que non, nia-t-elle en détournant la tête.

Doucement, il l'obligea à tourner le visage vers lui.

— Personne n'a jamais pleuré pour moi. C'est inutile, ma chérie. Sincèrement. Je me débrouille très bien.

Jemima déglutit et renifla.

— Alors tu ne retournes jamais...

Elle hésita. « Chez toi » n'était manifestement pas l'expression appropriée.

— En Angleterre ? Jamais ?

Elle comprit trop tard la maladresse de sa question.

D'un ton pratique, Niall lança :

— Retourne-toi. Je vais te mettre de la crème sur le dos.

Oh, diable ! Elle aurait pu tout aussi bien affirmer : « Viens à Londres avec moi et sois mon petit ami. » Ce n'était pas vraiment ce que l'on disait à un pirate sans attache. Elle se fustigea en silence.

Elle se retourna, soulagée de pouvoir dissimuler son visage et chercha un moyen de rattraper son erreur.

Le ton pensif, Niall répondit alors à sa question.

— Je vais à Londres de temps à autre. Il y a trop de casinos pour ne pas m'y rendre. Mais je ne suis retourné chez l'un des hôtes de mon enfance qu'une seule fois.

Sa voix se fit étrange.

Jemima tourna la tête pour le regarder. Il avait les yeux perdus dans le vague.

— Tu veux m'en parler ? demanda-t-elle avec compassion.

Revenant brusquement à la réalité, il sursauta et hésita.

— J'avais vingt-huit ans... Je croyais tout savoir. J'étais allé partout, j'avais tout fait. Et je n'avais jamais pris une femme au sérieux...

Il semblait honteux.

— Et soudain, elle fut devant moi. La femme dont je ne pouvais me séparer.

Un lourd silence s'installa.

Très calmement, Jemima demanda :

— Que s'est-il passé ?

— Elle n'a pas voulu de moi.

La voix de Niall était blanche.

— Elle n'a pas voulu de toi ? C'est insensé !

— Pas du tout. Elle avait besoin d'un foyer. Je n'en avais plus depuis mes dix-sept ans. Mais mon Abigail en voulait un. Elle voulait un foyer comparable à celui où elle avait grandi.

« Mon Abigail ! » Dirait-il un jour « ma Jay Jay » avec ce désir douloureux dans la voix ? Non, bien sûr. Elle n'était qu'un divertissement pour un après-midi sous les tropiques. Elle était folle d'espérer autre chose.

Les paroles de Niall confirmèrent ses soupçons.

— Les femmes croient aimer les mystères. Abigail me connaît trop bien pour me considérer comme un homme mystérieux. Elle détesterait vivre sans jamais se poser quelque part. Elle veut des chats, des chiens et des chevaux. Et une propriété où les loger.

Jemima n'aimait pas du tout le portrait qu'il brossait de cette mystérieuse Abigail.

— On dirait une femme très matérialiste.

— C'est faux.

La voix de Niall était empreinte de tendresse.

— Elle a grandi dans une grande maison chaleureuse.

Elle était faite pour ce genre de vie. Je ne pouvais pas le lui offrir, c'est tout. Elle a fait le bon choix.

Quelque chose dans sa voix donna envie à Jemima de taper du poing sur le pont du bateau.

— Mais tu ne peux pas continuer à l'aimer, lança-t-elle du fond du cœur.

— Pourquoi pas ?

— Je croyais que les joueurs savaient quand ils avaient perdu la partie.

Niall haussa les épaules.

— Je suppose que je suis l'homme d'une seule femme.

Jemima se sentit déchirée par la douleur. En dépit de cela, elle ne put s'empêcher de retourner le couteau dans sa propre plaie.

— Peut-être retourneras-tu la chercher un jour ? reprit-elle.

Niall ne répondit pas.

Elle insista :

— Tu pourrais gagner suffisamment pour lui acheter un manoir avec piscine et hélicoptère. Tous les chevaux qu'elle voudra. Tout le bazar, quoi !

Il y eut une autre pause, très, très longue. Jemima eut soudain le sentiment qu'elle disait ce que Niall s'était déjà répété des milliers de fois. Et que la réponse ne variait jamais.

— Mais moi, je serai toujours le même.

7

Ensuite, la journée s'assombrit. Dans tous les sens du terme.

Pourtant, Jemima ne laissa rien paraître de sa douleur et fit son possible pour se montrer plus enjouée que jamais. De nouveau, elle s'étendit, à plat ventre toutefois, pour que Niall ne puisse voir ses yeux brillant de larmes. Spirituelle comme elle ne l'avait jamais été de sa vie, elle rit et le taquina, sans relâche.

Ils firent l'amour une fois encore. Fiévreusement.

Niall se révéla passionné et attentionné et lui offrit tout ce qu'une femme pouvait désirer. Pourtant, lorsqu'il s'endormit sur sa poitrine, Jemima leva les yeux vers le ciel, où les nuages filaient à toute allure, et souhaita être n'importe où, mais ailleurs.

Enfin, tout doucement, elle le repoussa. Quand elle enfila son bikini, le contact du tissu encore humide la fit frissonner. Du regard, elle chercha un vêtement à emprunter à Niall.

Elle dénicha une chemise dans la petite cabine. Imprégné de son parfum, le tissu l'enveloppa et la fit frissonner. Plus vite elle retrouverait ses vêtements et mieux ce serait.

Hors de la cabine, l'air était devenu inexplicablement oppressant. Malgré les nuages, il faisait plus chaud. La brise n'était plus rafraîchissante. La lumière du soleil, aveuglante comme un projecteur, la fit cligner des yeux.

« Il faut que je m'en aille », pensa-t-elle.

Soudain, ce fut comme une nécessité physique. Son corps

tout entier lui en intima l'ordre. Toutes les mises en garde au monde n'auraient pu l'arrêter. Elle *devait* s'éloigner de Niall, se retrouver seule, ne serait-ce qu'un court instant. Elle devait trouver un moyen de maîtriser cette nouvelle angoisse qui l'étreignait.

Elle sauta à bas de l'embarcation toujours accostée à un rocher.

Tournant le dos à la plage où elle avait ri, à la mer où elle s'était amusée, au bateau où Niall Blackthorne l'avait conduite au paradis... avant de l'abandonner sur terre... elle s'enfuit.

Elle courut ainsi, dans une fuite éperdue, jusqu'au petit promontoire qu'elle entreprit d'escalader. A deux reprises, elle se rattrapa de justesse alors qu'elle était sur le point de chuter sur les rochers ronds et lisses. La troisième fois, elle faillit tomber au bas de la falaise, là où les vagues venaient se briser.

Elle se ressaisit. Il lui fallait être raisonnable. Elle poursuivit son chemin plus lentement.

Parvenue sur l'autre versant, elle découvrit une seconde plage virginale. Elle ramassa un morceau de bois flotté et le jeta rageusement au loin. Ainsi, Niall en aimait une autre ! Une femme qu'il aimait vraiment et ne se contentait pas de convoiter.

Eh bien, qu'est-ce que cela pouvait bien lui faire ? Elle ne le connaissait que depuis... combien ? Trente-six heures, tout au plus. Trente-six heures pendant lesquelles elle n'avait cessé de s'opposer à lui, en réalité.

Elle n'aurait jamais dû arrêter.

« Allons, se dit-elle. Tu as traversé pire que ça. Basil t'a rendue malade et t'a manipulée jusqu'à ce que tu ne puisses plus penser. Tu t'en es remise. Tu te remettras de ça aussi. »

— Mais Basil ne m'a pas brisé le cœur, protesta-t-elle à voix haute.

Elle s'immobilisa.

Basil ne lui avait pas brisé le cœur ? Cela voulait-il dire que Niall pouvait le faire ? Ou qu'il l'avait même déjà fait ?

Ridicule !

Non, ce n'était pas ridicule. C'était même terriblement réel. Elle ferma les yeux.

La petite voix intérieure, qui s'efforçait de lutter, résonna encore. « Calme-toi. Tu t'en sortiras. »

Derrière elle, une voix cria vivement son nom.

Elle se retourna. Niall se tenait en équilibre au sommet du promontoire. Il était trop loin pour qu'elle puisse voir son expression, cependant il paraissait inquiet.

C'était le moment de donner le spectacle de sa vie !

Redressant les épaules, elle agita la main. Comme si elle était contente de le voir. Comme si elle était encore envoûtée par l'extase de leur étreinte passionnée.

Niall la rejoignit, courant avec aisance sur les rochers.

Jemima afficha un sourire radieux et l'attendit.

Comme il approchait, elle essaya de le regarder sans émotion aucune. Malgré elle, elle sentit sa bouche s'assécher.

— Quel air grave ! lui dit-il.
— Je réfléchissais.
— A quoi ?

Il glissa un bras autour d'elle. Elle se raidit, puis s'obligea à se détendre, consciente qu'il lui fallait encore supporter le retour jusqu'à l'hôtel sans se ridiculiser totalement.

Alors elle marcha à côté de lui, appuyant la tête contre son épaule. De cette façon, elle n'était pas obligée de le regarder.

— A mille et une choses, répondit-elle avec une bonne humeur forcée. As-tu vu les papillons ?

Elle lui montra des papillons aux couleurs éclatantes qui dansaient dans les buissons. Niall n'en connaissait pas le nom. Il était plus calé en botanique.

— Un acacia, dit-il en montrant un arbuste. Les épines sont acérées comme des poignards, mais sens ce parfum.

Il cassa une brindille et la lui tendit.

Surprise par son geste, Jemima recula instinctivement. Elle ne voulait pas que Niall, le pirate briseur de cœur, lui fasse sentir des parfums capiteux.

— En effet, acquiesça-t-elle sans enthousiasme.

Niall se figea, scrutant son visage.

— Qu'y a-t-il, ma douce ?

Persuadée qu'il feignait la tendresse, ses paroles affectueuses lui firent monter les larmes aux yeux.

Elle lâcha avec lassitude :

— Rien. Je suis peut-être restée trop longtemps au soleil. L'atmosphère est oppressante à présent, tu ne trouves pas ?

Il leva les yeux vers le ciel.

— Un orage doit approcher. Nous devrions repartir, si nous ne voulons pas être pris dedans.

— D'accord.

— Nous pouvons aussi attendre l'orage et passer la nuit ici.

C'était presque une invitation.

Jemima ne répondit rien.

Doucement, Niall ajouta :

— Nous pourrions allumer ce feu, finalement.

Sa suggestion était si inattendue qu'elle en eut le souffle coupé, presque comme si elle avait reçu un coup de couteau venu de nulle part. Elle savait qu'elle avait été blessée jusqu'au cœur, mais la douleur ne se répandait pas encore en elle. Cela viendrait, pourtant.

Niall resserra l'étreinte de ses mains sur ses bras.

— Jay Jay, qu'y a-t-il ? demanda-t-il, abandonnant tout à coup le ton de la taquinerie amoureuse.

Incapable de parler, Jemima déglutit et secoua la tête.

Il soupira.

— Entendu, nous rentrons. Tu es bien sûre que c'est ce que tu veux ?

— Absolument.

Là battante qui sommeillait en elle prit la relève.

— Il faut absolument que je lave mes cheveux. Ils n'ont jamais été dans un état aussi lamentable de toute ma vie.

Ce qui était la stricte vérité.

Niall soupira encore et obtempéra.

Ils regagnèrent la première plage et ramassèrent leurs vêtements. Niall rangea dans son sac les bières qu'il n'avait pas bues et les reliefs de leur pique-nique. Puis il jeta le sac sur son épaule et le porta jusqu'au bateau.

Il lui souriait. Mais ses yeux restaient interrogateurs.

Ils le restèrent tout le temps que dura la traversée. Les nombreux réglages à effectuer ne lui laissèrent pas le loisir de lui demander des explications. Le ciel ne cessait de s'assombrir et le vent emmêlait les cheveux de Jemima. A l'instant où ils entrèrent dans le port, d'énormes gouttes de pluie s'écrasèrent sur le pont.

Ils coururent jusqu'au 4x4. Ils ne se tenaient plus la main. Et si Jemima riait, son rire était forcé.

La pluie se mua en une violente averse ponctuée de coups de tonnerre. Niall se concentra sur la route alors qu'un rideau de gouttes s'écrasait sur le pare-brise.

Enfin, il arrêta la voiture aux marches de son pavillon, coupa le moteur et se tourna vers elle.

— Jay Jay, dis-moi. Qu'est-ce que j'ai fait ?

Elle s'écarta tout doucement de lui.

— Tu m'as offert une journée formidable, merci. Mais mon shampoing m'appelle.

Elle actionna la poignée et descendit de voiture sans qu'il puisse la retenir.

Niall bondit de la voiture à son tour et s'engouffra dans le hall de l'hôtel. Il marcha droit sur le bureau derrière lequel Al était assis.

— Passe-moi le fichier client, ordonna-t-il en faisant pivoter le fauteuil de Al pour qu'il lui fasse face.

— Pourquoi ?

— Jay Jay Cooper. Je veux revoir sa fiche d'inscription.

Al protesta mais Niall l'ignora. Sans cérémonie, il le fit lever de son fauteuil, prit sa place devant le clavier et se mit en quête de l'information qu'il cherchait. Il la trouva bientôt : la carte de crédit de la jeune femme était au nom de Jemima Dare.

— Dare, lut Niall en fronçant les sourcils. Pas Cooper. Pourquoi ? Est-elle mariée ? Cherche-t-elle à fuir son mari ?

— Tu veux dire qu'elle n'est pas encore passée aux confidences ? demanda Al, furieux d'avoir été ainsi bousculé. Tu perds la main, mon vieux.

Niall continua à l'ignorer. Il se connecta à Internet et afficha un moteur de recherche.

— Que fais-tu ?

— Je cherche avec qui j'ai passé la journée, expliqua Niall d'un ton agacé. Ah, voilà !

Jemima Dare, top model international, était photographiée dans des centaines de poses langoureuses. Ses yeux immenses et mystérieux, légèrement relevés, aux éclats verts et noisette crevaient l'écran. Sa bouche diabolique, délicatement entrouverte qui ne demandait qu'à être embrassée, s'affichait encore et encore. Niall sentit monter en lui une douleur qui le transperça.

Penché par-dessus son épaule, toute irritation oubliée, Al siffla avec admiration.

— « Une sensualité bouleversante et la beauté d'une déesse », lut Niall à voix haute. Oh, oui ! C'est exactement elle.

Al ne savait que dire. Il tapota l'épaule de son ami dans un geste de réconfort muet. S'il raillait volontiers Niall lorsque celui-ci flirtait avec une cliente de l'hôtel, il comprit que son engouement pour cette jeune femme était sincère.

Niall se parlait à voix basse :

— Je n'aurai pas dû m'endormir. Mais... *pourquoi* refuse-t-elle de me parler ?

— Ah, les femmes ! compatit Al en secouant la tête.

— De toute évidence, elle fuit quelque chose. Si seulement je savais quoi...

Al s'assit sur le bureau et fixa son ami d'un œil suspect.

— Niall, tu radotes. Ouvre les yeux. C'est une femme. Tu es toi. Elle changera d'avis.

Niall secoua la tête.

— Pas tant que je ne l'aurai pas convaincue de se confier. Ce qu'elle n'a pas fait jusqu'à présent.

— Essaie encore. Que puis-je faire pour t'aider ?

Niall fixa l'écran.

— Rien. Je parie qu'elle va filer à la première heure demain matin. Et que ce soir, elle m'évitera comme la peste. Et je ne sais pas *pourquoi* !

Il frappa du poing sur le bureau, si fort que Al sursauta.

— A moins de lui jeter un sortilège, je ne vois pas ce qui pourrait m'aider.

— Un sortilège ? Je pourrais en parler à Ellie ! ironisa Al.

Niall se leva et repoussa le fauteuil si brusquement contre le mur qu'une plante verte perdit plusieurs feuilles et que trois dossiers tombèrent d'une étagère.

Al fut impressionné.

— Je cours parler à Ellie *tout de suite*.

Jemima resta si longtemps sous la douche que son visage devint rouge comme une pivoine. Elle prodigua à ses cheveux un soin complet, passant du shampooing à l'après-shampooing, puis au rinçage et à la crème hydratante. Une fois sortie de cette étuve, elle passa presque une heure à enrouler ses mèches autour de rouleaux.

Ensuite, elle se sentit apaisée. En revanche, la douleur de son cœur était toujours aussi vive.

Elle était en train de sécher ses cheveux lorsqu'elle entendit un coup frappé à la porte. C'était certainement Niall, songea-t-elle.

Il lui était difficile d'envisager de lui ouvrir et de reprendre son rôle là où elle l'avait laissé. En même temps, elle ne supportait pas l'idée de garder sa porte close.

Elle serra le peignoir de l'hôtel autour d'elle, noua un foulard sur ses cheveux et s'arma de courage.

— Je suis très fatiguée…, lança-t-elle en ouvrant la porte.

Elle se tut lorsqu'elle découvrit Ellie sur le seuil.

— Pardonnez-moi, commença cette dernière en entrant comme si Jemima l'avait invitée à le faire. Mais je me demandais si je pouvais vous demander une faveur ?

Puisqu'il ne s'agissait pas de Niall, Jemima était toute prête à rendre service.

— Bien sûr. Que puis-je pour vous ?

Une cliente de l'hôtel, expliqua Ellie, l'avait reconnue.

— Elle a raison, n'est-ce pas ? Vous êtes bien Jemima Dare, le mannequin ? Je vous ai vue dans *Elégance*.

— Dans ce cas, je ne vais pas essayer de le nier.

— Eh bien, voyez-vous, je me demandais si vous accepteriez d'être l'invitée d'honneur de notre fête, ce soir ? Bien sûr, je sais que vous êtes en vacances incognito, mais d'ici à ce que la nouvelle paraisse dans les journaux, vous serez partie depuis longtemps. Et cet événement pourrait sauver la vie de Pirate's Point.

Ellie se tordit les mains.

— Nous avons investi toutes nos économies dans ce complexe. Mais nous sommes à environ la moitié de notre capacité et les affaires ne s'arrangent pas.

Jemima était stupéfaite.

— Et vous croyez que si un top model, qui n'est ni plus ni moins qu'un substitut de portemanteau, a séjourné ici, cela pourrait décider les gens à venir y passer leurs vacances ?

— Naturellement, répondit Ellie avec conviction.

Jemima soupira.

— Eh bien, d'accord. Je n'ai rien de prévu de toute façon. Autant donner un coup de pouce à la notoriété de votre hôtel ! Ceci dit, je dois vous prévenir. Je n'ai rien de chic à me mettre.

Ellie s'empressa de la rassurer.

— Ne vous en faites pas pour ça. Vous pouvez prendre ce qui vous plaira dans ma garde-robe. Pourquoi ne viendriez-vous pas voir maintenant ce que j'ai ?

Jemima émergea de sa stupeur.

— Accordez-moi quelques instants.

Elle enfila un jean et un T-shirt en deux minutes. Ellie la fit monter dans l'un des buggys de l'hôtel et l'emmena jusqu'à son cottage.

La propriétaire la précéda dans une chambre spacieuse et ouvrit la porte d'un dressing-room.

— Faites votre choix. J'ai tout ce qu'il faut... depuis la robe moulante fendue jusqu'aux cuisses jusqu'à la tenue de Cendrillon.

Sur les podiums, Jemima avait porté plus de robes moulantes fendues jusqu'aux cuisses qu'elle ne l'avait voulu. En outre, elle ne souhaitait pas parader, ainsi offerte, devant le pirate bourreau des cœurs. Il risquerait de croire qu'elle désirait qu'il l'enlève une fois encore. Et s'il le faisait, elle aurait le cœur définitivement brisé.

— Qu'entendez-vous par « la robe de Cendrillon » ? demanda-t-elle, feignant la désinvolture à la perfection.

La robe qu'Ellie lui présenta se composait d'une ample jupe de mousseline et d'un haut brodé de smocks. Posée sur une épaule et descendant jusqu'à la taille, une délicate dentelle, fin entrelacs de feuillage, magnifiait cette toilette en apparence très simple.

— Elle était blanche au début, mais les vêtements que l'on laisse sécher au soleil prennent rapidement une couleur ivoire ici, expliqua Ellie affectueusement. Je la porte avec une écharpe de soie, sinon elle a l'air un peu virginal.

Jemima frissonna.

— Alors je prendrai l'étole la plus colorée que vous ayez, décréta-t-elle fermement.

Aller à une fête, parée d'un semblant de robe de mariée, était bien la dernière folie à laquelle elle se risquerait, surtout si Niall Blackthorne devait être présent !

Afin de mettre en valeur les reflets vert de ses grands yeux noisette, Ellie lui proposa une longue écharpe de soie couleur émeraude, brodée de petites perles irisées qui saisissaient la lumière.

De retour dans sa chambre, Jemima s'allongea sur son lit et fixa le plafond. La tristesse tapie en elle commençait à se faire plus mordante. Les yeux obstinément secs, la jeune femme l'accueillit presque avec soulagement, profitant de sa présence pour remettre sa vie en perspective. Toutes les peurs et les trahisons éprouvées auprès de Basil semblaient à présent insignifiantes.

Un peu plus tard, elle se leva, revêtit la ravissante tenue de Ellie et s'assit devant la table de toilette.

— Considère cette soirée comme un engagement professionnel, se dit-elle. Donne le meilleur de toi-même.

Depuis qu'elle était célèbre, les plus grands coiffeurs rivalisaient d'ingéniosité pour mettre en valeur sa splendide chevelure. Mais des années durant, elle s'était débrouillée seule. Rapide et experte, elle retira les rouleaux et fit gonfler ses boucles. En quelques minutes seulement, elle avait élaboré un savant tumulte de mèches qui brillaient comme un brasier d'or.

Après cette journée passée au soleil, sa peau resplendissait d'un doux hâle mordoré, aussi choisit-elle un maquillage léger. Elle assombrit très délicatement son regard d'une infime note de fard à paupières, qui fit paraître ses yeux plus grands, plus profonds et, espéra-t-elle, plus mystérieux.

Elle ensuite passa sur ses lèvres un soupçon de rouge cuivré, qui donnait à sa bouche un air provocant.

Quand elle eut fini, elle se regarda dans le miroir. Si Niall ne tombait pas sous le charme à la seconde où il la verrait, alors, elle n'aurait plus qu'à se retirer du monde immédiatement, se dit-elle avec une pointe d'humour noir. En revanche, elle ignorait quelle serait sa réaction si sa bouche aguichante réussissait à le faire tomber à genoux devant elle !

Elle se leva en agitant la main négligemment.

— Un détail, se dit-elle pour se rassurer.

Elle jeta la scintillante étole émeraude autour de ses épaules, fit gonfler ses cheveux luxuriants et...

... s'en alla montrer à Niall Blackthorne que certaines femmes pouvaient aisément se passer de lui.

La fête avait lieu sur la plage. Guidée par le murmure des voix et le tintement des verres, Jemima traversa la terrasse et longea un mur de pierres couvert de chèvrefeuille au parfum entêtant. Les exclamations enjouées l'invitèrent à suivre une allée bordée de buissons de dentelaires du Cap, leurs boutons couleur bleu ciel paraissant d'un gris spectral sous le clair de lune. Enfin, elle passa la clôture du jardin et descendit sur la plage.

De hauts flambeaux avaient été plantés dans le sable. Un halo de lumière, digne d'un tableau de Rembrandt, enveloppait la fête qui battait son plein.

Jemima marqua une pause, s'arma de courage et s'avança enfin vers une petite estrade. Les conversations cessèrent les unes après les autres, alors que les invités se tournaient vers elle.

Comme elle avait appris à le faire au fil des années, Jemima ne porta son attention sur personne en particulier. Elle regarda fixement par-dessus les têtes, une main sur la hanche, dans une pose classique. Et puis, elle rejeta les cheveux en arrière et s'élança de sa démarche sexy et féline que son public attendait. Les dernières bribes de conversation s'évanouirent et le silence s'installa.

Sans regarder à droite ni à gauche, elle avança au milieu des invités et se dirigea droit vers le maître de cérémonie.

— Bonsoir Al, lança-t-elle de sa voix mesurée, destinée à éblouir son interlocuteur. Comme c'est aimable à vous de m'avoir invitée ! Une fête sur une plage des Caraïbes, quelle merveilleuse idée !

Du bout des lèvres, elle l'embrassa sur chaque joue, prenant soin de ne pas endommager le chef-d'œuvre de maquillage qu'était sa bouche. Les appareils photo crépitèrent.

Subjugué, Al parvint enfin à articuler :

— Vous êtes magnifique.

Jemima leva les sourcils.

— Merci.

Elle glissa la main au creux de son bras.

— Et maintenant, mon cher, présentez-moi.

Al déglutit avec peine. Guindé, il lui fit faire le tour des invités.

Manifestement, toutes les personnalités qui comptaient sur l'île de la Pentecôte étaient présentes. Jemima adressa quelques mots aimables au ministre du Tourisme et confia quelques petits riens au rédacteur en chef du journal local.

Ensuite, elle parla chiffons avec l'épouse du ministre, parfums avec la directrice de la compagnie aérienne et célébrités avec toutes les autres personnes. Elle papota, sourit et fit mine de siroter un punch du planteur sans en boire une seule goutte.

Et puis l'orchestre joua ses premières notes.

Et Niall Blackthorne sortit de l'ombre.

Sentant sa bouche s'assécher, Jemima s'enivra d'une longue gorgée de son cocktail au rhum.

— On danse ? proposa-t-il en s'approchant.

— Est-ce une demande ou un ordre ? répliqua-t-elle d'un ton acerbe.

— Devine, murmura Niall en l'enlaçant.

Déjà, plusieurs couples évoluaient sur les rythmes doux et irrésistibles de la musique des Caraïbes. Niall l'entraîna sur la piste de danse dans la plus légère des étreintes. Pourtant à travers la soie et la mousseline de sa robe, Jemima pouvait sentir la chaleur de ses mains.

Lorsqu'il pencha la tête pour qu'elle seule puisse entendre ce qu'il disait, elle sentit son souffle soulever une mèche de ses cheveux. Saisie d'une pensée insensée, elle fut heureuse que ses cheveux soient aussi magnifiques ce soir. Pour la première fois, il la verrait telle qu'elle était réellement. Peut-être ne pourrait-elle pas rivaliser avec celle qu'il aimait. Mais au moins, il se souviendrait d'elle.

A son oreille, il murmura :

— Que fuis-tu ?

Elle fut si surprise qu'elle fit un faux pas. Niall la serra un peu plus fort contre lui.

Lorsque sa stupeur s'évanouit un peu, elle glissa :

— Je ne sais pas de quoi tu parles.
— Vraiment, mademoiselle Jay Jay Cooper ?
Elle haussa les épaules.
— Je suis une célébrité. Je voyage incognito tout le temps.
— Incognito au point de devoir acheter un bikini à l'étal d'un marché ?
Sans transition, il ajouta :
— Dis-moi la vérité.
— Eh bien, je ne suis pas très bien organisée — ce n'est pas un crime, que je sache.
— Ce n'est pas non plus le comportement d'une célébrité. Et tu es une célébrité douée, pas vrai ?
Elle lui adressa un sourire éclatant.
— Heureuse que tu l'aies remarqué ! Je fais de mon mieux.
— Pourquoi as-tu débarqué ici, accoutrée comme tu l'étais, et pourquoi as-tu dis à Al que ton nom était Cooper ?
Jemima ferma les yeux brièvement.
— J'en avais envie.
— Sottises.
— D'accord. J'en avais assez d'être une princesse gâtée. Je voulais savoir à quoi ressemblait la vie d'une routarde ordinaire, dit-elle en proie au désespoir.
Niall éclata de rire. Mais son rire était glacial.
— Tu vas devoir trouver mieux que ça.
— J'essaie, lâcha-t-elle entre ses dents.
Il se montra intransigeant.
— Essaie encore.
Jemima émit un gémissement de pure frustration.
— Je ne vois que trois raisons possibles, reprit Niall : le travail, l'argent ou un homme. Alors, de quoi s'agit-il ?
— Certainement pas l'argent, s'écria Jemima malgré elle.
— Un homme ? Un mari ?
Il scruta son visage.
Elle secoua la tête négativement.
— Un petit ami ?
— Je t'en prie, n'insiste pas.

— Un petit ami, alors, conclut-il prenant sa réponse comme un acquiescement. Que s'est-il passé ? Tu l'as quitté ? Ou est-ce lui qui t'a quittée ?

— J'aurais préféré ! répondit-elle dans un cri du cœur.

Les yeux sombres de Niall se firent perçants.

— J'ai l'impression qu'un peu d'aide ne te ferait pas de mal. Si tu as besoin d'un expert, je suis ton homme.

« Non, tu ne l'es pas. Tu es l'homme d'une seule femme et je ne suis pas celle-ci. »

A voix haute, elle répondit sèchement :

— Je ne le crois pas.

Tout aussi sèchement, il rétorqua :

— Alors, tu te trompes.

Jemima se redressa pour se montrer aussi glaciale qu'elle pouvait l'être.

— En quoi mes affaires te regardent-elles ?

— Tu m'intrigues. Et aujourd'hui, nous avons été amants.

Elle ne sut que répondre. Son corps tout entier tressaillit. Dans un brouillard de tristesse, elle s'entendit clamer d'un ton faussement joyeux :

— Oh, mais ça ce n'était qu'un divertissement au soleil. Ne le considère pas plus sérieusement que ça !

Niall resserra les mains de façon alarmante.

— Tu ne penses pas ce que tu dis.

— Bienvenu au xxie siècle ! Les femmes aussi peuvent prendre s'amuser, si elles le veulent.

— Certaines le font, mais pas toi.

Elle s'enflamma tout à coup.

— Tu crois si bien me connaître ?

— Serais-tu en train de dire que je ne te connais pas ?

Il essayait de paraître amusé, mais sa colère transparaissait dans toute son intensité.

— Tu ne sais rien de moi, lança-t-elle. A présent, laisse-moi. Je ne veux pas danser avec toi. Je ne l'ai jamais voulu.

Le visage de Niall blêmit. Il s'écarta avec une courtoisie exagérée.

Sans un regard derrière elle, Jemima quitta l'estrade et les lumières.

Elle ne vit pas l'individu qui se détacha de la foule pour la suivre de loin.

8

En proie à une violente colère, Jemima s'enfuit droit devant elle.

Essaie encore, lui avait dit Niall ! Quel cynisme ! Dire qu'elle avait parfaitement réussi à contrecarrer ses questions, jusqu'à ce qu'il la déstabilise avec cette remarque.

— Je t'en ficherai du *essaie encore* ! marmonna-t-elle.

Croyait-il pouvoir la mettre à nu ? Lui faire avouer ses secrets ?

Croyait-il que cet après-midi d'intimité partagée lui donnait le droit de tout savoir d'elle ?

— « Je ne suis pas disponible, mon cœur appartient à une femme qui ne veut pas de moi, mais que diriez-vous d'une journée sur une île déserte... », le parodia-t-elle.

Chantait-il ce même refrain à toutes les femmes ? Et elles en redemandaient ? Honnêtement, il y avait parfois de quoi avoir honte de son propre sexe, songea Jemima.

Elle grinça des dents.

Et puis, elle entendit un bruit de pas précipités derrière elle. Furieuse, elle se retourna, les mains sur les hanches.

— Laisse-moi tranquille ! cria-t-elle. C'est à cause de personnes comme toi que les hommes ont une si mauvaise réputation.

Elle crut qu'il s'arrêterait. Qu'il hurlerait peut-être en retour. Ou plus certainement, qu'il lancerait l'un de ses rires supérieurs tellement agaçants et qu'il lui dirait qu'elle se trompait totalement.

Il n'en fit rien. Il ne hurla pas. Il ne rit pas. Il ne s'arrêta même pas.

Et alors que la silhouette s'avançait obstinément vers elle, Jemima fut saisie d'un terrible pressentiment. Son besoin de hurler à son encontre s'évanouit brusquement.

— Niall ? appela-t-elle, la voix hésitante.

A la seule lueur de la lune, son poursuivant pouvait être n'importe qui. Il n'était encore qu'une masse confuse et sombre fondant inexorablement sur sa cible. Mais la façon dont il avançait vers elle, non pas rapidement mais implacablement, avait quelque chose de menaçant.

— Niall ? appela encore Jemima, déjà convaincue que ce n'était pas lui.

L'homme s'arrêta enfin à quelques pas d'elle.

— Qui est Niall ? Ton nouveau gigolo ?

A la fois essoufflé et furieux, Basil Blane haletait.

Du fond de sa gorge, Jemima sentit monter un cri que le raclement du vent dans les palmiers et le bruissement des vagues derrière elle, étouffèrent presque. Mais pour elle, il était aussi puissant qu'un hurlement.

Pour Basil aussi. Il éclata de rire. Il poussa un affreux gloussement qui lui donna la chair de poule.

— Que fais-tu ici ? eut-elle la force de demander.

Basil s'avança en fanfaronnant.

— Je t'avais bien dit que je ne te lâcherais pas. Je t'ai retrouvée. Tu es à moi.

La vieille terreur familière s'empara de nouveau de Jemima. Rassemblant tout son courage, elle répliqua :

— Je ne te dois rien du tout.

Mais sa déclaration fut comme emportée par le vent.

— C'est faux et nous le savons tous les deux. Quand tu es venue à moi...

— Je ne suis pas venue à toi, protesta Jemima, oubliant

momentanément sa peur face à l'injustice de son affirmation. Tu m'as pourchassée.

— Je t'ai découverte, corrigea-t-il.

— Je n'ai jamais demandé à être découverte. Tu m'as vue dans cette pièce de théâtre au lycée et tu ne m'as pas lâchée avant que mes parents acceptent que je pose pour des photos.

— Tu oublies que tu n'as plus jamais regardé en arrière après ça !

— J'aurais peut-être dû, reconnut Jemima. J'ai arrêté mes études à cause de toi.

— Mais tu as gagné beaucoup d'argent.

Elle se tut. Elle ne pouvait pas le nier. Son père était alors au chômage, les factures s'accumulaient, la maison était hypothéquée. A dix-sept ans, elle avait commencé à percevoir des cachets — un soulagement pour toute la famille.

— Ta famille a survécu grâce à moi, clama Basil avec intensité. Ta maudite sœur n'aurait jamais terminé ses études si je ne t'avais pas lancée dans cette carrière.

Il explosa tout à coup de colère.

— Et aujourd'hui, elle me méprise.

Ce n'était pas l'exacte vérité et tous deux le savaient.

— Tu ne peux pas en vouloir à Izzy…, commença Jemima.

Basil se mit dans tous ses états.

— Et toi, tu es pire. Ta gloire acquise, tu n'as pas perdu une minute pour te débarrasser de moi.

— Il ne s'agit pas de cela…

Oh Seigneur ! Voilà qu'elle retombait dans le même piège, cherchant à se justifier, comme si c'était Basil qui était dans son bon droit. Elle haïssait cette note d'excuse qu'elle décelait dans sa propre voix.

— Ne me dis pas ce que je dois penser, dit Basil, tremblant de fureur. Je sais *exactement* de quoi il retourne.

Il fit un pas en avant.

— Tu as profité de moi. Tu crois pouvoir me jeter maintenant ?

— Je n'ai pas profité de toi !

Il ne l'écoutait pas.
— J'ai tout fait pour toi.
— Beaucoup trop à mon goût, répondit Jemima sèchement.
Les lumières de la fête paraissaient aussi éloignées que la lune. Quelques notes de musique lui parvenaient au gré de la brise... nullement réconfortantes, hélas, car elle se trouvait seule sur la plage avec un homme qui la haïssait.

Brusquement, Basil tendit les mains en avant et réussit à lui emprisonner les poignets. De toutes ses forces, elle s'opposa à lui. Il ne sembla même pas le remarquer.

— Alors, on se plaint encore ? railla-t-il hargneusement. Le méchant Basil essaye de diriger la vie de la petite Jemima !

La jeune femme s'efforça de conserver son sang-froid.

— Lâche-moi, Basil, dit-elle calmement.

Il ne l'écouta pas.

— Que voulais-tu que je fasse ? C'était mon travail.

— Basil, lâche-moi et nous pourrons discuter.

Elle détestait le ton implorant de sa voix. Mais jamais encore, elle ne l'avait vu dans cet état à la limite de la démence. Et elle ne savait pas à quoi il était prêt.

Il la dévisagea.

— J'étais ton agent. Tu m'as payé pour que je gère ta vie.

Il avait manifestement perdu la raison. Jemima essaya de le faire lâcher prise, mais il enserrait ses poignets de toutes ses forces.

— Sauf que ça ne convenait pas à ta fichue sœur ! Elle m'a toujours détesté !

Comme un serpent, il balançait la tête de droite à gauche. Soudain, Jemima eut vraiment peur.

Renonçant à l'idée de le faire revenir à la raison, elle cria :

— Ça suffit, Basil !

Son ton le surprit suffisamment pour qu'il lâche prise une fraction de seconde. Vivement, elle se libéra et se mit à courir. Ses espadrilles la firent trébucher dans le sable et elle tomba à genoux.

Aussitôt, Basil fut sur elle. Haletant comme un chien

enragé, il l'empoigna et tira sur la jolie robe de Ellie jusqu'à la déchirer. Incapable de lutter contre lui, Jemima ne réussit qu'à protéger son visage.

Basil ne se maîtrisait plus. Il s'acharna encore et encore sur elle sans cesser de grommeler des paroles incohérentes.

Jemima essaya d'appeler à l'aide. En vain. Elle usait ses forces à se protéger. C'était le pire cauchemar qu'elle avait jamais vécu.

— Tu es à moi, répétait Basil encore et encore. Ingrate. Traînée. Tu es à moi. Je leur montrerai.

Et puis, comme par miracle, des vibrations se firent entendre à travers le sol, des bruits de pas sourds. Basil ne les entendit pas, mais Jemima, qui avait le dos collé au sable, si. Au prix d'un effort immense, elle repoussa son assaillant, se redressa et s'écria :

— Au secours !
— Jay Jay ?

Elle reconnut la voix de Niall.

— Oh, merci mon Dieu ! s'écria-t-elle, pleurant à moitié.

Basil sursauta et gronda. Empoignant de nouveau Jemima, il la plaqua sur le sable. Elle sentit son haleine empestant l'alcool et l'odeur de cuir de sa veste italienne à la mode. Il l'immobilisa en maintenant ses bras au-dessus de sa tête et en pesant de tout son poids sur sa poitrine. Elle crut qu'il allait l'étouffer.

Une fois encore, elle trouva la force de lutter.

— Lâche-moi, hurla-t-elle. Tu es odieux, je te déteste.
— Jay Jay !

La voix se rapprochait. Elle paraissait lugubre.

Basil n'était plus en état de rien entendre.

Malgré la douleur qui lui déchirait la poitrine, Jemima tourna la tête sur le côté et cria à pleins poumons.

— Par ici. Au secours ! Au secours !

Et puis la pression cessa brutalement. De nouveau, elle sentit l'air de la nuit caresser son visage. Les yeux fermés, elle inspira par profondes bouffées.

Des bruits de lutte retentirent dans l'obscurité. Respirant encore avec difficulté, elle se redressa péniblement sur un coude. Roulant sur le sable, Basil et Niall échangeaient coups de pieds et coups de poing dans un concert de jurons. Elle ne pouvait les distinguer l'un de l'autre, ni savoir lequel dominait.

Effrayée, elle se força à se remettre debout malgré son corps endolori.

Les grognements se muèrent en cris de rage. Basil émergea tout à coup. Presque aussitôt, Niall se releva à son tour, se rua en avant et plaqua Basil au sol comme un rugbyman. Il s'effondra dans un bruit sourd. Niall s'appuya de tout son poids sur lui, puis affermit sa position en posant un genou au creux de ses reins.

Il leva les yeux vers Jemima.

— Tu es blessée ?

Si sa poitrine se soulevait à un rythme saccadé, il paraissait néanmoins maître de la situation.

— Non, je vais bien, prétendit Jemima en retirant prestement la main qu'elle avait posée sur ses côtes meurtries.

— Tu n'en as pas l'air, contredit Niall. Qu'est-ce que cette petite ordure t'a fait ?

— Rien.

— Je l'ai vu, objecta Niall.

Jemima détourna le regard. Au loin, les lumières de la fête brillaient et lançaient leurs éclats dans le ciel. A plusieurs reprises, elle cligna des yeux. En vain : les lumières restaient floues.

Niall attendait qu'elle lui réponde.

— Rien d'important, murmura-t-elle enfin.

Elle espéra... Non, elle pria pour qu'il n'entende pas les sanglots dans sa voix. Elle ne supporterait pas qu'il pense qu'elle était l'une de ces femmes pleurnichardes qui doivent être secourues en permanence.

— Vraiment ?

Il était poliment incrédule.

— Je ne crois pas que nous ayons la même notion de ce qui est important, dans le cas présent.

Sa voix se durcit.

— Cet homme te maintenait au sol.

Basil s'agita en grognant. Niall accentua la pression de son genou et Basil se tut.

— Eh bien ?

Niall la défiait. Elle écarta les cheveux de son visage.

— C'est... compliqué.

Les larmes perlèrent à ses paupières. Une fois encore, elle détourna le regard.

L'une des lumières de la fête semblait s'être détachée des autres et grossissait inexorablement.

— Quelqu'un approche, souffla-t-elle.

Regardant par-dessus son épaule, Niall leva la main.

— Salut Al. Tu en as mis du temps !

La torche que Al portait révélait son visage inquiet. Il la leva et éclaira la scène.

— Jay Jay, est-ce que vous allez bien ?

Elle hocha la tête, soudain terriblement fatiguée.

— C'est une chance que nous ayons vu ce type vous suivre ! s'exclama Al avec émotion. Quel soulagement pour vous !

Niall se montra ironique.

— Pas tant que ça, on dirait.

Basil avait cessé de se débattre et même de protester. Niall se recula alors et se releva, non sans une certaine raideur.

Jemima le remarqua et s'en inquiéta.

— Est-ce qu'il t'a fait mal ?

— Tiens ? Ça t'intéresse ?

Al intervint précipitamment :

— Je vous en prie, si vous voulez continuer à vous disputer, faites-le à l'intérieur. Toutes les personnalités de l'île sont réunies ici ce soir. Je ne veux pas qu'ils pensent que Pirate's Point est l'endroit idéal pour une bagarre le vendredi soir. Soyez discrets, d'accord ?

Niall empoigna Basil par le col et le remit sur ses pieds.

— J'en connais un qui aura intérêt à être discret lorsque Jemima portera plainte contre lui pour coups et blessures !

Anxieux, Al insista :

— Pouvons-nous parler de tout ça à l'intérieur ?

Niall haussa les épaules. Tenant fermement Basil par la peau du cou, il l'entraîna de force à la suite de Al.

Jemima les suivit avec lassitude. Sa robe, s'aperçut-elle, était dans un piteux état, l'une des bretelles ayant été arrachée. Elle pendait lamentablement, dévoilant son épaule. C'était plus que la jeune femme ne pouvait en supporter. Dans un geste convulsif, elle remit en place le lambeau de tissu, comme si elle pouvait réécrire les dernières minutes écoulées par un simple effort de volonté.

Al les conduisit jusqu'à la terrasse de son cottage.

— Nous serons discrets, déclara Niall à l'adresse de Al tout en poussant Basil jusqu'en haut des marches. Mais n'espère pas étouffer cette affaire. Cette... brute aurait pu sérieusement blesser Jemima.

A la lumière des éclairages de la terrasse, Basil apparut le visage terreux, comme maladif. Il se ressaisit suffisamment pourtant pour lancer :

— Vous ne savez pas de quoi vous parlez.

Niall le regarda avec mépris.

— Alors, expliquez-moi.

Basil désigna Jemima d'un mouvement de la tête.

— C'est à elle qu'il faut demander une explication, dit-il d'un ton maussade.

Niall contracta la bouche.

— C'est à vous que je la demande, insista-t-il avec une douceur toute illusoire.

Basil grogna :

— Alors, vous aussi, elle vous a berné ?

Jemima s'effondra dans un fauteuil en rotin, grimaçant de dégoût et de douleur. Ses côtes la faisaient de plus en plus souffrir et elle sentit les picotements d'une éraflure sur sa joue. Son épaule nue était glacée sous la brise marine. Elle frissonna.

Niall retira sa veste pour lui en couvrir les épaules.

— Merci, répondit-elle dans un murmure.

Niall s'écarta aussitôt.

Au moins, pour l'instant, il ne la regardait pas, pensa-t-elle avec soulagement. Les yeux plissés, il concentrait toute son attention sur Basil.

— Que dites-vous ? reprit-il doucement.

Le ton de sa voix glaça Jemima jusqu'aux os. Mais Basil n'était pas aussi sensible à l'humeur de Niall.

— Elle, gronda-t-il. L'égérie de Belinda. C'est moi qui lui ai obtenu ce contrat ! Et regardez ce qu'elle m'a fait !

— Je vois surtout ce que vous lui avez fait, répliqua doucement Niall. Et ça me donne une sacrée envie de vous ramener sur la plage et de reprendre là où nous en étions.

Al intervint.

— Ne nous emballons pas, Niall. Nous ne connaissons pas toute l'histoire.

Basil se tourna prestement vers lui.

— Vous avez parfaitement raison. Cette fille n'était rien lorsque je l'ai découverte. Je me suis tué au travail pour elle. J'ai délaissé tous mes autres clients. Et devinez comment elle me remercie ? Elle me jette dès qu'elle empoche le contrat du siècle.

Jemima ferma les yeux. Cela semblait tellement crédible.

— C'est faux ! intervint-elle, tout en sachant qu'on ne la croirait pas.

Quiconque écoutait Basil ne la croyait jamais.

Basil avait répété sa version de l'histoire tant et tant de fois qu'elle était parfaite, à la virgule près. Il y croyait passionnément. Même Jemima aurait pu en être convaincue, si elle n'avait pas su la vérité.

Courageusement, elle rouvrit les yeux et tenta d'intervenir une dernière fois. Ignorant Al, elle regarda Niall droit dans les yeux.

— Je ne l'ai pas « jeté », comme il le prétend. Jamais je ne serais partie si…

Basil l'interrompit.

— Si sa sœur n'avait pas soudainement décidé que je n'étais plus assez bien pour sa chère petite cadette.

Jemima déglutit. C'était l'épisode sur lequel elle n'aimait guère s'étendre.

— Ce n'était pas la faute de Izzy.

— Jusqu'à ce qu'elle intervienne, tu étais heureuse avec moi.

Jemima laissa échapper un éclat de rire amer.

— Et pourquoi est-elle intervenue ? fit-elle.

— Parce que je n'étais pas assez sophistiqué à son goût.

Pour la jeune femme, ce fut la goutte d'eau qui fit déborder le vase. Elle se releva d'un bond en criant :

— Parce que tu étais tout simplement en train de me tuer.

Niall et Al clignèrent des yeux. Même Basil resta un instant interdit.

— Tu ne peux pas faire porter le chapeau à Izzy. Cela n'a rien à voir avec elle. C'était juste entre toi et moi, Basil, dit-elle avec violence. Toi et moi.

Basil adopta un air bravache.

— C'est incroyable ! Tout marchait bien jusqu'à…

— Tout marchait peut-être bien pour toi. Mais pas pour moi. Lorsque Izzy a vu ce que tu m'infligeais, elle a fait ce que j'aurais dû faire moi-même. Rien de plus.

Niall se retourna vers elle, les yeux en colère.

— Ce qu'il t'a fait… ?

Oh Seigneur ! Elle allait devoir lui dire la vérité. C'était encore pire que de lui donner l'impression d'être une mauviette. Il la mépriserait vraiment ensuite.

— C'est du passé. C'est terminé, dit-elle crânement.

Niall s'avança vers elle, le visage fermé.

— Manifestement, ça ne l'est pas.

Puis tout doucement, il caressa sa joue.

— Ta joue saigne.

— Ah, zut ! J'ai les cheveux emmêlés et la joue éraflée,

s'exclama-t-elle dans un effort de dérision. Que va-t-il advenir de ma réputation ?

Mais Niall ne renonça pas. Elle aurait dû se douter qu'après avoir soulevé un coin du voile qui dissimulait son passé sordide, il voudrait tout savoir.

Il se montra patient. Inflexible aussi.

— Explique-moi. Que t'a-t-il fait *exactement* ?

— Bonne idée, intervint Basil, triomphant. Explique-nous ce que j'ai fait pour toi et dont tu ne voulais pas, au point de me supplier de le faire néanmoins ?

Le regard que Niall lui jeta était si malveillant que Basil se rassit sans un mot.

Jemima passa la main dans le tumulte de ses cheveux. « Autant en finir, se dit-elle. Dis simplement la vérité. Ne regarde pas Niall et tu ne souffriras pas de sa réaction. Ensuite, tu t'en iras et tu pourras tout oublier. »

Alors, d'une voix dénuée d'expression, elle commença :

— Basil m'a fait prendre des pilules. Des coupe-faim. En grande quantité.

— Ah, oui ? Est-ce que par hasard, je te les ai enfoncées de force dans la gorge ? demanda Basil avec dédain.

— Non, répondit Jemima avec douleur. Tu disais que je grossissais tellement que personne ne voudrait plus de moi. Tu as dit que ma prise de poids apparaissait sur chaque photo. Tu as dit que la mode était à la maigreur. Je t'ai cru. Je voulais bien faire. J'ai accepté de prendre les pilules, tu as raison.

— Vous voyez ? interpella Basil, les mains tendues.

Niall écoutait Jemima avec attention. Même si elle ne le regardait pas, elle sentait ses yeux posés sur elle, qui tels un aimant, l'attiraient inexorablement.

Baissant la tête, elle s'aperçut que la bretelle avait glissé de nouveau. Elle pendait, à la limite de la décence. Etant donné les circonstances, c'était bien peu de chose, mais Jemima eut envie de pleurer.

Précipitamment, maladroitement, elle remonta le tissu

déchiré sur son épaule nue et le maintint en place, comme s'il pouvait la protéger du regard scrutateur de Niall.

A voix basse, elle poursuivit :

— Il m'a séquestrée dans une chambre d'hôtel, à Londres. J'étais dans un état second la plupart du temps. Un jour, ma sœur Izzy est venue. Elle a forcé la porte et m'a délivrée.

Un lourd silence s'installa, à peine rompu par le vent dans les palmiers et les cris étranges des animaux nocturnes. Jemima porta son regard vers le jardin plongé dans les ténèbres puis vers les étoiles. Tout, plutôt que d'affronter le mépris dans les yeux de Niall.

Comment pourrait-elle désormais soutenir la comparaison avec sa femme idéale ? Une remplaçante de mauvaise qualité, voilà ce qu'elle était. Et temporaire, de surcroît.

Elle redressa les épaules et avoua enfin la dernière vérité qui lui faisait le plus honte.

— Izzy m'a fait admettre dans une clinique. Il m'a fallu un mois pour me désintoxiquer.

Le silence était total.

— Lorsque je suis enfin sortie, j'ai dit à Basil que je m'en allais. Que s'il contestait la rupture de mon contrat, j'irais en justice et je raconterais ce qu'il m'avait fait subir. J'avais un certificat médical, après tout. Ma carrière aurait pris fin... mais tout valait mieux plutôt que de continuer ainsi.

— C'est moi qui t'ai faite, fulmina une fois encore Basil.

Mais il n'était plus aussi sûr de lui. De lui-même, il se tut et se rassit avant que quiconque ne le lui ordonne.

— Depuis, il n'a cessé de me harceler. Il m'a rendue à moitié folle. J'ai passé mon temps à l'esquiver, me méfiant de tout le monde.

Elle marqua une pause.

— Ç'a été horrible. Aucune carrière ne vaut qu'on en passe par là.

Sur ce, elle se leva et passa devant Niall, sans le regarder. Elle ne put s'y résoudre, redoutant ce qu'elle lirait sur son visage. Pourtant, elle perçut la chaleur de son corps, comme un feu familier. Elle aurait donné n'importe quoi au monde pour pouvoir se tourner vers ce feu et sentir que sa place était auprès de lui. Mais elle ne le méritait pas.

Alors, elle s'adressa à Basil, le responsable de cette situation sordide. Très doucement, elle déclara :

— C'est fini, Basil. Approche-moi encore une fois et je porte plainte contre toi.

— Tu ne le feras pas…, tenta-t-il de protester.

Mais elle sut, à la façon dont il évita son regard, qu'il ne la défierait pas.

Elle secoua la tête et parvint à ne pas gémir. C'était déjà quelque chose ! Il lui restait un peu de dignité.

La tête haute, malgré tout, elle se tourna vers Al.

— Je ne porterai pas plainte cette fois-ci. Je lui dois ça. A vous de voir si vous souhaitez entamer une poursuite contre lui.

A Niall, elle déclara d'une voix calme et distante :

— J'espère que tu n'es pas blessé. Je te remercie pour ton aide ce soir. Je ne t'embêterai plus, je te le promets.

Sur ce, elle quitta la terrasse et s'enfonça dans l'obscurité.

Il lui fallut un peu de temps pour retrouver le chemin de sa chambre. Là, elle s'effondra sur le lit et versa toutes les larmes de son corps. Lorsque ses pleurs se tarirent, elle se leva, passa de l'eau fraîche sur ses paupières gonflées.

Ensuite, elle prit la veste imprégnée du parfum de Niall et s'en enveloppa.

Elle partirait le lendemain. Elle rentrerait chez elle et laisserait la veste dans cette chambre. Peut-être avec une lettre de sincères remerciements.

Mais pour cette nuit, elle garderait la veste. Ainsi, chaque fois qu'elle respirerait pendant son sommeil, elle s'enivrerait de l'odeur des acacias et de la mer des Caraïbes. Une odeur qu'elle associerait pour toujours à Niall.

9

Le lendemain matin, elle était de nouveau maîtresse d'elle-même, détendue et déterminée. Hormis sa joue éraflée et une certaine tristesse qui assombrissait son regard, elle était Jemima Dare, top model international, prête à reprendre sa vie en main.

Elle appela la réception dès son réveil.

— Pouvez-vous préparer ma note, je vous prie ? Je pars aujourd'hui.

Elle téléphona ensuite à la compagnie aérienne.

Bien que des plus aimables, l'employée montra peu d'empressement à satisfaire sa demande. Aucun vol direct pour Londres ne partant ce jour-là, la femme lui suggéra de prolonger son séjour jusqu'au week-end, ce qui lui donnerait l'occasion d'assister à la fête sportive de l'école, au concours de cerf-volants, d'accorder un entretien au journal local et de profiter encore un peu du soleil et de la plage.

— Ecoutez-moi bien, répondit doucement Jemima. Je dois quitter cette île aujourd'hui. S'il le faut, je demanderai à un avion de venir me chercher du Venezuela.

Elle entendit son interlocutrice soupirer dans le combiné.

— Au moins, j'aurai essayé ! Je peux vous proposer le vol de 15 heures pour Antigua. Présentez-vous une heure avant, pour l'enregistrement. Vous aurez une correspondance là-bas pour Londres. En première classe, c'est ça ?

Jemima entendit des cliquetis de clavier.

— La réservation est faite. Nous espérons vous revoir bientôt.

Ce n'est pas mon cas ! répondit Jemima en elle-même. Elle était bien déterminée à ôter de son esprit le moindre souvenir relatif à l'île de la Pentecôte.

— Merci, dit-elle poliment.

L'heure du petit déjeuner était passée. Si quelques tables étaient encore dressées sur la terrasse face à la mer, le buffet en revanche avait été débarrassé. Heureusement, une serveuse souriante apparut comme par magie et lui proposa plus qu'elle ne pouvait souhaiter.

— Café ? Toasts ? Un petit déjeuner anglais complet ?

— Rien qu'un café, s'il vous plaît.

— De la mangue ? De l'ananas ? Du melon ? demanda une voix qu'elle connaissait.

Elle se raidit.

Niall approcha de son pas nonchalant. Comme de coutume, il ne portait que son short en jean élimé. Jemima avait tellement envie de caresser son torse doré que ses mains se mirent à fourmiller.

Ses mains ? Son corps tout entier la démangeait ! Chaque infime parcelle de sa peau qu'il avait caressée la veille se souvenait de lui. Jemima sentit sa gorge se serrer et espéra que son désir ne transparaîtrait pas aussi intensément qu'il se manifestait en elle.

— Bonjour, dit-elle, la voix étranglée.

— Salut.

Niall tira la chaise en face d'elle et s'assit. Il scruta longuement son visage, avant de demander enfin :

— Comment te sens-tu ?

Maudit soit-il ! Comment pouvait-il paraître si préoccupé de son sort ? Est-ce que son bien-être le regardait ?

— Bien, merci. Un peu endolorie.

Comme il l'avait fait la nuit précédente, il effleura légèrement la coupure sur sa pommette.

— Ça a l'air douloureux.

Elle détourna le regard en haussant les épaules.

— C'est surtout inesthétique. Et j'ai une séance photo de la première importance la semaine prochaine.

Niall sembla stupéfait.

— Jay Jay…

L'entendre utiliser son surnom lui fut intolérable.

— Ne m'appelle pas ainsi ! s'enflamma-t-elle. Mon nom est Jemima.

Niall cligna des yeux. Son regard était si profond qu'elle aurait pu s'y noyer. La veille encore, elle avait bien failli le faire, d'ailleurs.

— D'accord, si tu veux, Jemima…

Comment pouvait-il être si irrésistible ? Aucun des mannequins avec lesquels elle avait posé au cours de sa carrière ne lui avait fait battre le cœur ne serait-ce qu'une seconde. Mais Niall était tellement séduisant par comparaison… !

La serveuse revint à cet instant.

— Gordy du *Messenger* a téléphoné, annonça-t-elle. Il arrive pour vous rencontrer.

Jemima poussa un soupir étudié.

— Il faudra faire vite. Je dois être à l'aéroport à 14 heures.

La serveuse sembla stupéfaite.

— Mais rien ne se fait jamais vite sur l'île de la Pentecôte !

« Comment se fait-il alors que je sois tombée amoureuse en l'espace de vingt-quatre heures ? » s'interrogea Jemima.

Diable, il ne lui avait même pas fallu aussi longtemps. Un instant avait suffi.

Elle frissonna.

Assis face à elle, Niall lui apparaissait comme un homme sexy et impérieux. Mais pas un homme amoureux. Parce qu'il ne l'était pas.

Il fallait absolument qu'elle tire un trait sur lui avant qu'elle ne fonde en larmes et ne se mette à le supplier ! Elle s'arracha à sa rêverie.

Niall était en train de dire avec gentillesse :

— Tu n'es vraiment pas obligée de lui parler si tu n'en as pas envie. Je pourrais détourner son attention, si tu le veux.

Un instant, elle eut l'impression d'être aimée. Elle savoura cet instant, sachant qu'elle le chérirait dans les jours à venir.

Néanmoins, elle secoua la tête.

— Non, ça fait partie de mon travail. Si mon public veut une photo, il obtiendra une photo. C'est comme ça.

Le regard de Niall se fit interrogateur.

— Tu n'as aucune vie privée alors ?

Elle lui adressa un sourire éclatant.

— Non, pas tant que je resterai au sommet.

— Et tu en as envie ? Je veux dire, de rester au sommet ?

Elle détourna le regard.

— De toute façon, ça ne durera pas. J'ai encore une année devant moi. Peut-être deux. Et puis, il y aura un nouveau visage, une nouvelle couleur de cheveux qui ravira les chroniqueurs. Et je serai contente si je peux signer un contrat sur les dix que mon agent aura essayé d'obtenir. Le monde est plein d'ex-mannequins qui s'estiment heureuses de pouvoir faire de la publicité pour des chaussettes !

Niall se mit à rire.

— Est-ce là le destin qui t'attend ?

— Sans doute, répondit-elle gaiement.

Ses yeux devinrent graves :

— Alors, il est inutile qu'un homme te demande de l'attendre ?

De quoi parlait-il ? Il ne voulait pas qu'elle l'attende. Il ne la désirait même pas. Et s'il la désirait, pourquoi devrait-elle l'attendre ? A croire qu'il avait un contrat de trois mois avec les tables de jeu !

Sa question fut si inattendue qu'elle suffoqua. Elle préféra s'enfuir avant qu'il puisse l'arrêter.

Ses larmes avaient séché lorsqu'elle arriva à sa chambre. Les mains tremblantes, elle fit son bagage.

Lorsqu'elle s'empara du bikini que Niall lui avait acheté, son cœur se serra un instant.

— Non. Pas de souvenir, se dit-elle fermement. Tu ne l'oublieras pas si tu conserves quoi que ce soit qui te le rappelle. Il serait temps d'avoir les pieds sur terre.

L'ayant jeté à la poubelle, elle tira la fermeture Eclair de son sac. Il semblait minuscule. Si peu de bagage, si peu de temps... et pourtant son univers avait été bouleversé.

Elle s'obligea à considérer le bon côté des choses : « Tu t'es enfin débarrassée de Basil. Tu n'as plus peur de lui. Ni de personne. »

C'était vrai.

L'occasion de se le prouver se présenta presque aussitôt, en allant régler sa note à la réception. Niall s'y trouvait. Le dos tourné, il parlait avec Al. Marquant une pause, le temps de rassembler ses forces, Jemima les entendit.

— ... une deuxième chance, disait Al.

— Pas cette fois-ci, répondait Niall avec impatience.

— Hé ! Tous les mariages ne durent pas ! L'élue de ton cœur peut revenir sur le marché. N'abandonne pas.

Il parlait de *cette femme*, une fois encore. Celle qui voulait des chiens et des chats et des chevaux et qui avait brisé son cœur pour les obtenir !

Mais cela ne la regardait pas, se rappela-t-elle. Niall Blackthorne avait fait ses propres choix dans lesquels elle ne figurait pas.

Elle était totalement impuissante face à cette situation. Comment pourrait-elle lui demander de recommencer avec elle ?

D'ailleurs, elle ne voulait pas tenir le second rôle. Elle voulait que Niall comprenne de lui-même qu'il pouvait y avoir une seconde femme dans sa vie. Elle voulait qu'il tombe amoureux d'elle.

« Je dois être complètement folle, pensa Jemima. Plus vite je partirai d'ici et mieux cela vaudra. »

Relevant le menton, elle se dirigea vers les deux hommes.

— Bonjour.

Ils se retournèrent ensemble. Al lui sourit mais le visage de Niall était impassible.

— Ma note, s'il vous plaît. Et pouvez-vous m'appeler un taxi pour me conduire à l'aéroport ?

— Je t'y emmène, décréta Niall.

— Je ne voudrais pas te déranger.

Son ton était cassant.

— Pas de chance, c'est déjà fait, répondit-il sur le même ton. Depuis le début. Mais tu ne t'en es jamais préoccupée auparavant.

Bouche bée, Al les regardait tour à tour.

— Raison de plus pour que nous cessions de nous voir.

— Je vais te conduire, répéta Niall obstinément.

— Je n'irai pas avec toi.

— Hé !

Tel un chef d'orchestre demandant à ses musiciens de jouer moins fort, Al déclara :

— Ne vous énervez pas. Jemima, tous les taxis attendent l'arrivée d'un bateau de croisière aujourd'hui. Mais si vraiment, vous ne supportez plus la compagnie de Niall, Gordy pourra vous emmener.

— Bien sûr ! s'exclama Niall. Bonne idée. Ça te fera un peu plus de publicité gratuite.

Jemima leva le nez.

— Je ne crois vraiment pas en avoir besoin.

Pourtant, à la grande surprise de Jemima, le rédacteur en chef du journal ne lui accorda pas un regard lorsqu'il arriva.

Il passa devant elle, devant Al, et fondit presque sur Niall. Il retira ses lunettes et lui sourit.

— Salut, Niall. Quel plaisir de te voir !

Ce dernier plissa les yeux.

— Salut Gordy. Mais tu m'as vu la nuit dernière...

— Et ce matin, j'ai reçu un joli petit courrier électronique avec une photo en pièce jointe.

Gordy posa la main sur l'épaule de Niall et afficha un large sourire.

— Tu es le duc de Powrie et je demande ma récompense !

Niall poussa un rugissement.

De stupéfaction ? De fureur ? De consternation ? De tout cela réunit, pensa Jemima. Mais certainement pas de déni. Il était le duc de Powrie !

A cet instant, elle eut comme une révélation. Niall était un aristocrate. Elle aurait dû le comprendre lorsqu'il lui avait confié qu'il était « l'enfant de rechange ». C'était la raison pour laquelle il n'en voulait pas à celle qu'il aimait de désirer tout ce confort matériel. Jemima jugeait cela futile et pensait que cette femme était superficielle. Mais Jemima n'était pas de ce monde. Et Niall l'était !

Alors qu'elle le regardait à travers le hall, elle eut la plus étrange sensation. La sensation qu'un fossé immense se creusait entre eux. Plus qu'un fossé. Un précipice. Il n'avait pas bougé, mais il donnait l'impression d'être si loin, que si elle l'appelait, il ne l'entendrait pas.

Elle recula d'un pas, puis d'un autre. Personne ne la remarqua. Elle battit en retraite, plus loin, plus vite. Gordy et Niall se disputaient avec hargne, Al s'interposant en arbitre. C'était l'opportunité rêvée. Elle s'en alla.

Elle trouva Ellie dans la cuisine.

— Il faut que je parte, dit-elle abruptement. Aidez-moi.

Ellie interrompit son travail et regarda Jemima avec perspicacité.

— Niall ?

Jemima secoua la tête.

— Ne me posez pas de questions.

La solidarité féminine fit le reste. Ellie encaissa sa note, confia la cuisine à son second et conduisit Jemima à l'aéroport.

— Que dois-je lui dire, s'il veut vous contacter ?

— Il ne voudra pas le faire.

— Mais s'il le fait ?

— Souhaitez-lui d'être heureux de ma part.

Jemima ne conserva aucun souvenir du vol du retour. Si un paparazzi ambitieux l'avait photographiée avec ses cheveux en bataille, sa joue enflée et zébrée et ses yeux rouges, il aurait pu monnayer sa photo très cher.

Mais personne ne la reconnut. Ou, pensa-t-elle par la suite, si quiconque l'avait effectivement remarquée, cette personne n'avait pas dû en croire ses yeux !

Elle se rendit directement à l'appartement. Cette fois-ci, elle fut heureuse de le trouver vide. Elle n'aurait pu affronter Pepper ou Izzy. Elles étaient sa famille et plus encore, ses confidentes, mais toutes deux étaient amoureuses et croyaient que l'amour était synonyme de bonheur. Pour Jemima en revanche, l'amour représentait un sentiment extrêmement douloureux.

« Je dois être folle », se dit-elle.

Mais elle avait bien d'autres problèmes à résoudre.

Lorsqu'elle arriva chez son agent, celle-ci fit la grimace en apercevant l'état de sa joue.

Jemima dut donc subir une injection pour réduire le gonflement de sa pommette, puis se rendit chez son maquilleur préféré pour finir de dissimuler les dernières traces d'éraflure. Quand elle arriva au studio, le photographe envisagea la situation comme un défi. Ensuite, ils allèrent dîner et un paparazzi les surprit se tenant par la taille et riant aux éclats.

Si Niall voyait ça, se dit Jemima, il saurait qu'elle l'avait oublié.

Madame la rappela. Mais cette fois, Jemima se plia à sa convocation dans un état d'esprit totalement différent.

Elle entra dans le somptueux bureau et annonça, avant même que Madame ait traversé la moitié de la pièce pour venir à sa rencontre :

— Jouons cartes sur table. En tant qu'ambassadrice de Belinda, je ferai mon travail. J'irai aux soirées, aux premières et j'accorderai toutes les interviews que l'on me demandera. Mais je ne fréquenterai personne. Si vous n'êtes pas d'accord, autant déchirer le contrat tout de suite.

Les fins sourcils noirs de Madame se redressèrent. Mais elle se contenta de répondre :

— Très bien.

A sa sœur et sa cousine, elle annonça :

— Ma vie est bel et bien réglée.

Niall regagna Londres au mois de juin, sous une pluie torrentielle des plus inattendues.

La housse de son smoking jetée sur une épaule et un sac contenant toutes ses autres affaires à la main, il quitta le hall principal du terminal 4 sous l'œil indifférent des douaniers.

Tant mieux, pensa Niall tout en se demandant combien de temps encore il pourrait profiter de son anonymat. Fallait-il vraiment que le titre duc de Quelque Chose figure sur son passeport ?

Le vol avait été mouvementé. Presque personne n'avait trouvé le sommeil. Pourtant, tout autour de lui dans l'aérogare, des passagers harassés trouvaient la force de courir se jeter les bras de parents et amis venus les attendre.

Niall n'était pas fatigué. Mais personne n'était là pour lui.

Il songea soudain que si Jemima avait été là pour l'accueillir, il aurait laissé tomber son sac, l'aurait serrée contre lui et embrassée à ne plus finir.

Se frayant un chemin à travers cette foule qui s'étreignait, s'embrassait et pleurait, Niall se dit qu'il était content d'être seul. La solitude lui était chère. La solitude le rendait fort.

Il était inutile de chercher Jemima des yeux. Elle ignorait sa venue. Et s'il l'avait prévenu, elle ne serait pas venue. Elle le détestait. Elle ne lui avait même pas dit au revoir.

Naturellement, il n'avait pas accepté son départ. Lui qui, de toute sa vie, n'avait jamais dû poursuivre une femme de ses assiduités, avait mis en œuvre une véritable offensive de séduction. Il avait téléphoné, écrit des e-mails, fait livré des fleurs et même envoyé une mangue par Chronopost depuis les Caraïbes !

Il n'avait pas reçu la moindre réponse. A croire que Jemima avait disparu de la surface de la terre !

Cependant, il avait lu certains échos dans les journaux. Pendant les dernières semaines dangereuses de la mission qu'il venait de terminer, il en avait lu plus qu'il n'aurait voulu. Internet lui permettait également de se tenir informé de ses faits et gestes : elle fréquentait un photographe, son nom était donné à une rose lors du Chelsea Flower Show, elle dansait toute la nuit à un gala de charité.

Il avait maudit les organisateurs de gala de charité, les fleurs et les photographes.

Soudain tiré de ses réflexions, Niall s'immobilisa. Près de la barrière, un homme vêtu d'une livrée de chauffeur et portant une pancarte sur laquelle était écrit : « Passager Blackthorne » l'interpella :

— Bonjour, Monsieur le duc. Soyez le bienvenu. La limousine vous attend. Puis-je prendre votre bagage ?

Ne pas être accueilli par Jemima était une chose. Etre reconnu par un chauffeur avec limousine était insupportable. Voilà ce qu'était être duc ! Sa vie ne lui appartiendrait plus jamais.

On le gratifia encore de moult « Monsieur le duc » à l'hôtel sobrement huppé de St James's où son avocat lui avait réservé une chambre. Un majordome officiant à la réception l'accueillit, le félicita pour son accession au titre et lui fit part des investigations de la presse.

— Vraiment ? répéta Niall, incrédule.

— Nous avons reçu plusieurs appels pour savoir si vous étiez descendu chez nous, monsieur le duc.

— De la part de journalistes ?

Le majordome se permit un infime sourire.

— Ces individus n'ont pas pour habitude de se présenter. Mais nous avons appris à les reconnaître.

— Sensass ! s'exclama Niall, véritablement impressionné. Il faudra que vous me donniez quelques conseils.

Le majordome s'inclina.

— Nous en serions très honorés, monsieur le duc.

Niall grogna.

— Chaque fois que j'entends « monsieur le duc », je me retourne en m'attendant à voir mon père. Je suppose que je vais devoir m'y faire pour le reste de ma vie.

Le majordome se redressa de toute sa hauteur.

— Dans cet hôtel, monsieur, nous vous appellerons comme vous le souhaiterez.

— Que dites-vous de M. Blackthorne ? suggéra Niall.

— Je vais prévenir le personnel.

Il tint sa promesse. Lorsque son vieil ami d'enfance, Dom Templeton-Burke, vint lui rendre visite deux jours plus tard, le réceptionniste nia fermement compter le duc de Powrie parmi la clientèle.

— Pourtant, le voici, dit Dom en apercevant Niall.

Et lorsque le portier lui interdit poliment l'entrée, il protesta :

— C'est un ami, bon sang ! Il m'a demandé de venir.

Niall le vit à son tour et s'approcha.

— Tu es en avance ! Je descendais justement prévenir la réception de ta venue. Ils sont… disons… très protecteurs.

— Pire ! commenta Dom, amusé. Ils étaient prêts à me jeter dehors.

Niall sourit.

— Ah, je peux compter sur mon ami Jeeves ! C'est le majordome, mais en réalité, il est à mi-chemin entre le conseiller personnel et Géo Trouve tout. Il a fait de moi un non-duc. Que Dieu le bénisse ! Dans ces murs, je suis de nouveau M. Blackthorne.

— Alors, tu t'habitues à ta nouvelle situation ?

— Il le faut bien. Si tu savais la pagaille que mon père, puis Derek, ont réussi à mettre dans le domaine ! Tous deux étaient oisifs, dépensiers et stupides. Et malveillants aussi. Le duché est à l'abandon. Ça ne va pas être facile de tout remettre en ordre.

— Mais tu le feras ? demanda Dom.

— Bien sûr.

— Ce dont tu as besoin, c'est d'une gentille épouse pour te seconder. Demande à Abby de t'aider.

Niall sourit mais son ton était catégorique.

— Je ne crois pas.

Dom comprit qu'il était sur un terrain glissant.

— Oh, désolé. Il y a une femme dans le tableau, n'est-ce pas ?

Niall haussa les épaules.

— Peut-être.

— Allons, Niall. Soit, il y en a une, soit il n'y en a pas.

— Alors, oui il y en a une, admit Niall. Mais elle refuse de me parler.

Les yeux de Dom brillèrent.

— Dans ce cas, je vais t'aider. De qui s'agit-il ?

Mais Niall secoua la tête et refusa d'en dire plus.

— Mon vieil ami d'enfance est dans une mauvaise passe, confia Dom à l'amour de sa vie, alors qu'ils regardaient un film le soir même, blottis l'un contre l'autre. Il habite à l'hôtel sous un nom d'emprunt. Je crois qu'un peu de chaleur humaine lui ferait du bien. Est-ce que nous pourrions organiser une fête pour lui ?

— Bien sûr, confirma Izzy.

Dom la serra un peu plus fort.

— T'ai-je déjà dit quelle femme formidable tu étais ?

— Très souvent, mais ce n'est pas une raison pour arrêter. Qu'est-ce qui ne va pas avec ton ami ?

Dom fit une grimace.

— Il est duc et ne veut pas l'être.

— Nous l'aiderons à oublier son statut, promit Izzy.

Le week-end suivant, Niall fut invité à une fête pour faire la connaissance de la fiancée de son vieil ami.

Lorsqu'une somptueuse rousse, vêtu d'un pantalon de soie et d'un petit haut très décolleté lui ouvrit la porte, il se figea.

— Tu crois l'avoir déjà rencontrée, n'est-ce pas ? dit Dom en faisant les présentations. Niall, voici Izzy. Izzy, je te présente Niall.

— Bonjour, dit Niall à voix basse.

— Illusion d'optique, mon ami. Ça arrive tout le temps. Tu ne l'as jamais rencontrée. En revanche, tu as vu de nombreuses photos de sa sœur, Jemima, qui est top model.

Niall se ressaisit.

— J'ai vu beaucoup plus qu'une simple photo, dit-il avec passion.

Ce fut à cet instant que Jemima sortit de la cuisine.

Elle sembla se pétrifier sur place.

Niall ne parvenait plus à détacher les yeux d'elle. Elle portait un plateau de flûtes de champagne et elle riait. Du moins, elle riait jusqu'à ce qu'elle l'aperçoive.

Elle portait un bustier en satin brillant de couleur émeraude sur un jean vert bouteille. Ses épaules étaient nues, mais non pas parce qu'une brute l'avait attaquée. Sa peau pâle ainsi exposée ne la faisait pas paraître vulnérable. Elle la rendait magnifique, sexy et beaucoup trop accessible.

Accessible ! Et dire qu'elle n'avait répondu à aucun de ses appels !

D'un ton glacial, il lança :

— Salut Jemima. Tu te souviens de moi ?

Les magnifiques yeux noisette étincelèrent.

— Quelle surprise, monsieur le duc ! Comment aurais-je pu vous oublier ?

Dom protesta. Même Izzy semblait légèrement choquée.

Avec mille précautions, Jemima posa le plateau.

— Enfin, il ne m'a même pas dit qu'il était duc ! Je me demande bien pourquoi...

— Je ne l'étais pas encore alors, rétorqua Niall, pris de court. Et j'avais un travail à terminer avant de pouvoir commencer une nouvelle vie.

Jemima éclata d'un rire léger.

— Tu considères le fait de jouer comme un travail ?

— Tout le monde ne peut pas être un portemanteau couronné de gloire, argua-t-il d'un ton affable.

C'est alors que Dom et Izzy sortirent de leur stupeur et les entraînèrent dans des directions opposées, comme deux combattants qu'il fallait séparer.

Tels deux ennemis, ils s'évitèrent toute la soirée. Mais finalement, alors que les invités commençaient à s'en aller, Niall la bloqua dans le hall étroit.

— Jay Jay...

Vive comme un serpent, elle siffla :

— Ne m'appelle pas comme ça. Que fais-tu ici ?

— J'habite en Angleterre désormais.

— Quelle chance pour l'Angleterre ! railla-t-elle. Mais tes pérégrinations ne m'intéressent pas. Que fais-tu *chez* moi ?

— Je croyais que c'était chez Izzy, fit-il remarquer.

Il crut qu'elle fléchissait, mais elle se ressaisit si vite qu'il n'aurait pu l'affirmer.

— Ah oui, tu es le vieil ami d'enfance désespéré !

Niall comprit qu'elle faisait de son mieux pour être aussi méchante que possible.

— Je me demandais ce qui n'allait pas avec ce mystérieux inconnu. Je suppose qu'être un duc sans domicile fixe est déprimant ?

— J'ai plusieurs domiciles fixes, répondit Niall, piqué au vif. Un château en ruines en Ecosse, plusieurs appartements que mon frère et mon père avaient achetés...

— Et tu vis à l'hôtel ?

— Le temps de décider de la suite des événements.

Il décida de tenter de nouveau sa chance.

— Contrairement à mes pérégrinations, mes projets domestiques t'intéressent-ils ?

Elle s'empourpra.

— Je me fiche complètement de l'endroit où tu habites. Tant que tu n'essayes pas de t'immiscer dans ma vie.

— M'immiscer dans ta vie ?

Il était outré.

— Tu as perdu la tête ?

— Ah, oui ? Tu espères vraiment me faire croire que tu es venu ici uniquement parce que Dom a pitié de toi ?

Il la regarda droit dans les yeux.

— Pourquoi ne me croirais-tu pas ? T'ai-je déjà menti ?

— En tout cas, tu as omis de me dire que tu étais duc.

Niall était furieux contre elle. Mais en même temps, il aurait voulu l'embrasser pour qu'elle cesse de l'attaquer et accepte d'entendre la vérité.

Avec tout le calme dont il fut capable, il déclara :

— Et toi ? Tu ne m'avais pas dit que tu fuyais un harceleur ; nous sommes quittes, il me semble.

A ces mots, les yeux de Jemima se mirent à luire de colère.

— Je n'ai parlé de Basil à *personne*, lança-t-elle.

A ces mots, Niall se figea.

— Tu n'as parlé de lui à personne ? Pas même à ta sœur ?

Elle haussa les épaules sans répondre. Mais sa respiration était saccadée et il voyait une veine battre frénétiquement à la base de son cou. Elle voulait lui faire croire qu'elle était en colère, mais beaucoup d'autres choses se bousculaient dans sa tête. Oh, Seigneur ! Comme il avait envie de l'emmener très loin pour...

Il s'arrêta. « Sois patient, Niall. Sois patient. »

Jemima détourna les yeux.

— Alors je suis le seul à savoir que Basil t'a pourchassée jusqu'à l'autre bout de la terre ? C'est insensé !

Aussitôt, elle fut sur la défensive.

— Qu'est-ce que cela peut te faire ?

— Cela m'importe, expliqua Niall lentement, parce que pendant une journée tu as été mienne.

Elle laissa échapper une sorte de hoquet, comme si elle venait de tomber dans une piscine et se noyait.

Ce fut à cet instant que Niall perdit tout son sang-froid.

— Et ce pourrait être encore le cas, dit-il brutalement.

Il n'avait jamais embrassé une femme de cette façon brutale et désespérée. Lorsqu'il s'écarta d'elle, elle avait les yeux écarquillés de stupeur.

Il s'écarta.

— Je suis désolé.

Il se sentait glacé jusqu'aux os.

— Je n'aurais pas dû venir. Je ne reviendrai plus.

10

Jemima fut parfaitement sereine jusqu'au mariage de Pepper.

Après d'interminables discussions, Izzy et Jemima avaient réussi à faire renoncer leur cousine à ses idées les plus folles au sujet des robes des demoiselles d'honneur. Finalement, l'un des jeunes créateurs qui travaillait pour la boutique le Grenier proposa un bronze chatoyant pour la mariée et une harmonie de tons pour ses demoiselles d'honneur : miel pour Izzy, pêche pour Amaryllis, la pupille de Steven, et or tirant sur le vert pour Jemima.

— Ce sera ravissant, leur assura-t-il. Toutes ces teintes ensoleillées, sublimées par vos chevelures rousses… Vous serez époustouflantes !

Pepper, qui avait obstinément boudé la traditionnelle robe blanche, refusant de « ressembler à une meringue », rétorqua :

— Je ne veux pas être époustouflante. Je me contenterai d'être comme il faut.

Avec beaucoup de bonne humeur, ses cousines achevèrent de la convaincre.

Et puis, Izzy s'inquiéta soudain que Jemima n'ait pas de cavalier pour l'accompagner.

— As-tu envie d'inviter quelqu'un ? Ce photographe, peut-être ?

— Non, sans façon.

— Pourquoi pas ? Je suis sûre que Pepper serait d'accord.

— Elle, peut-être. Mais moi, je me passerai de lui.

Scrutant le visage de sa sœur, Izzy parut soudain inquiète.
— Es-tu sûre ? Je veux dire... ce doit être un peu déprimant pour toi de voir Pepper et moi construire notre nid peu à peu.
— Ce n'est pas évident, concéda Jemima avec tristesse. Mais je peux faire face.
— Est-ce que ce ne serait pas plus gai pour toi d'assister à ce mariage en compagnie d'un ami ?
— Non, ça ne me plairait pas, déclara fermement Jemima.
Lentement, Izzy lui dit :
— Tu es différente.
Jemima répondit avec désinvolture :
— C'est parce que j'ai quitté ton aile maternelle. Ce devait bien arriver un jour.
— Non, il y a autre chose. J'ai toujours pensé que même si tu t'étais brillamment remise de ce que Basil t'avait fait endurer, tu te méfiais cependant de toi-même, comme si tu redoutais de retomber dans ses filets. Est-ce la raison pour laquelle tu ne veux pas inviter Phil, Jay Jay ? Juste au cas où il serait un autre Basil ?
— Ecoute, dit calmement Jemima en posant les mains à plat sur la table de la cuisine encombrée de listes de mariage en tout genre. Premièrement, je me fiche complètement de Basil. Et deuxièmement, les hommes ne me font pas peur. En revanche, je *refuse* de faire semblant de sortir avec quelqu'un.
Perplexe, Izzy fronça les sourcils.
— Toi, tu es amoureuse, n'est-ce pas ? demanda Jemima.
Izzy hocha la tête avec enthousiasme, un immense sourire illuminant son visage.
— Eh bien, moi, je ne le suis pas. Et je n'ai pas envie d'accrocher un homme à mon bras, juste pour faire comme si. Le jour où je serai amoureuse d'un homme qui m'aimera en retour alors, oui, je serai fière de m'afficher avec lui. Pour l'instant, je suis fière d'être seule. L'amour est bien trop important pour que l'on joue avec.
— Comme tu as changé ! commenta Izzy. Quand as-tu appris autant de choses sur l'amour ?

« Le jour où j'ai rencontré l'homme d'une seule femme », rétorqua Jemima intérieurement.

— Tu as peut-être fait la connaissance de quelqu'un ? demanda Izzy, inhabituellement hésitante.

— Ou peut-être suis-je née pour être seule. D'une façon ou d'une autre, je survivrai.

Le jour du mariage, le soleil était radieux et le ciel d'un bleu sans nuage. La messe nuptiale eut lieu à Oxford, dans la chapelle du collège dont Steven était le principal.

La cérémonie se déroula parfaitement bien pour Jemima. Elle réussit à contenir ses larmes lorsque Pepper et Steven échangèrent leurs vœux, empêcha un petit page turbulent de piétiner la traîne de Pepper et convainquit Amaryllis de rendre le bouquet à la mariée, après que celle-ci eut signé le registre.

Le sourire aux lèvres, elle se plia aux demandes des photographes, posant avec les autres demoiselles d'honneur, puis seule, devant un parterre de roses et ne broncha pas lorsqu'elle entendit Izzy susurrer à Dom : « Bientôt, ce sera notre tour, mon amour. »

Tout se passa au mieux pour elle jusqu'à ce que...

Elle avait été surprise d'apprendre que Pepper avait invité Abby Diz, la sœur de Dom. Certes, cette dernière avait pris part à la création du Grenier, mais toutes deux n'étaient pas des amies proches. En fait, Jemima la fréquentait davantage que Pepper.

Mais Pepper avait besoin de remplir son côté de la chapelle, avait-elle affirmé. Steven avait une liste interminable d'invités où figuraient sa famille, ses amis, les collaborateurs de sa société et ses collègues de l'université. En outre, Abby serait bientôt la belle-sœur de Izzy. Autant dire qu'elle faisait partie de la famille.

Mais sa présence n'aurait eu aucune importance, si Jemima n'avait soudain aperçu, parmi la foule, l'élégante Lady Abigail en pleine conversation avec...

Niall Blackthorne. En pantalon gris clair, jaquette foncée et cravate nacrée, il lui parut presque méconnaissable.

Une voix spectrale murmura à son oreille : « Pas mon Abigail ! ». Et Jemima se souvint du moment où elle avait entendu parler de l'île de la Pentecôte pour la première fois.

— Où est-ce ? avait-elle demandé. Dans les mers du Sud ? Et Abby... oui Abby... avait secoué la tête en disant :

— Je ne sais pas. C'est possible. Il voyage beaucoup.

Jemima eut l'impression de recevoir de la glace dans le dos. Ses jambes se mirent à trembler. Elle se laissa tomber sur un banc de bois et s'efforça de reprendre ses esprits.

Pourquoi ne s'était-elle souvenu de rien ? Pourquoi ? Elle avait eu pourtant tous les indices.

— Stupide. J'ai été complètement stupide.

Abby était la chimère de Niall. Celle dont il était éperdument amoureux.

Et à présent, elle se trouvait dans ce jardin, resplendissante de sa prochaine maternité.

Qu'avait dit Al ? « Tous les mariages ne durent pas. N'abandonne pas. »

Etait-le cas ?

A voir Abby si épanouie, Niall devait bien comprendre qu'il n'y avait aucun espoir.

Comme il doit être blessé ! songea Jemima. Son cœur se serra comme si la douleur de Niall devenait la sienne.

Désireuse de se porter à son secours, Jemima avait traversé le jardin avant même de songer à quel point elle serait affectée, elle aussi.

Inexplicablement, sa propre douleur n'avait aucune importance. Sans qu'elle sache pourquoi, seul comptait le fait que Niall ait quelqu'un à ses côtés. S'il devait dire adieu à la femme qu'il chérissait, il n'aurait pas à le faire devant une foule d'inconnus. Il le ferait avec une amie qui lui tiendrait la main. Une amie qui connaissait la douleur de l'amour aussi bien que lui.

Ce fut à ce moment qu'elle comprit enfin. Avec réticence. Un peu à regret. Avec résignation.

« Je suis la femme d'un seul homme. Et cet homme s'appelle Niall Blackthorne. »

Niall qui, se rappela-t-elle, n'avait cessé de lui envoyer des messages auxquels elle n'avait pas répondu. Diable ! Il lui avait même envoyé une mangue. Elle avait pleuré en recevant ce fruit qui lui rappelait leur merveilleuse journée.

Pourquoi avait-elle pleuré, si elle ne l'aimait pas ?

Et puis, cette pensée lui traversa l'esprit : « Pourquoi me l'aurait-il envoyée s'il ne m'aimait pas ? Un peu, tout au moins. Je ne suis peut-être pas la femme de ses rêves. Mais il m'a un peu aimée, ce jour-là, sur le bateau. N'a-t-il pas dit : « Pendant une journée, tu as été mienne » ? Sûrement, cela compte pour quelque chose. »

A trois pas derrière lui, elle fixait sa nuque. Elle hésita. Elle était sur le point de prendre le plus grand risque de sa vie. Mais elle n'avait pas le choix et elle le savait.

Aussi prit-elle une profonde inspiration, redressa les épaules et le rejoignit.

— Niall ! le salua-t-elle en glissant sa main dans la sienne, comme elle l'avait fait sur la plage plusieurs mois auparavant. Je ne savais pas que tu serais là.

Pétrifié, il baissa les yeux vers elle.

« Il a maigri », songea-t-elle. Ou peut-être était-ce son habit gris qui le faisait paraître plus grand, plus mince et, en quelque sorte, moins familier. Comme son Adonis des plages sexy, au short élimé et au rire éclatant lui manquait ! Mais si Niall était à présent cet inconnu qui posait sur elle un regard froid, elle ne pouvait s'en prendre qu'à elle-même.
Elle ne perdit toutefois pas courage.

— Quel plaisir de te revoir, lança-t-elle chaleureusement.

Les sourcils de Niall se redressèrent.

— Jemima ! dit-il avec prudence.

Elle lui adressa un sourire empli d'amour et de soutien.

— Appelle-moi Jay Jay. Comment vas-tu ?

Il ne regarda pas Abby. Oh, comme il devait souffrir ! songea Jemima. Sans aucun doute, il éprouvait quelque chose pour elle. Mais Abby restait celle qu'il aimait.

« Je vais lui montrer que les gens peuvent tomber amoureux une deuxième fois, se promit Jemima. Il ne comprendra pas tout de suite. Mais au fil du temps, il saura que ce qu'il éprouve pour moi est suffisant. »

— Bien, je te remercie, répondit Niall, encore circonspect.

Abby intervint :

— Oh, c'est tellement passionnant, Jay Jay ! Niall est un héros. Il a permis l'arrestation de criminels.

— Pardon ?

C'était bien la dernière nouvelle que Jemima s'attendait à entendre !

Niall semblait mal à l'aise.

— Je n'ai pas agi seul, Ab.

L'entendre utiliser son surnom frappa Jemima aussi sournoisement qu'un coup de poignard. Ni l'un ni l'autre n'y prêta attention. L'intimité entre eux était naturelle.

Jemima retira la main de la sienne. Du moins essaya-t-elle de le faire. Mais Niall avait serré ses doigts autour des siens et elle ne put se dégager de cette étreinte. Choquée, elle tourna la tête pour découvrir qu'il était de nouveau le Niall qu'elle avait rencontré aux Caraïbes. Ses yeux brillaient. L'Adonis séduisant était bien en vie et vibrait sous l'élégant habit.

Jemima sentir ses pommettes rosir.

« Pendant une journée tu as été mienne », avait-il dit. Pourrait-elle l'être plus d'un jour ?

— Il a traqué des criminels qui blanchissaient de l'argent, balbutia Abby.

Jemima s'efforça de paraître intéressée. Mais, du pouce, Niall avait commencé à caresser cet endroit secret au centre de sa paume, et elle ne parvenait plus à se concentrer sur quoi que ce soit. Elle fit de son mieux pourtant.

— Je croyais que tu étais un joueur ? dit-elle, le souffle court.

— C'est le cas. Mais je travaillais pour le compte d'un policier.

— Je ne comprends pas.

Niall haussa les épaules avec indifférence. Son pouce poursuivait son travail, lui disant qu'il n'était pas aussi détaché qu'il en avait l'air.

Elle sentit comme un tumulte la bouleverser.

— Les malfaiteurs qui blanchissent de l'argent utilisent souvent des casinos pour faire circuler leurs fonds. Et on ne peut suivre la trace de l'argent parce que personne n'a rien acheté en échange. Ils donnent seulement l'impression d'avoir gagné cet argent. C'est très habile. Alors j'ai observé qui gagnait plus que la moyenne. Et qui perdait. Et puis, j'ai essayé de voir s'ils travaillaient ensemble.

— Ce devait être tellement passionnant ! s'exclama Abby, enthousiaste. Etais-tu en danger ?

— Une belle rousse de passage m'a causé quelques soucis.

Jemima suffoqua.

Abby était enchantée.

— A-t-elle réussi à te démasquer ?

— Non, mais j'ai bien cru qu'elle y parviendrait.

Il regarda longuement Jemima.

Le pouce de Niall la rendait folle et elle devina qu'il était temps qu'elle réplique.

— Qu'as-tu fait, alors ?

— C'est moi qui l'ai démasquée, répondit Niall d'un air un peu narquois.

— Ç'a dû être difficile, non ?

— Ça en valait la peine.

La bouche de Niall avait-elle toujours été aussi sensuelle ? se demanda Jemima. Que ce soit le cas ou non, elle ne parvenait pas à la quitter des yeux. La très enjouée Abby ne tarderait pas sans doute à s'apercevoir de sa fascination à l'égard de son compagnon.

Soudain, Jemima se rappela le ciel azuré au-dessus de leurs têtes, l'odeur du bateau, le bruissement des vagues.

« Pendant une journée, tu as été mienne », avait-il dit. Une journée pourrait-elle devenir une éternité ?

Jemima éprouva des difficultés à respirer. Elle s'éclaircit la gorge.

Abby intervint :

— Ne me dis pas que tu as séduit une espionne ?

Niall éclata de rire et mit fin à sa plaisanterie.

— Abby, tu es si crédule ! J'ai pris des notes, puis j'ai passé quelques coups de fil. Ce n'était pas tellement glorieux.

— Oh, toi ! dit-elle avec indulgence. Bien, je ferais mieux d'aller retrouver mon mari. Je crois que la plus jeune des demoiselles d'honneur est en train de le kidnapper.

— Alors, cours vite le sauver, lui conseilla Jemima.

Abby leur adressa un signe de la main et s'en alla.

Resté seul avec la jeune femme, Niall se tourna vers elle.

— Tu es resplendissante, dit-il, la voix voilée.

Elle rougit.

— Robe de demoiselle d'honneur oblige ! Naturellement, les cheveux propres y sont aussi pour beaucoup.

Niall rit et porta la main à son opulente chevelure rousse. Sa caresse était douce et respectueuse.

Jemima entrouvrit les lèvres.

— Tu es d'une beauté à couper le souffle, dit-il encore.

Elle osait à peine le croire. Mais la douceur de son regard, en dépit de tous ses doutes, ne la trompait pas.

— Il faut que je te parle, dit-il. Où pouvons-nous aller ?

— Il y a le jardin de roses, là-bas. Nous y avons pris des photos.

Niall referma la grille en fer forgé et tourna la grosse clé dans la serrure.

— J'espère que tu ne nous as pas enfermés pour toujours. Cette clé a l'air effroyablement vieille, fit remarquer Jemima.

— Ça m'est égal. Je te construirai un abri et nous vivrons de boutons de roses et d'eau de pluie, s'enflamma Niall. Oh, mon amour, mon amour, mon amour ! J'ai bien cru t'avoir perdue pour toujours.

Et il l'attira dans ses bras avec toute l'ardeur dont il était capable.

Ses baisers étaient exactement ceux dont elle se souvenait. Non. Meilleurs que ceux dont elle se souvenait. Elle n'avait pas ressenti alors cette intensité sauvage. Niall se montra un peu plus maladroit et cent fois plus passionné.

— Je suis un imbécile, lui dit-il. Un imbécile grossier et cruel. Et dire que je t'ai parlé de mon premier amour, alors que j'aurais dû t'avouer : « Tu es la lumière de ma vie. Reste avec moi. »

Jemima se mit à trembler.

— Que dis-tu ?

— Ma seule excuse, reprit-il, c'est que je ne suis pas très doué pour exprimer mes sentiments. Donne-moi une table de jeu, un bateau ou quoi que ce soit de matériel et je pourrais en faire n'importe quoi. Mais dire à la femme de mes rêves que j'ai besoin d'elle ? Je n'y arrive pas !

— La femme de tes rêves ? balbutia Jemima. Mais c'est Abby. Elle et toi êtes faits de la même pâte. Elle est comme toi. Elle veut une grande maison, des chevaux et tout ça.

Niall lui jeta un regard peu flatteur.

— Des balivernes !

— Moi, je ne suis qu'une célébrité du moment. Je vends mon image. Je n'ai aucune substance.

Niall la relâcha.

— Ton seul défaut, c'est que tu es snob.

Sa remarque la ramena aussitôt à la réalité.

— C'est faux. Comment oses-tu ?

— Tu l'es ! Tu étais amoureuse de moi quand tu ne savais pas encore que j'étais duc, dit-il avec suffisance. Et maintenant, tu m'ignores.

Jemima préféra ne pas évoquer ses sentiments, et prudemment, orienter la conversation sur un autre sujet.

— Puisque tu en parles, pourquoi ne m'as-tu pas dit que tu étais duc ?

Le visage de Niall s'assombrit.

— J'aurais fini par te l'avouer. Mais il fallait d'abord que je me fasse moi-même à cette idée. Et puis, je devais terminer cette enquête sur le blanchiment d'argent, avant de revenir en Angleterre pour reprendre les rênes du duché.

— Tu ne voulais pas revenir en Angleterre, constata Jemima avec tristesse. Parce que c'était ici que vivait Abby.

— Fichtre ! gronda Niall. Tu as vraiment cru que je l'aimais encore ?

Elle secoua la tête sans comprendre.

— Eh bien, je ne peux m'en prendre qu'à moi-même, car moi aussi, je l'ai cru assez longtemps, murmura Niall. Notre rencontre a tout changé... Moi qui croyais avoir le cœur brisé jusqu'à la fin de mes jours, tu m'as empêché d'être le pauvre hère issu d'une mauvaise poésie victorienne. Tu m'as fait avoir envie de toi. Et puis, tu m'as fait t'aimer. Et puis, tu m'as fait endurer des mois de peine après m'avoir abandonné. A présent, je ne veux plus que tu me quittes. Jamais.

Il souriait, mais son regard était très, très sérieux.

Jemima se recula et le regarda droit dans les yeux.

— Serais-tu en train de me demander en mariage ?

Niall leva les yeux au ciel.

— C'est que je m'efforce de faire, oui !

— Essaie encore, lui dit-elle.

Et c'est ce qu'il fit.

Épilogue

— Madame était furieuse, annonça Jemima à Niall.

La nuit tombait et ils marchaient, enlacés, sur les quais encombrés du port.

Les cheveux de Jemima voletaient sur ses épaules, au gré du léger souffle du vent. Niall tourna la tête et l'appuya voluptueusement contre la masse soyeuse de ses cheveux.

— Mmm.

Jemima gloussa avant de poursuivre :

— Elle était tellement contente que j'aie pris un duc dans mes filets ! Elle avait quasiment déjà choisi la robe. Et même après lui avoir dit que le mariage aurait lieu aux Caraïbes, elle croyait encore pouvoir orchestrer la cérémonie et la fête.

— J'aurais pu lui faire comprendre que ses espoirs resteraient vains, déclara Niall avec calme. Lorsque tu veux quelque chose, il est illusoire de vouloir t'en dissuader !

— Alors, n'essaye jamais de me dissuader de toi.

— Je ne m'y risquerais pour rien au monde !

Il baissa les yeux vers elle, son visage rendu presque méconnaissable par l'amour qu'il lui portait.

— Es-tu sûre que cela ne te dérange pas de renoncer aux fastes d'un grand mariage ?

Elle lui répondit avec émotion :

— J'ai assisté à suffisamment de grands mariages pour avoir des souvenirs toute ma vie. Au contraire, je veux partager avec toi quelque chose qui te tient à cœur.

Ils avaient rejoint le bateau sur lequel ils naviguaient. Bien que rouillé et délabré, il était magnifique à leurs yeux.

— Après tout, je ne connais personne qui se soit marié sur un bananier, répondit-elle avec malice.

Il l'embrassa avec fougue.

— Encore ! murmura Jemima.

— Ma sirène, susurra-t-il en l'embrassant de nouveau. Oh, j'oubliais. J'ai quelque chose pour toi.

Elle fut intriguée.

— Quelque chose qui t'appartient, expliqua-t-il, et qui me rappellera toujours que j'ai bien failli passer à côté de ce qui importait vraiment, parce que je me focalisais sur un amour de jeunesse.

Il lui avait fallu beaucoup de temps pour convaincre Jemima qu'elle n'était pas un pis-aller de son Abby imaginaire, mais il avait fini par réussir.

— Qu'est-ce que c'est ? Ne me fais pas attendre plus longtemps.

De sa poche, Niall extirpa alors deux morceaux de tissus de couleur turquoise et cerise.

— Mon bikini ! s'exclama Jemima, en hoquetant de surprise. Oh, je suis si contente que tu en aies retrouvé un. J'ai été tellement bête de le jeter ainsi. Mais j'avais tellement mal alors...

Il l'arrêta et lui prit le visage entre les mains.

— Je sais, ma douce. Et c'était entièrement ma faute.

— Pas complètement.

— En grande partie.

Il la serra très fort.

— Je ne peux pas te promettre de ne plus jamais te faire de mal. Mais si d'aventure, je me comporte comme un imbécile, mets-moi ce fichu bikini sous le nez. Et je m'améliorerai.

— Oh, mon amour ! s'exclama Jemima, émue.

Tout l'équipage du bananier, expert dans l'art d'embrasser une femme, admira le baiser long, lent et passionné qu'ils échangèrent.

Plus tard, après que le bateau eut gagné la mer et que le capitaine les eut mariés sous les étoiles, lisant le service à la lueur d'une vieille lampe-tempête, Niall la conduisit dans la petite cabine et lui fit l'amour de tout son cœur.

Ce ne fut que lorsqu'elle se reposait dans ses bras de cette délicieuse fatigue, qu'il lui avoua d'un ton suffisant :

— Au fait, ça n'en était pas un autre.

— Quoi donc ? demanda Jemima en le caressant de façon sensuelle.

— Le bikini. Je l'avais récupéré dans ta chambre. C'est le vrai.

Jemima se leva sur un coude et considéra son mari avec stupéfaction.

— Tu es un sacré cachottier !

— Et toi, tu es mon amour, répondit-il simplement en la serrant sur son cœur.

Retrouvez prochainement, dans votre collection

SAGAS

Trilogie intégrale : FRÈRES ET CÉLIBATAIRES
Carole Mortimer - N°150

Une aura de scandale

Bryn Jones. Une femme dont Gabriel D'Angelo garde un souvenir au parfum de scandale et de regrets... Scandale parce que leur brève liaison a plongé l'entreprise familiale dans la tourmente cinq ans plus tôt. Regrets parce que Gabriel n'a jamais pu oublier celle qui lui était alors interdite. Et aujourd'hui, elle est là, dans son bureau. Aussitôt, Gabriel sent un désir fou l'envahir, mais une question le hante : pourquoi Bryn est-elle de retour ?

Le secret de Nina

Séduire les femmes, ça n'a jamais été un problème pour Rafe D'Angelo. Mais, avec Nina Palitov, rien ne se passe comme d'habitude. Si la belle héritière est la femme la plus séduisante qu'il ait jamais rencontrée, elle est aussi la plus mystérieuse. Pourquoi est-elle si déterminée à nier le désir qui vibre entre eux ? Elle cache un secret, Rafe en est persuadé. Un secret qu'il découvrira, si c'est le seul moyen de séduire Nina...

Dans les bras de Michael D'Angelo

Eva a tout fait pour assurer à ses neveux, dont elle a la garde depuis la mort de leur mère, un foyer stable et aimant. Mais aujourd'hui, sans ressources, elle n'a plus le choix : elle doit retrouver leur père. Hélas, quand elle toque à la porte des D'Angelo, ce n'est pas le père qu'elle trouve, mais le frère de ce dernier : Michael D'Angelo. Un homme charismatique et courageux qui exige aussitôt de la demeure chez lui le temps de tirer cette affaire au clair...

Trilogie intégrale : SCANDALES À L'HÔPITAL
Emily Forbes - N°151

Un homme trop séduisant

Lorsqu'elle apprend que sa petite sœur vient d'être admise à l'hôpital, Ruby quitte précipitamment son poste d'infirmière à Byron Bay pour se rendre à son chevet. Rongée par l'inquiétude, elle ne prête d'abord pas attention au patient du box voisin, Noé Christiansen, un séduisant pilote de course. Mais, au fil de ses visites à l'hôpital, Ruby apprend à le connaître et se rend compte qu'il la trouble plus que de raison...

Interne irrésistible

Dévouée à ses patients, Scarlett n'a pas de temps à consacrer aux hommes. Aussi, lorsqu'elle fait la connaissance de Jake, le barman du club où une de ses amies fête son enterrement de jeune fille, elle ne cède au désir qu'il lui inspire que parce qu'elle est persuadée qu'elle ne le reverra jamais. Quelle n'est donc pas sa surprise, le lendemain matin, de croiser à nouveau le regard brûlant de Jake dans son service à l'hôpital !

Unis par le destin

Mitch doit l'admettre, il est totalement submergé : entre la gestion de son ranch, l'éducation de ses trois enfants – Lila, Jed et Charlie – et la démission soudaine de sa nourrice, il y a de quoi perdre la tête ! Alors quand Rose Anderson, l'institutrice des petits, lui propose son aide pour veiller sur eux, Mitch ne peut qu'accepter. Mais en ouvrant sa porte à cette femme qui lui plaît follement, ne risque-t-il pas de céder à la tentation ?

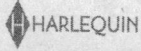

Retrouvez prochainement, dans votre collection SAGAS

Trilogie intégrale : LES SECRETS DE CRANDALL LAKE
de Patricia Kay - N°152

La flamme des retrouvailles

Ce que Sophie attend de Dillon ? Qu'il interdise à Ailan, son neveu, de s'approcher de sa pr...
sœur, bien trop jeune pour fréquenter un voyou de son espèce ! Pourtant, dès lors qu'ell...
retrouve face à lui, Sophie sent son assurance vaciller. Car Dillon la trouble au plus haut p...
comme autrefois. Malheureusement, elle le sait, Dillon est un séducteur et jamais il ne vo...
pas s'engager avec elle...

Des jumeaux à chérir

Adam est de retour. La nouvelle sonne le glas de la vie tranquille qu'Eve mène depuis douze...
Avec lui resurgissent aussitôt la passion et le doute. La passion, car elle n'a jamais pu ou...
son amour de jeunesse. Le doute, car si Eve rêverait d'avoir une seconde chance avec A...
comme il le désire, elle n'en a pas le droit. Jamais, en effet, Adam ne doit découvrir qu'i...
eu des jumeaux ensemble...

Mentir pour te protéger

Pour Olivia et sa fille Théa, Matt serait prêt à tout. Y compris à se fâcher avec sa propre...
lorsque celle-ci exige qu'il leur nuise afin de récupérer une part d'héritage. Pourtant, Matt le...
tomber amoureux d'Olivia lui est interdit... car elle n'est autre que la veuve de son frère ! En...
avec ses sentiments, Matt se fait alors une promesse : une fois cette histoire d'héritage der...
eux, il annoncera à Olivia qu'il ne veut plus jamais la revoir...

Trilogie intégrale : ENQUÊTES & PASSIONS
de Rita Herron - N°153

Menaces à Camden Crossing

Pars, ou tu mourras. Ces mots glacent Tawny-Lynn d'effroi. Jamais elle n'aurait dû remett...
pieds à Camden Crossing. Car visiblement on lui tient encore rigueur d'avoir survécu au te...
accident de car qui, dix ans plus tôt, a coûté la vie à quinze de ses camarades de cla...
Aussi va-t-elle devoir demander son aide à Chaz Camden, le shérif de la ville. En évitant...
consumer d'amour pour lui, comme quand elle était adolescente...

Au cœur du mystère

Une de ses anciennes camarades de lycée a été retrouvée morte. Et c'est la seconde fois...
crime odieux touche ses proches... Bouleversée, le shérif Amanda Blair parvient à la...
conclusion possible : elle connaît le tueur en série qui sévit à Sunset Mesa. Afin de de...
son identité, Amanda accepte alors l'aide de Justin Thorpe, un profiler. Un homme qui la tr...
au plus haut point, mais dont elle devra se tenir à distance si elle veut parvenir à exhum...
secrets de son passé...

La rivière des disparus

Chaque année, à Noël, Sage dispose au pied du sapin des cadeaux que son petit g...
n'ouvrira peut-être jamais. Car Benji, deux ans plus tôt, a eu un accident de voiture avec...
l'homme qui partageait alors la vie de sa mère. Après de vaines recherches, la police a...
que les corps avaient été emportés par la rivière. Mais, pour Sage, pas question de...
espoir. D'autant qu'un détective – Dugan – la soutient. Comme elle, il est persuadé que...
est toujours vivant...

LES FAVORIS

Découvrez vos romans favoris
et vos thématiques préférées
issues de toutes
les collections Harlequin.

À découvrir tous les mois.

•VERTIR • INSPIRER • ÉMOUVOIR

OFFRE DE BIENVENUE !

Vous êtes fan de la collection Sagas ?
Pour prolonger le plaisir, recevez gratuitement

◆ 1 livre Sagas gratuit ◆
et 1 cadeau surprise !

Une fois votre colis de bienvenue reçu, si vous souhaitez continuer à recevoir no[s]
romans Sagas, cela se fera automatiquement. Vous recevrez alors tous les deux moi[s]
3 volumes de cette collection. Prix du colis France : 28,26€ (frais de port inclus).

➡ **ET AUSSI DES AVANTAGES EXCLUSIFS :**

➡ **LES BONNES RAISONS DE S'ABONNER :**

Aucun engagement de durée
ni de minimum d'achat.
◆
Aucune adhésion à un club.
◆
Vos romans en avant-première.
◆
La livraison à domicile.

Des cadeaux tout au long de l'année.
◆
Des réductions sur vos romans par
le biais de nombreuses promotions.
◆
Des romans exclusivement réédités
notamment des sagas à succès.
◆
Des points fidélité échangeables
contre des livres ou des cadeaux.

➡ **REJOIGNEZ-NOUS VITE EN COMPLÉTANT ET EN NOUS RENVOYANT LE BULLETIN**

N° d'abonné (si vous en avez un) ⎵⎵⎵⎵⎵⎵⎵⎵⎵ N1ZEA3

Mme ☐ Mlle ☐ Nom : .... Prénom : ....

Adresse : ....

CP : ⎵⎵⎵⎵⎵ Ville : ....

Pays : .... Téléphone : ⎵⎵⎵⎵⎵⎵⎵⎵⎵⎵

E-mail : ....

Date de naissance : ⎵⎵⎵ ⎵⎵⎵ ⎵⎵⎵⎵

☐ Oui, je souhaite être tenue informée par e-mail de l'actualité d'Harlequin.
☐ Oui, je souhaite bénéficier par e-mail des offres promotionnelles des partenaires d'Harlequin.

Renvoyez cette page à : Service Lectrices Harlequin – CS 20008 – 59718 Lille Cedex 9 - Fran[ce]

Date limite : **31 décembre 2021**. Vous recevrez votre colis environ 20 jours après réception de ce bon. Offre soumise [à]
acceptation et réservée aux personnes majeures, résidant en France métropolitaine. Prix susceptibles de modification en cours d'an[née].
Vous pouvez demander à accéder à vos données personnelles, à les rectifier ou à les effacer. Il vous suffit de nous écrire en n[ous]
indiquant vos nom, prénom et adresse à : Service Lectrices Harlequin - BP 20008 - 59718 LILLE Cedex 9. Harlequin® est une mar[que]
déposée du groupe Harlequin. Harlequin SA – 83/85, Bd Vincent Auriol – 75646 Paris cedex 13. Tél : 01 45 82 47 47. SA au capital de 3 120 0[00€]
- R.C. Paris. Siret 31867159100069/APE5811Z.

RESTEZ CONNECTÉ AVEC HARLEQUIN

Harlequin vous offre un large choix de littérature sentimentale !

Sélectionnez votre style parmi toutes les idées de lecture proposées !

 www.harlequin.fr   **L'application Harlequin**

- **écouvrez** toutes nos actualités, xclusivités, promotions, parutions venir...

- **artagez** vos avis sur vos dernières ectures...

- **isez** gratuitement en ligne

- **etrouvez** vos abonnements, vos omans dédicacés, vos livres et vos ooks en précommande...

- Des **ebooks gratuits** inclus dans l'application

- **50 nouveautés tous les mois** et + de 7 000 ebooks en téléchargement

- Des **petits prix** toute l'année

- Une **facilité de lecture** en un clic hors connexion

- Et plein d'autres avantages...

Téléchargez notre application gratuitement

JIVEZ-NOUS !   facebook.com/HarlequinFrance
twitter.com/harlequinfrance

OFFRE DÉCOUVERTE !

Vous souhaitez découvrir nos collections ? Recevez **votre 1er colis gratuit*** a[vec] **1 cadeau surprise !** Une fois votre colis de bienvenue reçu, si vous souhai[tez] continuer à recevoir nos livres, cela se fera automatiquement. Vous recevrez al[ors] vos livres inédits** en avant-première.

Vous n'avez aucune obligation d'achat et cette offre est sans engagement de dur[ée.]

*1 livre offert + 1 cadeau / 2 livres offerts pour la collection Azur + 1 cadeau.
**Les livres Ispahan, Sagas, Gentlemen et Hors-Série sont des réédités.

☞ **COCHEZ la collection choisie et renvoyez cette page au**
Service Lectrices Harlequin – CS 20008 – 59718 Lille Cedex 9 – France

Collections	Références	Prix colis*
❏ AZUR	Z1ZFA6	6 livres par mois 29,39€
❏ BLANCHE	B1ZFA3	3 livres par mois 24,15€
❏ LES HISTORIQUES	H1ZFA2	2 livres par mois 16,89€
❏ ISPAHAN	Y1ZFA3	3 livres tous les 2 mois 23,85€
❏ PASSIONS	R1ZFA2	3 livres par mois 25,59€
❏ SAGAS	N1ZFA2	3 livres tous les 2 mois 28,26€
❏ BLACK ROSE	I1ZFA2	3 livres par mois 25,59€
❏ VICTORIA	V1ZFA2	3 livres tous les 2 mois 26,19€
❏ GENTLEMEN	G1ZFA2	2 livres tous les 2 mois 17,35€
❏ HARMONY	O1ZFA2	3 livres tous les mois 20,16€
❏ ALIÉNOR	A1ZFA2	2 livres tous les 2 mois 17,35€
❏ HORS-SÉRIE	C1ZFA2	2 livres tous les 2 mois 17,85€

N° d'abonnée Harlequin (si vous en avez un) ⎵⎵⎵⎵⎵⎵⎵

Mme ❏ Mlle ❏   Nom : _____

Prénom : _____   Adresse : _____

_____

Code Postal : ⎵⎵⎵⎵⎵   Ville : _____

Pays : _____   Tél. : ⎵⎵⎵⎵⎵⎵⎵⎵⎵⎵

E-mail : _____

Date de naissance : _____

❏ Oui, je souhaite recevoir par e-mail les offres promotionnelles des éditions Harlequin.
❏ Oui, je souhaite recevoir par e-mail les offres promotionnelles des partenaires des éditions Harlequin.

Date limite : 31 décembre 2021. Vous recevrez votre colis environ 20 jours après réception de ce bon. Offre soumise à acceptation et réservée aux personnes majeures, résidant en France métropolitaine, dans la limite des stocks disponibles. Prix susceptibles de modification en cours d'année. Vous pouvez demander à accéder à vos données personnelles, à les rectifier ou à les effacer. Il vous suffit de nous écrire en nous indiquant vos nom, prénom et adresse à : Service Lectrices Harlequin CS 20008 59718 LILLE Cedex 9. Service Lectrices disponible du lundi au vendredi de 9h à 17h : 01 45 82 47 47.